FOLIO POLICIER

Christian White

Le mystère Sammy Went

Traduit de l'anglais (Australie)
par Simone Davy

Denoël

Titre original :

THE NOWHERE CHILD

Éditeur original :

Christian White est un auteur et scénariste australien. *Le mystère Sammy Went*, son premier roman, a remporté plusieurs prix et a connu un franc succès en Australie.

Pour mes parents, Ivan et Keera White

MELBOURNE, AUSTRALIE

Maintenant

« Ça ne vous dérange pas si je m'installe ici ? » demanda l'inconnu.

Il avait la quarantaine, l'air aimable et un accent américain prononcé. Il portait une parka ruisselante de pluie et des tennis d'un jaune éblouissant qui devaient être neuves car elles couinaient dès qu'il bougeait les pieds. Il s'assit à ma table avant que j'aie eu le temps de répondre et me lança : « Vous êtes Kimberley Leamy, c'est bien ça ? »

Je faisais une pause entre deux cours au TAFE de Northampton Community, où j'enseignais la photographie trois soirs par semaine. D'ordinaire la cafétéria était pleine d'étudiants mais ce soir-là, elle était aussi vide et sinistre que si l'Apocalypse avait eu lieu. La pluie n'avait pas cessé depuis six jours mais le double vitrage étouffait son crépitement.

« Vous pouvez m'appeler Kim », répondis-je, vaguement irritée.

Ma pause n'était pas très longue et j'étais heureuse de me retrouver un moment seule. Quelques jours plus tôt dans la salle des profs, j'étais tombée sur un vieil exemplaire de *Simetierre* de Stephen King qui calait le pied d'une table, et j'étais plongée dedans depuis. J'ai toujours été une grande lectrice, avec un penchant marqué pour les histoires d'épouvante. Amy, ma sœur cadette, me regardait parfois d'un air un peu vexé avaler trois livres d'affilée tandis qu'elle peinait à en finir un. Je lui ai déclaré un jour que le secret pour lire vite, c'est d'avoir une vie ennuyeuse. Amy avait un amoureux et une fille de trois ans. Moi, j'avais Stephen King.

« Je m'appelle James Finn », dit l'homme.

Il posa une enveloppe en papier kraft sur la table entre nous et ferma un instant les yeux, comme un champion olympique qui s'apprête à plonger.

« Vous êtes étudiant ? demandai-je. Ou enseignant ?

— Ni l'un ni l'autre, en fait. »

Il sortit une photo de l'enveloppe et l'avança vers moi. Ses mouvements avaient quelque chose de mécanique, à la fois mesurés et assurés.

La photo montrait une petite fille assise sur une pelouse d'un vert luxuriant. Elle avait des yeux d'un bleu intense et une tignasse de cheveux bruns en bataille. Elle souriait, mais se forçait visiblement, comme si elle n'avait pas eu envie qu'on la prenne en photo.

« Elle vous dit quelque chose ? me demanda-t-il.

— Non, je ne vois pas. Pourquoi ? Elle devrait ?

— S'il vous plaît, regardez-la un peu mieux. »

Il s'enfonça dans sa chaise en guettant ma réaction. Pour lui faire plaisir, je regardai à nouveau la photo : ces yeux bleus, ce visage surexposé, ce sourire qui n'en était pas vraiment un… Peut-être y avait-il quelque chose de vaguement familier dans cette image.

« Je ne sais pas, dis-je. Je suis désolée. Qui est cette enfant ?

— Son nom est Sammy Went. La photo a été prise lors de son deuxième anniversaire. Trois jours plus tard, elle a disparu.

— Disparu ?

— Elle a été enlevée de la maison où elle vivait avec sa famille à Manson, dans le Kentucky. On ne l'a pas retrouvée dans la chambre qu'elle occupait au premier étage. La police n'a pas relevé la moindre trace d'effraction. La scène n'a eu aucun témoin, il n'y a eu aucune demande de rançon. Elle s'est tout simplement évaporée dans la nature.

— Je crois que vous faites erreur, dis-je, vous devriez vous adresser à Edna. C'est elle, la spécialiste des affaires criminelles. Moi, je me contente d'enseigner la photographie. Mais Edna se passionne pour toutes ces questions. On peut dire que le crime est son domaine.

— C'est vous que je suis venu voir », dit-il. Il s'éclaircit la gorge avant de poursuivre. « Certains pensent qu'elle a peut-être erré dans les bois avant d'être attaquée par un coyote ou un puma, mais pendant combien de temps une enfant de deux ans peut-elle marcher comme ça ? Et jusqu'où ? Le scénario le plus probable, c'est que Sammy a été enlevée.

— Bon… Vous êtes détective, si je comprends bien.

— Je suis comptable, à vrai dire. » Il poussa un profond soupir et je perçus son haleine aux effluves mentholés. « Mais j'ai grandi à Manson et j'ai bien connu la famille Went. »

Mon cours allait commencer dans cinq minutes et je regardai ostensiblement ma montre.

« Je suis désolée de ce qui est arrivé à cette enfant, dis-je, mais mon cours ne va pas tarder. Si je peux vous venir en aide d'une façon ou d'une autre, ce sera bien sûr avec plaisir. À quel type de don pensez-vous ?

— De don ?

— Vous n'êtes pas ici pour recueillir des fonds au profit de cette famille ? Ce n'est pas pour ça que vous êtes venu me parler ?

— Je n'ai pas besoin de votre argent, dit-il avec une certaine froideur, en me dévisageant d'une drôle de façon. Je suis ici parce que je crois que vous êtes… impliquée dans cette affaire.

— Impliquée dans l'enlèvement d'une fillette de deux ans ? m'exclamai-je avant d'éclater de rire. Ne me dites pas que vous êtes venu exprès des États-Unis pour m'accuser de kidnapping !

— Vous m'avez mal compris, répliqua-t-il. Cette fillette a disparu le 3 avril 1990 et cela fait vingt-huit ans qu'on ne l'a pas revue. Je ne crois pas que vous avez *enlevé* Sammy Went. Je crois que Sammy Went, *c'est vous*. »

J'avais dix-sept étudiants dans mon cours, de tous âges, origines, et de tous genres. La plus jeune était Lucy Cho, qui sortait à peine du lycée et arborait encore un blouson au nom de son ancien établissement, le plus âgé Murray Palfrey, un retraité de soixante-quatorze ans qui faisait toujours craquer ses jointures avant de lever la main.

Ce soir-là le cours était consacré à la présentation des travaux des étudiants, qui devaient montrer leurs photos du semestre. La plupart de ces présentations n'avaient pas le moindre intérêt. La majorité des photos étaient techniquement bonnes, ce qui signifiait que mon enseignement devait *tout de même* servir à quelque chose, mais les sujets ne variaient guère d'un semestre à l'autre. Je reconnaissais les mêmes graffitis sur le même mur de brique, la même cabane de Carlton Gardens enfouie sous les feuilles, le même orage charriant ses coulées d'eau saumâtre dans l'Egan River.

Je me mis en pilotage automatique pendant l'essentiel de la séance.

Ma rencontre avec ce comptable américain m'avait tout de même ébranlée. Non que j'aie pris un seul instant au sérieux ce qu'il me racontait : ma mère, Carol Leamy, avait beaucoup de défauts – dont celui d'être morte quatre ans plus tôt – mais jamais elle n'aurait enlevé un enfant. Il suffisait d'avoir passé quelques instants en sa compagnie pour comprendre qu'elle était incapable de ce genre de forfait, a fortiori s'agissant d'un kidnapping à l'étranger.

James Finn se trompait à mon sujet et j'étais convaincue qu'il ne retrouverait jamais cette gamine. Mais il m'avait rappelé une vérité désagréable : croire qu'on maîtrise sa propre existence est une pure illusion. Les parents de Sammy Went en avaient fait la triste expérience en perdant leur enfant. Je l'avais cruellement appris de mon côté lorsque j'avais perdu ma mère. Son déclin avait été relativement rapide : j'avais vingt-quatre ans quand son cancer s'était déclaré et vingt-six lorsqu'il l'avait emportée.

D'après ce que j'ai pu constater, la plupart des gens sortent de ce genre d'épreuve avec l'une de ces deux convictions : « rien n'arrive par hasard » ou « le monde est en proie au chaos ». Il y a des variantes, évidemment : « les voies de Dieu sont impénétrables » ou « la vie est vraiment dégueulasse », par exemple. Pour ma part, je penchais plutôt du second côté. Ma mère ne fumait pas, elle n'avait pas passé sa vie à travailler dans une usine de textile, elle se nourrissait sainement et faisait de l'exercice – mais au bout du compte ça n'avait pas fait la moindre différence.

Vous voyez : il est illusoire de croire qu'on est maître de son destin.

Je me rendis compte que je rêvassais pendant que les élèves présentaient leurs photos. Je reposai donc ma tasse de café et fis en effort pour me concentrer.

C'était au tour de Simon Daumier-Smith de présenter son travail. Simon était un jeune homme timide d'une vingtaine d'années, qui regardait ses pieds en parlant. Lorsqu'il relevait la tête ses yeux se déplaçaient derrière ses lunettes comme un poisson dans son bocal.

Il passa plusieurs minutes à disposer un peu gauchement devant la classe une série de photos sur les chevalets prévus à cet effet. L'attention des étudiants commençait à se dissiper, je demandai donc à Simon de nous parler de son travail.

« Euh… oui, bien sûr », dit-il en bataillant avec l'un des clichés qui lui échappa des mains et glissa sur le sol. Il dut se pencher pour le ramasser. « Eh bien, je savais que nous devions tous travailler sur le principe de… euh, de la juxtaposition et… ma foi, je ne suis pas sûr d'avoir très bien compris de quoi il s'agissait au juste mais… » Il plaça la dernière photo sur son chevalet et se recula pour que la classe puisse contempler l'ensemble. « Mais on pourrait dire que d'une certaine façon cette série montre la juxtaposition de la laideur et de la beauté. »

À ma grande surprise, la série de photos de Simon Daumier-Smith était tout simplement… remarquable.

Il y en avait six, toutes cadrées de la même façon. Il avait dû fixer l'appareil sur un pied et prendre chaque cliché du même endroit, à quelques heures d'intervalle. La composition était d'un rare dépouillement et d'une simplicité troublante : un lit, une femme et son enfant. La femme avait l'âge de Simon, son visage était un peu grêlé mais non dénué de charme. L'enfant devait avoir trois ans, ses joues étaient anormalement rouges et son front plissé de rides, elle avait visiblement la fièvre.

« Je les ai prises la même nuit, expliqua Simon. Il s'agit de mon épouse, Joanie, et de notre fille, Simone. Nous ne l'avons pas appelée ainsi à cause de moi, je tiens à le préciser. La plupart des gens croient que nous lui avons donné mon prénom, mais en fait cela vient de la grand-mère de Joanie, qui s'appelle Simone.

— Parlez-nous un peu plus de cette série, Simon, lui dis-je.

— Eh bien… Simone est restée éveillée toute la nuit parce qu'elle toussait sans arrêt, elle était intenable, alors Joanie l'a gardée avec elle dans le lit. »

La première photo montrait la mère en train de faire manger l'enfant à la cuillère. Sur la deuxième la fillette était réveillée et pleurait, en repoussant sa mère. Sur la troisième, à en juger par son expression, l'épouse de Simon en avait assez d'être photographiée. La série se poursuivait ainsi jusqu'à la sixième photo, qui montrait la mère et l'enfant plongées dans un profond sommeil.

« Où est la laideur ? demandai-je.

— Eh bien, euh… sur celle-ci on voit Simone, enfin,

le plus jeune sujet, qui bave. Et sur celle-là, bien sûr c'est invisible sur la photo, mais ma femme est en train de ronfler.

— Je ne vois aucune laideur là-dedans, dis-je. Je vois une scène… ordinaire, mais d'une très grande beauté. »

Simon Daumier-Smith ne deviendrait jamais un photographe professionnel, j'en avais la quasi-certitude. Mais avec cette série, sobrement intitulée *L'enfant malade*, il avait produit quelque chose de juste – et de vrai.

« Vous vous sentez bien, miss Leamy ? me demanda-t-il soudain.

— Kim, lui rappelai-je. Mais oui, je vais bien… Pourquoi cette question ?

— C'est-à-dire que… euh… vous pleurez. »

Il était plus de 22 heures lorsque je rentrai chez moi, traversant le sinistre décor de Coburg. Des trombes d'eau se déversaient sur le toit de ma Subaru. Dix minutes plus tard je me garai et traversai le parking en courant jusqu'à mon immeuble, brandissant mon sac à main au-dessus de ma tête pour m'abriter.

Le hall du troisième étage baignait dans une odeur d'épices et d'oignons – effluves étrangement rassurants de la cuisine de mes voisins que je n'avais d'ailleurs jamais rencontrés. Tandis que je me dirigeais vers mon appartement, la porte d'en face s'ouvrit et la tête de Georgia Evvie apparut dans l'embrasure.

« Kimberley… Je pensais bien que c'était vous. »

C'était une énorme femme d'une soixantaine d'années, aux yeux chassieux et injectés de sang

– Georgie-la-Truie comme l'avait un jour surnommée un voisin dans son dos.

« J'ai entendu le bruit de l'ascenseur, j'ai regardé ma montre et je me suis dit : qui d'autre pourrait rentrer comme ça juste avant minuit ? »

Il était 22 h 30.

« Je suis désolée, Mrs Evvie. J'espère que je ne vous ai pas réveillée ?

— Non, non, je suis une noctambule. Pas comme Bill, lui il se couche dès 9 heures, alors il vous a peut-être entendue, mais il n'a fait aucune réflexion. Et si ç'avait été le cas, ajouta-t-elle avec un geste véhément, je n'aurais pas manqué de lui rappeler que vous êtes jeune. Les jeunes rentrent tard de nos jours, même en semaine apparemment. »

À vrai dire, personne n'avait jamais aperçu le mari de Georgia et rien n'attestait qu'il existât pour de bon. Évidemment, il pouvait fort bien se terrer derrière le capharnaüm qui régnait dans l'appartement. D'après ce que j'avais pu apercevoir lorsqu'elle entrouvrait sa porte, le 3E croulait sous des piles de livres, de factures, de dossiers en tout genre et de cartons débordant de rebuts et de déchets. La seule fenêtre que je pouvais voir depuis le couloir était tapissée de vieux journaux, et je suis sûre qu'un chapeau en aluminium ou deux traînaient dans les parages.

« Ma foi, commença-t-elle, étant donné que vous ne dormez pas… »

Georgia allait probablement s'inviter pour boire un dernier verre. Tout ce dont j'avais envie, personnellement, c'était d'aller m'étendre sur le canapé en compagnie de Stephen King tout en écoutant les bruits familiers de mon appartement : le vrombissement du réfrigérateur, le chuintement de l'eau dans les conduites, le léger bourdonnement du chargeur de l'ordinateur.

« Que diriez-vous d'un dernier verre ? poursuivit-elle comme je m'y attendais.

— Pourquoi pas ? » répondis-je en poussant un soupir.

Depuis la mort de ma mère j'étais incapable de refuser quoi que ce soit à une femme seule.

Mon studio était meublé avec parcimonie, ce qui donnait l'impression que la pièce était vaste. Même Georgie-la-Truie paraissait toute petite, assise dans le fauteuil vert près de la fenêtre sillonnée par la pluie. Elle arracha une peluche de son pantalon de jogging et la laissa tomber sur le plancher.

J'allai chercher une bouteille de vin à la cuisine et nous servis un verre. L'avantage d'avoir une voisine comme Georgia, c'était que je n'étais pas condamnée à boire seule.

« Qu'est-ce qu'ils mijotent à votre avis ? me demanda-t-elle.

— De qui parlez-vous ?

— Des locataires du 3C, bien sûr ! Je les entends baragouiner toute la journée en *irakien*, ou un truc du genre.

— Ah, les gens du 3C ! À l'odeur, on dirait une sorte de curry. »

Mon estomac se mit à gargouiller. J'avais cherché de quoi grignoter à la cuisine mais n'avais trouvé que des condiments. Il allait falloir se contenter du vin.

« Je ne vous parle pas de ce qu'ils mangent… » Elle baissa la voix et ajouta dans un murmure. « Je vous parle de ce qu'ils *complotent*. »

Georgia était convaincue que les occupants du 3C étaient de dangereux terroristes et se basait pour cela sur deux choses : ils étaient originaires du Proche-Orient et le nom affiché sur leur boîte aux lettres était Mohamed. À diverses reprises, je lui avais expliqué que tous les individus à la peau mate n'étaient pas des terroristes et que de toute façon, il était peu probable que Coburg en Australie constitue une cible prioritaire pour une organisation de ce genre. Mais Georgia se contentait de hocher la tête et d'ajouter : « Vous verrez. »

« Pourquoi donc êtes-vous rentrée si tard, Kim ? reprit-elle. Je parie que vous êtes allée en boîte.

— Je travaille le soir, Mrs Evvie. Vous le savez parfaitement. »

Elle but une gorgée de vin et fronça le nez après l'avoir goûté.

« Je ne sais pas comment vous vous débrouillez, vous les jeunes. À rester dehors jusqu'à pas d'heure pour faire Dieu sait quoi… »

Je vidai rapidement mon verre et m'en servis un autre en me jurant de le boire plus lentement cette fois-ci. Tout ce que je voulais, c'était sombrer dans un doux et léger brouillard, qui m'aide à trouver le sommeil.

« Il m'est arrivé un truc bizarre ce soir, Mrs Evvie. Un homme m'a abordée au travail.

— Eh bien, il était temps ! dit-elle en se resservant un verre de vin. Franchement, Kim, les femmes n'ont pas l'éternité devant elles pour mettre le grappin sur un homme. Tout se joue entre quinze et vingt-cinq ans. J'avais dix-sept ans quand j'ai rencontré Bill et dix-huit quand je l'ai épousé. »

Elle dénicha soudain la télécommande entre deux coussins du fauteuil et alluma la télé. Si l'on faisait abstraction de ses chapeaux en aluminium et de son racisme ordinaire, elle cherchait tout simplement un peu de compagnie.

Je me repliai sur le canapé voisin et ouvris mon ordinateur tandis qu'elle zappait d'une chaîne à l'autre, le son à fond.

Au départ je comptais seulement surfer sur Internet, peut-être explorer le profil d'un ancien ami de lycée ou désengorger ma boîte mail, mais ma curiosité ne tarda pas à l'emporter. Lorsque je pianotai *Sammy Went + Manson, Kentucky* sur mon moteur de recherche, on aurait dit que mes doigts agissaient indépendamment de moi. Cela me rappela les gestes mécaniques de James Finn lorsqu'il manipulait son enveloppe en papier kraft.

Le premier lien renvoyait à un article de journal daté du 7 avril 1990. Le texte avait été scanné d'après l'original, reproduisant les taches d'encre et les plis du papier. Les lignes bavaient par endroits. J'avais l'impression d'être une étudiante d'autrefois, faisant ses recherches sur microfilm.

LA POLICE RECHERCHE
LA FILLETTE DISPARUE

Les recherches concernant la fillette de deux ans qui a disparu dans les environs de Manson ont repris ce vendredi, conduites par la police et un groupe de volontaires.

Sammy Went, de Manson, a disparu du domicile familial mardi après-midi et n'a pas encore été retrouvée, malgré les recherches menées à travers la ville et dans ses environs immédiats.

« Nous espérons retrouver Sammy et la ramener chez elle saine et sauve, a déclaré le shérif de Manson, Chester Ellis. À ce stade cela reste à nos yeux une simple opération de sauvetage. »

Selon la police, il n'y a aucune preuve que la disparition de la fillette soit de nature criminelle. Cependant, aucune hypothèse n'est encore exclue.

Vendredi, des centaines d'habitants de Manson ont battu les bois qui s'étendent autour de la résidence des Went. Parmi ces volontaires, Karen Peady, qui réside depuis longtemps à Manson, nous a fait part de ses inquiétudes : « Les nuits sont froides et il y a beaucoup d'animaux sauvages dans la région. Mais ce qui m'effraie le plus, c'est l'idée que quelqu'un ait pu l'enlever. Nous essayons de nous persuader que les maux dont souffre l'Amérique moderne ont à ce jour épargné Manson mais il y a tellement d'individus dérangés de par le monde, même dans une petite ville comme la nôtre… »

La dernière fois qu'on l'a vue, Sammy portait un tee-shirt jaune à manches longues et un short de pyjama bleu. Les policiers demandent à la population de bien vouloir leur communiquer toutes les informations susceptibles de les aider dans leur enquête.

L'article était accompagné de la photo que James Finn m'avait déjà montrée, mais en noir et blanc. Le bleu intense des yeux de Sammy paraissait noir et son visage surexposé était d'un blanc uniforme, qui gommait presque ses traits.

Une rapide recherche complémentaire me permit de dénicher une photo de Jack et Molly Went, les parents de Sammy. Elle avait été prise dans les jours qui avaient suivi la disparition de leur fille et les montrait sur le perron, devant le bureau du shérif de Manson.

Ils avaient l'air épuisés, désespérés, leurs traits étaient tendus, la peur se lisait dans leurs regards. Molly Went en particulier paraissait anéantie, comme si son esprit avait abandonné son corps. Sa bouche était déformée, tordue en une grimace si prononcée qu'elle donnait l'impression d'être folle.

En l'observant de plus près sur l'écran, je comparai le visage de Molly Went au mien. Nous avions le même nez allongé, anguleux, les mêmes paupières tombantes. Elle semblait plus petite que moi mais Jack Went faisait plus d'un mètre quatre-vingts. Plus je les regardais et plus je me trouvais des traits communs avec eux : les petites oreilles de Jack, l'attitude de Molly, les larges épaules de Jack, le menton pointu de Molly… Un peu d'ADN dans la colonne de droite, un peu d'ADN dans la colonne de gauche.

Évidemment, cela ne signifiait strictement rien. J'ai le même genre de réaction quand je lis l'horoscope – qui est rédigé de telle sorte que n'importe quel lecteur puisse s'y reconnaître.

Je tenais donc tant que ça à ressembler à Jack et à Molly Went? La question me prit de court tandis que mon esprit continuait de battre la campagne. Les yeux de Sammy n'étaient-ils pas du même bleu que les miens? Ses jambes potelées pouvaient-elles avoir donné ces grandes échasses qu'étaient devenues les miennes? Et n'aurais-je pas à peu près le même âge qu'elle, si elle était encore en vie?

Jack et Molly Went attendaient-ils toujours une réponse? Chaque coup de téléphone, le moindre coup de sonnette éveillaient-ils en eux le même sursaut d'espoir ou de frayeur – sinon le douloureux mélange des deux? Voyaient-ils le visage de Sammy dans toutes les jeunes femmes qu'ils croisaient dans la rue? Ou bien avaient-ils réussi à tourner la page?

La question la plus terrible, qui jaillit comme un éclat de verre dans ma conscience, était pourtant celle-ci : Carol Leamy, qui avait travaillé toute sa vie comme responsable des ressources humaines dans une entreprise fabriquant des crochets X, pouvait-elle sérieusement, honnêtement, avoir été capable de…

Je m'interrompis, refusant d'aller plus loin. Les implications d'une telle question étaient trop grandes – et pour le dire franchement, trop absurdes.

Un puissant ronflement me tira de la contemplation de mon écran. Georgia s'était endormie dans le fauteuil vert, son verre de vin oscillant dangereusement entre son pouce et son index. Je le lui retirai délicatement, éteignis la télévision et étendis sur ses jambes un couvre-lit rouge pelucheux. D'après mon expérience, elle était partie pour dormir plusieurs heures. Elle se lèverait vers 3 heures du matin et passerait aux toilettes avant de regagner son appartement, de l'autre côté du couloir.

Abandonnant Georgia dans son fauteuil, j'allai me glisser dans mon lit. Une fois endormie, je rêvai d'un homme de grande taille dont le corps n'était qu'une ombre. Cette ombre d'homme apparaissait derrière la fenêtre de ma chambre avant de s'introduire dans la pièce. Ses bras étaient d'une longueur démesurée et il m'emportait au loin le long d'un étroit sentier bordé d'arbres gigantesques.

MANSON, KENTUCKY

Autrefois

Le mardi 3 avril 1990, Jack Went était en train de vider sa vessie dans la salle de bains du premier étage. Sa femme prenait sa douche juste à côté de lui. Il y avait quelque chose de symbolique dans le fait de distinguer à travers la buée du panneau vitré la silhouette floue de celle qui avait été si proche de lui jadis. D'une certaine manière, cela lui paraissait correspondre à la situation présente.

Molly ferma le robinet mais demeura derrière la porte vitrée.

« Tu as fini, Jack ?

— Pratiquement, répondit-il en se lavant les mains. Mais tu n'as pas besoin de te cacher là-derrière. Je t'ai déjà vue dans ton plus simple appareil, je te signale.

— C'est bon, j'attendrai que tu aies terminé. »

Molly resta derrière la paroi, légèrement penchée en avant. Son attitude rappelait à Jack certaines images des livres sur la Seconde Guerre mondiale qu'il avait lus autrefois – un survivant de l'Holocauste ayant perdu la raison ou une simple villageoise au milieu d'un champ jonché de cadavres.

Les vêtements qu'elle comptait mettre aujourd'hui

étaient accrochés derrière la porte : un sweater rose pâle à manches longues et une épaisse jupe en jean qui lui arrivait aux chevilles. *L'élégance à la Pentecôtiste*.

À une certaine époque, jusqu'à la naissance de Sammy, Molly était une femme dynamique avec les pieds sur terre. Mais ces derniers temps elle semblait éteinte et donnait l'impression d'errer comme un spectre d'une pièce à l'autre de la maison plutôt que d'y habiter pour de bon. Ce qui était tout de même un peu paradoxal : les affaires de la pharmacie marchaient bien, au point qu'elle n'était nullement obligée de travailler, elle avait trois beaux enfants et sa foi la soutenait, mais elle trouvait encore le moyen de sombrer dans la mélancolie.

Molly entrouvrit d'un centimètre le panneau de la douche et jeta un coup d'œil de l'autre côté. Ses épaules étaient couvertes de chair de poule.

« Dépêche-toi, chéri. Je suis gelée.

— J'y vais, j'y vais... », dit Jack en rejoignant le couloir et en refermant la porte derrière lui.

Il trouva deux de ses enfants en bas, assis devant la télévision qui diffusait un épisode des *Tortues Ninja*. Ni l'un ni l'autre ne lui dirent bonjour. Stu, son fils un peu grassouillet de neuf ans, se remettait à peine d'un mauvais rhume. Il était enveloppé dans une couverture en laine, une boîte de kleenex à portée de main, et fixait l'écran, les yeux écarquillés et la bouche grande ouverte.

« Tu te sens mieux, mon grand ? » demanda-t-il en posant la main sur son front.

Stu ne répondit pas. Il était totalement hypnotisé par les faits et gestes des Tortues.

Sammy, sa petite fille de deux ans, regardait l'écran

elle aussi mais semblait également fascinée par la présence de son grand frère : son regard allait sans cesse du dessin animé au visage de Stu. Lorsque Michelangelo faisait une plaisanterie et que Stu éclatait de rire, elle l'imitait en copiant non seulement le volume mais aussi l'intonation de son rire. Lorsque Shredder s'apprêtait à déclencher un plan diabolique, Stu retenait son souffle et Sammy faisait de même.

Ne voulant pas interrompre cette touchante harmonie familiale, Jack se retira sur la pointe des pieds.

Emma, sa fille aînée, mangeait des corn flakes assise au comptoir de la cuisine, protégeant son bol de son bras dans un geste que Jack avait toujours associé aux détenus des prisons.

C'est comme ça qu'elle voit la maison ? se demanda-t-il. *Elle attend d'avoir purgé sa peine pour s'en aller ?* Il arrivait à Jack de ressentir lui aussi les choses de cette façon.

« Bonjour, ma chérie, dit-il en allant préparer du café. Harris, ton prof de gym, est passé à la pharmacie hier. Il m'a dit que tu avais *encore* eu tes règles et qu'il avait *encore* dû te dispenser de gymnastique. Tu veux que je te rapporte du Naproxen ? »

Emma poussa un grognement.

« Je trouve ça fou que deux mecs adultes se permettent de parler de mes règles.

— L'excuse des règles pour sécher le cours de gym, c'est pas un peu cliché ?

— C'est pas un cliché, papa, c'est un classique. En plus, ce prof est un vrai pervers, il n'arrête pas de nous reluquer quand on grimpe à la corde. D'ailleurs, ça me rappelle… j'ai un papier à te faire signer. »

Elle farfouilla dans son sac à dos et en sortit une feuille qu'elle tendit à Jack.

« "Autorisation à participer aux cours de sciences naturelles consacrés à l'évolution", lut-il à voix haute. Depuis quand a-t-on besoin de l'autorisation des parents pour assister aux cours ?

— Depuis que la moitié des élèves sont des putains de fondamentalistes. »

Jack baissa la voix.

« Ta mère a vu ce papier ? demanda-t-il.

— Non. »

Il prit un stylo dans la poche de sa chemise et signa rapidement le formulaire.

« Tiens, dit-il à sa fille. Et évite de prononcer ce mot devant elle.

— Putains ?

— Non. Fondamentalistes. »

Emma replia la feuille et la fourra dans son sac.

Jack et Molly étaient membres de l'Église de la Lumière Intérieure. Jack en faisait partie depuis sa naissance, mais sa femme, convertie, prenait la chose beaucoup plus à cœur et ne manquait jamais les trois offices hebdomadaires. C'était fréquent parmi ceux qui avaient rencontré la foi tardivement : il y avait en eux un vide qui ne demandait qu'à être comblé.

Jack avait commencé à s'éloigner de la Lumière Intérieure au cours de son adolescence, et définitivement cessé d'assister aux offices après la naissance d'Emma. Il avait justifié sa décision en déclarant qu'il s'agissait d'une simple mesure de précaution : comme beaucoup de fondamentalistes pentecôtistes, les adeptes de la Lumière Intérieure manipulaient des serpents venimeux et absorbaient durant les offices différentes sortes de poisons – ce qui n'était pas un environnement idéal pour de jeunes enfants. Il avait donc décidé de rester à la maison pour les garder, en laissant Molly libre d'agir à sa guise. Il feignait toujours d'appartenir à l'Église de la Lumière Intérieure, pour éviter que Molly ne le quitte et que ses parents ne le renient – même s'il lui arrivait d'envisager sans déplaisir l'une ou l'autre de ces hypothèses –, mais la vérité, c'est qu'il avait depuis longtemps perdu la foi.

Molly débarqua à son tour au rez-de-chaussée en enfilant son sweater rose.

« Bonjour, ma puce... »

Emma grommela une vague réponse.

« M. Harris a dit à ton père que tu prétendais avoir tes règles pour être dispensée du cours de gym. C'est vrai ?

— Papa m'a déjà fait la leçon, inutile de gaspiller ta salive.

— Eh bien, j'espère qu'il t'a rappelé que mentir était un péché et que les études doivent constituer ta priorité n° 1 en ce moment.

— Et allez, c'est reparti ! »

Molly frappa le comptoir du poing.

« *On reconnaît un arbre aux fruits qu'il porte. La bouche témoigne de ce que le cœur recèle. Ceux qui prononcent Son nom en vain...*

« ... *déshonorent la foi*, termina Emma d'un air las. *Les mots témoignent de notre dévotion à Dieu et de la vérité qui est en nous*. J'ai bien retenu la leçon, merci. » Elle alla déposer son bol dans l'évier. « Il faut que j'y aille, je dois retrouver Shelley. »

Elle ramassa son sac à dos, traversa la cuisine avec ses vieilles baskets et sortit en refermant la porte.

« Ton soutien aurait été le bienvenu, dit Molly à son mari.

— Tu t'en es très bien sortie sans moi, dit Jack en passant le bras autour des épaules de sa femme et en feignant d'ignorer qu'elle se raidissait à son contact.

— Je me fais du souci pour elle, Jack.

— Ce n'est pas une âme en perdition. Elle est juste un peu paumée. Rappelle-toi comment tu étais à son âge. Et puis, je ne serai plus très longtemps le préféré. J'ai lu quelque part que lorsque les filles atteignent la puberté un phénomène se produit en elles et leur cerveau est reprogrammé pour que l'odeur de leur père les dégoûte. Cela fait partie du processus de l'évolution. Afin d'éviter l'inceste. »

Le visage de Molly s'assombrit.

« Raison de plus pour ne pas croire à cette fumisterie d'évolution », dit-elle.

Sammy vint se pendre à cet instant au pantalon de Jack. Elle s'était faufilée dans la cuisine et traînait un gorille en peluche derrière elle.

« Papa, inceste ? » lança-t-elle.

Molly éclata de rire. C'était bon de l'entendre s'esclaffer de la sorte.

« Je te laisse te débrouiller avec ça, lança-t-elle. Il faut que j'aille voir comment va Stu. »

Lorsque Molly eut quitté la pièce, Jack prit sa fille dans ses bras et la souleva à la hauteur de son visage. Sa moustache et son souffle chaud firent frissonner l'enfant. Il émanait d'elle une bonne odeur de talc frais.

« Inceste ? répéta Sammy.

— Non, dit Jack. Les *insectes*. Comme les fourmis ou les scarabées, tu sais. »

L'entreprise familiale, la pharmacie Went, était située à l'angle de Main Street et de Barkly, au milieu de la zone commerçante de Manson. La boutique faisait également office de raccourci entre un vaste parking et la rue principale pour de nombreux passants. Les gens finissant toujours par tomber malades, les affaires étaient florissantes.

Lorsque Jack arriva, Deborah Shoshlefski préparait la commande d'une cliente derrière le comptoir. Deborah était la plus jeune et la plus compétente des employés de Jack, une jeune fille à l'allure démodée et aux grands yeux écarquillés qui lui donnaient une expression d'étonnement permanent.

« Bonjour patron. Il y a tout un tas d'ordonnances sur votre bureau.

— Merci Debbie. »

Elle leva les yeux au ciel et émit un petit rire avant de dire à sa cliente : « Il sait que je déteste qu'on m'appelle Debbie mais ne rate jamais l'occasion de le faire. »

Jack sourit poliment à la cliente en se glissant derrière le comptoir. Il avait à peine enfilé sa blouse blanche qu'une main squelettique se tendit dans sa direction et le saisit par le poignet.

« Mes articulations me font un mal de chien, Jack », lança une voix chevrotante.

Graham Kasey avait passé toute sa vie à Manson et paraissait déjà vieux quand Jack était encore un enfant. Son dentier avait tendance à se détacher et il émettait le même genre de borborygmes que le grand-père de Jack à la fin de son existence.

« J'ai l'impression que mes os veulent me punir pour quelque chose que j'ai oublié. Ils servent à rien, les machins sur vos étagères, Jack. Donnez-moi quelque chose de plus costaud que ce truc de tapette. »

Il brandissait l'emballage vide d'une pommade extra-forte destinée à soulager les douleurs bénignes.

« Vous avez vu un médecin, Graham ?

— Un médecin ? Vous croyez vraiment que je vais rouler jusqu'à Coleman pour que le Dr Aster me refile un bout de papier et me renvoie ici aussi sec ? Allez, Jack, je sais que vous avez ce qu'il me faut.

— Je ne suis pas dealer, Graham. Et qui vous oblige à aller jusqu'à Coleman ? Le Dr Redmond est toujours à Manson, que je sache.

— Je n'aime pas trop Redmond… »

Jack adressa un discret clin d'œil à Deborah, qui émit en retour un petit rire rentré. Graham Kasey était de ceux qui préféraient faire trente kilomètres dans leur vieille bagnole pourrie plutôt que de consulter sur place le Dr Redmond, qui avait le double tort d'être une femme et d'être noire.

« Je suis désolé, Graham. Je ne suis pas censé faire les ordonnances. Je me contente de servir ceux qui me les apportent. »

Pendant cet échange, Graham n'avait pas relâché le poignet de Jack. Ses doigts étaient froids et osseux, ils ressemblaient à des chenilles blanches mortes.

« Un peu de respect pour vos aînés ! s'indigna le vieux.

— C'est illégal.

— Illégal mon cul ! Je sais bien comment ça se passe, Jack. Vous pouvez traficoter vos registres sans problème, derrière votre comptoir, personne n'y verra que du feu. Des médicaments disparaissent tous les jours. On les perd, les rats les mangent, ou alors ils sont périmés.

— Et qu'est-ce qui vous fait croire ça ?

— Ma foi, on faisait pas tant d'histoires du temps où Sandy tenait cette boutique… »

Au simple énoncé du prénom de sa mère, Jack sentit un flot de colère monter en lui et sa nuque se raidit. La pharmacie Went avait ouvert ses portes deux ans avant sa naissance, comme le lui rappelait quotidiennement l'enseigne fixée au-dessus de la porte : pharmacie went, *établie en 1949*. Il l'avait officiellement rachetée quatre ans après avoir quitté l'université et n'avait jamais eu l'impression qu'elle lui appartenait vraiment.

Le fait que sa mère – pharmacienne elle aussi, et officiellement à la retraite – ait pris l'habitude de débarquer tous les quinze jours sous le prétexte d'acheter un tube d'aspirine ou un lot de papier toilette ne lui facilitait évidemment pas les choses. Elle ne manquait jamais de parcourir la boutique en s'exclamant : « Tiens ! Pourquoi as-tu rangé les antihistaminiques de ce côté ? » Un jour elle avait même passé le doigt au sommet d'une étagère pour voir s'il n'y avait pas de poussière, comme une gouvernante britannique à cheval sur l'étiquette.

Graham dut percevoir dans ses yeux la colère qui l'avait gagné car il n'insista pas et finit par relâcher le poignet de Jack, laissant des marques pâles sur sa peau à l'endroit où ses doigts s'étaient posés.

« Et puis merde, dit-il. Je vais reprendre ce truc de tapette. »

Jack se fendit d'un sourire forcé et tapota l'épaule

de Graham. Il eut la nette impression qu'un minuscule nuage de poussière s'élevait de la veste du vieux schnoque.

« Tu as entendu, Debbie ? Un tube de truc de tapette pour monsieur, et bien emballé, je te prie.

— Oui patron. »

Jack se retira dans son officine pour préparer quelques ordonnances mais il n'arrivait pas à se détendre. Graham Kasey avait mis le doigt sur un point sensible et il avait les nerfs à vif.

Un homme adulte qui a des problèmes avec sa mère, songea-t-il. *Quel cliché.*

Ce n'est pas un cliché, entendit-il sa fille lui rétorquer. *C'est un classique.*

Il essaya de se concentrer sur son travail mais déchira à moitié la première ordonnance dont il s'empara. Heureusement les parties importantes étaient toujours lisibles : *Andrea Albee, fluoxétine, dose habituelle.*

Il prit un petit flacon en plastique et alla chercher le Prozac destiné à Andrea Albee dans les tiroirs à comprimés de l'arrière-boutique, avant de revenir allumer le gros ordinateur qui trônait sur son bureau. L'appareil se mit péniblement en marche avec un bourdonnement. Quelques minutes plus tard une consigne apparut en vert sur l'écran noir. Il chercha la fluoxétine dans la base de données et cliqua sur « Imprimer effets secondaires ».

L'imprimante se mit à vibrer et éructa bruyamment tandis que la liste apparaissait : urticaire, agitation, frissons, fièvre, somnolence, tachycardie, convulsions, assèchement de la peau, assèchement de la bouche… Cette Andrea Albee était-elle donc abattue à ce point ?

La neutralisation de son cerveau – car tel était bien l'effet du Prozac, contrairement à l'opinion répandue il ne vous rendait pas plus joyeux ou plus équilibré – justifiait-elle vraiment tous ces effets secondaires ?

Deborah passa la tête dans l'officine.

« Un appel pour vous, patron. Je vous le passe ?

— Oui merci, Deborah. »

Ses yeux s'écarquillèrent encore davantage :

« Vous ne m'avez pas appelée Debbie ! »

Jack lui adressa le même sourire qu'à Graham Kasey et Deborah transféra l'appel dans son bureau.

« Jack Went à l'appareil.

— Salut Jack. »

Il reconnut aussitôt la voix.

« Tu es libre pour déjeuner ? »

À 14 heures, Jack se gara sur le parking situé à l'extrémité est du lac Merri et attendit à l'extérieur de sa Buick Reatta rouge décapotable – une voiture qu'Emma désignait affectueusement comme sa crise de la quarantaine sur roues. Le parking était séparé de la voie express par une étendue de broussailles et de buissons qui le dissimulaient aux regards. Il était la plupart du temps vide, même à cette époque de l'année où l'atmosphère printanière ramenait peu à peu les gens vers les plans d'eau.

Travis Eckles arriva dix minutes plus tard dans la camionnette de son entreprise de nettoyage. Il en émergea, vêtu d'une salopette blanche un peu trop grande pour lui et se recoiffa en regardant son reflet dans le pare-brise. L'un de ses yeux était salement amoché.

« Qu'est-ce qui t'est arrivé ? » s'exclama Jack.

Travis leva précautionneusement la main vers l'énorme hématome et fit la grimace.

« Ce n'est pas aussi grave que ça en a l'air », dit-il.

Jack prit la tête de Travis entre ses mains et examina son œil. Il avait enflé, et lui donnait un air de voyou : on aurait dit son frère aîné.

« Tu as mal ? demanda-t-il. Tu veux de l'Advil ? »

Travis haussa les épaules.

« Non, dit-il. Ça ira.

— C'est Ava qui t'a fait ça ? »

Travis ignora la question, ce qui valait sans doute mieux que de répondre par l'affirmative.

Ava Eckles était la mère de Travis, une ivrogne au dernier degré qui n'hésitait pas à faire usage de ses poings. À en croire la rumeur, elle avait également couché avec une bonne partie de la population mâle de Manson.

Le père de Travis s'était engagé dans l'aviation et se trouvait à bord d'un hélicoptère CH-53 Sea Stallion qui s'était écrasé au sol en 1983 au cours d'un exercice d'entraînement en Caroline du Nord. Il n'y avait eu aucun survivant.

Travis avait un frère aîné – Patrick – qui purgeait actuellement sa peine au pénitencier de Greenwood, après avoir été condamné pour coups et blessures volontaires. Il avait par ailleurs une ribambelle de cousins, une véritable brochette de bons à rien, de dealers et de délinquants qui avaient été renvoyés de la fac les uns après les autres.

Une sacrée famille, songea Jack. Mais Travis n'était pas comme eux. À vingt-deux ans, il pouvait encore espérer s'échapper un jour de Manson. Et si personne ne rêve vraiment de devenir concierge, du moins avait-il un emploi stable qui lui rapportait un vrai salaire.

Il pouvait se montrer brutal, acerbe parfois, mais il était également très drôle et d'une extrême gentillesse. Peu de gens le connaissaient sous cet angle.

Travis fit coulisser la portière de sa camionnette. La marque CLINICAL CLEANING peinte sur le véhicule en grosses lettres rouges se trouva ainsi réduite à un simple CL ING.

« Après toi », dit-il en s'écartant.

Jack regarda de l'autre côté du lac. Les conifères qui s'étendaient sur la rive opposée, aux abords de Coleman, étaient agités par une brise légère. Mais l'eau était d'une immobilité parfaite et il n'y avait personne en vue. Il grimpa à l'arrière et Travis le suivit avant de refermer la portière derrière eux. Il faisait chaud à l'intérieur du véhicule. Travis défit le haut de sa salopette et Jack déboutonna son pantalon.

MELBOURNE, AUSTRALIE

Maintenant

Ma sœur habitait au milieu d'un labyrinthe de maisons qui se ressemblaient toutes, à Caroline Springs. Je m'y étais déjà rendue une bonne dizaine de fois mais je n'étais pas certaine de me trouver au bon endroit avant de voir Amy sortir de chez elle et se précipiter à ma rencontre.

« Kim ? s'écria-t-elle. Qu'est-ce qu'il y a ? Que s'est-il passé ?

— Qu'est-ce que tu racontes ? Tout va bien ! Pourquoi ça n'irait pas ? »

Elle poussa un soupir de soulagement un peu mélodramatique.

« En te voyant arriver j'ai pensé que… J'ignorais que tu comptais passer et… Je suis désolée, j'imagine toujours le pire.

— Eh ben ! Moi qui pensais qu'une visite surprise te ferait plaisir, ça m'apprendra.

— En même temps, Kim, mets-toi à ma place ! Tu n'es pas vraiment du genre à débarquer à l'improviste. »

Je levai les yeux au ciel en exagérant un peu ma mimique pour ne pas lui laisser voir qu'elle avait raison – ce qui était évidemment le cas. Je suis de nature solitaire et je me sens beaucoup plus à l'aise lorsque je suis plongée dans un livre, seule dans mon coin, ou que je déambule dans les allées d'un supermarché à la recherche de la marque idéale de linguine.

Amy avait cinq ans de moins que moi, un visage bien rond et un corps généreux. *Tout ce qu'il faut là où il faut*, comme disait notre mère. C'était comme si les gènes de ma sœur avaient pris l'exact contre-pied des miens. Personne au lycée ne lui avait jamais demandé si elle avait laissé sa poitrine au vestiaire.

À dire vrai nous étions simplement demi-sœurs, Amy et moi. Son père (mon beau-père) avait rencontré ma mère lorsque j'avais deux ans et ils avaient eu Amy lorsque j'en avais cinq. Mais hormis cette question d'ADN, Amy était ma sœur à part entière, pour le meilleur et pour le pire.

Dean faisait partie du paysage depuis suffisamment longtemps pour avoir acquis son statut de père officiel, le seul et unique. Bien sûr, le fait de n'avoir jamais connu mon véritable géniteur avait facilité les choses, puisque la comparaison était impossible.

« Tata Kim ! »

Lisa, ma nièce de trois ans, avait franchi la porte grande ouverte et courait dans ma direction à travers la pelouse, deux doigts dans la bouche. L'herbe était mouillée et ses chaussettes furent aussitôt trempées mais cela ne ralentit nullement son allure. Lorsqu'elle déboula devant moi je la saisis sous les aisselles et la soulevai à bout de bras, avant de la renverser la tête en bas. Elle poussa un cri de plaisir suivi de petits gloussements et un filet de morve s'écoula de son nez.

Je déposai Lisa au sommet du perron et la laissai

s'engouffrer dans la maison. Ses chaussettes mouillées traçaient de minuscules empreintes sur le plancher. Comme d'habitude, un désordre indescriptible régnait à l'intérieur. Des piles d'assiettes sales encombraient l'évier, les jouets de Lisa étaient éparpillés dans le couloir et le canapé du salon était couvert de crayons de couleur. De la craie et des miettes de nourriture s'étaient insinuées entre les coussins.

Une télévision de 52 pouces diffusait un dessin animé ; Lisa s'en approcha, fascinée, comme un zombie. Elle s'immobilisa à vingt centimètres de l'écran, la bouche grande ouverte : on aurait dit que les personnages s'apprêtaient à lui révéler les secrets de l'univers.

Au milieu du salon le sommet éventré d'un carton Ikea laissait entrevoir un amas indistinct d'étagères en bois et d'éléments en plastique.

Si j'avais passé ne serait-ce qu'une journée dans la peau d'Amy, je crois que je serais devenue folle. Mais elle semblait s'épanouir au milieu d'un tel chaos.

« C'est un coffre à jouets pour la chambre de Lisa, me dit-elle en s'emparant d'un élément en forme de L et en le tournant entre ses mains comme s'il s'agissait d'une mystérieuse découverte archéologique. Ou du moins, c'est censé le devenir un jour. Dans un avenir lointain.

— Tu veux que je t'aide à le monter ?

— Non, je crois que je vais laisser Wayne s'en charger. Et je me fiche de l'image que ça renvoie. Tu veux du café ?

— Volontiers. »

Tout en allant préparer du café dans la cuisine, elle me parla pendant cinq bonnes minutes de ce coffre à jouets. D'une voix qui couvrait le bruit de la cafetière elle m'apprit tour à tour son prix, le secteur d'Ikea où elle l'avait déniché, l'allure qu'il aurait une fois monté et à la suite de quelles réflexions elle s'était décidée à l'acheter. Tout cela d'une traite, après m'avoir laissée seule au salon. J'aurais aussi bien pu m'éclipser, aller aux toilettes et en revenir sans qu'elle s'en aperçoive. Au lieu de ça, je mis la situation à profit pour examiner ses étagères, à la recherche de ses albums de photos.

Je cherchais en particulier un épais album rose sur la couverture duquel était écrit en grosses lettres mauves PREMIERS SOUVENIRS. Il avait appartenu à notre mère et aurait normalement dû rester chez Dean, mais Amy avait fait une sorte de fixation sur ces vieilles images après la mort de maman.

Et c'est justement pour ces photos que j'étais venue. Au cours de la nuit précédente, j'avais fini par me demander sérieusement si je n'étais pas la petite fille qui figurait sur le cliché que James Finn m'avait montré et il me tardait d'avoir la preuve du contraire.

Les étagères de la bibliothèque étaient couvertes de magazines et de DVD, il y avait même un petit cadre contenant deux empreintes de pieds minuscules où figurait la mention *Lisa à six mois*. Mais je n'aperçus pas le moindre album photo.

« Qu'est-ce que tu cherches ? »

Amy avait surgi derrière moi et me tendait une tasse de café noir.

« Nous n'avons plus de lait, ajouta-t-elle.

— Ça ira très bien. Rien de particulier, je regardais juste.

— Menteuse. »

Merde alors. Depuis notre plus tendre enfance,

chaque fois que je cherchais à cacher quelque chose, Amy l'avait toujours perçu. Elle avait un don pour ça qui frisait la télépathie. Le lendemain du jour où j'avais perdu ma virginité dans les bras de Rowan Kipling, j'avais dit à mes parents que j'étais allée dormir chez ma copine Charlotte. Amy, qui avait onze ans à l'époque, m'avait regardée par-dessus son bol de céréales et avait lancé : « Elle ment. »

Mes parents en déduisirent qu'elle était au courant d'une chose qu'ils ignoraient et de fil en aiguille finirent par découvrir le pot aux roses. Cela ne tenait pas au fait que je mentais mal. Amy était tout simplement un détecteur de mensonges exceptionnel.

Je poussai un soupir et lui avouai :

« Je cherche l'album de nos photos d'enfance. »

Amy fit claquer sa langue – une technique qu'elle employait depuis qu'elle était toute petite lorsqu'elle voulait réfléchir. Un bref instant, je me trouvai transportée dans ma chambre du 14 Greenlaw Street. Le souvenir était brumeux, fragmentaire et manquait de consistance, comme un rêve qui s'estompe. Mais je revoyais nettement Amy, âgée de quatre ou cinq ans, dans son pyjama à rayures rose et vert. Elle se hissait dans mon lit une place et je rabattais les couvertures pour qu'elle s'installe.

Le souvenir s'effilocha, laissant derrière lui une sourde tristesse.

« Les photos sont sans doute quelque part au garage, me dit Amy. Tu ne vas pas me croire, mais nous n'avons pas encore déballé toutes nos affaires. Six mois plus tard ! C'est à Wayne de s'en occuper mais chaque fois que j'aborde le sujet il pousse son fameux soupir – tu sais, celui du pneu qui se dégonfle. Comme si je lui demandais la lune.

— Donc tu les as ?

— Pourquoi veux-tu les voir ?

— Ça va te paraître bizarre, mais c'est un secret. »

Amy but son café en cherchant sur mon visage un signe qui lui permette comme à son habitude de voir clair en moi. Son regard s'illumina soudain.

« Ça a quelque chose à voir avec mon anniversaire ? Wayne t'a parlé des montages de photos que nous avons vus au centre commercial, c'est ça ? Non, en fait ne me dis rien, je préfère avoir la surprise. Suis-moi. »

Une odeur de vieille peinture et d'alcool à brûler régnait dans le garage. Amy dénicha un interrupteur dans l'obscurité et une lumière fluorescente clignota quelques instants avant de s'immobiliser, révélant une pièce encombrée au plafond bas et au sol en ciment. Plusieurs rangées de cartons occupaient l'espace situé entre le mur du fond et la petite Honda Jazz rouge de ma sœur. Nous passâmes trois quarts d'heure à dégager ces cartons l'un après l'autre et à examiner leur contenu sur la minuscule surface de ciment dégagée.

La plupart contenaient le bric-à-brac habituel : de vieilles factures d'électricité, des coupons de réduction périmés, un tablier déchiré, un cendrier en céramique au fond duquel roulait une pièce d'un penny, un sac rempli de magnets qu'Amy m'arracha des mains en s'exclamant : « Je les cherchais partout ! »

L'un des cartons était rempli de mes anciens projets photographiques, dont la plupart – il faut bien l'avouer – n'étaient pas sans évoquer ceux que mes étudiants avaient présentés la veille. Je tombai ainsi sur une série que j'avais faite en première année de fac, intitulée *Cicatrices corporelles et intérieures*. Amy l'avait réunie dans un classeur. Je le feuilletai, non sans ressentir une certaine honte : l'ensemble était plus digne d'une lycéenne que d'une jeune étudiante.

L'une des photos montrait la petite entaille que je m'étais faite en sortant de la piscine d'une amie un été. Une autre la cicatrice qui courait le long de la cuisse d'Amy, à la suite d'une chute de vélo. Je reconnus l'affreuse marque, trace d'une ancienne brûlure, que ma mère avait à la main. D'autres photos venaient ensuite, montrant des individus qui avaient l'air triste, accablé ou en colère. L'ensemble était aussi prétentieux que dénué d'originalité, cherchant à démontrer sans grande subtilité que les gens ont autant de cicatrices à l'intérieur d'eux-mêmes qu'à la surface de leur corps.

« Au fait, comment ça va avec Frank ? » me demanda Amy en feuilletant un vieux carnet scolaire.

« Bah…

— Mais encore ?

— On ne se voit plus.

— Pourquoi ? se lamenta Amy d'une voix suraiguë.

— Comme ça. C'est juste que… on n'était pas vraiment sur la même longueur d'onde, enfin, tu vois.

— Tu es trop difficile, Kim. Tu le sais très bien. Et tu auras bientôt passé l'âge d'avoir des enfants. »

Amy avait un tempérament exagérément maternel. La reproduction était le seul but de son existence. Wayne et elle avaient mis Lisa en route dès qu'ils avaient pu et prévoyaient déjà d'avoir un second enfant. Moi, par contre, je n'avais jamais éprouvé le désir de procréer.

Nous finîmes par dénicher les albums photos au bout du neuvième ou du dixième carton et nous

nous assîmes en tailleur sur le sol en ciment pour les feuilleter. Chacun d'eux comportait un titre écrit en capitales, dans une couleur qui faisait souvent écho au thème des photos qu'il contenait. VACANCES À PERTH 1993 était noir et jaune, reprenant les couleurs du drapeau de l'État. NOUVELLE MAISON rassemblait les photos de leur déménagement, lorsque maman et Dean avaient quitté Osborne Avenue pour s'installer dans la maison plus modeste mais moderne de Benjamin Street : le titre était bleu (comme le porche d'Osborne) et vert (comme le mur de leur chambre à Benjamin). L'album intitulé non sans humour NOTRE PREMIER MARIAGE arborait des lettres orange vif – la couleur de la robe que ma mère portait lors de cette mémorable journée.

N'importe qui aurait pensé que c'était ma mère qui avait choisi avec soin les couleurs des titres et écrit les légendes de ces photos. Mais en fait, c'était Dean qui s'en était chargé. Bien avant la mort de ma mère, il était obsédé par l'idée de conserver la trace du moindre événement et de classer les photos qu'il prenait à la moindre occasion.

Amy s'empara de l'album de mariage et le feuilleta avec un sourire triste, en effleurant du doigt le visage de notre mère.

Au fond du carton je dénichai enfin le gros album rose intitulé PREMIERS SOUVENIRS, dont les lettres étaient du même mauve que les montants de mon petit lit d'enfant. Il contenait des photos de Noël, de vacances ou d'anniversaires – qui remontaient toutes à une époque définitivement révolue. L'une me montrait dans le vieil appartement où nous vivions avant la naissance d'Amy : je souriais aux anges devant l'horrible papier peint jaunâtre qui recouvrait les murs de toutes les pièces. Une autre me montrait le jour de mon entrée à la maternelle, ma mère me tenait par la main en souriant.

Au tiers de l'album je tombai sur la photo d'une petite fille potelée et rayonnante, qui me regardait à travers l'écran du papier plastifié. Elle se tenait au bord de la piscine d'un hôtel, vêtue d'un maillot de bain jaune un peu trop large, et fixait l'objectif d'un air étrangement sage et rêveur. Sous la photo était écrit en lettres noires et parfaitement tracées : *Kim à 2 ans*. J'avais le vague souvenir de cette journée à la piscine, juchée sur les épaules de Dean dans le grand bassin.

Le reste des pages était vide. Il n'y avait aucune photo de ma naissance ni de mes premiers mois – et aucune autre image antérieure à mes trois ans. Je ne m'attendais d'ailleurs pas à en trouver. Mon père biologique n'était pas *quelqu'un de bien* – pour reprendre l'expression qu'avait employée ma mère l'une des rares fois où nous avions abordé le sujet ensemble. Elle l'avait quitté brusquement, son bébé sous le bras et un sac de voyage à la main, sans rien emporter. Cette version des faits me paraissait un peu simpliste à présent.

« Ça va ? me demanda Amy. On dirait que tu as vu un fantôme. »

D'une certaine façon, c'était le cas. Le fantôme de Sammy Went commençait à hanter ces images de ma petite enfance. Même avant d'avoir retrouvé son portrait sur mon téléphone, j'avais bien vu qu'il y avait entre elle et moi plus qu'une vague ressemblance. Ces yeux d'un bleu intense, ces cheveux foncés, ce sourire un peu pincé, ce menton arrondi, ce nez épaté, ces petites oreilles blanches… Ce n'était pas seulement troublant : soit Sammy était mon double parfait, soit ces photos représentaient la même personne.

Pourquoi ne m'en étais-je pas aperçue dès le premier instant ? Était-ce parce que je ne me souvenais plus du visage que j'avais lorsque j'étais petite ? Ou tout simplement parce que je n'étais pas prête à admettre l'évidence ? Et l'étais-je davantage à présent ?

« Mon Dieu, Kim, mais qu'est-ce qu'il y a ?

— Amy, je suis venue comparer mes photos d'enfance à celle d'une petite Américaine qui a disparu dans les années 1990.

— Attends un peu… Donc tu n'as pas l'intention de faire ce montage pour mon anniversaire ? »

Je fermai les yeux, pris une profonde inspiration et lui déballai toute l'histoire depuis le début. Assise en tailleur sur le sol du garage, entourée de cartons et baignant dans cette odeur de peinture et d'alcool à brûler, j'ouvris la porte qui donnait sur le monde de Sammy Went et conviai Amy à m'y suivre.

Elle m'écouta en silence, sans rien laisser paraître de ses émotions. Lorsque j'eus terminé elle resta un moment assise à cligner des yeux comme une chouette, intégrant toutes les informations. Puis elle se mit à rire, non pas sous cape mais aux éclats, la tête rejetée en arrière, en se tenant les côtes et en s'esclaffant bruyamment.

« Si je comprends bien, reprit-elle, tu penses que maman – qui pleurait comme une madeleine en assistant à la mort du cheval dans *L'Histoire sans fin* – aurait kidnappé une enfant ? Et que cette enfant, ce serait toi ? Elle t'aurait enlevée quelque part aux

États-Unis et t'aurait ensuite élevée comme si tu étais sa fille ? Sans jamais avouer la vérité à personne, même sur son lit de mort ?

— Je ne sais pas, je…

— Peut-être qu'elle t'a achetée au marché noir. Ça expliquerait beaucoup de choses maintenant que j'y pense. Oh, ou alors elle est venue t'arracher à ton berceau suspendue à un câble, comme Tom Cruise dans ce film, là, ou peut-être qu'elle a dressé un dingo pour qu'il… »

Je lui montrai mon téléphone et elle se tut brusquement en apercevant la photo de Sammy Went. Elle me prit l'appareil des mains et la regarda longuement, tandis que son sourire s'effaçait peu à peu.

« Merde, Kim…

— Comme tu dis. Merde.

— Qu'est-ce que ce type t'a dit, au juste ? » Elle serrait si fort le téléphone que je craignais qu'il ne vole en éclats. « Comment t'a-t-il retrouvée ? Et il a des preuves ?

— J'en sais rien. Je ne lui ai pas vraiment laissé le temps de s'expliquer. Je l'ai pris pour un cinglé. »

Après avoir poussé une série de jurons de plus en plus virulents, Amy me lança : « Tu veux pas fumer un joint ? »

Nous laissâmes Lisa devant la télé et allâmes nous asseoir dehors, sur les marches. Le jardin d'Amy était petit mais bien entretenu. Un mélange boueux de sable et d'eau de pluie remplissait le bac à sable en plastique bleu. Les murs gris des maisons qui s'élevaient de l'autre côté du jardin nous masquaient la moitié du ciel.

Amy alluma le joint et aspira une longue bouffée avant de me le tendre.

« À mon avis, c'est une arnaque.

— Comment ça ? m'étonnai-je. Il ne m'a pas demandé d'argent, ni d'infos personnelles ou de…

— Attends un peu. Et il a probablement volé cette photo.

— Que nous n'avions jamais vue auparavant, ni toi ni moi…

— Je ne sais pas moi, peut-être qu'il l'a prise lui-même ?

— Il y a vingt-huit ans ? Quand j'avais deux ans ? Et pendant tout ce temps, quoi ? Il s'est tourné les pouces en attendant de mettre son plan à exécution ? Ce serait l'arnaqueur le plus patient de l'histoire !

— L'hypothèse que maman t'ait enlevée dans un pays étranger te paraît plus crédible, peut-être ? Tu imagines, si c'était la vérité… Mais Kim, ça foutrait tout en l'air ! Tu ne serais même plus ma sœur ! »

Le pétard déclencha en moi une brusque quinte de toux, mais il m'aida aussi à calmer la tension qui m'avait gagnée.

« Ne sois pas ridicule, dis-je.

— Kim, si on n'avait pas de liens de sang, je ne te verrais jamais. Quand tu as débarqué tout à l'heure, j'ai failli avoir une attaque. J'ai cru qu'il était arrivé quelque chose. » Elle me reprit le pétard des mains. « Merde, je n'avais pas tort finalement. Ce n'était pas une simple visite surprise, hein ? Tu es venue chercher des preuves.

— Je t'en prie, dis-je, ne te retourne pas contre moi. Pas maintenant. »

Amy poussa un soupir.

La fumée virevoltait autour de nous et me piquait les yeux.

« Wayne va sentir l'odeur, tu sais, lui dis-je.

— S'il y a bien un jour où j'ai une bonne excuse pour me défoncer, c'est aujourd'hui. »

Elle s'essuya les yeux. Difficile de savoir si c'était la fumée ou la situation qui la faisait pleurer. Elle regarda à l'autre bout du jardin : une maisonnette identique à la sienne se dressait au-delà, puis une autre encore derrière elle.

Elle changea de position, examina ses ongles au vernis écaillé en évitant soigneusement de me regarder.

« Qu'est-ce que tu veux que je fasse ? lui demandai-je enfin.

— Rien, Kim. Surtout, s'il te plaît, ne fais rien. Efface cette photo de ton téléphone. Efface le numéro de ce type. Oublie toute cette histoire.

— Je ne crois pas en être capable, dis-je.

— Il le faut, Kim. Si tu te mets à tirer sur ce fil, tu vas tout bouleverser.

— D'accord, dis-je.

— Promis ?

— Promis. »

Après avoir quitté la maison d'Amy je me garai un peu plus loin sur le bord de la route et cherchai le numéro que James Finn m'avait laissé. J'espérais vaguement qu'il ne répondrait pas mais il décrocha à la première sonnerie.

MANSON, KENTUCKY

Autrefois

Emma scrutait le sol de la forêt à la recherche de champignons hallucinogènes. Idéalement, ils devaient être jeunes et leur bulbe blanc légèrement teinté de brun rose sur le sommet. Avec l'âge ils viraient au noir et leurs bords se recourbaient vers le haut. Le cousin de Shelley Falkner leur avait fait tout un exposé à ce sujet.

Le sous-bois était humide, il y avait eu une averse en début d'après-midi et une odeur de moisissure mêlée de laurier sauvage imprégnait l'atmosphère.

À une vingtaine de mètres sur sa gauche, Shelley Falkner avançait au milieu des buissons avec la délicatesse de King Kong, piétinant les feuilles mortes et écartant les branches basses qui lui barraient la route.

Emma ne tarda pas à se lasser de la cueillette et s'assit sur le tronc d'un arbre abattu pour trouver ses cigarettes dans son sac à dos. Elles se cachaient sous son manuel d'algèbre : ce rappel du lycée de Manson suscita en elle un frisson d'angoisse familier, redoublant son plaisir d'avoir séché les cours ce jour-là.

Elle alluma une cigarette et augmenta le son de son walkman. La musique profondément mélancolique d'*Every Day is Like Sunday* de Morrissey communiquait sa grisaille à la nature tout entière. Les chansons de Morrissey étaient la bande-son idéale d'une ville comme celle où habitait Emma. Lorsqu'elle pensait à Manson, elle avait toujours à l'esprit l'image d'un scarabée renversé sur le dos et agitant vainement ses pattes en l'air.

Aux yeux d'un observateur extérieur, Manson était une petite ville charmante, aux habitants paisibles. Et de fait, elle était moins pauvre que les autres communes des Appalaches, et comptait probablement moins de dingues. Mais c'était loin d'être *le petit coin de paradis* que promettait la pancarte fixée au sommet du château d'eau. Les rares touristes qui s'y aventuraient ne voyaient qu'une partie du tableau. Ils venaient avant tout profiter des sentiers de randonnée, d'une hospitalité légendaire, et de la splendeur du Hunt House, un vieux manoir construit au siècle dernier qui se dressait à l'extrémité de Main Street.

Ce que ces visiteurs ignoraient, contrairement à Emma, c'est que les gens d'ici n'éprouvaient aucune amitié à l'égard des étrangers, que ce qui ne figurait pas dans la Bible n'offrait à leurs yeux aucun intérêt, et que Hunt House avait été bâti à la sueur des esclaves (dont les fantômes étaient encore censés hanter les lieux).

« J'y crois pas ! s'exclama Shelley, suffisamment fort pour qu'Emma l'entende malgré ses écouteurs. Emma, viens voir ça ! »

Elle émergea au milieu des broussailles, les mains en coupe comme si elle portait un oisillon. Elle montra à Emma la pile de petits bulbes blancs qu'elle avait récoltés.

« Je crois que je suis tombée sur le bon filon », dit-elle.

Shelley était d'une constitution robuste. Pas exactement grosse, mais plutôt costaude, avec de larges épaules, et des lunettes qui n'arrêtaient pas de glisser le long de son nez.

« Ça doit être ça, pas vrai ? Ils sont exactement comme Vince a dit. »

Elle tendit l'un des champignons à Emma qui s'en empara et le brandit pour l'examiner à la lueur du jour. Il était d'une couleur crémeuse, avec un petit cercle brun au sommet qui faisait penser à une aréole.

« Sûrement, dit-elle. C'est drôle, j'avais toujours imaginé qu'ils étaient rouges avec des points blancs, comme dans *Super Mario*. Mais comment on sait s'ils sont magiques ?

— Le seul moyen c'est de les manger. Si on commence à voir, je sais pas moi, des licornes ou des trucs du genre, on saura que c'est les bons et que Vince est pas complètement con. Et si on s'étouffe et qu'on ne voie plus rien, ben…

— On n'a qu'à essayer ce week-end », dit Emma en ôtant ses écouteurs.

Les drogues ne l'attiraient pas particulièrement. Elle avait essayé de fumer un pétard un jour chez Roland Butcher et avait failli cracher ses poumons – mais elle avait conscience d'avoir changé et aurait fait n'importe quoi pour redevenir elle-même.

L'été dernier encore, elle allait nager avec Shelley dans le lac Merri ; au printemps, elles faisaient des randonnées le long de Elkfish Canyon ; à l'automne, elles partaient pour de longues virées à vélo dans les environs de Manson ; l'hiver dernier, elles étaient allées skier sur les sommets enneigés des Appalaches.

Maintenant le monde était devenu gris. Peut-être les champignons de Shelley lui rendraient-ils un peu de ses couleurs.

« T'as qu'à dire à tes parents que tu dors chez moi, dit Emma. Je dirai aux miens que je suis chez toi. On ira jusqu'au moulin, et puis on fera infuser les champignons dans du thé et… »

Shelley fourra un champignon dans sa bouche, l'interrompant net. Elle le mâcha pendant quelques instants en faisant vaguement la grimace et en fronçant les sourcils. Puis elle déglutit bruyamment avec un grand sourire.

Emma la regardait, les yeux exorbités.

« Trop forte ! lança-t-elle. Ça a quel goût ?

— Un goût de terre. À ton tour maintenant. »

Elle saisit un champignon du bout des doigts et l'approcha de la bouche d'Emma, comme une mère essayant de convaincre sa fille de manger des légumes.

Emma écarta la main de Shelley.

« Euh, je crois que je vais attendre un peu. Juste histoire d'être sûre que tu vas pas devenir aveugle, ou un truc du genre. »

Le sourire de Shelley s'élargit encore. « Pas bête », fit-elle.

Quelques minutes plus tard, comme Shelley semblait toujours vaillante, Emma ferma les yeux avant de fourrer le champignon dans sa bouche. Shelley avait raison, ça avait un goût de terre.

En attendant que les champignons fassent effet, elles longeaient le profond canal de ciment séparant la forêt des faubourgs de Manson. Le canal était presque à sec ; sauf en de rares endroits, on enjambait facilement l'eau boueuse qui y coulait péniblement. Il était jonché de mégots, de bouteilles vides, de vieilles boîtes de conserve. La mère de Shelley affirmait que des clochards vivaient dans les parages, sous un pont, à un kilomètre de là.

Sur leur gauche s'étendaient des terrains vagues, derrière les maisons de Gratton Street. C'était le quartier le plus abandonné : l'herbe y était plus jaune que verte, les habitants avaient des visages tendus et fatigués. Emma apercevait parfois leurs jardins à travers les planches disjointes des clôtures : des herbes folles, un chien qui aboyait, deux enfants crasseux assis en tailleur sur un trampoline.

Des bois touffus se dressaient sur leur droite, de l'autre côté du canal. Le soleil du milieu d'après-midi filtrait à travers les copalmes, projetant une ombre semblable à une toile d'araignée sur le visage de Shelley.

« Tu sens quelque chose ? lui demanda Emma.

— Non, pas encore.

— Moi non plus. »

Elles arrivèrent devant le tunnel cylindrique au fond duquel le maigre filet d'eau s'écoulait, sous la route principale. Il était assez haut pour qu'Emma puisse s'y engager – même si elle avançait toujours voûtée, les bras au-dessus de la tête, redoutant la présence d'horribles créatures rampantes au plafond – mais Shelley devait se courber pour ne pas se cogner la tête.

Emma retenait son souffle, les yeux rivés sur le cercle de lumière qui indiquait un peu plus loin la sortie du tunnel. Elle s'imaginait des passages secrets creusés de part et d'autre de la paroi et conduisant

Dieu sait où : il aurait suffi qu'elle prenne le mauvais embranchement pour se retrouver au milieu des ténèbres, errant dans le réseau des égouts de Manson jusqu'à la fin de sa courte…

Shelley lui empoigna l'épaule. Emma poussa un cri si violent qu'il se répercuta pendant plusieurs secondes dans le tunnel.

« Quelle chochotte ! » s'exclama Shelley en la poussant vers la sortie et la lumière du jour.

Emma ne la contredit pas. Les bruits de Manson résonnaient à nouveau autour d'elle, la fraîcheur de la brise printanière lui caressait la nuque : un soulagement hors de proportion l'envahit alors qu'elle sortait des ténèbres.

Elles remontaient le canal en silence.

« Je vais devoir passer l'été avec mon père en Californie, dit enfin Shelley. Quelle idée de partir aussi loin, franchement ! En plus, il veut juste que je le rejoigne pour faire chier maman. C'est toujours la même chose depuis qu'ils ont divorcé, la guerre, la guerre, la guerre. Sauf qu'eux, ce sont les généraux, et moi je suis la seule à me battre dans les tranchées.

— Ouais… N'empêche que t'as de la chance, répliqua Emma. Évidemment, le divorce, ça craint, mais tes parents, au moins, ils ont pris leur décision. Leur mariage est mort, ils se quittent. C'est intelligent.

— Autant dire à un paralytique qu'il a de la chance de rester assis toute la journée !

— Le mariage de mes parents agonise lentement depuis deux ans, et ni l'un ni l'autre ne lève le petit doigt. Tu ne préfères pas que tes parents soient séparés mais heureux, plutôt qu'ils restent ensemble et soient malheureux ?

— On peut aussi être séparés et malheureux, rétorqua Shelley avec un petit rire. Je ne savais pas que tes parents se disputaient.

— Ils ne se disputent pas. D'ailleurs, ça fait partie du problème. S'ils s'engueulaient, au moins, ils arriveraient peut-être à quelque chose. Tandis que là… C'est comme s'ils ne finissaient jamais leurs phrases. Il y a toujours trois petits points à la fin de ce qu'ils se disent. Jamais un point final.

— De suspension, dit Shelley.

— Quoi ?

— Les trois petits points à la fin d'une phrase : ça s'appelle des points de suspension. »

Emma leva les yeux au ciel.

« Enfin, t'as peut-être raison, reprit Shelley. Peut-être qu'ils feraient mieux de divorcer. »

Une brusque tristesse s'empara d'Emma. Si ses parents se séparaient, son père se remarierait, elle en était convaincue. Il prendrait encore plus de distance avec l'Église, trouverait le bonheur ailleurs et commenterait les choix de son ex-épouse fondamentaliste avec amertume. Mais sa mère ? Sans Jack Went, elle s'enfoncerait peu à peu dans les abîmes de la Lumière Intérieure. Et la femme qu'Emma connaissait finirait peut-être par disparaître à jamais.

« Tu sens quelque chose ? reprit-elle.

— Toujours pas », répondit Shelley.

Quelques centaines de mètres plus loin, elles aperçurent le moulin délabré qui se dressait au milieu des chênes. Le soleil descendait juste derrière, découpant sa silhouette rectangulaire : il semblait sortir du sol comme un cadavre émergeant de sa tombe.

Quelques années plus tôt, le moulin tournait encore,

même si la boutique de souvenirs et les visites guidées rapportaient plus d'argent que la vente de la farine. Emma y était allée avec sa mère, un jour où son père était allé rendre visite à ses cousins de Coleman, emmenant Stu avec lui pour une petite virée entre hommes. Sa mère lui avait demandé ce qu'elle voulait faire, Emma avait proposé d'aller au moulin.

À l'époque, on rejoignait le sentier par une route dallée entourée d'arbres. Un pont un peu branlant surplombait un petit torrent, qui grossissait au printemps. Elle se souvenait avoir baissé la vitre lorsqu'elles l'avaient franchi, et passé la tête dehors pour écouter le bruit cristallin de l'eau en contrebas.

Dans le moulin, elles s'étaient émerveillées devant les grandes meules qui broyaient le grain pour le transformer en farine de maïs ou de blé. Une fois la visite terminée sa mère lui avait acheté un Coca et elles étaient allées s'asseoir un peu plus bas, dans l'aire des pique-niques.

Elles étaient restées longuement silencieuses, Emma s'en souvenait encore. Ce n'était pas un silence pénible ou gênant, il en émanait au contraire quelque chose de paisible, d'harmonieux.

Aujourd'hui, les mères n'emmenaient plus les filles ici pour admirer le travail des meules et boire du Coca. Plusieurs *revers économiques* – Emma connaissait l'expression, sans trop savoir ce qu'elle signifiait au juste – avaient frappé l'exploitation : la fin de l'heure de gloire de l'attraction populaire avait sonné. Les meules cessèrent de tourner, les vitres se couvrirent d'une épaisse couche de poussière. Le mur du côté est se fissura peu à peu, menaçant de s'effondrer chaque fois qu'une forte bourrasque balayait la région.

Shelley poussa le battant de la porte et Emma la suivit à l'intérieur. Le moulin était plongé dans l'obscurité. Seuls quelques timides rayons de soleil passaient à travers les fenêtres jaunies. Une aigre odeur de moisissure imprégnait l'atmosphère. L'eau s'était infiltrée à l'étage et avait emporté une partie du plancher, révélant un amas confus de poutres en bois et de tiges de métal tordues.

Les murs étaient couverts de noms écrits en différentes couleurs. Emma en reconnut certains : des pop stars, des politiciens, mais aussi *Rich Witherford*, le plus parfait abruti du lycée de Mason. Beaucoup lui étaient inconnus : *Summer DeRoche*, *Jonathan Asquith*, *Chris Dignum*, *Sophie Lane*, *Angie Sperling-Bruch*. Tout ce qu'Emma savait, c'est que quelqu'un avait un jour désiré leur disparition : la légende locale prétendait qu'en écrivant le nom de son pire ennemi sur le mur du moulin, on provoquait sa mort dans les vingt-quatre heures.

Bien sûr, à sa connaissance, personne, parmi ceux dont les noms figuraient ici, n'était encore mort – en tout cas pas dans les délais promis. Mais ce n'était pas le problème. Écrire ainsi le nom de votre ennemi avait surtout un effet thérapeutique. Elle-même l'avait déjà fait à plusieurs reprises.

Elle retrouva ainsi le nom d'Henry Micket, tracé de sa main sur la paroi en bois. Henry était le champion d'athlétisme du lycée, et Emma avait fait l'erreur d'en tomber amoureuse. On pouvait difficilement l'accuser de s'être mal comporté avec elle – Emma doutait même qu'il l'eût seulement remarquée, après l'avoir croisée des centaines de fois dans les couloirs – mais elle avait eu le cœur brisé lorsqu'il était sorti avec Cindy Kites, elle aussi championne d'athlétisme.

Elle avait inscrit le nom d'Henry dans un élan de désespoir, mais un peu plus tard, elle était revenue le barrer avec un gros feutre bleu : on lisait à présent Henry Micket.

À l'époque, ces gestes l'avaient soulagée. Quelques traits de feutre avaient suffi à manifester sa colère, puis à exprimer son pardon. Aujourd'hui, sous l'emprise d'une autre colère, qui serait peut-être suivie d'un autre pardon, elle était tentée d'écrire un autre nom sur le mur.

Juste à titre thérapeutique, s'encouragea-t-elle. Mais dans ce cas, pourquoi ses mains tremblaient-elles ?

« Il faut que j'aille pisser », lança Shelley avant de disparaître par la porte d'entrée.

Emma s'engagea dans l'escalier branlant qui menait à l'étage. Tout était couvert d'une épaisse couche de poussière. Les dernières gouttes de l'averse de l'après-midi traversaient le plafond pour former au sol des flaques d'eau brunâtre.

Elle dégagea un espace du pied, s'assit en tailleur et alluma une cigarette.

Tandis que sa vue s'accoutumait à l'obscurité, elle remarqua une longue colonne de fourmis qui traversaient le plancher avant de disparaître dans une fente sous la fenêtre, sans doute pour rejoindre leur colonie installée dans la paroi pourrie. La colonne contournait divers obstacles, déchets, éclats de verre, un préservatif usagé – *beurk !* –, et frôlait dangereusement une énorme toile d'araignée. Même si elle ne la voyait pas, Emma se représentait une grosse araignée noire et velue aux yeux jaunes vicieux, guettant sa proie dans l'ombre.

Elle se leva soudain en secouant la tête. Il fallait faire quelque chose pour ces pauvres fourmis. Elle dégagea leur chemin, balayant les déchets du pied. Il y avait là une tige de métal, qu'elle prit pour écarter le préservatif avant de détruire la toile d'araignée, projetant ainsi au loin l'invisible prédatrice.

Elle observa les effets de son intervention en se mordillant les lèvres.

« Merde ! s'exclama-t-elle. Non, non, non ! »

La colonne s'était éparpillée et les fourmis désorientées couraient dans tous les sens. Emma avait détruit leurs repères.

Ce constat la bouleversa. Elle fut envahie par une brusque envie de pleurer. Non : un besoin de sangloter comme une enfant.

Une idée fit lentement son chemin dans son esprit embrumé : les champignons magiques commençaient à faire effet. Elle n'avait pas d'hallucinations, elle ne voyait ni d'étranges lumières, ni des couleurs bizarres – le cousin de Shelley leur avait dit que ça pouvait arriver – mais toutes ses sensations se trouvaient brusquement aiguisées, amplifiées, multipliées. Comme si le brouillard s'était dissipé et qu'elle percevait soudain le monde avec une netteté inédite : son propre corps, les fourmis, le moulin, la forêt, Manson, la Terre, l'univers tout entier.

Cela ne ressemblait à rien de ce qu'elle avait imaginé – encore moins à ce qu'on voyait dans les films. Ni à ce qu'on ressentait après avoir fumé de l'herbe. C'était d'une subtilité, d'une évidence merveilleuses et elle passerait bien des années à chercher à reproduire ce premier vrai trip. Plus tard, cette journée représenterait pour elle la véritable fin de son enfance.

Emma ouvrit son sac à dos et en sortit un feutre noir.

Tout en descendant lentement l'escalier, elle se concentrait sur les lattes poussiéreuses du plancher, le crissement des éclats de verre sous ses pieds, le clapotis d'une flaque d'eau, la page glissante d'un vieux magazine porno, l'écho métallique d'une vieille bombe de peinture verte qui roulait sur le sol.

Puis elle se trouva en bas, en train d'écrire un nom.

(« Emma, tu m'entends ? Emma… »)

Elle se recula pour admirer son œuvre.

(« … tu entends ce que je te dis ? Il faut que tu… »)

Au milieu des dizaines, des centaines d'autres noms, Emma venait d'ajouter d'une écriture remarquablement nette celui de *Sammy Went*.

Je suis désolée, songea-t-elle. *Rien de personnel là-dedans. C'est seulement à titre thérapeutique*.

(« Bon sang, réveille-toi… »)

Shelley avait plaqué ses larges mains sur les épaules d'Emma, l'obligeant à se retourner.

« Tu m'entends, Emma ? Tu entends ce que je te dis ? »

Emma tendit la main et tapota le verre gauche des lunettes de Shelley.

« Tu es belle, Shelley. Tu le sais, hein ? Au fait, est-ce que je peux essayer tes lunettes ?

— Et merde. T'es en plein trip, c'est ça ? Parfait, manquait plus que ça… »

Oubliant ses lunettes pour se concentrer sur son visage, Emma se rendit compte que son amie était blanche comme un linge. Ses lèvres étaient serrées, ses yeux écarquillés, elle ne ressemblait plus à la Shelley qu'elle connaissait.

« Écoute-moi, Emma. Il faut que tu redescendes.

— Qu'est-ce qui se passe ?

— On n'est pas toutes seules.

— Quoi ? T'as vu quelqu'un ?

— Non, répondit Shelley. Mais j'ai entendu des pas près de l'ancien bureau d'accueil des visiteurs. »

Emma lui adressa un large sourire.

« T'es en plein trip toi aussi, dit-elle.

— Non, je te jure.

— Mais non, dit Emma, les pas, tu les as imaginés ! C'est à cause des champignons. Ils sont vraiment… »

Elle s'immobilisa soudain en apercevant une ombre derrière la fenêtre. La vitre était sale, fêlée, envahie par la végétation, mais pendant une fraction de seconde elle n'en avait pas moins vu une silhouette. Cela n'avait duré qu'un instant, l'ombre avait disparu avant que Shelley n'ait le temps de se retourner.

« Qu'est-ce qu'il y a ? demanda Shelley.

— Je crois que j'ai vu quelqu'un. »

La porte du moulin grinça en raclant le sol tandis qu'elles se précipitaient dehors. Emma se retourna en s'enfuyant pour jeter un dernier coup d'œil vers l'ombre. Il n'y avait personne.

Même si c'était peut-être une hallucination, elle était terrifiée.

« Je crois qu'il vaut mieux rentrer, dit Shelley.

— Ouais, moi aussi. »

Elles se mirent en route et sous leurs pas les feuilles qui crissaient cédèrent peu à peu la place à la terre, puis à l'herbe, puis au ciment gris d'un trottoir et enfin au bitume défoncé de Cromdale Street.

Emma comprit rapidement que quelque chose clochait. Trop de voisins la regardaient passer, de leur jardin ou de leur porche. Roy Filly se tenait devant la porte ouverte de son garage, fumant l'un de ses infects cigares. Loraine Voorhees se balançait dans un rocking-chair sur sa véranda, une tasse de thé dans une main, un minuscule fox-terrier dans l'autre. Pam Grady, qu'on soupçonnait depuis longtemps d'être lesbienne, se tenait au bord du trottoir, les mains sur les hanches, le visage empreint d'une étrange… était-ce de la curiosité ? Non, plutôt une sorte d'inquiétude.

Savaient-ils tous qu'elle était en plein trip ?

L'énergie étrange de la rue se déployait à mesure qu'elle approchait de sa maison. Enfin elle aperçut la décapotable de son père, garée en travers de la pelouse. La portière était grande ouverte.

Elle accéléra le pas. Il s'était passé quelque chose. Quelque chose de grave.

Shelley lui adressa la parole mais Emma ne l'entendit pas. Elle s'était mise à courir. Son sac à dos la gênait, elle l'enleva et l'abandonna sur le trottoir.

Il s'était passé quelque chose de grave.

Tandis qu'elle arrivait, le souvenir de ce qu'elle avait écrit sur le mur du moulin reflua dans son esprit avec la même célérité et la même fatalité que la marée qui se retire.

MELBOURNE, AUSTRALIE

Maintenant

Dans les moments difficiles de ma vie, j'ai toujours été attirée par l'eau. Quand mon chien Shadow est mort, je suis allée à vélo jusqu'à Orel Lake et je suis restée trois heures assise sur la berge. Je suis rentrée grelottante de froid, après avoir versé toutes les larmes de mon corps. À la mort de ma mère, assise dans ma voiture, j'ai contemplé le détroit de Bass derrière le pare-brise pendant tout un après-midi.

Amy était furieuse lorsque j'ai regagné l'hôpital. Mais Dean avait compris. Il savait aussi bien que moi que les vastes étendues d'eau ont d'étranges pouvoirs sur l'esprit. Plus douloureuse est l'épreuve que vous traversez, plus vaste l'étendue dont vous avez besoin.

Si vous avez rompu une relation qui a duré trois mois par exemple, l'eau d'une baignoire suffira. Une petite douche peut vaincre l'angoisse de la page blanche. Mais lorsqu'on en vient aux choses sérieuses – la mort d'un proche, l'éventualité que votre vie entière repose sur un mensonge –, les grands espaces bourdonnant d'énergie sont nécessaires. Je pris donc la direction des chutes de Dights Falls, qui s'écoulent à grand fracas au pied du barrage du fleuve Yarra.

Je garai mon véhicule et suivis un étroit sentier à travers les broussailles. Les aiguilles de pin crissaient sous mes pieds. Je ne voyais pas encore le fleuve derrière l'écran des arbres, mais tout le paysage bruissait de la rumeur des rapides et l'air était saturé d'humidité.

Les arbres étaient plus clairsemés à mesure que je me rapprochais du fleuve, me laissant peu à peu découvrir l'étendue de ce paysage grandiose. Je restai à contempler les rapides plus longtemps que je ne l'avais imaginé, en me demandant quelles portes allaient encore s'ouvrir si je revoyais ce James Finn. Il avait accepté de déjeuner avec moi, mais je n'étais pas vraiment prête à le rencontrer. Je me sentais fragile, instable : la moindre réflexion de cet improbable comptable américain pouvait me faire perdre pied. Mais avais-je vraiment le choix ?

Un pêcheur solitaire était assis au sommet d'un promontoire rocheux, sur la rive opposée. Soudain il se dressa et remonta frénétiquement le moulinet de sa canne à pêche. Il n'y avait rien au bout. Il relança sa ligne à l'eau, et se rassit.

James était à une table au fond du café, une tablette à la main, devant une tasse de thé. Il paraissait aussi emprunté que lors de notre première rencontre.

« Vous êtes venue, finalement », dit-il en me souriant.

Ça, c'est ce que croient tous les mecs, aurait répondu Dean, incapable de résister à ce genre de sous-entendu. Cela me fit de la peine de penser à mon beau-père. Que dirait-il s'il savait que je menais une sorte d'enquête au sujet de son épouse adorée et que je la soupçonnais de kidnapping…

Je commandai un café et, gênée, me plongeai dans le menu, même si la simple idée de manger me retournait l'estomac.

« Claire ne veut pas que je boive de café, me dit James. Ma femme, je veux dire, précisa-t-il. Elle sait que le café me rend nerveux. D'où le thé.

— Elle n'est pas avec vous ?

— Elle est restée pour s'occuper de la maison. »

J'ouvris le menu, fis mine de le lire, le refermai.

« Je pense qu'il faut que je mette les choses au clair tout de suite : ce n'est pas parce que je suis là que je vous crois sur parole.

— J'entends bien.

— Je veux dire que le nom de ma mère figure sur mon acte de naissance. Et si elle avait eu un accent américain, il me semble que je l'aurais remarqué.

— Et pourtant vous êtes venue, répondit-il. Je vous rappelle du reste qu'on peut aisément modifier son accent. Et trafiquer un acte de naissance.

— Pourquoi vous faites ça, au juste ?

— Je vous l'ai dit. Je pense que vous êtes…

— Sammy Went, je sais. Mais pourquoi cette affaire vous intéresse à ce point ? Vous êtes qui, dans cette histoire ? Tout ça s'est passé il y a près de trente ans. Vous faites des enquêtes au noir pour arrondir vos fins de mois ?

— Je serais plutôt détective amateur », répondit-il.

Ses doigts pianotaient nerveusement sur la table. Il s'était d'abord montré mesuré, sûr de lui – presque robotique, même. Maintenant il paraissait tendu, et vaguement *humain*.

« Comme je vous l'ai dit, reprit-il, je connais bien la famille Went. Je vivais à Manson à l'époque des faits. La disparition de Sammy est donc un peu devenue… une obsession. »

Mon café arriva.

« Comment m'avez-vous retrouvée ? demandai-je.

— Laissez-moi vous montrer quelque chose. »

Il saisit un petit sac à dos sur le siège voisin et en tira une enveloppe en kraft où était écrit *Leamy, Kimberley*.

Il sortit une image de l'enveloppe et me la tendit. C'était un visage au regard inexpressif et aux traits vaguement familiers. L'image n'était ni une photo, ni un dessin ; il s'agissait d'une recomposition en 3D, figurant une femme aux cheveux noirs, au grand nez aquilin et aux lèvres serrées, sans expression, avec cette légende : *Sammy Went, telle qu'elle pourrait être autour de 25/30 ans*.

« Je me suis adressé à un service médico-légal. Je leur ai demandé de réaliser ce portrait, précisa James. Ils se sont appuyés sur les traits de Sammy et sur ses antécédents familiaux : d'après eux, elle devrait ressembler à cette image aujourd'hui. »

Le résultat n'était pas sans évoquer mes propres traits, dans les grandes lignes. Mais si j'avais commis un crime et que la police s'était fiée à ce portrait-robot pour me retrouver, je n'aurais pas eu de mal à quitter le pays pour me planquer en Nouvelle-Zélande.

« J'ai fait passer ce portrait dans une dizaine de programmes de recherches informatiques. Il a été comparé à des millions de visages figurant dans les bases de données. Plus de sept mille images susceptibles de lui correspondre ont été sélectionnées. Je les ai étudiées une par une. J'ai réduit la liste à neuf cents. Et j'ai mené une enquête sur chacune.

— Ça a dû vous prendre un temps fou.

— Ma mère disait toujours que j'avais la patience de Job. Le portrait-robot correspondait à une photo où vous étiez identifiée sur Facebook, ce qui m'a permis de savoir où vous enseigniez. J'ai d'abord pensé vous contacter par mail, mais j'avais une sorte de pressentiment vous concernant.

— Ça fait un sacré voyage pour un pressentiment, rétorquai-je. Et ce portrait-robot n'est absolument pas *une preuve*. Vous l'avez dit vous-même : vous aviez retenu neuf cents visages. Et même si vous aviez raison : comment expliquer que je n'ai aucun souvenir de tout ça ?

— Mais vous en avez peut-être, dit-il. Vous connaissez la théorie de la décomposition ?

— Non.

— Lorsqu'un souvenir se forme, le cerveau crée aussitôt une empreinte neurochimique qui permettra de le retrouver en cas de besoin. Imaginez une sorte de gros fil rouge partant de votre conscience et plongeant dans les profondeurs de votre esprit. Quand vous voulez évoquer un souvenir précis, vous tirez sur ce fil et il remonte à la surface. »

Il souleva et replongea son sachet de thé dans sa tasse pour illustrer sa démonstration.

« C'est assez simple, vous voyez. Mais selon la théorie de la décomposition, lorsqu'un souvenir n'est pas ranimé pendant très longtemps, le fil s'use, il finit par… » Il sortit le sachet de la tasse et cassa le fil. Le sachet disparut dans le liquide laiteux. « Lorsque ce fil est rompu, le souvenir se contente de flotter dans le cerveau sans être rattaché à rien. Vous ne vous souvenez pas forcément d'avoir été une toute petite fille dans le Kentucky mais cela n'empêche pas cette petite fille d'être toujours présente, d'exister quelque part au fond de vous. Peut-être a-t-elle déjà essayé de vous faire signe. Peut-être est-ce même pour ça que vous êtes venue jusqu'ici aujourd'hui. »

Je me représentai Sammy Went assise au milieu de l'immense vide noir comme de l'encre où échouent les souvenirs perdus. Un fil rouge était noué autour de sa taille mais l'autre extrémité ne tenait à rien. Elle tirait, tirait sur ce fil mais il revenait toujours sans prise, comme la ligne du pêcheur de Dights Falls.

« Ce n'est pas pour cette raison que je suis ici aujourd'hui », dis-je.

Il acquiesça et tapota l'enveloppe en kraft.

« Je sais, dit-il. Vous êtes ici pour avoir une preuve. Une preuve irréfutable. Cela ne vous ennuie pas que je passe d'abord aux toilettes ? »

Il s'éclipsa. Je considérai l'enveloppe à mon nom, laissée en évidence sur la table. Voulait-il que je la regarde maintenant ? S'il y avait bien là une preuve irréfutable, je ne pourrais plus me réfugier dans le déni.

Ignorant le dossier, je m'intéressai à sa tablette : un rayon de bibliothèque –virtuel ou non – donne généralement une assez bonne image de son propriétaire.

La majorité des livres téléchargés n'étaient pas des romans. Histoire, récits de guerre, mais surtout des enquêtes autour d'affaires criminelles. Je connaissais certains titres – *Un tueur si proche* d'Ann Rule, *Minuit dans le jardin du bien et du mal* de John Berendt, *De sang-froid* de Truman Capote – mais bien d'autres m'étaient inconnus : assassinats politiques, crimes liés à la mafia, meurtres de célébrités, affaires classées, biographies de tueurs en série et (ô surprise !) des enlèvements d'enfants.

Curieusement, cette macabre bibliothèque me rassura : James Finn n'était qu'un détective amateur à la curiosité un peu morbide.

À moins que…

Je cherchai rapidement le nom de Sammy Went quand une idée me traversa l'esprit : peut-être ce type écrivait-il des romans policiers ? D'où sa démarche, son comportement bizarre ! Peut-être écrivait-il en ce moment un livre à partir de la disparition de Sammy Went ? Et j'étais le dernier chapitre de son histoire !

Lorsqu'il revint des toilettes, il prit une profonde inspiration avant de se rasseoir.

« Vous êtes prête ? » me lança-t-il.

Il ouvrit son sac : rapports de police, cartes, dossiers divers – tellement de papiers, qu'il dut en sortir quelques-uns pour trouver ce qu'il cherchait. Il posa devant lui une pile de documents ; sur la première feuille figurait une liste de noms précédés de la mention : *Délinquants sexuels de Manson et des communes environnantes*. Un tiers des noms étaient barrés, probablement parce qu'ils n'étaient plus considérés comme suspects. D'autres étaient soulignés ou entourés d'un cercle.

Ce sac me mettait mal à l'aise. On était loin de la simple curiosité d'un détective amateur. On était loin des recherches d'un auteur de romans policiers. On était en pleine monomanie.

Enfin il exhuma un papier de ses dossiers, et me

le tendit. Y figurait un petit logo bleu, suivi de la mention *Me-Genes*.

« Qu'est-ce que c'est ? demandai-je.

— *Me-Genes* est une compagnie de génomique et de biotechnologie établie ici, à Melbourne. Vous leur adressez un échantillon d'ADN, ils l'analysent et vous livrent le résultat, moyennant une somme modique. Avec un petit supplément, ils peuvent même vous le faire très vite. »

Le document était divisé en trois colonnes : *Marqueur, Échantillon A, Échantillon B*. Chaque colonne comportait d'innombrables chiffres et diverses combinaisons de lettres, la plupart identiques. Le genre de document impossible à déchiffrer.

Mais l'essentiel figurait au bas de la page à droite, en caractères gras, et je sentis mon estomac se nouer en lisant : *Probabilité de parents identiques : 98,4%.*

« Vous êtes l'échantillon B », précisa James.

Tandis que je commençais à comprendre la signification du document que j'avais sous les yeux, une bouffée de colère m'envahit et je sentis le rouge me monter aux joues.

« Vous… vous avez fait analyser mon ADN ? m'exclamai-je. Comment ? Comment avez-vous fait ?

— Vous avez pris un soda le jour où nous nous sommes rencontrés.

— Je rêve ! Mais c'est illégal !

— En fait, non, répondit-il. J'avais besoin d'une preuve. C'est pour ça que je suis venu jusqu'ici. »

Je me levai brusquement et quittai le café. Je me sentais comme un ver au bout d'un hameçon, ballotté par le courant, à la merci du premier poisson affamé. Je traversai la rue, m'engouffrai dans ma voiture, mis le contact. J'aperçus James dans le rétroviseur. Il était sorti lui aussi et me regardait, les mains enfoncées dans les poches de son jean. Ses tennis jaunes tranchaient sur la grisaille ambiante. De gros nuages défilaient au-dessus de nous.

« Et merde ! »

Je coupai le moteur, sortis de la voiture et le rejoignis.

« Qui est l'échantillon A ? lui lançai-je.

— Kim, écoutez-moi…

— Selon les analyses, j'ai les mêmes parents que l'échantillon A ! De qui s'agit-il ?

— Ma femme m'avait bien dit d'y aller en douceur… Je ne voulais pas vous déstabiliser…

— Dites-moi qui est l'échantillon A, insistai-je.

— C'est moi. Je m'appelle Stuart Went. Je suis votre frère. »

MANSON, KENTUCKY

Autrefois

Chester Ellis, soixante-quatre ans, shérif de Manson, lisait le *Manson Leader* assis derrière son bureau. On y trouvait un reportage sur la Grande Journée du Tracteur, des photos de l'inauguration du Musée d'histoire chrétienne, le compte rendu détaillé du dernier match de base-ball des Manson Warriors, qui avaient subi selon leur habitude une cuisante défaite face aux Coleman Bears.

La journée s'annonçait calme. Aussi calme que les jours de la dernière semaine, du dernier mois et même de la dernière année.

Il tournait lentement les pages, parcourant les gros titres à la recherche d'un article intéressant. *Bye-bye black-out : un plan pour réduire les pics de consommation d'énergie* ; *Le club d'athlétisme de Manson va déménager* ; *Nouveau regard sur les anciens médicaments : aider les personnes âgées à identifier les symptômes de l'addiction*.

Il arriva enfin à la page des petites annonces et découvrit la sienne, en bas de la deuxième colonne : *Afro-Américain athlétique, valeurs chrétiennes, cherche femme pour relation amicale et/ou amoureuse*.

Ellis avait perdu sa femme, emportée par une tumeur au cerveau vingt et un ans plus tôt. L'éducation de ses deux fils l'avait accaparé, et l'idée de refaire sa vie était alors le cadet de ses soucis. Ses fils avaient grandi, ils étaient aujourd'hui mariés, et Ellis avait ressenti le besoin... de quoi, exactement ? Pas d'une passion tumultueuse en tout cas. Il ne s'attendait même pas à trouver l'amour, à vrai dire, tout en se tenant prêt à l'accueillir si jamais il se présentait. Il cherchait simplement quelqu'un avec qui partager sa vie.

Bien sûr, l'annonce était un tissu de mensonges. « Athlétique », il l'avait été, mais ses muscles avaient fondu depuis longtemps. Il concourait désormais plutôt dans la catégorie « adipeux ». Quant à ses « valeurs chrétiennes », elles n'étaient pas si fermement établies. Mais Amelia Turner, en charge des petites annonces au *Leader*, l'avait convaincu d'ajouter cette formule.

Ellis croyait en Dieu, évidemment, et il s'efforçait de ne pas jurer trop souvent et de ne pas haïr son prochain. Mais à Manson, la foi chrétienne prenait des formes extrêmement diverses. D'un côté il y avait ceux qui, comme lui, s'en tenaient à l'amour de leurs semblables. De l'autre, il y avait les adeptes de l'Église de la Lumière Intérieure, qu'il évitait de fréquenter.

Ce groupe de Pentecôtistes – il avait appris à ses dépens à ne pas les qualifier de fondamentalistes, et encore moins de secte – pratiquait son culte en manipulant des scorpions et des serpents venimeux. À en croire la rumeur, ils prenaient de la strychnine, s'exprimaient dans un jargon incompréhensible et, d'après ce que lui avait dit Tom Kirker au Cubby's

Bar après plusieurs verres de whisky, ils buvaient du sang et adoraient le diable.

L'un des assistants d'Ellis frappa à la porte.

« Désolé de vous déranger, Shérif. Vous avez une minute ?

— Entre, Beech. Quoi de neuf ? »

Il était encore bien trop tôt pour qualifier John Beecher d'adulte. Un jour, il serait un homme, Ellis en était convaincu, mais pour l'instant, c'était un gamin de dix-neuf ans imberbe, qui rougissait jusqu'aux oreilles dès qu'il était un peu nerveux – ce qui lui arrivait souvent.

« On vient de recevoir un coup de fil de Jack Went. Celui de la pharmacie. Sa fille a disparu.

— Sa fille ? » Ellis consulta sa montre : il était un peu plus de 16 heures. « Elle a probablement traîné en sortant du lycée.

— Non, pas l'aînée… La plus jeune… » Beecher consulta son bloc-notes. « Sammy Went. Deux ans. Aperçue pour la dernière fois il y a environ deux heures.

— Merde. Envoie Herm et Louis là-bas.

— Ils sont déjà en route, Shérif. Mais j'ai pensé que vous aimeriez être au courant. » Ses yeux se posèrent sur le journal étalé sur le bureau. « Vous avez reçu des réponses à votre annonce ? »

Ellis replia le *Leader* et le rangea dans le tiroir de son bureau.

« Tu te rappelles où on a mis ce livre, Beech ? Le manuel des affaires criminelles ? Herm et Louis risquent d'en avoir besoin. »

Beecher secoua la tête.

« Ça s'appelle *Scène de crime* ou quelque chose

dans ce style... *Analyser une scène de crime... Exploiter une scène de crime...* Il y a un chapitre sur les disparitions. Les questions à poser, le protocole, les conseils, ce genre de trucs.

— Ah oui, une sorte de guide, c'est ça? Je suis à peu près sûr de l'avoir vu dans les toilettes, Shérif.»

L'hypothèse paraissait vraisemblable.

Les fils d'Ellis étaient des adultes maintenant, mais ils avaient été petits et fragiles, il s'en souvenait. Jack et Molly devaient être fous d'inquiétude.

«Laisse tomber le livre, lança-t-il. Donne-moi plutôt l'adresse des Went. Je vais y aller moi-même.»

Les maisons de Cromdale Street, une rue large et bordée d'arbres, étaient toutes de vastes demeures coloniales. Toutes, sauf une. La brebis galeuse se trouvait au nº 9 : c'était la maison des Eckles. Ellis ralentit l'allure. Il ne la connaissait que trop, avec sa boîte aux lettres de travers et le grotesque panneau DÉFENSE D'ENTRER accroché au portail. Qui pouvait avoir envie de pénétrer dans un endroit pareil?

Le jardin était bien entretenu – Travis, le plus jeune des fils Eckles, s'en occupait – mais la maison était complètement délabrée. Si quelqu'un avait eu l'idée d'entrer dans le jardin et de pousser la porte de la maison, qu'aurait-il pu voler? L'urne en cuivre avec les cendres de Jeff Eckles? Les chèques de sa pension de vétéran envoyés tous les mois depuis sa mort?

Ellis poursuivit sa route.

Les policiers étaient arrivés avant lui et les gyrophares de leur véhicule clignotaient toujours, illuminant la maison de Jack et Molly Went d'éclairs rouges et bleus dans la lumière déclinante de l'après-midi. Ellis se gara derrière la décapotable de Jack et remonta l'allée jusqu'à la porte d'entrée.

« Shérif… »

La voix venait du porche. La silhouette d'Emma Went s'en détacha, le visage empreint d'une gravité inhabituelle.

« Elle est partie, Shérif. Il fera nuit dans quelques heures, il fera froid, et maman ne se souvient même pas si elle lui a mis un pull. »

Elle parlait trop gravement pour une fille de treize ans. Son regard était embrumé et ses gestes raides, un peu comme un zombie. C'est sans doute le choc, pensa Ellis.

« Allons parler de ça à l'intérieur », dit-il en posant la main sur son épaule.

Emma le conduisit au salon. Molly Went était assise sur un grand canapé rouge. C'était une belle femme, même dans ces pénibles circonstances, avec sa queue-de-cheval en bataille et ses yeux gonflés. Un enfant grassouillet de huit ou neuf ans était assis sur ses genoux. Molly l'étreignait en l'écrasant. Le garçon paraissait mal à l'aise, mais il avait compris qu'il fallait laisser faire sa mère.

Les deux policiers ne savaient trop quelle attitude adopter. Le plus jeune et le plus sportif des deux, Herm, arpentait la pièce de long en large tandis que Louis se balançait d'un pied sur l'autre. Ils virent entrer le shérif avec soulagement.

« Herm, lança Ellis d'une voix faussement confiante, tu vas aller demander si quelqu'un a remarqué quelque chose. Quoi que ce soit. Il n'y a pas de détail sans importance. Jette un coup d'œil dans les jardins si on t'y autorise, et si on refuse, signale-le-moi. Louis, tu vas organiser une battue. Il va falloir explorer toutes les rues, les égouts, la forêt…

— La forêt ! » s'exclama Jack Went. Il se tenait près de la fenêtre, à l'autre extrémité de la pièce, et avait écarté un rideau de dentelle blanche pour jeter un coup d'œil à l'extérieur. « Vous ne pensez tout de même pas qu'elle aurait pu aller aussi loin ?

— Elle n'est allée nulle part, Jack, intervint Molly en serrant si fort son fils qu'il poussa un petit cri. Quelqu'un l'a enlevée. Quelqu'un est venu chez nous et l'a *enlevée.*

— On n'en sait rien, Molly. Essaie de garder ton calme, ça ne sert à rien de paniquer. Ça fait seulement…

— Garder mon calme ? Pardon ? Notre fille *a disparu.* »

Ellis raccompagna Herm et Louis dans l'entrée.

« Ne vous occupez pas de la maison des Eckles, leur dit-il. Je vérifierai de mon côté.

— Vous-même ? demanda Herm.

— Mais oui. Et tout ira bien. Allez-y maintenant. »

Les policiers se mirent en route et Ellis revint dans le salon.

« Qu'est-ce qui vous fait croire qu'on l'a enlevée, Molly ?

— La fenêtre était ouverte. Grande ouverte.

— Ça ne veut rien dire, rétorqua Jack. Tu la laisses tout le temps ouverte.

— Je l'avais fermée aujourd'hui, Jack. J'en suis certaine.

— Vous parlez de la fenêtre de sa chambre ? intervint Ellis.

— Je la laisse ouverte des fois, pour aérer. Il n'y a pas de barreaux, mais elle est trop haute pour Sammy. Sinon, jamais je ne… En tout cas, aujourd'hui je l'avais fermée. Je me revois encore en train de faire le geste.

— Quand l'avez-vous vue pour la dernière fois ?

— Vers 13 heures. Généralement je ne la laisse pas dormir si tard, sinon elle ne s'endort pas le soir. Mais elle était pénible, elle râlait sans arrêt et j'ai pensé que… En tout cas, je suis certaine d'avoir fermé cette fenêtre. Je m'en souviens.

— Il y a un verrou de sécurité à la fenêtre ? » demanda Ellis.

Elle secoua la tête.

« Il est cassé, précisa Jack. Je ne l'ai pas encore remplacé, la chambre est à l'étage et… enfin, on est à Manson, c'est pas vraiment la capitale du crime. »

Ellis acquiesça.

« Et quand vous êtes retournée la voir, elle avait disparu. C'est bien ça, Mrs Went ?

— Je suis rentrée dans la chambre vers 14 h 30. Son lit était vide et la fenêtre était grande ouverte. »

Jack se mit à arpenter la pièce.

« Écoutez, Shérif, je ne tiens pas à passer pour un emmerdeur mais franchement, ma femme laisse toujours cette fenêtre ouverte.

— Mais enfin, Jack !

— Désolé, Molly, mais c'est la vérité. Je ne veux pas qu'on croie que cette putain de fenêtre ouverte est un indice crucial, alors que c'est sûrement toi qui l'as laissée ouverte. La fenêtre est au premier étage, donc si Sammy a été enlevée, c'est par le mec le plus grand du monde !

— T'as déjà entendu parler des échelles ?

— Écoute, elle a dû descendre, et puis elle est sortie. Peut-être qu'elle a vu un oiseau, je sais pas, ou le chat de Grace King, elle l'a suivi, il a tourné au coin de la rue… »

Molly leva les yeux au ciel. Le garçon dans ses bras se serra plus fort contre elle.

Ellis lui sourit.

« Et toi ? Comment tu t'appelles, mon garçon ?

— Stuart Alexander Went, monsieur, répondit-il.

— On l'appelle Stu, précisa sa mère.

— Eh bien, Stu, toi, tu aurais une idée de l'endroit où ta petite sœur pourrait se cacher ? Il y a peut-être un endroit où elle aime jouer dans le quartier ? »

Stu secoua la tête.

« Je sais pas. Désolé.

— Elle n'est pas en train de jouer dehors, intervint sèchement Molly. Elle n'a pas suivi un oiseau, ni le chat de Grace King. Elle n'est pas partie toute seule. Quelqu'un est entré par la fenêtre de sa chambre et l'a enlevée.

— À quelle heure tu es rentré de l'école, Stu ? demanda Ellis.

— Il n'y est pas allé aujourd'hui, répondit Molly. Il sort d'un mauvais rhume, je me suis dit qu'il valait mieux qu'il se repose un jour de plus à la maison.

— Tu n'as rien remarqué d'anormal aujourd'hui, Stu ? reprit Ellis. Ou entendu un bruit inhabituel ? »

Le garçon regarda sa mère avant de secouer la tête.

« J'ai joué à *Zelda* toute la journée, dit-il.

— *Zelda* ?

— C'est un jeu Nintendo », précisa Jack.

Ellis sentit le regard d'Emma dans son dos mais lorsqu'il se retourna elle avait baissé les yeux.

« Et toi, Emma ? Tu as une idée de l'endroit où ta sœur aurait pu aller ? »

Emma secoua la tête.

« Tu n'as rien remarqué en revenant du lycée aujourd'hui ?

— Non, je… je ne crois pas. »

Elle donnait l'impression de cacher quelque chose.

« Tu es sûre ? Le moindre détail peut être utile.

— Je vous l'ai dit, je n'ai rien vu. »

Ellis se tourna vers les parents de Sammy.

« Je peux voir sa chambre, s'il vous plaît ? » leur demanda-t-il.

La chambre de Sammy baignait dans un camaïeu de rose et de mauve. Un gros coffre à jouets débordait d'animaux en peluche. Sur les murs étaient encadrés des photos familiales, des dessins d'enfant, un grand « S » rose couvert de paillettes argentées, et deux affiches de films : *Chérie j'ai rétréci les gosses* et *La Petite Sirène*. Des jouets traînaient sur le lit – deux poupées et des peluches. Sur les couvertures du lit défait, on distinguait le vague contour d'un petit corps d'enfant. Ellis sentit son estomac se nouer.

Il s'approcha de la fenêtre. Elle était assez large pour qu'un enfant de deux ans puisse s'y glisser, mais bien trop haute pour qu'il l'atteigne. Même si Sammy avait réussi à agripper le rebord, elle n'aurait pas eu la force de se hisser jusque-là. Sans compter qu'il fallait faire un saut de presque quatre mètres pour retrouver le sol de l'autre côté. On ne l'avait pas retrouvée gisant sur la pelouse, on pouvait donc affirmer sans beaucoup de risque de se tromper que Sammy ne s'était pas enfuie par la fenêtre – en tout cas pas toute seule.

« La fenêtre était donc ouverte quand vous êtes entrée ? reprit Ellis.

— Grande ouverte, répondit Molly. Je suis allée voir dehors s'il y avait des empreintes de pas, ou les traces d'une échelle, mais je n'ai rien vu. »

Jack lança un regard noir à sa femme.

Ellis s'adossa à la fenêtre et son regard se porta sur le couloir qu'on apercevait dans l'embrasure de la porte.

« Et cette porte, vous l'avez fermée après avoir couché Sammy ? demanda-t-il.

— Non, répondit Jack. On ne la ferme jamais. Sammy est trop petite pour atteindre la poignée et elle n'aime pas être enfermée. Pas vrai, Molly ? »

Molly n'avait pas quitté Ellis des yeux.

« Comme elle faisait des histoires, j'ai…

— Quoi ? l'interrompit Jack. Tu as fermé la porte ? Elle a horreur de ça, tu le sais bien !

— Tu n'étais pas là. Tu n'es jamais là.

— Qu'est-ce que ça veut dire ?

— Où étais-tu quand j'ai appelé la pharmacie ?

— On parlera de ça plus tard, si tu permets. »

Ellis se retourna et regarda par la fenêtre. D'ici, il distinguait parfaitement la maison des Eckles. L'après-midi tirait sur sa fin et une chape d'obscurité s'étendait inexorablement sur Manson.

Un vieux bout de ficelle tenait lieu de verrou. Ellis le dénoua et poussa le portail, qui s'ouvrit avec un grincement de film d'horreur. Le panneau DÉFENSE D'ENTRER oscilla un instant. Il leva les yeux vers la maison des Eckles, un peu plus loin au milieu des broussailles, et s'y dirigea.

Il avait traversé ce jardin quelques années plus tôt avec sept policiers armés jusqu'aux dents. Ils étaient venus arrêter Patrick Eckles, qui avait fracassé le crâne de Roger Alborn au Cubby's Bar avec une queue de billard. Personne n'avait jamais vraiment su pourquoi.

La lumière s'alluma sur le porche, laissant entrevoir la moustiquaire déchirée de la double porte et un vieux canapé couvert de poussière. Ellis porta instinctivement la main sur l'étui de son .45. Il n'avait pas besoin de sortir l'arme, il lui suffisait de savoir qu'elle était là. Et ça ne ferait pas de mal de rappeler ce détail à celui qui venait d'ouvrir la porte.

Il tentait de distinguer les formes dans l'obscurité. Une petite femme en émergea, une canette de bière dans une main, une cigarette dans l'autre.

« Bonsoir, Mrs Eckles. Je peux vous parler cinq minutes ? »

Ava Eckles était une femme d'apparence banale avec ses cheveux blonds en bataille, ses bras squelettiques et son ventre protubérant. Elle portait un pantalon noir et un vieux tee-shirt rose trop grand pour elle, sur lequel Ellis parvint à déchiffrer le slogan *2% ange, 98% démon.*

« Je me disais bien que quelqu'un finirait par se pointer, dit Ava en tirant sur sa cigarette. J'ai vu vos hommes sonner à toutes les portes mais ils se sont pas approchés d'ici.

— Je voudrais vous interroger au sujet de Sammy

Went. La fille de Jack et Molly Went, un peu plus bas dans la rue. Vous les connaissez ? »

Pour toute réponse la femme jeta son mégot dans le jardin et alluma une autre cigarette.

« Sammy a disparu, Mrs Eckles. Avez-vous entendu ou remarqué quelque chose d'inhabituel cet après-midi ? »

Elle croisa les bras sur sa poitrine.

« Le seul truc intéressant par ici, dit-elle, c'est ce qui se passe à la télé.

— Vous n'avez pas remarqué une voiture, ou des gens que vous ne connaissez pas ? »

Elle tira sur sa cigarette et secoua la tête.

« Vous êtes restée chez vous toute la journée ?

— J'ai une tête à aller me balader ?

— Et Travis, votre fils ?

— Quoi, Travis ?

— Il n'a rien remarqué d'étrange cet après-midi ?

— Faudrait lui poser la question.

— Je ne demande pas mieux, dit Ellis. Il est là ?

— Il travaille.

— Toujours chez Clinical Cleaning ?

— C'est un travail honnête.

— Je ne cherche pas la guerre, Mrs Eckles. »

Ava s'avança d'un pas. Elle était bien plus petite qu'Ellis, mais il y avait en elle une imprévisible sauvagerie. Le shérif restait sur ses gardes.

« Vous avez une dent contre ma famille, pas vrai Shérif ?

— Je…

— Une gamine disparaît et vous vous dites que les Eckles y sont sûrement pour quelque chose. Ça vous suffit pas d'avoir envoyé un de mes fils en taule, vous voulez faire pareil avec le deuxième.

— Nous avons interrogé tous les habitants de la rue pour savoir s'ils…

— Je crois que vous feriez mieux de rentrer chez vous, Shérif. Sinon, je risque de vous dire des choses qu'il vaut mieux garder pour soi, entre gens bien élevés.

— Comme quoi, Mrs Eckles ? »

Ava se fendit d'un large sourire. Elle avait de petites dents jaunes.

« Eh bien, par exemple, que je sais pas ce qui me débecte le plus quand j'ouvre ma porte : de tomber nez à nez avec un flic ou un nègre. »

Ellis retint son souffle. Il ne s'attendait pas à une sortie pareille. La colère et la honte montèrent en lui avec la violence d'un geyser mais il parvint à se contrôler.

« Dernière question, Mrs Eckles. Dans la camionnette de votre fils, il n'y aurait pas une échelle, par hasard ? »

MELBOURNE, AUSTRALIE

Maintenant

Il y avait une place dans l'allée de Dean entre sa Jeep et la Jazz d'Amy, mais je préférais me garer dans la rue, au cas où je devrais repartir à la hâte. Dean habitait toujours la grande maison où il avait vécu avec ma mère. La façade était rouge brique, mais aujourd'hui une pluie fine étendait sa grisaille sur l'ensemble du décor.

J'avais l'intention de déballer toute l'affaire lors de notre dîner rituel du dimanche soir. Je ne voyais pas d'autre moyen pour débloquer la situation. Il était possible que Dean n'ait jamais entendu parler de Sammy Went et que cette révélation bouleverse l'image qu'il avait de ma mère. Mais au cours du trajet j'avais fini par me dire que ce n'était pas mon problème. Je *subissais* moi aussi ce qui était en train de se passer, je n'en étais pas *la cause*.

Dean m'accueillit sur le seuil en me serrant dans ses bras. Et comme d'habitude, cela dura trois secondes de trop.

« Mon Dieu, Kimmy, tu n'as que la peau sur les os… Tu manges assez, au moins ? Entre donc t'abriter du froid ! »

Il était grand, svelte et habillé comme tous les pères de famille des sitcoms des années 1990 : une chemise blanche à manches courtes rentrée dans un jean, des baskets blanches et une veste marron. La veste était même renforcée aux coudes par des pièces en cuir. Il me fit entrer. Le plus proche ami de Dean, son chat Scout, treize ans, apparut à son tour pour m'accueillir ou me toiser d'un air méprisant, c'était difficile à dire.

Amy, son compagnon Wayne, et ma nièce Lisa étaient assis au salon, près de la cheminée où un feu crépitait. Amy bondit du canapé en me voyant. Un triste sourire aux lèvres, elle me saisit par les épaules.

« Tout va bien ?

— Tout va bien, répondis-je.

— Du nouveau ?

— Non, dis-je après une courte hésitation.

— De quoi parlez-vous ? demanda Dean en s'approchant avec deux verres de vin.

— De rien. » Je bus la moitié du verre d'un trait. « Salut, Wayne.

— Salut, Kimberly. »

Le compagnon d'Amy était la seule personne au monde à m'appeler par mon prénom entier. Il n'était pas désagréable à regarder, il aurait même eu un certain charme s'il avait eu ne fût-ce que l'ombre d'une personnalité. Mais il parlait si peu et d'une voix si basse qu'on avait tendance à le considérer comme un simple élément du décor, un objet qu'on aurait déniché à la brocante dominicale sans savoir très bien où on allait le ranger.

Dean s'assit sur le canapé, but une gorgée de vin, lissa son jean du plat de la main et se releva pour ranimer le feu. Il ne tenait jamais très longtemps en place.

« Tu manges des noix, Kimmy ? me demanda-t-il. Elles contiennent des molécules qui empêchent le développement des cellules cancéreuses. Il faut absolument que tu en manges un kilo par jour ! Je ne plaisante pas.

— Un kilo ? »

Il disparut pour revenir quelques instants plus tard avec un énorme sac de noix. Il me le tendit, m'adressa un clin d'œil et ajouta : « Elles viennent du marché. Achetées directement au producteur. »

Tout le monde craint le cancer, mais la peur de Dean frisait l'irrationnel. Depuis que la maladie avait emporté sa femme il était convaincu que nous allions tous en mourir. Il ne s'inquiétait pas tellement pour lui – il buvait un peu trop, et même s'il ne l'aurait jamais avoué, ses vêtements sentaient le tabac parfois –, mais il tremblait à l'idée que le cancer lui enlève à présent l'une ou l'autre de ses filles.

Il saisit le tisonnier et retourna une bûche rougeoyante qui se brisa en envoyant gicler des braises.

« Wayne, ça ne t'ennuie pas d'aller me chercher une autre bûche ? Tu en trouveras dans la petite cagette, sous le porche de derrière. »

Wayne se leva, opina en silence et quitta la pièce.

« Alors, Kimmy, me lança Dean. Comment va la vie ?

— Comme d'hab' », mentis-je.

Amy m'adressa un regard inquiet. Heureusement, Dean était trop concentré sur le feu pour le remarquer.

« Tu sais, reprit-il, au centre commercial hier, il y avait une femme qui proposait aux gens de faire le portrait de leurs animaux. Elle avait un succès dingue.

Je lui aurais bien amené Scout, mais quand j'ai vu ses tarifs… Quarante dollars pour trois photos, même pas encadrées. C'est ahurissant !

— Kim ne fera jamais des portraits d'animaux, intervint Amy. Elle a trop de talent pour ça.

— Je ne dis pas qu'elle devrait *se limiter* à ça. Mais ce serait une bonne façon d'arrondir ses fins de mois, au lieu de laisser l'appareil photo qui lui a coûté cinq mille dollars prendre la poussière sur une étagère… Tu sais, ma chérie, tu ferais mieux de surveiller Lisa : elle ne devrait pas boire autant de soda. Tu as une petite idée des effets de l'aspartame sur un corps en pleine croissance ? »

Lisa était debout près de la table basse et plongeait la main dans le verre de Coca Light de Wayne avant de se lécher les doigts. Elle se tourna vers les adultes et les fixa de ses grands yeux.

Wayne réapparut au salon, une énorme bûche dans les bras.

« Où veux-tu que je la mette ? demanda-t-il à Dean.

— À ton avis, Wayne ? »

Dean avait préparé un gratin de pâtes au thon, qui avait une saveur un peu nostalgique. Il me resservit un verre de vin et je dus faire un effort pour ne pas l'avaler d'un trait. Lisa était assise au salon et regardait la télé, sous prétexte qu'elle ne voulait pas manger à la même table que les grands. Amy et Wayne étaient assis en face de moi ; ma sœur me dévisageait d'un air tendu tandis que son compagnon regardait les derniers résultats du championnat de cricket sur son smartphone.

« Si vous étiez sur une île déserte, demanda Dean, qu'est-ce que vous préféreriez : vous retrouver seul ou en compagnie de votre pire ennemi ? »

C'était sa spécialité. Il posait toujours ce genre de questions pendant les repas, afin, prétendait-il, « d'inciter à la réflexion pendant les dîners familiaux, ne serait-ce que pour échapper aux banalités d'usage ». *Si votre vie était un film, quel titre lui donneriez-vous ? Quelle loi refuseriez-vous d'enfreindre pour sauver la vie d'une personne qui vous est chère ? Quels sont les trois détails les plus intéressants qui vous caractérisent et pourquoi ?*

Il répétait rarement la même question et avait mûrement réfléchi à sa propre réponse. J'aimais plutôt ce petit jeu, mais ce n'était pas le cas d'Amy.

« S'il te plaît, papa, lui lança-t-elle. Tu sais bien que je n'apprécie pas ce qui est dans mon assiette si je dois réfléchir en même temps. »

Un souvenir me revint soudain à l'esprit : je me trouvais dans la chambre où était hospitalisée ma mère, avec ce papier peint jaunâtre et cette vague odeur d'excréments que nous avions tacitement décidé d'ignorer. Amy avait apporté des sandwiches et nous les mangions, assis autour du lit. Dean était allé chercher du café instantané dans le distributeur du couloir et avait éteint la télé – que personne ne regardait, d'ailleurs – avant de demander : « Si vous deviez adresser un message à chacun des habitants de la planète, quel serait-il ? »

« C'est tous les soirs comme ça avec lui, avait dit ma mère qui émiettait son sandwich en petits morceaux au lieu de le manger. Hier soir nous avons commandé une pizza et en ouvrant la boîte il m'a demandé : *Que changerais-tu dans ta vie si tu savais que tu ne devais jamais mourir ?* Qu'est-ce que j'étais censée répondre à une question pareille ? »

Avant de tomber malade ma mère était une femme robuste, résistante, aux yeux d'un bleu perçant. Ce soir-là à l'hôpital elle était toute ratatinée, sa peau avait jauni mais ses yeux étaient toujours aussi bleus. Ils avaient conservé leur intensité jusqu'à la fin.

Avait-elle voulu me dire la vérité ? me demandai-je. *Cela a-t-il rendu les derniers mois de sa vie encore plus difficiles ? Peut-être était-ce le fait de devoir garder un tel secret qui l'avait tuée. Peut-être que si l'on garde au fond de soi quelque chose d'aussi lourd à porter, d'aussi douloureux, on finit par…*

« Eh bien moi, je choisirais d'être en compagnie de mon pire ennemi, lança Dean tandis que le souvenir s'estompait en moi. Parce qu'une compagnie, même détestable, vaut toujours mieux que pas de compagnie du tout. Et que j'aurais toujours la possibilité de le manger, si la situation tournait mal. »

En face de moi, Amy me lança un regard consterné.

« Tu te souviens de l'époque où papa était du genre force tranquille et pas bavard ? Ça me manque.

— Puisqu'on parle de compagnie désagréable, reprit Dean en se tournant vers elle, qu'est-ce que tu as aujourd'hui, Amy ? »

Elle avait fait la tête toute la soirée, ne desserrant les dents que pour de brèves réponses lâchées d'un ton cassant. S'il s'était agi de moi, personne n'y aurait prêté attention. Mais lorsque Amy se repliait dans sa coquille c'était aussitôt l'alerte rouge.

« Hein ? Oh rien, tout va bien, répondit-elle.

— Elle a été comme ça toute la semaine», grommela Wayne sans quitter son smartphone des yeux.

Dean se pencha et observa Amy.

«Que se passe-t-il, ma chérie?»

Amy me dévisagea avec une expression qui signifiait à la fois *dis-lui tout* et *pas un mot*.

«Bon, reprit Dean. Oublions ma tentative de débat philosophique et parlons du temps qu'il fait. Ou de politique. Ou de la hausse du prix du pétrole.

— Parlons plutôt d'Esmé Durand, dit Amy.

— Qui est Esmé Durand? demanda Dean.

— Tu te souviens de Fiona Durand, ma copine de lycée?»

Il réfléchit un instant.

«Celle qui avait pissé au lit?

— Non, ça c'était Michelle. Fiona était rousse, assez petite, super mignonne. Elle était à l'enterrement de maman.

— Celle qui était rentrée super tard le soir de votre bal de promo et qui avait raflé tout le fromage qui restait?

— Non, elle c'était Nathalie. Bref, peu importe. La mère de Fiona, Esmé, vient de se retrouver seule. Son mari l'a quittée pour une collègue de travail. Il est dans la finance, je crois. La femme, c'est sa supérieure, elle a dix ans de plus que lui.

— Quel scandale, dit Dean en se resservant un verre de vin.

— Ouais. Et donc, elle se retrouve seule.

— Et alors?

— *Et alors* elle est libre, et mignonne, et je pense vraiment que vous vous entendriez bien.

— Ah… Je te remercie pour ta sollicitude, Amy,

mais je n'ai pas besoin que mes filles m'arrangent des rendez-vous galants.

— Il faut bien que quelqu'un s'en charge.

— Sincèrement, je ne me sens pas prêt à refaire ma vie pour l'instant.

— Ça fait quatre ans, papa… Tu comptes rester seul jusqu'à la fin de tes jours ? »

Amy s'enflammait et prenait visiblement la chose au sérieux. Dean faisait penser à une souris prise au piège, qui cherche par où s'échapper.

« Je me sens bien, vraiment… Je n'ai pas besoin de… Ce n'est pas si simple de…

— Maman aurait voulu que tu trouves quelqu'un d'autre.

— Doucement, Amy, intervins-je. Il t'a dit qu'il n'était pas prêt. »

Les yeux de ma sœur s'étaient remplis de larmes.

« Mais qu'est-ce qui t'arrive ? demanda Dean d'une voix préoccupée où pointait néanmoins un soupçon d'irritation. Pourquoi tu pleures ?

— Il ne m'arrive rien du tout ! lança-t-elle en s'essuyant les yeux avec sa serviette. Je ne veux pas que tu te sentes seul, c'est tout.

— Je ne suis pas seul. Vous êtes là tous les trois, et puis il y a Lisa, et Scout aussi. »

Amy éclata en sanglots. Wayne la regardait avec une expression stupéfaite et épouvantée.

« Ma chérie… », commença Dean en se levant de sa chaise.

Amy l'écarta d'un geste.

« Je vais parfaitement bien ! s'exclama-t-elle.

— Ce n'est pas l'impression que tu donnes, rétorqua

Dean. Qu'est-ce qu'il y a ? Est-ce que j'ai dit, ou fait quelque chose ? Parle-moi.

— Ça n'a rien à voir avec toi.

— Qu'est-ce que c'est, alors ? »

Elle posa sa serviette et ses yeux se plantèrent dans les miens. Puis d'une voix étranglée, elle lança avec autant d'amertume que de mépris :

« C'est cette putain de Sammy Went.

— Sammy Went ? »

Amy se tourna vers moi, Dean se tourna vers moi, Wayne lui-même se tourna vers moi en clignant des yeux d'un air ahuri. C'était le moment ou jamais.

« Sammy Went est… » Je m'interrompis pour reprendre mes esprits. « Un homme est venu me voir il y a quelque temps. Une sorte d'enquêteur.

— Qu'est-ce que tu racontes ? s'exclama Dean qui essayait toujours de comprendre. Un policier est venu te voir ?

— Non, pas un policier. Un comptable, qui fait des recherches au sujet d'une enfant disparue il y a longtemps. Vers 1990. Une petite fille qui s'appelait… »

Je m'interrompis en voyant que le visage de Dean était devenu livide. Il serrait sa serviette dans sa main, si fort que ses jointures avaient blanchi. La réalité s'imposa alors à moi avec une évidence confondante. *Il sait.*

Ce nom ne lui était pas inconnu. Cela faisait des années qu'il ne l'avait plus entendu mais pendant tout ce temps, il s'était attendu à le voir surgir un jour. Elle lui avait dit la vérité. Elle lui avait tout raconté. À lui – et pas à moi.

Je venais de recevoir un coup de massue dans l'estomac. Une seconde, j'eus l'horrible pressentiment que j'allais pulvériser mon gratin de pâtes à moitié digéré dans toute la salle à manger, dans le genre de *L'Exorciste*. Mais je me suis penchée en avant, et j'ai caché ma tête entre mes bras contre la table.

Dean a posé sa serviette et s'est avancé vers moi.

« Non, ai-je dit. Ne t'approche pas. »

Amy a posé les yeux sur moi, puis sur Dean, puis à nouveau sur moi.

« Kim… », a-t-elle commencé.

J'avais la tête qui tournait. Je me levai maladroitement et renversai mon verre à moitié plein sur la table. Mes genoux se mirent à trembler et je me serais effondrée si Wayne ne m'avait pas saisie par le bras pour me retenir et me redresser.

« Qu'est-ce que tu sais ? » demandai-je à Dean.

Amy continuait à nous dévisager à tour de rôle comme si elle regardait un match de ping-pong particulièrement affligeant.

« Qu'est-ce que tu racontes, Kim ? Il n'a rien à voir là-dedans…

— Calme-toi, Kim, je t'en prie, intervint Dean. Il faut que tout le monde se calme, et qu'on en discute.

— Depuis combien de temps ? »

Je ne lui laissai pas le temps de répondre. J'allais vomir maintenant, c'était certain. Je quittai précipitamment la table et me ruai vers les toilettes.

Agenouillée devant la cuvette et contemplant les restes du gratin de pâtes au thon de Dean, je me demandai si ce repas allait sonner le glas des réunions dominicales de la famille Leamy. Je voulus me relever mais perdis à nouveau l'équilibre et m'étalai sur le carrelage. Quelqu'un frappa à la porte. C'était Dean.

« J'entre, OK ? »

Le besoin de vomir à nouveau l'emporta sur le besoin de dire non. Quelques secondes plus tard je sentis le contact de sa main dans mon dos.

« Tiens, bois ça », dit-il en me donnant un verre de Coca.

J'en bus une gorgée et le lui rendis. Ma tête battait à tout rompre.

« Quand ta mère est tombée malade, dit-il en s'asseyant sur le sol à côté de moi, on ne parlait que de comment s'en sortir. Et puis, quand il est devenu évident qu'on n'y arriverait pas, on a commencé à parler de l'après. »

J'arrachai quelques feuilles de papier hygiénique, m'essuyai la bouche et tirai la chasse d'eau.

« Il faut que tu comprennes, Kimmy – même si ça semble un peu macabre – que je voulais mourir avec elle. Je le lui ai dit, mais elle m'a fait promettre de vivre aussi longtemps que possible, de ne pas être l'un de ces maris qui ne survivent que quelques mois à leur épouse. C'était très important pour elle. Et tu sais pourquoi ?

— À cause de nous, murmurai-je. Elle voulait être sûre que quelqu'un veille sur Amy et moi.

— Bingo. Son seul désir a toujours été que ses filles soient heureuses, en sécurité et en bonne santé. Les derniers jours, les médecins augmentaient peu à peu les doses, on savait tous que la fin était proche, on a parlé…

— De Sammy Went ?

— Elle m'a fait jurer de ne rien te dire, Kimmy. Elle voulait emporter ce secret avec elle. »

Des larmes lui montèrent aux yeux et pendant un instant je sentis ma colère refluer. Je ne l'avais vu pleurer qu'une seule fois dans ma vie, à la mort de mon chien Shadow (nommé ainsi d'après mon livre d'Enid Blyton préféré). Shadow souffrait d'une hypertrophie cardiaque et le vétérinaire nous avait dit que le mieux que nous puissions faire était de l'endormir à tout jamais. Dean avait été chargé de le conduire dans la vieille Datsun pour sa dernière virée. Lorsqu'il était revenu, son collier à la main, des larmes ruisselaient sur son visage.

Nous restâmes assis en silence pendant plus d'une minute. Je contemplais les carreaux verts de la salle de bains. L'enduit qui les maintenait était devenu gris. J'imaginais Dean à genoux en train de les poser, rangée par rangée. Ma mère lui avait sûrement apporté un sandwich en lui disant de faire une pause pour le déjeuner.

« Tu sais ce que je vois quand je pense au passé ? reprit-il. Un océan, un vaste et profond océan peuplé de souvenirs qui évoluent comme autant de poissons. En marchant le long du rivage on peut tendre la main et en retirer un de l'eau, si on le désire. On tient ce souvenir à la main, on le contemple puis on le rejette et il repart en voguant. »

Il regardait le mur de la salle de bains et les larmes coulaient sur ses joues.

« Mais plus on s'avance et plus l'eau devient sombre. Bientôt on ne distingue plus ses pieds. On ne voit plus les poissons non plus mais on les sent qui s'agitent autour de vous et vous frôlent les jambes.

Ces poissons-là viennent *du grand large*, des régions les plus profondes. Ce sont… des requins, Kimmy. Quand il ne s'agit pas de véritables monstres. Il vaut mieux les laisser en paix. Tu comprends ce que j'essaie de te dire ? »

Je me relevai en silence et constatai avec soulagement que j'avais retrouvé mon équilibre. J'enjambai le corps de Dean et l'abandonnai sur le carrelage de la salle de bains. Je refermai la porte derrière moi, regagnai le rez-de-chaussée, m'enfonçai dans la nuit froide.

Dans l'océan, songeai-je.

MANSON, KENTUCKY

Autrefois

« Sammy… Sammy… Sammy ! »

Des centaines de personnes criaient son prénom. La ligne des volontaires partait du canal de ciment et se poursuivait en zigzaguant à travers le bois, jusqu'au pare-feu. Les gens progressaient lentement, à un mètre les uns des autres, et fouillaient les broussailles des yeux sans cesser d'appeler.

« Sammy ! Sammy ! »

Il y avait un policier pour dix civils. Et comme il n'y avait pas tant de flics à Manson – en tant que membre de la famille Eckles, Travis était bien placé pour le savoir – il pensa que des renforts avaient dû être envoyés par les communes voisines de Coleman ou Redwater.

On s'activait beaucoup en contrebas. Travis interrompit sa recherche un instant et alla jeter un coup d'œil depuis le promontoire qui surplombait le paysage. Il y avait sept embarcations sur le lac, et un nombre encore plus important de plongeurs, qui traînaient tous une petite bouée colorée derrière eux.

Autant ceux qui fouillaient la forêt avaient l'espoir de retrouver la fillette, autant ces hommes devaient prier pour ne pas apercevoir son corps au fond de l'eau.

Une lugubre pensée effleura Travis : *cette petite fille est morte*.

Si jamais on repêchait son cadavre dans le lac, Jack aurait le cœur brisé – ce qui briserait celui de Travis.

Cette battue était une bonne couverture – il y avait là la moitié de la ville –, mais Travis n'avait qu'une idée en tête : voir Jack. La pharmacie était fermée, Dieu sait quand elle rouvrirait à présent, et il ne pouvait pas se permettre de téléphoner chez lui : il ne l'avait jamais fait auparavant, même sous le prétexte le plus innocent, pour éviter d'éveiller les soupçons de la femme de Jack. Il risquait encore moins de le faire dans ces terribles circonstances.

Il reprit place au milieu des volontaires, en essayant de reconnaître un visage familier. Il était presque midi mais un brouillard épouvantable s'était étendu pendant la nuit et refusait obstinément de se dissiper.

Travis aperçut soudain Fran Hapscomb, l'employée un peu ronde de la station-service Canning Gas & Go. Travis y faisait le plein une fois par semaine et Fran était toujours prête à bavarder. Elle savait bien que Travis était un Eckles mais à ses yeux, il était *du bon côté*. Elle devait donc estimer que son frère, sa mère et la plupart de ses cousins se trouvaient quant à eux *de l'autre côté* – mais bon, elle était humaine, après tout.

Travis lui adressa un signe de la main et Fran le lui retourna avec un grand sourire. Puis, se souvenant tout à coup qu'elle fouillait la forêt à la recherche d'une fillette de deux ans qui avait disparu, elle prit une mine affligée, plus adaptée aux circonstances.

« Bonjour, Travis, dit-elle d'une voix grave, de

circonstance elle aussi. Quelle tragédie… On entend bien dire que ce genre de choses arrivent dans les grandes villes, mais à Manson… »

Elle secoua la tête en parcourant la forêt des yeux. Tous deux écoutaient les appels que lançaient les volontaires.

« Tu as vu Jack ? lui demanda Travis.

— Jack ? Jack Listi, le propriétaire de la quincaillerie ? Oh, je suis sûre qu'il aimerait donner un coup de main, mais il ne peut pas se risquer sur un terrain pareil avec sa jambe raide. Il dit que c'est une vieille blessure de football, mais à mon avis c'est plutôt la goutte. Je sais de source sûre qu'il se fait livrer deux caisses de Rolling Rock toutes les semaines alors qu'il vit tout seul là-bas, dans sa ferme. Donc à moins qu'il en donne à ses vaches…

— Non, pas Jack Listi, Jack Went, le père de Sammy. »

Le rouge monta aux joues de Fran.

« Ah oui, bien sûr… Jack Went… Il était sur le parking au bord du lac tout à l'heure. Il distribuait des provisions aux volontaires. Il m'a donné ça. » Elle brandit une bouteille d'eau qu'elle serra contre sa poitrine comme s'il s'agissait d'un trophée. « Tu le connais ? ajouta-t-elle sur un ton que Travis trouva vaguement soupçonneux.

— Non, répondit-il. Enfin, oui et non. On est voisins. »

Et plus car affinités, songea-t-il en sentant un sourire lui monter aux lèvres.

Le visage de Fran s'illumina soudain.

« C'est vrai, tu habites dans la rue où Sammy a été

enlevée ! Tu as vu quelque chose ? Ça devait être un de ces cirques… »

Elle se pencha vers lui, espérant visiblement qu'il lui donne quelques informations supplémentaires.

« Pam Grady habite juste à côté de chez les Went, murmura Travis d'une voix de conspirateur. Elle dit que cet après-midi-là, elle a vu un grand blond dans une berline noire. Il était garé juste devant la maison de Jack et Molly, comme s'il surveillait quelque chose.

— Oh, mon Dieu !

— Pam m'a dit qu'il avait des lunettes noires et que le plus bizarre, c'est qu'il n'avait pas du tout l'air d'un kidnappeur. Il portait même un costume de luxe.

— Un costume ?

— Pam est convaincue – mais ça reste entre nous – qu'il travaille pour le gouvernement.

— Non ! »

Travis acquiesça d'un air entendu.

Il se moquait un peu de Fran, bien sûr, mais il n'avait nullement inventé cette histoire. Pam Grady avait bel et bien prétendu qu'un grand blond dans une berline noire surveillait la maison de Jack l'après-midi où Sammy avait disparu. Mais Pam Grady prétendait également que les Américains n'avaient jamais marché sur la Lune et que George Bush arrosait secrètement Manson de produits chimiques toxiques dissimulés dans les traînées blanches des avions. D'ailleurs, comment pouvait-elle affirmer que ce type était grand s'il n'avait pas quitté sa voiture ?

Fran n'en réagit pas moins comme si Travis lui avait confié un secret de première importance : elle allait ronger cet os jusqu'au lendemain.

Il la salua et prit la direction du sentier un peu plus

bas, quittant la zone des recherches. Le chemin était boueux et détrempé.

« Sammy… Sammy… Sammy ! »

Les voix retentissaient au-dessus de lui. Travis songea que quelques jours plus tôt, la plupart de ces gens ne connaissaient même pas l'existence de cette gamine.

« Sammy… Sammy ! »

Il examinait les buissons tout en marchant, s'attendant presque à voir se profiler derrière un tronc une petite main ensanglantée, ou un cadavre le fixer brusquement de ses yeux exorbités.

Quel cauchemar, songea-t-il. *Mon Dieu, faites que ce ne soit pas moi qui la découvre !*

Si c'était Travis Eckles qui découvrait le cadavre… Là, pour le coup, Fran Hapscomb aurait un os à ronger.

Il n'était pas du bon côté, finalement, dirait-elle. Et elle ne serait pas la seule. Il voyait d'ici la une du *Manson Leader… Le fils Eckles retrouve le corps : coïncidence ?*

Un poste d'accueil provisoire avait été installé dans la partie nord du parking. Une longue caravane argentée était garée là. L'inscription *Église de la Lumière Intérieure* se détachait en grandes lettres blanches sur le véhicule, avec son « t » en forme de crucifix. Travis n'était pas sûr qu'ils aient demandé l'avis de Jack avant de venir l'aider.

Un grand auvent était tendu devant la caravane ; devant, un petit groupe de fondamentalistes s'activait. Sur une table pliante étaient disposés trois rangées de bouteilles d'eau, de gros sachets de chips, une dizaine de sandwiches (emballés individuellement) et une pile de photocopies en couleurs reproduisant le portrait de Sammy Went.

Toute de blanc vêtue, l'enfant avait l'air d'un ange sur cette photo. Elle avait les mêmes yeux que Jack, d'un bleu intense et profond, comme de minuscules planètes.

Le petit logo vert et bleu de Copy Hut figurait au bas de chaque photocopie. Jerry Lawson leur avait sûrement fait un prix pour inclure son logo. *Toutes les publicités sont bonnes à prendre*, songea cyniquement Travis.

Et tant qu'à se montrer cynique, l'idée de distribuer une photo de Sammy aux volontaires participant aux recherches lui paraissait aussi morbide qu'inutile. Une autre fillette avait-elle disparu dans la région ? Il s'imaginait un type soulevant une branche d'arbre et découvrant une gamine accroupie juste en dessous, tremblante de frayeur. L'homme comparerait la photo de Copy Hut à son visage terrorisé avant de lancer : *Fausse alerte, c'est pas celle-là*…

Une femme menue se détacha du groupe et se dirigea vers Travis, une bouteille d'eau dans une main, un bac en plastique rempli de sandwiches dans l'autre. Travis la reconnut : c'était Becky Creech, la sœur cadette du grand manitou de la Lumière Intérieure.

« Bonjour, lui dit-elle. Vous êtes Travis Eckles, n'est-ce pas ? »

Il était tellement occupé à fixer la longue jupe bleu pâle qui tombait sur les chevilles de Becky qu'il ne se demanda même pas comment elle le connaissait. Elle n'était pas désagréable à regarder pour une fondamentaliste, même s'il était difficile de deviner ses formes sous ce grand sac qui lui tenait lieu de vêtement. Ses cheveux étaient tirés en arrière, révélant deux oreilles parfaites – un détail auquel Travis était sensible, chez les hommes comme chez les femmes –, mais son sourire avait quelque chose de forcé.

« Si vous cherchez à vous rendre utile, lui dit-elle, nous avons besoin de quelqu'un pour monter ces sandwiches là-haut. Il sera bientôt midi, les gens vont faire une pause et il vaut mieux qu'ils restent sur place. »

Elle lui tendit le bac rempli de sandwiches et Travis remarqua qu'elle avait une petite cicatrice entre le pouce et l'index. Les adeptes de la Lumière Intérieure manipulaient des serpents à sonnette au cours de leurs rites et, quand on en rencontrait un dans les rues de Manson, on pouvait parier sans risque qu'il arborait une ou deux morsures de crotale.

« Tout se passe bien par là-bas ? » lança une voix tonitruante.

Le révérend Dale Creech venait de sortir de la caravane et allait à leur rencontre. C'était un bel homme, de grande taille, au menton saillant et à l'épaisse chevelure noire. Travis savait qu'il était à moitié cinglé – comme tous les fondamentalistes – mais son sourire était rassurant.

« Travis Eckles, dit Becky pour le présenter. Et Dale, mon frère. »

Les deux hommes se serrèrent la main. La paume de Dale était douce.

« Heureux de faire votre connaissance, Mr Eckles. Même si j'aurais préféré que ce soit en de moins tristes circonstances. Puisse Dieu nous aider à retrouver cette petite fille.

— Amen », conclut Becky.

Des volontaires et des badauds qui étaient simplement venus jeter un coup d'œil déambulaient par petits groupes sur le parking, chuchotant d'un air concentré. Travis espérait apercevoir le visage de Jack. Il ne le vit nulle part, mais remarqua sa décapotable rouge garée le long du lac.

Il se dirigea de ce côté. Jack avait laissé la capote du toit ouverte et Stuart, son fils de neuf ans, était assis sur le siège arrière. Il jouait avec sa Game Boy.

« Salut, Stuart », lança Travis.

Le garçon releva les yeux. Son regard était triste et Travis fut à nouveau traversé par cette pensée funeste : *la petite sœur de cet enfant est morte*.

« Je suis Travis, dit-il. J'habite un peu plus haut dans la même rue que toi. Tu me reconnais ? »

Le garçon acquiesça.

« Ils cherchent ma sœur, vous savez.

— Oui.

— Je voulais les aider mais papa m'a dit que je suis trop petit.

— Ton papa a raison.

— Travis ? »

Jack avait quitté le bord du lac et s'avançait vers eux.

Il était défait. Son visage était livide, ses traits tirés, et même si c'était impossible, on aurait dit qu'il avait perdu dix kilos en vingt-quatre heures. Sa chemise jaune était boutonnée de travers ; le pli au niveau du nombril formait comme une bouche étrange, avachie.

« Jack, mon Dieu, salut », lança Travis.

Il avait une envie presque irrépressible de le prendre dans ses bras et de l'embrasser, sans se soucier des gens qui les entouraient. De le bercer contre lui et de lui dire que tout allait bien se terminer. Au lieu de ça il resta raide comme un piquet, les bras le long du corps.

« Qu'est-ce que tu fais ici ? demanda Jack.

— Je m'inquiétais pour toi. »

Jack regarda son fils, qui s'était replongé dans son jeu. Puis il se passa la main dans les cheveux et poussa un soupir.

« Rentre chez toi, Travis.

— Je veux me rendre utile.

— Le plus utile serait que tu t'en ailles.

— On peut se voir plus tard ? Juste pour discuter. Ou pour ce que tu veux, peu importe. »

Travis tendit la main et la posa sur le bras de Jack. Au même instant, Kathryn Goodman – qui travaillait au *Manson Leader* – leva les yeux dans leur direction. Elle était au milieu d'un groupe de volontaires, notant leurs noms et leurs commentaires. Elle mâchonna son crayon tout en regardant à tour de rôle Jack et Travis.

Celui-ci imaginait déjà la une du lendemain : *Liaison torride entre le fils Eckles et le père de la fillette disparue.*

Jack dégagea son bras et recula d'un pas.

« Il faut que j'y retourne », dit-il.

Travis vérifia que Kathryn Goodman avait bien reporté son attention sur les volontaires.

« Je suis là pour toi, Jack », insista-t-il.

Jack lui adressa un petit geste dissuasif avant de se tourner vers son fils.

« Allez, Stu, lui dit-il. Viens manger un morceau. »

Il aida Stuart à sortir de la voiture et ils s'éloignèrent tous les deux sans ajouter un mot.

Le brouillard commençait à se dissiper lorsque Travis regagna sa camionnette. Il était garé le long de la voie express, juste avant la bretelle qui menait au lac. Les recherches n'en seraient pas facilitées pour autant : des nuages sombres s'amoncelaient à l'horizon, une grosse averse se préparait à succéder au brouillard.

C'est alors que Travis aperçut le shérif Chester Ellis, le visage collé à la vitre arrière de la camionnette et les mains plaquées contre ses tempes pour mieux distinguer l'intérieur du véhicule. Même s'il ne transportait que du matériel de nettoyage, un frisson d'inquiétude le traversa. Les flics lui faisaient toujours cet effet, mais il était certain que même le citoyen le plus respectueux des lois éprouverait un malaise identique s'il voyait non pas un simple policier, mais *le shérif* de Manson *en personne*, mettre le nez dans ses affaires.

« Je peux vous aider, Shérif ? » lança-t-il en s'approchant.

Surpris, Ellis fit volte-face.

« Ah… Bonjour, Travis.

— Je vois que vous admirez mon nouvel aspirateur Dyson Cyclonic. Il ne vaut pas ce bon vieux SuckDuck, si vous voulez mon avis. À ce stade, c'est quasiment un robot.

— Ah, euh…

— À moins que vous ne soyez intéressé par mon déboucheur de tuyau Lagger Max, qui est muni d'un embout hydromécanique. Je serais bien incapable de vous expliquer en quoi ça consiste au juste mais ce qui est certain, c'est qu'aucun bouchon ne lui résiste. Mais vous ne devez pas voir grand-chose par la vitre arrière. Attendez, laissez-moi vous aider», ajouta-t-il en faisant coulisser la portière de la camionnette.

Je n'ai rien à cacher, mon vieux, songeait-il. Mais pendant un terrible instant, il imagina que le cadavre de Sammy Went allait basculer hors du véhicule et tomber aux pieds du shérif. Heureusement, il n'y avait là que le fatras habituel – aspirateurs, seaux, balais, tuyaux, embouts, détergents – et évidemment pas le moindre cadavre.

Le visage d'Ellis avait pris une expression un peu solennelle.

« Je suis désolé, mon garçon. J'ai été indiscret, je crois.

— Ce n'est pas grave, Shérif. J'ai l'habitude. Et je sais que la situation est un peu tendue à Manson ces jours-ci.

— C'est le moins qu'on puisse dire, répondit Ellis. Votre mère vous a dit que j'étais passé la voir ? »

Travis acquiesça.

« Apparemment, elle ne vous a pas accueilli à bras ouverts. »

Ellis haussa les épaules.

« Shérif, reprit Travis, je ne voudrais pas vous manquer de respect, mais qu'est-ce que vous cherchiez dans ma camionnette ?

— Je rentrais en ville quand je l'ai vue. J'ai pensé que c'était l'occasion de vous dire un mot, si vous étiez dans les parages. » Il remonta son pantalon dont la couleur n'était pas sans évoquer la merde de chien, et qui était son uniforme attitré, avant de prendre une profonde inspiration. « J'aurais deux ou trois questions à vous poser… Autant le faire maintenant, non ?

— C'est à propos de Sammy Went ?

— J'en ai bien peur, mon garçon. Vous savez comment on procède, dans ce genre d'affaire ? »

Ce fut au tour de Travis de hausser les épaules.

« Eh bien, poursuivit le shérif, la police fait généralement du porte-à-porte pour recueillir des informations. Parfois, ça donne des résultats : quelqu'un a remarqué quelque chose d'étrange ou entendu quelqu'un crier – un détail de ce genre. Vous me suivez ? »

Travis acquiesça.

« J'ai donc envoyé mes hommes faire la tournée du quartier le soir où Sammy a disparu. Et deux ou trois personnes – la plupart de vos voisins, en fait – ont mentionné votre nom. »

Tiens donc, songea Travis. *Un drame a lieu à Manson et on le met aussitôt sur le dos d'un Eckles.*

« Selon plusieurs témoignages, poursuivit Ellis, il semble que vous passez beaucoup de temps devant la maison des Went. Que vous venez regarder leurs fenêtres à n'importe quelle heure, y compris tard dans la soirée. En vous *dissimulant*, selon certains.

— En me dissimulant ? »

La bouche de Travis devint aussi sèche qu'un torchon sortant du pressing. Évidemment qu'il passait souvent devant la maison des Went. Évidemment qu'il se dissimulait. Mais ça n'avait rien à voir avec Sammy, et tout à voir avec son père.

« Vous savez que Pam Grady prétend avoir vu un grand blond dans une berline noire garée juste en face de… »

Ellis leva la main pour l'interrompre.

« Je vais être franc avec vous, mon garçon. J'accorde à peu près autant de crédit aux histoires qu'ont racontées vos voisins qu'à la théorie du FBI de Pam Grady. La vérité, c'est que les gens sont toujours prompts à désigner un coupable. Je crois même qu'ils ont impérativement *besoin* d'en trouver un. Et s'il s'agit d'un membre de votre famille, c'est la cerise sur le gâteau.

— Oui, dit Travis, j'avais cru remarquer.

— Mais je ne ferais pas correctement mon métier si je ne suivais pas la moindre piste qui se présente, si improbable soit-elle. Je vous pose donc la question : où étiez-vous mardi entre 13 heures et 14 h 30, au moment où Sammy a disparu ? »

En train de sucer la queue de son père, songea Travis.

« Au travail », répondit-il.

Ellis nota sa réponse dans un petit calepin.

« Vous faisiez le ménage, c'est ça ? Où, précisément ?

— L'entreprise qui m'emploie a des clients un peu partout en ville.

— Mais où étiez-vous ce mardi-là ?

— Mardi, je devais être au Business Park de Manson.

— Dans quel bureau, exactement ?

— On a des contrats d'entretien avec pas mal de gens.

— Mais pour qui vous étiez-vous déplacé mardi ?

— Euh…

— Je suis sûr que votre employeur tient un registre de ses commandes. Je peux vérifier ça avec eux si vous ne vous en souvenez pas.

— Non, non, ça me revient, dit Travis. J'étais chez Miller & A.

— Miller & A. ?

— Miller & Associates. C'est un cabinet de comptables.

— Vous étiez donc chez eux entre 13 heures et 14 heures ? Parfait, je les appellerai pour qu'ils me le confirment.

— Attendez, excusez-moi… Entre 13 et 14 heures, je prenais ma pause.

— Où étiez-vous ?

— Je déjeunais.

— Vous aviez emporté un casse-croûte ou vous avez mangé quelque part ?

— Je ne m'en souviens pas.

— Vous ne vous en souvenez pas ? »

Travis déglutit avec peine. Ellis remonta une fois de plus la ceinture de son pantalon et reprit :

« Comme je le disais, je me contente de faire mon métier.

— Je crois que j'ai mangé un burger.

— Où ça ?

— Hein ?

— Où avez-vous mangé un burger ?

— Chez Wendy's.

— Chez Wendy's. Parfait. Je ferai un saut pour vérifier ça avec eux et j'en profiterai pour me prendre un Frosty. » Il griffonna quelques mots dans son calepin et releva les yeux. « Et où avez-vous récolté ce coquard ? »

Travis mit quelques instants à comprendre de quoi il parlait.

« Ah, mon œil au beurre noir… Ce n'est rien, je me suis cogné contre une porte. C'est idiot, je sais bien… »

Ellis le dévisagea un bon moment – enfin, le temps

lui parut très long – avant de refermer son calepin et de le glisser dans la poche de sa chemise.

« Ce sera tout, mon garçon. Merci pour votre coopération.

— OK, très bien. Pas de problème. Je peux y aller, alors ?

— Qu'est-ce qui vous en empêcherait ? »

Travis referma la portière coulissante, grimpa dans la camionnette et démarra avant de rejoindre la voie express, en veillant à respecter la vitesse réglementaire.

La mère de Travis était vautrée sur le canapé et regardait la télé, à moitié endormie. Il était à peine 14 heures et les stores étaient déjà baissés. Travis ne se donna pas la peine de les relever. Il valait mieux que la pénombre règne dans une maison pareille.

« Quoi de neuf, mon poussin ? » lui demanda-t-elle.

Travis constata non sans surprise qu'elle n'en était qu'au premier stade de l'ébriété. Généralement, à cette heure-là, la charmante Ava Eckles avait déjà roulé sous la table, cédant la place à une Ava Eckles mélancolique et larmoyante, se plaignant sans arrêt *que ton père nous ait laissés tomber comme il l'a fait*. Comme si le père de Travis avait choisi de mourir, ou comme si John Lennon avait décidé d'être assassiné d'une balle dans le dos.

« 'jour, m'man.

— Ils l'ont retrouvée ?

— Hein ?

— La gamine. T'étais pas là-bas à aider ?

— Ah, si. Non, toujours rien.

— Ils la trouveront pas vivante. Ça fait combien de temps maintenant… trois jours ? Imagine la tête qu'elle doit avoir, pleine de boue, bouffée par les insectes… Et demain ce sera pire, et le jour d'après je t'en parle pas. La peau va commencer à gonfler. Même ses vêtements vont pourrir. Enfin, s'il lui en a laissé.

— Qui ça ? demanda Travis.

— Je sais pas. Mais enfin tu vois… Le cinglé qui l'a enlevée, quoi. »

Elle s'interrompit pour tirer sur sa cigarette sans quitter un instant des yeux le feuilleton à l'eau de rose à la télé. Travis les confondait tous.

« C'était qu'une affaire de temps, si tu veux mon avis, reprit-elle.

— Une affaire de temps pour quoi ?

— Pour que Manson rattrape le reste du monde. Pour que les viols et les meurtres arrivent ici. » Elle tira une nouvelle bouffée et fut secouée par une toux caverneuse. « Et dans un an, s'ils l'ont toujours pas retrouvée, il restera plus que de la poussière et des os… »

Elle se pencha et attrapa une canette de bière dans la glacière entre ses pieds. S'il y avait bien une chose qu'Ava Eckles savait faire, c'était boire. Au cours des rares heures où elle était sobre et éveillée dans la journée, elle allait de pièce en pièce, les yeux plissés, la tête lourde. Elle vidait les cendriers, disposait des magazines sur la table basse du salon, un ou deux sandwiches, des chips, un paquet de cigarettes intact. Elle remplissait la glacière de canettes fraîches. Le frigo n'était qu'à quatre mètres du canapé, mais ces quatre mètres lui en paraissaient quarante au bout de la sixième ou septième bière – et quatre cents au bout de la treizième ou quatorzième. Avec la glacière, elle pouvait débrancher le téléphone et s'installer sur le canapé en regardant ses séries et en vidant ses bières jusqu'à ce qu'elle sombre dans le néant.

Elle est passée experte dans l'art de se bourrer la gueule, songea Travis. *Pas étonnant, depuis le temps qu'elle s'entraîne.*

Ava n'avait pas toujours été cette caricature ambulante. Elle avait mauvais caractère, c'est un fait, mais ce n'est qu'après avoir commencé à boire qu'elle s'était servie de ses poings. Et elle n'avait commencé à boire qu'après la mort de son mari. Travis venait d'avoir treize ans lorsque l'hélicoptère de son père s'était écrasé au sol. Depuis, Ava n'avait plus eu d'autre soutien, dans tous les sens du terme, que sa pension de vétéran.

Travis s'en était sorti comme il avait pu mais Patrick ne s'en était jamais remis. Et Ava n'avait apparemment qu'une hâte : rejoindre son mari dans la tombe.

« Pourquoi t'es pas au boulot ? demanda-t-elle. T'as été viré ? Si j'ai pas l'argent du loyer au début du mois, tu peux faire tes valises, tu le sais.

— J'ai pas été viré, dit Travis. J'avais juste pas envie de faire le ménage aujourd'hui. » Il s'assit à côté d'elle sur le canapé. « Je peux t'en prendre une ? »

Une bière lui ferait du bien, après la discussion qu'il venait d'avoir avec le shérif.

« Ça dépend, répondit Ava. T'as de quoi la payer ?

— Arrête un peu, m'man…

— *Si tu veux garder tes amis, ne prête jamais, n'emprunte jamais.* » C'était l'un de ses dictons préférés.

« Et puis je fais aucun bénéfice dessus, je te la vends au prix où je l'ai payée. »

Travis retira un billet d'un dollar de son portefeuille et le posa sur la table basse.

« J'ai pas de monnaie, dit sa mère.

— Ça fait rien, tu peux tout garder. »

Il décapsula une canette et la vida d'un trait. L'effet fut immédiat. Il sortit un autre billet de son portefeuille, le posa sur la table et prit une autre canette, qu'il but à petites gorgées cette fois-ci.

Une agréable brume commençait à envahir son esprit et à dissiper ses inquiétudes lorsqu'il entendit soudain le grincement familier du portail.

« Va voir qui c'est », lui lança Ava.

En poussant un soupir, Travis s'extirpa du canapé et se dirigea vers la fenêtre. Il releva les stores et fixa la grisaille. Lorsque l'individu qui grimpait les marches du perron pénétra dans son champ de vision, Travis sursauta et son front faillit percuter la vitre.

« Putain de merde !

— Surveille ton langage, rétorqua sa mère en décapsulant une nouvelle canette. C'est qui ?

— C'est Patrick, répondit-il d'une voix incrédule. Patrick est de retour. »

HARTFORD COUNTY, CONNECTICUT

Maintenant

Le 787 poursuivit sa descente dans un ciel d'un bleu éclatant, se posa sans difficulté et alla lentement se garer devant son terminal. Au bout de la piste, le drapeau américain claquait au vent.

En attendant l'arrivée des bagages je rallumai mon téléphone. Amy avait essayé de me joindre à six reprises et Dean m'avait envoyé un texto laconique : *Où es-tu?* Ils ne se doutaient évidemment pas que j'avais quitté l'Australie. Les mots de mon beau-père résonnaient encore dans mon esprit : *Plus on s'avance et plus l'eau devient sombre*. Même s'il connaissait toute l'histoire – ce dont je doutais – jamais il ne se serait aventuré dans ces eaux troubles avec moi. Surtout si cela risquait d'entacher la mémoire de ma mère.

En colère et fatiguée, j'éteignis à nouveau mon téléphone.

Stuart et sa femme m'attendaient à la sortie, après le bureau des douanes. Claire était une jolie femme, plutôt menue. Elle me sauta pratiquement au cou lorsque je les rejoignis, me serrant contre elle. D'ordinaire, cette marque d'intimité un peu trop appuyée m'aurait irritée, mais il y avait en elle une sincérité, une chaleur, qui me plurent immédiatement. J'avais peut-être simplement besoin que quelqu'un me prenne dans ses bras.

« Ça me fait tellement plaisir de vous rencontrer enfin ! s'exclama-t-elle. Toute cette affaire est tellement… enfin, vous le savez aussi bien que moi. J'espère que ma présence ne vous gêne pas ?

— Bien sûr que non !

— Ah, j'adore votre accent ! »

Stuart se contenta de me serrer la main, et empoigna ma valise.

« Je n'arrive pas à croire que vous soyez là, dit-il.

— Moi non plus.

— Je n'étais pas très content de la façon dont nous nous sommes quittés, reprit-il. Le tact n'est pas ma qualité première.

— Je confirme », ajouta Claire avec un sourire.

Stuart et Claire habitaient à Grundy, à une heure de l'aéroport. Claire m'expliqua que c'était une cité-dortoir : la plupart des habitants travaillaient à New York ou Stanford, sans parler des nombreux étudiants. Mais l'essentiel du trajet fut silencieux. C'était la première fois que je venais aux États-Unis mais le paysage, les fast-foods et même les odeurs éveillaient en moi une étrange nostalgie. J'imagine que c'est normal quand on a grandi en regardant la télévision américaine.

Nous suivîmes l'itinéraire touristique pour rejoindre la ville, ce qui nous permit d'apercevoir l'embouchure du fleuve Pequannock. Stuart m'apprit que ce terme de *pequannock* était d'origine amérindienne et signifiait « terre éventrée » ou « lieu du massacre ».

Leur maison était un petit bungalow de style californien, situé en lisière de la ville. L'endroit faisait penser à une carte postale. La chambre d'ami était accueillante et confortable. J'étais épuisée par ce vol interminable et n'avais qu'une envie : m'écrouler sur le lit et sombrer dans un sommeil sans fond. Mais j'avais décidé de lutter contre le décalage horaire et m'obligeai donc à rester éveillée.

Stuart était allé chez un traiteur chinois. Nous nous sommes assis autour de la petite table de la cuisine. Après avoir échangé les banalités d'usage, je me suis jetée à l'eau :

« J'ai parlé avec mon beau-père.

— Vous avez parlé de Sammy ? demanda Stuart en lâchant ses baguettes.

— J'ai parlé de tout.

— Qu'est-ce qu'il a dit ?

— Il savait déjà.

— Comment ça, il savait déjà ? Qu'est-ce qu'il savait déjà ? Vous voulez dire qu'il a tout confirmé ? s'étrangla Stuart.

— Du calme, Stu, intervint Claire.

— Il n'a pas tout confirmé, mais il n'a pas nié non plus, dis-je. Je ne pense pas qu'il sache grand-chose, d'ailleurs – et même si c'était le cas, il ne me dirait probablement rien. »

Claire me prit la main.

« Mon Dieu, Kim, ça n'a pas dû être facile.

— Non, confirmai-je. Et c'est pour ça que je suis là. » Je regardai Stuart dans les yeux, ce qui n'a jamais été une chose facile pour moi, même dans un contexte moins dramatique. « Il faut que je sache pourquoi la femme qui m'a élevée a débarqué chez vous il y a vingt-huit ans pour enlever votre sœur.

— C'est ce que je veux comprendre aussi, Kim. »

Un instant, je crus qu'il allait se mettre à pleurer.

« Notre première étape sera Martha, en Virginie-Occidentale, reprit-il. C'est là que notre sœur… pardon, que ma sœur, habite. Du moins, c'est là qu'elle habitait la dernière fois que nous nous sommes parlé. Nous ne nous voyons pas beaucoup mais je suis sûr qu'elle voudra vous rencontrer.

— Je ne savais pas que vous aviez une sœur.

— J'en ai deux, en fait », dit-il en haussant un sourcil.

Je pensai à Amy.

« De Martha, nous nous rendrons ensuite directement dans le Kentucky, poursuivit Stuart. Une fois à Manson nous irons chez ma mère, qui aura probablement une attaque en vous voyant.

— Et votre père ? » demandai-je.

Stuart et Claire échangèrent un regard gêné. Stuart baissa la tête, les yeux fixés sur son bol de nouilles.

« Papa vit dans le Wyoming. Je l'ai appelé, je lui ai laissé un message, mais je ne suis même pas sûr d'avoir le bon numéro. Il paraît que dans certaines familles, les tragédies resserrent les liens, mais chez nous ça a plutôt eu l'effet inverse. »

Nos regards se croisèrent. Il y avait une lueur d'espoir dans ses yeux. Imaginait-il que sa famille allait se ressouder grâce à moi ?

« En tout cas, reprit Claire, vous en avez bien pour quinze heures de route. Lorsque vous arriverez à Manson vous ne pourrez plus vous voir en peinture, tous les deux !

— Vous ne venez pas avec nous ?

— Même si j'adore les balades en voiture, je vais rester ici et garder le château. Je crois que vous avez besoin de passer du temps tous les deux. »

C'était bien ce qui me tracassait. Claire était chaleureuse, jusqu'ici, elle avait joué le rôle de tampon entre Stuart et moi. L'idée de passer autant de temps en tête à tête avec quelqu'un que je connaissais à peine ne m'enthousiasmait guère. Aux yeux de Stuart, j'étais la petite sœur qu'il avait perdue autrefois. Mais aux miens, il était un parfait étranger.

« Vous avez des souvenirs de ce qui s'est passé à l'époque ? lui demandai-je.

— Pas tellement. »

Il serra les lèvres et j'eus la désagréable impression qu'il me cachait quelque chose. Je l'avais d'abord pris pour un détective, puis pour un type un peu dérangé, obsessionnel et triste, mais en réalité, je n'avais pas saisi sa personnalité. L'image du *sommet de l'iceberg* semblait avoir été spécialement forgée à l'usage de Stuart Went.

« L'essentiel de ce que je sais, reprit-il, je l'ai appris plus tard. En parlant avec mes parents, en lisant des rapports de police, ce genre de choses.

— On avait identifié des suspects ? demandai-je en reprenant du riz.

— Tout le monde soupçonnait plus ou moins Travis… Eckles, dit-il en trébuchant sur le nom. Il habitait un peu plus haut dans la même rue que nous, et sa famille n'avait pas très bonne réputation. On a aussi accusé maman. On a dit qu'elle était peut-être devenue dingue, qu'elle avait peut-être frappé ou secoué Sammy, et qu'elle l'avait tuée accidentellement.

— Comment les gens ont pu croire ça ?

— On accuse souvent les parents dans ce genre d'affaires, répondit Stuart. Et généralement pour de bonnes raisons. Ma mère perdait son sang-froid parfois, comme n'importe qui. Mais elle ne nous a jamais frappés.

— Elle habite toujours à Manson ?

— Et elle y habitera jusqu'à son dernier souffle, intervint Claire en levant involontairement les yeux au ciel.

— Elle est restée dans une ville où on l'a suspectée d'avoir tué sa fille ?

— Maman n'abandonnera jamais son Église, dit Stuart. Elle a… J'ai plus ou moins été élevé dans la croyance pentecôtiste. Maman était très impliquée dans l'Église de la Lumière Intérieure. Papa beaucoup moins.

— L'Église de la Lumière Intérieure ? » répétai-je, étonnée.

Stuart regarda Claire, qui haussa bizarrement les sourcils. J'ai toujours été aussi fascinée qu'irritée par la télépathie qui circule dans certains couples.

« Tu ne lui as pas dit ? » demanda Claire.

Stuart se raidit et se tourna vers moi.

« Vous avez déjà entendu parler des manipulations de serpents ?

— Non, avouai-je.

— Certains adeptes manipulent des serpents venimeux en pensant que Dieu les protégera.

— Attendez… Donc votre mère était une manipulatrice de serpents ?

— Inutile de parler au passé, dit Stuart. C'est toujours le cas. Nous n'abordons plus le sujet très souvent mais à ma connaissance, elle est encore membre de cette congrégation.

— Et vous avez grandi dans ce monde-là ?

— Oui et non. Il n'y a évidemment jamais eu de

serpent à la maison. Ces choses-là se passaient à l'église. Maman essayait de nous convertir. Et papa faisait tout pour nous tenir à l'écart.

— Il n'est pas croyant ?

— Il a été élevé au sein de la Lumière Intérieure, mais adulte, il s'en est éloigné. Maman a été convertie par sa belle-famille, aussi incroyable que ça puisse paraître.

— Ça ne paraît pas vraiment idéal pour des enfants. »

Il haussa les épaules.

« J'imagine que papa se disait qu'elle finirait par redevenir raisonnable. Et que maman pensait la même chose de lui.

— Mais c'est comme un tour de magie, non ? Je veux dire, cette histoire de serpents ? Ils ne les manipulent pas réellement ?

— Ça n'a rien d'un tour de magie. Parfois, les serpents sont un peu léthargiques, probablement parce qu'ils sont sous-alimentés, mais ils ne sont pas drogués. Et on leur laisse leur venin. Sinon ça n'aurait évidemment aucun sens, dans leur logique.

— Les gens ne se font pas mordre ?

— Oh si, très souvent. Tous ceux qui ont pratiqué ce rituel assez longtemps ont fini par être mordus. Il y a même eu des morts.

— Stuart a perdu son oncle Clyde après une morsure de serpent, intervint Claire.

— Ce n'était pas réellement mon oncle, précisa Stuart, mais on l'appelait comme ça. Apparemment, il lui arrivait de prendre plusieurs serpents à sonnette à la fois et de les serrer contre sa poitrine. Un soir, il s'est fait mordre à l'épaule. Il a refusé qu'on le soigne.

Il est mort deux jours plus tard. Ses dernières heures ont dû être atroces : le venin détruit l'ensemble du système nerveux avant de s'attaquer à la chair, puis aux os.

— Mais pourquoi a-t-il refusé d'être soigné ?

— Parce que c'était *inutile*. Dieu allait le sauver. Sauf que ce jour-là, Dieu devait être occupé à sauver les enfants victimes de la famine en Afrique, ou quelque chose de ce genre. »

L'homme d'ombre qui avait surgi dans mon cauchemar me revint brusquement à l'esprit.

« Et pourquoi des serpents ? » demandai-je.

Stuart poussa un soupir, comme si c'était la centième fois qu'il devait répondre à cette question.

« Parce que ces gens sont cinglés, Kim. Mais aussi à cause de ce passage des Actes des Apôtres (28 : 2-5) : *Alors Paul ayant ramassé quelques sarments et les ayant mis au feu, une vipère que la chaleur en fit sortir le prit à la main. Quand les barbares virent cette bête venimeuse qui pendait à sa main, ils se dirent entre eux : Cet homme est sans doute quelque meurtrier, puisque après avoir été sauvé de la mer, la vengeance divine le poursuit encore et ne veut pas le laisser vivre.* »

Un frisson me parcourut l'échine.

« *Mais Paul, ayant secoué la vipère dans le feu, n'en reçut aucun mal. Les barbares s'attendaient qu'il enflerait ou qu'il tomberait mort tout d'un coup ; mais après avoir attendu longtemps, lorsqu'ils virent qu'il ne lui arrivait aucun mal, ils changèrent de sentiment et dirent que c'était un dieu.*[*] »

* Nous reprenons la traduction biblique de Lemaître de Sacy (*N.d.T.*).

Que vais-je donc découvrir à Manson ? me demandai-je.

Nous devions partir tôt le lendemain matin : Stuart monta se coucher aussitôt le dîner terminé. Je restai un moment à boire un verre avec Claire. Je n'aurais pas dû m'inquiéter autant du décalage horaire. La présence de cette femme suffisait à me tenir éveillée. Et sa douceur contrebalançait parfaitement la raideur de Stuart.

« Je peux vous poser une question, Claire ? lui dis-je après avoir rassemblé mon courage. Comment Stuart réagirait-il si je lui demandais de me laisser faire ce voyage seule ?

— Mais pourquoi iriez-vous là-bas sans lui ?

— Tout ça est très perturbant, vous vous en doutez. Je voudrais juste aller à mon propre rythme. »

Claire réfléchit quelques instants.

« Laissez-moi vous montrer quelque chose », me dit-elle enfin.

Elle me conduisit jusqu'à la porte de derrière, puis dans leur jardin. Au fond se dressait une grande cabane. Claire déverrouilla la porte et l'ouvrit. On n'y voyait absolument rien.

« L'interrupteur est à gauche, me dit-elle.

— Qu'est-ce qu'il y a là-dedans ?

— Quelque chose que mon mari ne veut pas que vous voyiez, dit-elle. Mais il vaudrait mieux que vous soyez au courant, à mon avis. »

Intriguée et un peu nerveuse, j'entrai et appuyai sur l'interrupteur. La lumière clignota avant d'éclairer la pièce. Ce n'était pas une cabane : on aurait plutôt dit le bureau d'un inspecteur de police. Des panneaux blancs couvraient le mur du fond, où figuraient des noms et des notes, sur des fiches de différentes couleurs. On avait également scotché des photos, avec des commentaires précisant les liens de chaque personne avec Sammy Went.

Parcourant la rangée de gauche, je pus ainsi lire : *Deborah Shoshlefski, employée de la pharmacie Went, elle a gardé Sammy une fois (baby sitter), alibi inconnu* ; *George Gregson-Rull, condamné en 97 pour le meurtre et le viol présumé de Melissa Jennings et de Rachel Kirby, âgées l'une et l'autre de quatre ans, lien avec Sammy inconnu, alibi inconnu* ; *Ava Eckles, voisine, alibi inconnu…*

La liste se poursuivait mais mon attention fut attirée par une grande carte de Manson punaisée au mur. Les aires de recherche et les sentiers pédestres y étaient indiqués. Une zone était entourée d'un cercle rouge, accompagné du mot *Moulin*.

J'étais stupéfaite.

« Pourquoi me montrez-vous ça ? » lui demandai-je.

Claire apparut dans l'encadrement de la porte en resserrant sur sa poitrine les pans d'un cardigan trop grand pour elle. Elle reprit la parole d'une voix douce, en pesant chacun de ses mots.

« C'est juste un petit rappel, Kim. Vous affrontez cette histoire depuis moins d'un mois. Mais elle a occupé toute la vie de Stuart. »

L'unique fenêtre était couverte de photos de Sammy Went. Je ne connaissais jusqu'alors que celle qu'il m'avait montrée en Australie. Je découvrais d'autres périodes, d'autres angles. Sammy Went quelques heures après sa naissance. Le premier Noël.

Une excursion aux chutes de Cumberland. Endormie dans les bras de sa mère. Toutes mes photos perdues depuis si longtemps, qui s'étalaient brusquement sous mes yeux.

C'est moi, songeai-je.

Avec un sourire triste, Claire prit ma main dans les siennes. Pas de doute, elle avait vraiment l'instinct maternel – ce qui me fit penser à Amy.

« Vous n'étiez jamais très loin de ses pensées, me dit-elle. Même dans les moments les plus heureux de sa vie, il y avait toujours une part de tristesse en lui parce que Sammy n'était pas là. Sa vie entière a été guidée par l'idée de vous retrouver. Laissez-le venir avec vous. Vous aurez besoin de lui – vous le savez, je pense. Mais surtout, il a terriblement besoin de vous. »

MANSON, KENTUCKY

Autrefois

Jack Went pensait aux petits détails : la brosse à dents de Sammy abandonnée sur le lavabo de la salle de bains, les restes d'un sandwich confiture-beurre de cacahuètes sur le plateau de sa chaise haute, sa minuscule paire de bottes en caoutchouc près de la porte d'entrée…

Il rentrait chez lui en voiture après une nouvelle journée de vaines recherches le long du lac et dans les bois environnants. Et Sammy s'apprêtait à passer sa quatrième nuit loin de la maison.

Il avait toujours ces petits détails à l'esprit lorsqu'un pick-up bleu déboula à vive allure devant lui dans Glendale Street et lui coupa la route, l'envoyant presque contre la façade en brique d'une école primaire.

Après avoir freiné de toutes ses forces, il sentit une sourde colère monter en lui et un feu rageur courir dans ses veines. La colère était néanmoins préférable à l'angoisse qu'il avait éprouvée toute la journée : il pouvait en faire quelque chose, sortir de sa voiture, traverser la route dans l'odeur de caoutchouc brûlé et donner une bonne leçon à l'abruti qui conduisait ce pick-up.

Tandis qu'il s'approchait du véhicule qui s'était arrêté de l'autre côté de la rue, il serra violemment les poings. Le sang battait sourdement à ses oreilles et la poussée d'adrénaline innervait tout son corps.

« Mais vous êtes complètement taré ou quoi ? s'écria-t-il. Vous voulez tuer les gens ou… »

Il s'interrompit en voyant la porte du pick-up s'ouvrir et la conductrice apparaître. C'était une petite femme assez corpulente, d'une quarantaine d'années, au visage lourdement maquillé, vêtue d'un chemisier blanc immaculé. Elle ne devait pas mesurer plus d'un mètre cinquante et dut sauter du siège en écartant les bras pour ne pas perdre l'équilibre. Elle heurta le sol en poussant un gémissement de douleur et se dirigea vers Jack, les yeux écarquillés comme ceux d'un poisson.

« Je suis désolée, s'exclama-t-elle. Oh, mon Dieu ! Vous n'êtes pas blessé, au moins ? »

Jack prit une profonde inspiration. Il resta quelques instants silencieux, se forçant à refouler la pulsion de violence qui l'avait envahi. S'il avait répondu trop vite, il se serait sans doute mis à hurler.

« Ça va, dit-il enfin.

— Je ne sais pas ce qui s'est passé, reprit la femme. C'est une voiture de location, je n'ai pas l'habitude de conduire un engin pareil et j'imagine que j'ai dû accélérer sans m'en rendre compte, je ne sais pas, mais mon Dieu, vous êtes sûr que ça va ? »

Elle parlait avec un accent anglais ou irlandais, Jack n'aurait pas su le dire. Il réussit à esquisser un léger sourire.

« Eh bien, dit-il, personne n'a été blessé, c'est l'essentiel.

— Dieu merci ! J'ai encore le cœur qui bat à mille à l'heure. Vous êtes sûr que vous n'avez rien ? » Elle s'arrêta et dévisagea Jack avec plus d'attention. « Attendez… mais je vous connais !

— Je ne crois pas, répondit Jack.

— Mais si, je vous ai vu aux infos ! Vous êtes le père de cette petite fille, n'est-ce pas ? »

Jack acquiesça et son visage fut envahi par une tristesse désormais familière.

La femme recula d'un pas. Elle semblait effrayée. Elle se tourna pour regarder son pick-up avant de reposer les yeux sur Jack.

« Bon… si vous êtes sûr que vous n'avez rien…

— Ça va », répondit-il pour la seconde fois avant de rejoindre sa voiture.

Il démarra en faisant crisser ses pneus avant de s'engager à nouveau dans Glendale, abandonnant au bord de la route le pick-up bleu et sa conductrice, qui le regardait s'éloigner.

À l'instant où Jack franchit le seuil de sa maison, toute la douleur de sa famille s'abattit sur lui. Il n'avait pas dormi. Il lui semblait que son corps se désagrégeait. Alors qu'il traversait le vestibule, il se voyait perdre ses membres un à un : une oreille, deux doigts, son bras gauche roulaient au sol.. Quelqu'un s'affairait à la cuisine. *Est-il possible que ce soit ma femme ?*

Depuis la disparition de Sammy, Molly avait passé son temps à pleurer et à prier – les deux choses les plus inutiles dans une situation d'urgence. Si elle avait pu s'interrompre le temps de préparer le dîner des enfants, ce serait déjà un progrès considérable. La nourriture était au moins quelque chose de concret.

Mais c'était sans doute Emma qu'il entendait. Elle devait faire ses tartines grillées au fromage. Sa fille s'était vraiment montrée à la hauteur. Du haut de ses treize ans, elle s'était substituée à sa mère et veillait sur Stu, s'occupant de sa toilette et de ses repas. La nuit précédente, lorsqu'il s'était réveillé au beau milieu d'un cauchemar, c'était elle qui était allée dans sa chambre et s'était glissée dans son lit pour le rassurer.

Mais ce ne fut ni Molly ni Emma que Jack découvrit à la cuisine, un torchon sur l'épaule et une casserole à la main. Et il n'aurait pas été plus surpris s'il avait aperçu son fils de neuf ans devant les fourneaux, revêtu d'un tablier.

« Maman ?... »

Sandy Went lécha quelque chose de rouge sur son doigt et approuva sa sauce d'un air satisfait.

« Tu n'aurais pas de l'ail quelque part ? demanda-t-elle. Je veux dire, une vraie gousse d'ail – pas ce truc en poudre...

— Maman... Qu'est-ce que tu fais ici ?

— Je prépare le dîner pour ta famille. »

Elle s'approcha de lui et voulut l'embrasser mais Jack fut incapable du moindre mouvement.

« Je viendrai le matin pour le petit déjeuner et je m'occuperai des enfants, ajouta-t-elle. Et je leur préparerai quelque chose pour le déjeuner avant d'aller ouvrir le magasin. »

La colère qui avait envahi Jack lorsque le pick-up avait foncé sur lui se remit à bouillonner, parcourant tout son être et contractant jusqu'à ses mâchoires.

« La pharmacie est fermée jusqu'à nouvel ordre, lança-t-il sèchement.

— C'est absurde, rétorqua sa mère. Tu crois peut-être que je suis trop vieille pour enfiler une blouse blanche ?

— On s'en sort très bien, grommela Jack entre ses dents.

— Oh, mon chéri, vous êtes loin de vous en sortir ! Il faut que tu te concentres sur Sammy. Mais la vie doit continuer. Je suis là pour te rendre le quotidien un peu plus facile.

— Personne ne t'a demandé de le faire.

— Je suis là pour ma famille, c'est normal, rétorqua Sandy. Et d'ailleurs tu te trompes : Molly m'a appelée. Elle m'a dit que tu ne priais même pas. »

La rage contracta ses épaules et son cou. Sa femme était plus proche de sa mère qu'il ne le serait jamais. Jack avait pris ses distances avec l'Église de la Lumière Intérieure mais Molly y avait sauté à pieds joints.

« Il faut que j'aille voir les enfants », lança-t-il.

Au salon, *Robin des Bois* défilait sur l'écran. La passion de Stu pour ce film avait viré à l'obsession depuis les dernières vingt-quatre heures. Il le passait presque en boucle, et chaque fois l'image de la cassette VHS était moins nette. Jack ignorait ce qui plaisait tellement à son fils dans son film. Mais sans doute y avait-il dans cette répétition quelque chose lié au plaisir de connaître la fin de l'histoire.

La sonnette retentit.

« Quoi encore ? » marmonna Jack entre ses dents.

Il avait dû faire face à un flux continu de visiteurs ces trois derniers jours, chacun lui offrant sa compassion, ses prières, et des petits plats.

Jack alla ouvrir la porte. Un homme dont le visage lui était vaguement familier se tenait sur le seuil. Il était gros. Il avait rentré ses mains dans les poches de son jean à taille élastique. Il portait une petite barbiche blanche et un chapeau de la même couleur.

Peu à peu, l'esprit de Jack s'ajusta à la scène – comme lorsqu'on passe de la lumière du soleil à une pièce sombre – et il finit par reconnaître l'homme. *S'il avait une vingtaine d'années et une cinquantaine de kilos en moins, et sans ce ridicule chapeau blanc, ce serait le portrait craché de…*

« Buddy ?

— Salut, Jack.

— Ça alors ! Buddy Burns ! Ça fait combien de temps ?

— Pas loin de vingt ans, répondit Buddy Burns. Je t'ai aperçu en ville quelques fois mais je n'ai jamais eu le courage de venir te saluer.

— Le courage ? Comment ça ? »

Buddy sortit les mains de ses poches avant de les croiser sur son énorme ventre.

« La façon dont on s'est quittés, ça ne m'a jamais plu, Jack… J'ai souvent eu envie de venir te parler mais la fierté m'a toujours retenu. Et puis j'ai entendu dire ce qui était arrivé à la petite Sammy, et je…

— Allez viens, entre, l'interrompit Jack. Tu prendras bien une bière ? »

Buddy tressaillit.

« Non, dit-il. Désolé, pas d'alcool. Mais si tu as du Coca, volontiers. »

Avant que Jack ne quitte définitivement l'Église de la Lumière Intérieure au volant de sa vieille Ford, se sentant un peu plus léger à chaque kilomètre, Buddy Burns avait été son meilleur ami. Ils étaient toujours ensemble à l'époque. Ils allaient chasser, pêcher, se balader, ou restaient simplement assis à discuter pendant des heures dans le vieux pick-up de Buddy. Ils parlaient de Dieu, de la vie, de la mort, de l'amour, de l'univers, de la théorie de l'évolution.

L'alcool n'était pas formellement interdit par l'Église, mais boire était mal vu. Et pourtant, Buddy remplissait toujours sa glacière de canettes de bière, ce qui ancrait leur relation dans un esprit de révolte adolescente.

La dernière fois qu'ils s'étaient vus, ils étaient garés près du lac. Buddy et lui s'étaient embrassés. Ce n'était pas la première fois. Mais ce soir-là, Jack avait demandé à son ami de quitter l'Église. « On s'enfuira dans le Sud, on repartira tous les deux de zéro, on établira nos propres règles. »

Buddy était brusquement devenu très froid. Il avait traité Jack de pédé et l'avait planté là, lui laissant faire à pied les dix kilomètres du retour.

« Cinq enfants ?

— Oui, m'sieur, répondit Buddy avec une visible fierté. On peut pas dire que j'aie chômé.

— Ça non. »

Ils étaient assis tous les deux sur un petit banc en bois dans le jardin de derrière.

« Molly me dit toujours le plus grand bien de ta femme, reprit Jack.

— C'est vrai qu'elles s'entendent bien toutes les deux. »

Jack but une gorgée de Coca et regarda sa maison. La lumière était allumée dans la chambre de Sammy. Il ne voyait pas Molly mais il savait qu'elle était là, recroquevillée par terre au milieu des jouets, à pleurer ou prier – ou les deux en même temps.

« Comment elle va ? demanda-t-il, lui-même surpris de sa question.

— Ma femme ? demanda Buddy.

— Non, la mienne. Je veux dire, comment elle allait, avant toute cette histoire ? Tu la vois forcément pendant les offices. »

Buddy acquiesça, visiblement mal à l'aise. Il ôta son chapeau et le tourna entre ses mains avant de le reposer sur son crâne.

« Elle est entièrement tournée vers Dieu, dit-il. Et d'après ce que je sais, Dieu a répondu à son appel. C'est la seule chose que nous puissions espérer, tous autant que nous sommes. »

Une brise froide s'était levée et agitait les feuilles le long de la haie, au fond du jardin. Jack pensa brusquement à Sammy. *Est-ce que tu as froid, mon bébé – où que tu sois en ce moment ?*

« Qu'est-ce que tu veux, au juste, Buddy ? reprit-il.

— Comment ça, Jack ?

— Ça fait des années qu'on ne s'est pas parlé. Même si ça me touche, tu n'es pas venu me voir simplement pour m'offrir ton soutien et tes prières ? »

Buddy se leva et se balança d'un pied sur l'autre, comme un enfant qui s'apprête à montrer son bulletin scolaire à ses parents.

« Eh bien, Jack, puisque tu abordes la question…

Il y a quelque chose que je… Je ne sais pas comment te le dire et tu comprendras que cela doit rester entre nous…

— De quoi tu parles, Buddy ?

— Sérieusement, Jack, il faut me promettre que tu ne diras à personne d'où tu tiens cette information. Si jamais ma femme ou les membres de l'Église l'apprenaient…

— Buddy Burns ! »

La voix aiguë de la mère de Jack venait de retentir à l'autre bout du jardin. Sandy traversa la pelouse en s'essuyant les mains sur son tablier.

« Si j'avais su que tu passerais j'aurais fait un peu plus à manger ! »

Buddy cligna des yeux et Jack vit une étrange expression se peindre sur son visage. Il crut tout d'abord que c'était l'effet de la surprise mais il s'agissait de tout autre chose : Buddy Burns avait l'air *effrayé*.

« Bonsoir, Sandy, dit-il en portant une main tremblante à son chapeau. Ne vous inquiétez pas, le dîner m'attend à la maison. D'ailleurs, il faut que j'y aille…

— Une seconde, Buddy, intervint Jack avant de se tourner vers sa mère. Tu peux nous laisser un instant, maman ? »

Les yeux de Sandy Went s'étrécirent tandis qu'elle fixait à tour de rôle Jack et Buddy. Puis son visage se fendit d'un sourire.

« Bien sûr. Mais ne tarde pas trop, sinon le dîner va refroidir. »

Jack attendit que sa mère ait disparu à l'intérieur de la maison pour reprendre la parole.

« Tu disais ? »

Mais il était trop tard. Buddy semblait tétanisé.

« Une autre fois, Jack. »

Jack resta un moment dans le jardin en regardant Buddy remonter l'allée, puis s'engouffrer dans la maison. *Dire que j'ai été amoureux de ce type*, songea-t-il.

Dix secondes à peine après le départ de Buddy, Emma apparut sur le seuil, un gant de ménage en caoutchouc rose à la main.

« Un appel pour toi, papa », lança-t-elle.

Jack se releva si vite du banc qu'il faillit perdre l'équilibre et s'étaler dans l'herbe.

« Il y a du nouveau ? »

Emma secoua la tête.

« Je crois pas.

— Qui appelle ?

— Il m'a pas dit son nom. » Elle marqua une pause et jeta un coup d'œil derrière elle vers la maison avant d'ajouter à voix basse. « Mais j'ai l'impression qu'il pleurait. »

Il sut que c'était Travis avant même d'entendre sa voix.

« Je sais, je sais, commença Travis. Épargne-moi tes leçons, d'accord ? Je ne t'aurais pas appelé si ce n'était pas important. »

Emma avait raison : Travis était bouleversé, sa voix tremblait et il semblait au bord des larmes. Jack n'allait certainement *pas* lui épargner ses leçons pour autant.

« Tu as perdu la tête ? chuchota-t-il. Tu ne dois jamais téléphoner chez moi, un point c'est tout. Et maintenant, en plus... »

Sa mère passa la tête dans l'entrebâillement de

la porte. Jack avait pris la communication dans sa chambre, à l'étage, pour être un peu tranquille. Mais il était visiblement impossible d'avoir la moindre intimité.

« Tout va bien, mon chéri ? s'enquit-elle.

— Oui maman, tout va bien. »

Elle hésita un instant, indécise ou inquiète, mais poussa finalement un soupir avant de se retirer dans le couloir en fermant la porte derrière elle.

Jack entendait des voix, des éclats de rire et de la musique à l'autre bout du fil.

« Où es-tu ? demanda-t-il.

— Au Cubby's. »

Il imaginait très bien Travis au Cubby's, tripotant nerveusement le cordon du téléphone payant à l'entrée des toilettes.

« Le shérif Ellis croit que c'est moi, Jack.

— De quoi tu parles ?

— De Sammy.

— Qu'est-ce que tu racontes ? Bien sûr que non !

— Je t'assure que si, Jack. Il est venu me voir et il m'a posé des questions.

— Mais enfin Travis, il a posé des questions à tout le monde ! Il fait son enquête, c'est tout !

— Il m'a demandé où j'étais au moment où elle a disparu. »

Jack retint son souffle.

« Et tu as répondu quoi ?

— Rien. Et ça n'a fait qu'empirer les choses.

— Qu'est-ce que tu attends de moi, Travis ? »

Le silence retomba et pendant un moment Jack se demanda si Travis n'avait pas raccroché.

« Rien du tout, Jack. Je t'ai appelé pour te prévenir.

— Me prévenir ? De quoi ?

— Les flics risquent de débarquer chez toi dans pas longtemps. Ils vont te poser des questions désagréables. Je voulais que tu le saches. » Il avala une gorgée, sans doute de bière. « Je suis désolé, Jack, mais je dois parler de nous à Ellis. »

Un étrange silence se mit à régner autour de Jack, comme si on lui avait plongé la tête sous l'eau.

« Qu'est-ce que tu viens de dire ? »

À treize ans, Jack était parti en randonnée avec des amis à Paw's Bluff, une falaise d'Elkfish Canyon qui surplombait d'une bonne dizaine de mètres l'eau glaciale et limpide du lac Merri. Un dangereux cocktail d'hormones, d'encouragements des copains et de gorgées du cognac subtilisé dans la cuisine avant de partir, lui avait donné le courage de plonger. Le saut lui-même avait été exaltant, mais l'eau glaciale de novembre lui avait percé le corps comme des milliers d'aiguilles d'acier.

Jusqu'à ce jour, il n'avait rien vécu de comparable à cette expérience. La menace de Travis – ou plus exactement, *la décision* qu'il semblait avoir prise – lui avait coupé le souffle et il n'arrivait plus à respirer. Il se força à se détendre, à compter jusqu'à dix pour retrouver son calme. Il fallait qu'il reprenne au plus vite le contrôle de son corps – et de la situation.

« Je veux simplement me protéger, reprit Travis. Ellis ne me lâchera pas tant que je ne lui aurai pas donné un alibi. Tu te rappelles où j'étais lorsque ta fille a disparu, Jack ? »

Jack ferma les yeux tandis que le souvenir se matérialisait dans son esprit : Travis à genoux, la bouche soudée à son ventre et ses mains plaquées dans son dos tandis qu'il se mordait lui-même les lèvres pour ne pas crier.

« Tu as bu combien de bières ?

— Tu n'es pas mon père, Jack. »

Jack retrouva tout à coup ses capacités auditives. Il pouvait arranger cette affaire. Il fallait absolument qu'il le fasse.

« Ne bouge pas, lança-t-il à Travis. J'arrive. »

Il éprouva un soulagement en voyant la camionnette de Clinical Cleaning garée sur le parking du Cubby's Bar. Travis était assis au volant, une bière à la main. Jack sortit de sa voiture et alla frapper à la vitre de la camionnette, côté passager. Travis ne se donna même pas la peine de cacher sa bière. Il la finit d'un trait, en attrapa une autre dans la glacière à côté de lui, et se pencha pour ouvrir la portière.

Jack pénétra à l'intérieur. Des canettes vides roulèrent à ses pieds. Il les compta.

« Tu en as déjà bu quatre ? lança-t-il.

— Cinq, en comptant celle-ci », dit Travis en la décapsulant, comme pour ponctuer son assertion.

Il plongea la main dans la glacière mais elle était vide.

« Merde, dit-il, c'est la dernière. On peut partager. »

Jack entrouvrit la fenêtre de son côté pour laisser passer un peu d'air.

« Ça ira, merci. »

Travis s'enfonça un peu plus dans son siège et posa la main sur le volant en regardant l'entrée du Cubby's.

« Tu préfères boire un coup à l'intérieur ?

— Non, Travis.

— Pas tellement étonnant, fit-il en jouant avec la canette. Pourquoi tu es venu, Jack ?

— Il faut qu'on parle.

— Il n'y a rien à dire. C'est la seule solution. Si je ne dis pas la vérité…

— Il est hors de question que tu fasses une chose pareille, Travis.

— Tu préfères qu'on m'envoie à Greenwood, c'est ça ? Et que je finisse comme mon frère ? »

Une terrible question traversa soudain l'esprit de Jack. *Jusqu'où je suis capable d'aller pour garder le secret ? Il y a des caméras de surveillance au Cubby's ? Quelqu'un a vu la camionnette ?*

« Dis quelque chose, putain ! » s'exclama Travis.

Il paraissait désespéré, mais Jack vit en lui quelque chose qui lui rendit espoir. *Il n'a pas encore pris sa décision*, songea-t-il. *Il veut en discuter avec moi.*

« Travis, si jamais Ellis t'inculpait, j'irais le voir et je lui dirais la vérité. Je ne te laisserai pas accuser à tort, je te le jure.

— T'en as pas marre de te cacher, Jack ? T'en as pas marre de faire semblant ? T'as pas envie de vivre, des fois ? De vivre vraiment ?

— À ton avis, combien de temps on tiendrait dans une ville comme ici ?

— On pourrait partir, on pourrait vivre ensemble, au grand jour et…

— Ma fille a disparu, Travis.

— Je sais. Merde. Je voulais dire, quand cette histoire sera terminée. Une fois que tu l'auras retrouvée.

— Ce n'est pas ce que je veux, répondit Jack. J'ai toujours été clair sur ce point.

— Oui, tu as toujours été clair, tu m'as bien expliqué

mon rôle. » Travis vida sa dernière canette, l'écrasa dans sa main et la laissa tomber. « Alors, où tu veux qu'on se mette ? À l'arrière ? Ou là, sur la banquette avant ?

— Mais ferme-la ! s'écria Jack en regardant autour de lui.

— C'est pas ça que tu veux ?

— Vas-y ! On dirait un gosse ! Va raconter ton histoire à Ellis ! Je nierai tout. En bloc. Et à ton avis, les gens vont croire qui ? Le pharmacien marié et père de trois enfants ou le petit dernier de la famille Eckles ?

— Et *ta femme*, elle croira qui, à ton avis ? »

Jack eut brusquement conscience du poids de son alliance.

Un autocar s'arrêta sur le parking. On lisait en grandes lettres blanches : *Le Bus du Bourbon*. Et plus petit, juste en dessous : *Embarquez pour notre tournée des meilleurs bars du Kentucky*. Une douzaine de fêtards titubants descendirent et se dirigèrent bruyamment vers l'entrée du Cubby's. Ils devaient enterrer la vie de garçon de l'un des leurs et n'en étaient visiblement pas à leur premier arrêt.

Travis posa la main sur la cuisse de Jack. Jack aurait voulu le repousser, il aurait même voulu étrangler ce garçon. La colère bouillait à nouveau en lui. Au lieu de ça il l'embrassa et Travis lui rendit son baiser.

Quelques instants plus tard leurs deux corps se mêlaient. Travis déboutonna le jean de Jack, glissa la main sous l'élastique de son caleçon et…

« *Beeuurk !* »

Jack s'immobilisa.

« C'était quoi ? »

Il regarda sur sa gauche. L'un des fêtards s'était

approché de leur véhicule et vomissait abondamment, appuyé contre un pick-up noir. Ses jambes maigrichonnes étaient secouées de frissons, comme celles d'un poulain qui vient de naître.

« *Beeuurk !* »

L'homme gémit. Cracha. Et alors qu'il se tournait pour reprendre ses esprits, il les aperçut dans la camionnette. Il leur adressa un large sourire et s'avança vers eux.

« Vous gênez pas pour moi, balbutia-t-il en essuyant du revers de la main les vomissures restées collées à son menton. J'suis pas du genre à empêcher les jeunes de se donner du bon... »

Il s'interrompit soudain : ce n'étaient pas un homme et une femme qui se trouvaient là, mais un couple d'hommes. Son sourire s'effaça et il marmonna entre ses dents : « Des pédés », avant de faire volte-face et de reprendre la direction du Cubby's.

Jack saisit la poignée de la portière.

« Ne bouge pas, lui dit Travis. Ce type fait partie de la bande qui est descendue de l'autocar, il n'est pas d'ici et ne nous a pas reconnus. »

Mais il était trop tard. Jack était déjà sorti et se lançait à la poursuite du maigrichon à travers le parking.

« Un instant, lui lança-t-il. Ce que... ce que vous avez cru voir, ce n'est pas ce que vous pensez... »

Le maigrichon se retourna, le regard vague, et se mit à rire.

« Eh, mon vieux... Vous faites ce que vous voulez...

— Non, je vous dis justement que...

— Jack ! s'écria Travis qui était sorti à son tour de la camionnette. Laisse tomber ! Ce type veut simplement boire un coup, pas vrai ?

— D'autant que j'ai fait d'la place», rétorqua le maigrichon en se tapotant le ventre.

Deux types du même groupe observaient leur copain.

«Tout va bien, Don?» lança l'un d'eux, un colosse large d'épaules, aussi volumineux qu'une barrique.

Don le maigrichon leur adressa un petit signe.

«Tout va bien, les gars. On passe une folle soirée par ici. Vraiment *folle*...»

Il éclata de rire et se plia en deux, les mains sur les genoux, ravi de sa repartie. Il se tourna ensuite vers Jack.

«Z'avez compris? *Folle*?»

Jack s'avança vers lui.

Don le maigrichon leva les mains en l'air, en faisant mine de se rendre.

«J'veux pas m'battre avec vous, m'sieur, chantonna-t-il. J'ai ma femme qui m'attend à la maison, elle verrait pas ça d'un bon œil.

— Jack, arrête! lança Travis en le saisissant par le bras. Laisse tomber, je te dis!»

Les amis de Don le maigrichon traversèrent le parking et se rapprochèrent.

Parfait, songea Jack. La colère s'était à nouveau emparée de lui. Plus tard, il allait bien falloir qu'il explique ce qu'il fabriquait ici, une fois rentré chez lui le nez brisé et le visage en sang, mais chaque chose en son temps. Pour l'instant il voulait se battre. Se battre pour évacuer la douleur et l'angoisse, la haine et la peur. L'Église, Molly, sa mère, Buddy, Travis, Sammy...

Où es-tu, Sammy? Merde, où es-tu passée? Tu vas te grouiller de rentrer à la maison maintenant, tu m'entends? Rentre immédiatement *à la maison!*

D'une bourrade il écarta Travis, qui tituba en arrière en battant des bras pour ne pas perdre l'équilibre.

« Ne fais pas ça, Jack », lui dit Travis d'une voix remarquablement sobre – surtout si l'on tenait compte du nombre de bières qu'il venait d'ingurgiter.

Les deux autres fêtards arrivaient. Celui qui était large comme une barrique posa la main sur l'épaule de Don le maigrichon et lui demanda :

« Il se passe quoi ?

— J'suis tombé au milieu d'une querelle d'amoureux, répondit le maigrichon.

— Ce n'est pas… », intervint Jack en s'avançant vers Don.

Mais son copain la Barrique s'interposa entre eux. Le troisième gars – plutôt bel homme, dans le genre intello – contemplait la scène avec des yeux ronds comme des soucoupes, en essayant de comprendre ce qui se passait.

« C'est quoi le problème ? demanda la Barrique.

— Il n'y a aucun problème, intervint Travis en se plaçant entre les deux hommes. C'est un simple malentendu. »

La Barrique considéra un instant Travis, puis son regard se reporta sur Jack. Il hocha la tête et fit demi-tour en murmurant :

« Des tantouzes.

— Qu'est-ce que t'as dit ? » lui lança Jack.

Sauf que ce n'était pas vraiment lui qui prononçait ces mots, mais une créature plus obscure et plus rageuse nichée au fond de lui. La colère en personne.

Le Diable, songea-t-il confusément.

La Barrique fit volte-face.

« Retourne faire mumuse avec ton petit copain avant que je me fâche sérieusement. »

Jack sentit ses lèvres se retrousser en un sourire qu'il espérait menaçant.

« Fais gaffe, lança Don le maigrichon en donnant une bourrade amicale à la Barrique. On dirait qu'c'est sa came. Nous on appelle ça se bagarrer, eux ils appellent ça *faire l'amour*. »

La Barrique détailla Jack de la tête aux pieds et cracha sur le côté avant de faire craquer les jointures de ses mains.

« OK, dit-il. Finissons-en, alors. Vu ta gueule ça devrait pas prendre trop longtemps. »

Don le maigrichon sautillait d'un pied sur l'autre en ricanant comme une hyène.

D'autres membres du groupe étaient sortis du Cubby's et attendaient devant l'autocar en riant et en chantant. Certains regardaient Jack mais il s'en fichait. Qu'ils viennent donc, songeait-il. Plus on est de fous…

« Jack, s'il te plaît », intervint Travis.

Mais Jack s'avançait vers la Barrique qui s'apprêtait à lui faire face, les poings déjà serrés.

Six ou sept fêtards traversèrent le parking pour soutenir la Barrique. Jack savait qu'il n'avait aucune chance de gagner ce combat. Même s'il parvenait à infliger quelques coups sérieux à son adversaire – et il en était capable – il ne ferait jamais le poids face à tous ces types, imbibés d'alcool ou non.

Peu importait.

N'y va pas par quatre chemins, se disait-il. *Fonce dans le tas*.

Il pivota sur son pied d'appui, serra le poing et…

« Je vous reconnais ! »

C'était le troisième gars qui avait prononcé ces mots, celui qui était plutôt bel homme et avait des yeux ronds comme des soucoupes.

« Oui, attendez ! Je connais ce type !

— Sûrement pas, rétorqua Jack.

— Mais si, je vous ai vu au journal télé en prenant mon petit déjeuner ce matin. Oui, je vous reconnais ! » Il se tourna vers les autres fêtards qui venaient d'arriver. « J'ai vu ce type à la télé ce matin. Sa fille a été enlevée, c'est ça ? »

La Barrique se détendit.

« C'est quoi cette histoire ? demanda-t-il.

— Rien du tout, dit Jack.

— Ah oui, je l'ai vu moi aussi ! s'exclama un type petit, trapu et chauve comme un œuf, avec une épaisse barbe brune. Ah merde, une saloperie pareille... Moi, j'ai quatre gamins et... Merde alors...

— Sa fille a disparu ? murmura la Barrique d'un air désolé. Écoutez, mon vieux, si on laissait tomber ?

— La mère, elle sait que vous êtes là ? » demanda Don le maigrichon.

Son haleine empestait le vomi.

Tous les regards étaient tournés vers Jack. Il savait à quoi la situation devait ressembler, vue de l'extérieur. Et à vrai dire, ça correspondait bien à la réalité.

« Pour information, c'est pas du tout ce que vous croyez. » Jack s'adressait à la Barrique, qui semblait être le chef de la bande. « Comme votre copain l'a dit, ma fille a disparu et... et... » Il se tourna vers Travis. « Et je crois que ce type y est pour quelque chose. »

Travis poussa un soupir mais ne parut pas surpris

le moins du monde. Comme si une partie de lui-même s'attendait à ce que Jack le trahisse.

« J'étais en train de l'interroger », précisa Jack.

La Barrique jeta un coup d'œil à Travis par-dessus l'épaule de Jack, puis son regard se reposa sur ses amis.

Don le maigrichon demanda à Travis :

« C'est vrai ?

— Je vais y aller », dit Travis en se dirigeant vers la camionnette.

Don le maigrichon le rejoignit.

« Vous êtes une sorte de détraqué, c'est ça ? Vous aimez jouer avec les petites filles ?

— Je ne veux pas d'ennuis », dit Travis en regardant Jack comme s'il lui avait brisé le cœur.

Don le maigrichon le saisit par le fond de sa salopette, l'obligeant à reculer. Travis fit volte-face et le repoussa mais Don se remit à sautiller d'un pied sur l'autre avec son rire de hyène.

Travis s'avança de quelques pas en direction de Jack.

« De quoi tu veux m'accuser, Jack ? Dis-le franchement, j'avouerai tout sur-le-champ. »

Jack jeta un coup d'œil à la Barrique, qui contemplait la scène d'un air perplexe.

Tiens-toi à carreau, Travis, songea-t-il. *Ne m'oblige pas à faire ça.*

« Tu m'utilises déjà, Jack. Alors autant continuer. » Il était assez près pour chuchoter maintenant, à quelques centimètres de Jack seulement.

Les fêtards les regardaient, attendant la suite du spectacle.

« Alors, monsieur, qu'est-ce qu'on fait ? » demanda Don le maigrichon.

La Barrique posa la main sur son épaule afin de le calmer.

« Vas-y doucement, Don...

— C'est une bonne question, dit Travis. Qu'est-ce qu'on fait, *monsieur* ?

— Barre-toi, lui lança Jack.

— Qu'est-ce qu'on fait, Jack ?

— Barre-toi.

— Tu ne peux pas avoir le beurre et l'argent du beurre. Me détester et m'aim... »

Jack lui balança son poing en pleine figure. Sous le choc, Travis recula en gémissant. Son nez pissait le sang, il était probablement cassé. Il mit un genou à terre, comme s'il s'apprêtait à faire sa demande en mariage, en recueillant dans sa main le sang qui ruisselait avant de couler entre ses doigts. Il avait deux dents cassées.

« Franchement, je te croyais pas capable de ça », lança Travis, sonné, à Jack.

Jack le frappa à nouveau.

Il était minuit passé quand Jack rentra chez lui. Il ne se donna même pas la peine d'éclairer dans l'entrée, il connaissait les lieux par cœur. Il alla dans le salon, s'écroula sur le canapé et fondit en larmes.

Il y eut des pas dans l'escalier. Molly apparut dans le couloir, frêle silhouette vêtue d'une chemise de nuit blanche. *On dirait un fantôme*, songea-t-il.

« Jack ?

— Je t'ai réveillée ?

— Je ne dors plus. »

Elle alluma la lumière et ses yeux s'agrandirent devant ce qu'elle voyait.

« Qu'est-ce qui s'est passé ?

— Ça va, dit-il, même si ça n'allait pas du tout. C'est pas mon sang.

— Ça a quelque chose à voir avec Sammy ? »

Jack secoua la tête.

Elle aurait pu se mettre en colère, exiger des explications, citer les Écritures. Au lieu de ça elle s'approcha de lui, sécha ses larmes, s'assit à côté de lui sur le canapé et prit sa tête entre ses mains.

« J'ai fait une erreur, Molly », dit-il.

Il se blottit contre sa femme. Son parfum était délicat, familier. Sa peau était douce, bien plus douce que celle de Travis. Elle lui caressa lentement les cheveux, pour la première fois depuis des années.

« Tu veux en parler ? demanda-t-elle.

— Pas vraiment », répondit-il.

Elle n'insista pas.

QUELQUE PART EN PENNSYLVANIE

Maintenant

J'entrouvris la fenêtre pour laisser passer une bouffée d'air frais dans la Prius.

« J'ai commencé mes recherches dès l'apparition d'Internet, disait Stuart. Au début on ne l'avait pas à la maison, je devais utiliser un ordinateur du lycée. Je cherchais des informations autour des disparitions ou des assassinats d'enfants, qui auraient pu être reliées à ce qui s'était passé. »

Nous roulions sur une longue autoroute déserte. Derrière les chênes et les érables qui bordaient la voie, des champs s'étendaient à l'infini, où se dressait de temps à autre une ferme isolée. Le monde paraissait immense vu d'ici – plus vaste en tout cas que le petit coin de Melbourne où j'avais grandi. Le soleil s'élevait à l'horizon, révélant l'étendue du paysage, et j'avais l'impression qu'il nous absorbait, que nous nous *enfoncions* dans la campagne environnante plutôt que nous ne la traversions.

« À l'époque, reprit-il, on ne pouvait pas rester connecté trop longtemps. Alors je bossais comme un fou pendant une demi-heure, en imprimant tout ce que je trouvais. Quand je devais céder ma place, je prenais tous ces papiers et je les rapportais en secret à la maison en priant pour que mes parents ne tombent pas dessus.

— Ça aurait fait des histoires, tu crois ? demandai-je. C'était plutôt normal de faire ça étant donné les circonstances. »

Stuart haussa les épaules.

« Ils m'auraient probablement envoyé voir un psy. »

Ce qui n'aurait peut-être pas été une si mauvaise idée, songeai-je intérieurement.

« Donc tu n'as pas arrêté d'enquêter depuis l'époque du lycée ?

— Il y a eu un moment, à la fac, où j'ai essayé d'oublier : je fumais de l'herbe, mais ça n'a pas marché longtemps. J'étais accro – à cette enquête, je veux dire, pas aux joints. Et je le suis toujours, j'avoue. Ce *truc* – besoin, envie, obsession, peu importe –, c'était là. C'est comme le dentifrice, quand on l'a fait sortir du tube, on ne peut plus le faire rentrer. Et puis j'ai rencontré Claire. Elle m'a aidé à canaliser mon obsession, à la maintenir dans les limites du raisonnable… du moins pour l'essentiel.

— Ça ressemble à de l'amour.

— Sans elle, je ne t'aurais sûrement jamais retrouvée. »

Il n'avait encore jamais été aussi ému devant moi. Pour la première fois, je ressentis pour lui une profonde empathie.

Si j'avais perdu Amy je me serais comportée de la même façon, pensai-je.

« Comment a réagi Emma, à l'époque ? demandai-je.

— Elle a organisé ton enterrement.

— Je… Quoi ?

— Oui. Un jour elle a pris tes livres et tes jouets, elle les a mis dans une caisse, et elle a enterré la caisse dans le jardin. Elle avait invité toute la famille. Je n'y suis pas allé.

— Pourquoi ?

— J'aurais eu l'impression d'abandonner. »

J'imaginais Emma Went enterrant sa petite sœur alors qu'à l'autre bout du monde j'étais peut-être en train de descendre Oliver Street à bicyclette, de regarder la télé au salon avec Amy, de marcher en compagnie de Dean ou de demander à ma mère de me brosser les cheveux.

« Ça t'est venu à l'idée de ne rien me dire ? lui demandai-je. Pas seulement pour m'épargner, mais pour épargner toute ta famille. Après tout, ils avaient sans doute trouvé une façon de…

— Tu as lu *Enoch Arden* ? m'interrompit-il.

— Non.

— C'est un poème anglais du XIXe siècle. On l'a étudié au lycée. Ça raconte l'histoire d'un marin, Enoch Arden, qui fait naufrage. Il passe dix ans sur une île déserte. Et puis il finit par rentrer chez lui. Il s'arrête devant sa maison, jette un coup d'œil par la fenêtre, et il voit sa femme. Elle s'est remariée : elle est heureuse, elle a réussi à tourner la page. Alors Enoch décide de ne pas entrer, parce qu'il sait que c'est mieux pour sa femme. Il repart, il erre, et finit par mourir le cœur brisé. »

Mes mains tremblaient.

« Mr Bailly nous avait demandé de faire une dissertation, poursuivit Stuart. Il s'agissait d'expliquer les raisons qui avaient poussé Enoch à prendre cette décision, et surtout de dire s'il avait eu raison.

— Et tu en penses quoi ? »

Stuart éclata de rire.

« Il avait tort, évidemment. À sa place je n'aurais pas hésité une seconde. J'aurais fracassé la porte et je me serais battu avec le nouveau mari. Mais peut-être que c'est égoïste… Et toi, qu'est-ce que tu en penses ?

— D'Enoch Arden ?

— Non, de… toute cette affaire. Tu aurais préféré que je ne dise rien ?

— Je n'ai pas encore tranché, répondis-je. Je me vois plutôt comme une fonceuse, mais là, franchement, j'ai un peu peur.

— Peur de quoi ?

— Des conséquences que ça risque d'avoir sur ma propre famille. Amy et Dean sont les seuls repères stables de ma vie, je les connais depuis toujours. »

Stuart garda le silence. Il se pencha pour allumer la radio, mettant fin du même coup à la conversation. Mais ça m'était égal. Le ronronnement mélodieux du moteur et les bavardages étouffés de la radio suffisaient à apaiser mon cerveau fatigué.

Nous suivîmes l'autoroute panoramique qui traverse la Pennsylvanie et rejoint la Virginie-Occidentale, contournant des bourgades rurales et longeant d'immenses étendues de terres sauvages ou cultivées, des champs de maïs et des plantations de tabac. Nous ne parlions pas beaucoup, mais le silence devenait de plus en plus doux. J'avais l'impression que nous trouvions peu à peu notre rythme.

Après avoir roulé assez longtemps pour que le siège du passager garde l'empreinte parfaite de mon dos, nous arrivâmes enfin à Martha, en Virginie-Occidentale. C'était une ville miséreuse – maisons à l'abandon, immeubles délabrés, hangars en tôle rouillée. Nous nous arrêtâmes au Big Wind Motor Inn – un bloc de cinq étages jaune moutarde, qui émergeait du sol comme un pouce géant. Il était presque 20 heures. Nous prîmes chacun une chambre et convînmes de nous retrouver le lendemain pour le petit déjeuner avant d'aller chez Emma.

Ma chambre était banale, mais le lit était moelleux et le chauffage marchait. Je pris une longue douche et restai longtemps assise sur le carrelage à regarder l'eau couler autour de mon nombril. Après cela j'allai m'asseoir sur le lit et zappai jusqu'à ce que je tombe sur les informations locales, qui me donnèrent le sentiment d'être une parfaite étrangère.

Mon téléphone se mit à vibrer. Dean qui m'appelait. Une image étrangement précise me traversa l'esprit : le visage de Dean contemplant son propre téléphone d'un air découragé, les larmes aux yeux. Je poussai un soupir et répondis.

« Salut, Dean.

— Heureusement ! s'exclama-t-il. Je commençais à en avoir marre de parler à ton répondeur.

— Désolée, j'étais occupée.

— Où es-tu ? Comme tu ne répondais pas, je suis passé chez toi. Ta voisine, la grosse bonne femme, m'a dit qu'elle ne t'avait pas vue depuis plusieurs jours. Alors j'ai appelé à ton travail et ton patron m'a dit que tu avais pris quelques semaines de congé.

« – J'ai juste besoin d'un peu de temps.

— Amy est en train de devenir folle, reprit Dean. Je peux comprendre que tu ne répondes pas à mes appels mais tu n'as aucune raison d'en vouloir à ta sœur pour…

— Qu'est-ce que tu lui as dit, au juste ?

— À quel sujet ?

— Au sujet de cette putain de Sammy Went.

— Je ne lui ai rien dit du tout, Kim. Et ne crois surtout pas qu'elle ne m'a pas posé de questions.

— Je vais devoir te laisser, Dean.

— Un instant, Kimmy… Je comprends que tu aies besoin de prendre du recul. Mais ne me dis pas que tu envisages d'aller aux États-Unis…

— Non, dis-je. J'y suis déjà. »

Il y eut un moment de silence à l'autre bout du fil.

« Kim, reprit Dean, ne mets surtout pas les pieds à Manson.

— Pourquoi ?

— Tu ne sais pas tout.

— C'est-à-dire ?

— Je… Je ne peux pas. J'ai donné ma parole à ta mère.

— Dis à Amy que je l'aime.

— Attends… »

Je raccrochai et éteignis mon téléphone. Puis je pris une bouteille de vin dans le minibar et montai le son de la télé. Le bruit était censé refouler les pensées qui se bousculaient dans ma tête mais le vin s'avéra plus efficace.

Quelques heures plus tard je finis par m'endormir en pensant à ma famille, l'ancienne et la nouvelle.

Deux immenses aigles en plastique se dressaient de chaque côté de la pancarte à l'entrée du parc de mobile homes. On lisait en grandes lettres noires : *Parc Ailleurs*. Les aigles étaient peints aux couleurs de la bannière étoilée.

Stuart roulait lentement dans les allées, au milieu d'un dédale confus de voies de traverse et de culs-de-sac. Lorsqu'il m'avait dit qu'Emma habitait dans un parc de mobile homes, je m'étais représenté des baraques branlantes, des pelouses à l'abandon, des vieillards à moitié endormis se balançant sur leur rocking-chair, des chiens sauvages aboyant en tirant sur leur chaîne. Mais le Parc Ailleurs évoquait davantage un camping de vacances.

Des enfants jouaient au ballon ou faisaient du vélo. Des gens marchaient en promenant leur chien. Les deux fois où nous demandâmes notre chemin, on nous répondit amicalement, avec un grand sourire.

« Ce que vous allez faire, c'est que vous allez descendre cette rue jusqu'au mobile home rouge, nous dit un homme accoudé à sa fenêtre et tirant sur sa pipe comme un personnage de Tolkien. Pour l'instant c'est chez Kate Fenton, après le divorce on verra ! En tout cas, devant le mobile home de Kate, vous tournerez à gauche et vous chercherez un bungalow blanc. C'est chez le vieux Nigel Ryan, quand vous passerez devant chez lui, il vous fera sûrement un petit signe de la main. Après, vous allez devoir… »

Le mobile home d'Emma était beige, avec des fenêtres rouge vif, le toit en bardeau. Il était construit au fond d'un cul-de-sac, qui rejoignait en pente douce un petit cours d'eau alimenté par une source. Un endroit tout à fait acceptable pour élever des enfants, en fait. Emma avait trois garçons, déjà adolescents.

L'allée menant à la maison était vide, mais Stuart fit demi-tour et se gara le long de la rue, dans le sens opposé à celui d'où nous venions. Je souris intérieurement, car j'avais l'habitude de ce genre de manœuvre.

« Tu t'attends à un départ précipité ? demandai-je.

— Avec Emma, on ne sait jamais », répondit Stuart sans un soupçon d'humour.

La porte d'entrée du mobile home d'Emma était grande ouverte, mais la double porte extérieure était fermée. Stuart grimpa les marches devant moi et appuya sur la sonnette. Quelques instants plus tard une silhouette grise et relativement fluette se profila.

« Oui ? lança-t-elle.

— C'est moi, répondit-il. Stuart.

— Stu ? »

Elle ouvrit la double porte tout en ôtant la cigarette fichée entre ses lèvres. Un grand sourire éclairait son visage.

« Bordel, qu'est-ce que tu fous ici ? »

Emma avait quarante et un ans mais elle en paraissait dix de plus. Ses cheveux blonds décolorés étaient noués en une vague queue-de-cheval. La peau de son visage bronzé était déjà sillonnée de rides. Elle portait un tee-shirt Burger King trop grand pour elle.

« Je passais dans le coin, dit Stuart.

— Dans le coin, mon cul ! Viens là. »

Elle jeta sa cigarette par terre, l'écrasa d'un coup de talon (elle était en chaussettes) et serra son petit frère dans ses bras. Puis elle recula d'un pas, les mains posées sur ses épaules, et le considéra.

« Ça fait trop longtemps, Petite Merde. »

Stuart secoua la tête et se tourna vers moi.

« C'est comme ça qu'elle m'appelait quand on était petits. Sympa, non ? »

Emma sourit, révélant une rangée de petites dents de traviole.

« Et si tu me présentais ton amie ? reprit-elle. Je suppose que Claire c'est de l'histoire ancienne… »

Stuart rougit jusqu'aux oreilles.

« Non, non, on est toujours mariés Claire et moi. Ce n'est pas… En fait, c'est… »

Il s'interrompit, cherchant les mots appropriés.

« Allez, Petite Merde, ironisa Emma. Crache le morceau ! »

Son sourire se figea lorsqu'elle vit l'expression de gravité de son frère.

« Emma… Voici Sammy. »

Emma tressaillit.

« Enchantée, Sammy. On avait une petite sœur qui portait le même prénom que vous, Stu a dû vous le dire.

— Non, Emma, tu ne comprends pas. C'est *notre* Sammy. »

Un lourd silence s'ensuivit. Emma nous dévisagea à tour de rôle, Stuart et moi.

« C'est pas drôle, finit-elle par dire.

— Je ne plaisante pas, répondit Stuart. C'est elle. Je l'ai retrouvée. J'ai fini… j'ai fini par la retrouver.

— Va te faire foutre… » Les mots lui échappèrent en un murmure. « Va te faire foutre, Stu… »

Les larmes lui montèrent aux yeux.

Stuart fondit en larmes à son tour, ce qui me surprit beaucoup. Je ne l'aurais pas cru capable de manifester une telle émotion en public. Je l'imaginais assez bien pleurant en silence tout seul dans sa maison, la tête enfouie dans un oreiller ou sous le jet d'eau brûlant de la douche, mais pas sur le seuil d'un mobile home du Parc Ailleurs.

Emma me saisit par les épaules et pendant un instant je crus qu'elle allait me sauter dessus. Il y avait une lueur sauvage dans son regard.

« C'est vrai ? T'es ma petite sœur ? »

Je clignai des yeux, un peu déroutée.

« Peut-être, enfin, probablement, dis-je. Je… je ne sais pas. *Oui*.

— Mais c'est quoi cet accent ?

— Je viens d'Australie.

— Non… »

Ses genoux la lâchèrent. Elle s'assit sur le perron et se mit à pleurer. Je m'agenouillai auprès d'elle et m'aperçus que je pleurais moi aussi.

« Ça va aller, dis-je, puisque c'est ce qu'on est censé dire aux gens qui pleurent. Tout va bien.

— Je te croyais morte, dit-elle. Pendant toutes ces années je… Ah bordel, quelle conne !

— Chut… », dis-je en la prenant par les épaules.

Nous restâmes longtemps enlacées ainsi – une éternité, me sembla-t-il, mais peut-être seulement une minute ou deux – jusqu'à ce que l'un de ses fils surgisse, l'air affolé.

« Maman ! Qu'est-ce qu'il y a ? »

Emma s'essuya les yeux et se releva. Elle me tenait toujours fermement par le bras, comme si elle avait peur que je m'envole.

« Tout va bien, mon chéri. Tout va même extrêmement bien.

— Pourquoi tout le monde pleure, alors ? » demanda le garçon.

Emma éclata de rire.

« C'est des larmes de joie, Charlie. Viens là, maintenant, que je te présente ta tante. »

MANSON, KENTUCKY

Autrefois

Entrer dans les locaux du shérif de Manson, c'était un peu entrer dans l'antre du diable. Le radiateur s'était bloqué pendant la nuit, ce qui n'aurait pas été un drame s'il n'était pas resté dans la position *allumé*. Même avec les fenêtres ouvertes on avait l'impression d'être dans un sauna.

En se dirigeant vers son bureau, Ellis ôta le maillot de corps qu'il portait depuis la veille et s'en servit pour s'éponger le visage. Il n'avait pas dormi plus de quatre heures ces deux derniers jours. Et il avait bien d'autres soucis en tête.

Il y avait aujourd'hui cinq jours que la fillette avait disparu. Cinq jours durant lesquels il avait fallu organiser les recherches, enquêter, réfléchir – tout en s'excusant à longueur de temps de ne pas avoir la moindre piste.

Beecher apparut sur le seuil de la pièce, des valises sous les yeux et des taches de sueur grosses comme des flaques sous les aisselles.

« J'ai appelé Barry, Shérif. Il est chez un client à Redwater, il ne pourra pas venir avant midi, pour le radiateur.

— Tu as l'air épuisé, Beech, répondit Ellis. Tu es repassé chez toi ?

— J'ai dormi deux heures dans la cellule de détention. C'est drôle, avant, cette pièce me fichait la trouille, et maintenant je rêve d'y être enfermé avec une couette et un oreiller.

— T'as bien raison.

— Et pour le radiateur, on fait quoi ? reprit Beecher.

— Je dirais qu'en ce moment, un radiateur déglingué est le cadet de nos soucis.

— D'accord avec vous, Shérif. Sauf qu'on a cette conférence de presse…

— Et merde, j'avais oublié ça ! C'est aujourd'hui ?

— Louis propose qu'on installe des chaises sur la pelouse, comme ça les journalistes pourront au moins être assis sans transpirer comme des phoques.

— Bonne idée, répondit Ellis. Tu peux m'apporter une aspirine, s'il te plaît ?

— Vous avez mal à la tête, patron ?

— Pas encore. »

Mais ça ne saurait tarder. Ce n'était pas tellement cette enquête qui lui fichait la migraine, mais les palabres interminables qui l'accompagnaient. Tout le monde avait un problème à lui soumettre, s'attendant à ce qu'il le résolve d'un coup de baguette magique. Et chaque solution soulevait une autre question.

Cette conférence de presse en était le parfait exemple. Ce qui aurait dû être une simple formalité pouvait dérailler à tout moment. Il suffisait d'un radiateur cassé pour que le moindre obstacle devienne une montagne. Et si jamais il se mettait à pleuvoir ? Comment les journalistes le prendraient-ils ?

La police de Manson n'avait rien prévu en cas d'orage.

Il n'y avait pas que ce problème de radiateur. Amelia Turner, du *Manson Leader*, l'avait appelé la veille au soir pour lui demander une « faveur ». Elle voulait qu'on lui réserve deux places au premier rang, l'une pour elle, l'autre pour sa fille de seize ans, Beth, qui rêvait de devenir photographe.

Ellis n'avait rien contre les faveurs mais on attendait des journalistes de toute la région, il y aurait même peut-être les chaînes nationales, NBC ou CNN. Mais que se passerait-il si Amelia Turner n'avait pas ses deux places au premier rang ? Et si elle racontait à ses collègues qu'il n'avait même pas le pouvoir de lui mettre deux places de côté ?

Pire encore, si elle leur parlait de sa petite annonce personnelle : *Afro-Américain athlétique...*

Oh mais non...

Le plus terrible, bien sûr, c'est qu'il n'avait rien à annoncer à la presse. Pas de nouvelles, pas le moindre indice. Ils avaient organisé cette conférence pour demander à la population de les aider, mais les journalistes allaient exiger *quelque chose.* Il se voyait entrer dans la cage aux lions, les mains vides, n'ayant rien d'autre à leur offrir que la peau de son ventre.

Il voyait d'ici les unes du lendemain – non seulement du *Leader*, mais des quotidiens nationaux : *« Nous n'avons aucune piste », avoue un shérif incapable – Les recherches piétinent suite à une enquête lamentable – Conférence de presse annulée à cause de la pluie...*

« C'est pas tout, patron, reprit Beecher. On a reçu un coup de fil de Clara Yi, du pénitencier de Greenwood, hier soir.

— Ah?

— Patrick Eckles a été libéré. »

Ellis avait entendu dire que Patrick devait bénéficier d'une libération anticipée. On avait parlé de *prisonnier exemplaire*, de *bonne conduite*, de *tentative de réhabilitation*; son retour à Manson était imminent.

« Quand? demanda-t-il.

— Mercredi, répondit Beecher. Le lendemain de la disparition de Sammy. Et, bon, ça tombe plutôt bien pour lui, on va dire. »

Une sacrée chance en effet. La prison était le meilleur alibi possible. S'il avait été libéré une semaine plus tôt, tous les regards se seraient tournés vers lui, plutôt que vers son frère cadet.

« J'ai l'impression de lui avoir passé les menottes hier, commenta Ellis. C'est plutôt rapide, comme libération.

— Peut-être qu'il a rencontré Dieu en prison », dit Beecher.

Ellis émit un reniflement dubitatif, entra dans son bureau et vit clignoter le signal du répondeur sur son téléphone. Dix-sept messages l'attendaient… Il se versa une tasse de café et s'assit derrière son bureau.

Le premier message venait du commissariat de police de Coleman, qui leur avait envoyé des renforts pour les recherches à l'extérieur de la ville. Une fraction de seconde, Ellis espéra qu'il allait avoir quelque chose offrir à la meute des journalistes. Mais le policier de Coleman n'avait rien à lui apprendre. *Pas de nouvelles, bonnes nouvelles : tu parles*, se dit-il en appuyant sur la touche pour écouter le message suivant.

Biiip.

Venait ensuite un message de Doris Wang, une femme du quartier qui avait réussi à obtenir sa ligne directe. « J'ai peut-être résolu votre affaire, Chester. Un Noir de taille moyenne vêtu d'un pantalon trop large vient de passer sous ma fenêtre. Il m'avait l'air sacrément *suspect.* »

Biiip.

Les deux messages suivants venaient encore de Doris Wang, qui rappelait pour ajouter chaque fois un détail insignifiant. « J'ai oublié de préciser que le suspect portait une casquette de base-ball bleue – à l'endroit, pour une fois. La plupart les portent à l'envers, mais lui non. »

Biiip.

« C'est encore moi, Chester. Un bon quart d'heure s'est écoulé depuis mon dernier appel et je suis toujours devant ma fenêtre, je me demande quand vous allez vous décider à m'envoyer une voiture pour que je puisse vous aider à établir le portrait-robot de ce type, tant que les détails sont encore vifs dans mon esprit… »

Biiip.

« Ah, euh, bonjour… » C'était une voix féminine, un peu tendue mais pas désagréable, qu'Ellis ne connaissait pas. « C'est une situation bizarre, je suis désolée… Je m'appelle Sue Beady et, euh… Eh bien je mesure un mètre cinquante-huit, je pèse soixante-quinze kilos les jours où tout va bien, j'aurai bientôt cinquante-trois ans et je ne m'en cache pas. Euh… quoi d'autre ? Je suis désolée, c'est vraiment bizarre… Je n'ai pas l'habitude de ce genre de situation. »

Ellis coinça le récepteur entre son cou et son oreille et finit par dénicher un stylo qui marchait. Il nota sans trop savoir pourquoi le nom et les mensurations de la femme. Mais une enquête est faite d'une accumulation de détails apparemment insignifiants et c'était bien de cela qu'il s'agissait, sans l'ombre d'un doute.

« J'ai les cheveux blonds, les yeux marron et… euh, je ne sais pas, j'imagine que le reste peut rester une surprise. » Elle éclata de rire – et c'était un rire merveilleux. « Mince, je n'ai même pas… Je suis là à vous parler de moi et vous ne savez probablement même pas pourquoi je vous appelle. J'ai vu votre annonce dans le *Leader* : "athlétique", "valeurs chrétiennes", tout ça… »

Ellis lâcha le stylo et agrippa le téléphone à deux mains, en le collant à son oreille. La chaleur avait envahi son visage.

« Bon, je ne vais pas à l'église tous les dimanches, poursuivait la voix, mais je respecte les dix commandements et j'essaie de les enfreindre le moins possible. Je n'étais pas trop enthousiaste pour "Honore ton père et ta mère", mais Dieu n'a sûrement jamais eu le malheur de rencontrer Frank et Carla Beady, c'est sûr – qu'ils reposent en paix. Enfin, si vous avez envie d'inviter à dîner une inconnue aux cheveux blonds mesurant un mètre cinquante-huit et pesant soixante-quinze kilos, vous savez où me trouver. » Elle lui laissait ensuite son numéro. « Et si vous ne le faites pas, je vous promets que je ne vous en voudrai pas. Bonne journée à vous. »

Biiip.

Il y avait d'autres messages mais rien d'important. Et si ça avait été le cas, Ellis l'aurait à peine remarqué. La voix séduisante et douce de Sue Beady résonnait encore à ses oreilles.

La conférence de presse devait commencer à 10 heures. Dès 9 h 15, la pelouse du commissariat grouillait de journalistes, de producteurs, de cameramen, de photographes et d'une foule individus s'agitant en tous sens, occupés à Dieu savait quoi.

Le parking était débordé par les camionnettes qui affluaient, marquées de leurs logos : CNN, NBC, STKV, WKYP, GRMTV… et ce n'était pas fini. D'autres véhicules arrivaient sans arrêt et se garaient devant les pelouses des maisons voisines ou sur le trottoir, sans respecter aucune règle de circulation. Ils s'alignaient jusqu'à Francis Avenue, bien après le virage.

Pour couronner le tout, la moitié de la ville s'était déplacée. Ellis ne s'attendait pas à une telle foule, sans en être étonné pour autant. Cette fillette disparue incarnait aux yeux des gens tous les enfants de Manson. Et ce qui lui était arrivé, quelle qu'en soit la nature réelle, représentait toutes les *choses terribles* qui pouvaient arriver à un enfant. Quelque chose qui évoquait les tueurs en série et les prédateurs sexuels. Des criminels que seules des villes lointaines comme Francfort, New York ou Detroit connaissaient.

Mais les *choses terribles* avaient maintenant atteint Manson.

Tandis qu'Ellis regardait tous ces gens s'agiter, Beecher se glissa à ses côtés et déclara : « On n'aura jamais assez de chaises pour asseoir tout ce monde, patron.

— Ce n'est pas grave, Beech. Ils peuvent rester debout. »

Beecher avait disposé plusieurs rangées de chaises

pliantes parfaitement alignées sur la pelouse. Il avait même placé un petit carton où était écrit *Réservé* sur deux sièges du premier rang, à l'intention d'Amelia Turner et de sa fille. Il n'y avait pas d'estrade, mais il s'en était bien sorti.

« Tu as fait du bon boulot », lui dit Ellis.

Beecher rougit jusqu'aux oreilles.

« Je crois que je ferais un excellent organisateur de mariage.

— Il n'est pas trop tard pour un nouveau départ », lui dit Ellis, qui ne plaisantait qu'à moitié.

La famille de Sammy – Jack et Molly Went, leur fille aînée Emma, et Stuart, leur fils de neuf ans – arriva un peu avant 10 heures. Les journalistes les entourèrent aussitôt.

Les Went étaient blêmes ; on aurait dit des personnages en noir et blanc au milieu d'un champ de journaliste colorisés. Le visage de Molly était livide, elle avait les traits tirés, Jack semblait ne pas avoir mangé depuis des jours et il avait…

Un pansement ? se dit Ellis en tressaillant légèrement. *Jack Went avait un pansement à la main droite*…

Comme si elle avait lu dans ses pensées, Molly glissa le bras sous celui de son mari et lui prit la main, la dissimulant aux regards.

Ils étaient tous abattus, mais c'était le petit Stu qui faisait le plus de peine à voir. Il était tellement frêle, tellement pâle qu'on aurait dit que son esprit avait abandonné son corps.

Ellis dut se raisonner pour refouler ses larmes. Si Sammy était le symbole de ce qui pouvait arriver lorsque les choses terribles atteignaient Manson, Stu Went était le symbole vivant de l'échec du shérif, et du sentiment de culpabilité qu'il éprouvait. L'enfance avait déserté d'un seul coup ce garçon, comme l'eau d'une baignoire qu'on vide. Il avait besoin d'être rassuré, il avait besoin d'espoir, comme tout le monde, et Ellis n'en avait pas à lui offrir.

Ses mains s'étaient mises à trembler. Il les enfonça dans les poches de son pantalon, où il sentit la feuille de papier pliée en quatre : il avait pris quelques notes pour préparer la conférence. Il la sortit et la déplia : quelques lignes, à peine. Le blanc de la page était à lui seul un acte d'accusation.

« C'est l'heure, patron », lui lança Beecher.

On aurait dit un peloton d'exécution. Sans indice, sans réponses, comment convaincre qui que ce soit qu'il serait capable de retrouver Sammy Went ? Les questions se succédaient, plus virulentes les unes que les autres, mais celle qui le blessa le plus vint d'Amelia Turner, c'est-à-dire d'une habitante de Manson. Depuis sa place réservée au premier rang, armée d'un magnétophone chromé qu'elle brandissait vers lui comme une arme, elle lui lança : « Estimez-vous avoir les compétences nécessaires pour résoudre cette affaire, Shérif ? »

Il bredouilla une vague réponse dont il ne se souvenait déjà plus, mais qu'il lirait sans doute le lendemain dans le *Leader*.

Il regagna son bureau et s'effondra dans son fauteuil. Il avait l'impression d'être un vieil outil déglingué au fond d'une cabane. Il regarda son bloc-notes sur le bureau : il avait recopié le numéro de téléphone de Sue Beady en haut d'une page blanche. Ce n'était pas vraiment le moment, il en avait bien conscience, mais il venait de traverser des jours difficiles. Il avait besoin d'un peu de légèreté. Il composa le numéro d'une main moite et tomba sur le répondeur.

« Euh, oui, bonjour…, commença-t-il. Ici Chester Ellis. Vous m'avez laissé un message et, euh… je l'ai bien reçu et je vous en laisse un à mon tour. » Il marqua une pause pour s'éponger le front. « Il y a un restaurant italien assez chic sur Redwater, qui s'appelle le Barracuda. Enfin, je ne sais pas s'il est vraiment chic, à bien y réfléchir, mais leurs pizzas méritent le détour. Et si vous étiez libre un de ces jours, je vous y inviterais volontiers. Ah… vous pouvez bien sûr me rappeler, vous avez déjà mon numéro professionnel mais je vous laisse celui de mon domicile, comme ça vous pourrez m'appeler si vous… »

Sue Beady décrocha à cet instant.

« Chester… Vous êtes toujours là ?

— Oui m'dame.

— Dimanche, ça vous irait ?

— Pardon, m'dame ?

— Pour aller dîner dans ce restaurant italien chic. J'en fais trop ? »

Ellis prit une profonde inspiration.

« Non, dit-il, absolument pas.

— Bien. Mais il y a une condition…

— Laquelle ?

— Que vous cessiez de m'appeler madame. »

Ellis esquissa un sourire.

« C'est entendu. »

Il venait de raccrocher lorsque Beecher entra dans son bureau en s'épongeant le front.

« On a peut-être une piste, patron. »

Ellis gara son 4×4 à l'extrémité nord du parking qui bordait le lac. Les recherches pour retrouver Sammy n'avaient pas faibli. Certains volontaires discutaient sous l'auvent de la caravane de la Lumière Intérieure. Depuis la disparition de la fillette, l'Église avait été toujours été présente sur les lieux : c'était peut-être une bande de cinglés, mais Ellis accueillait avec plaisir toutes les bonnes volontés qui se présentaient.

Ils se garèrent, et Ellis et Beecher se dirigèrent vers l'agent de police qui les attendait.

« Tu as trouvé quelque chose, Louis ? lui lança Ellis.

— Je ne sais pas trop, patron. L'un des plongeurs a repéré quelque chose du côté de Willow's Point. C'est peut-être sans importance mais j'ai pensé qu'il valait mieux que vous veniez. »

Il les conduisit jusqu'à l'embarcadère ; une femme rangeait son matériel de plongée à l'arrière d'un pick-up. Elle avait accroché sa combinaison encore trempée au rétroviseur extérieur et mordait avec appétit dans un sandwich.

« Inspecteur Beaumont, lui dit Louis, je vous présente le shérif Ellis et l'agent Beecher. Beaumont est l'une des meilleures recrues de Coleman et nous a beaucoup aidés pour les recherches dans le lac.

— Nous aurons une dette infinie à l'égard de Coleman quand cette affaire sera terminée, dit Ellis.

— Oublions, dit la femme. Et appelez-moi Terry.

— Qu'est-ce que vous avez repéré, Terry ?

— J'étais dans l'eau, au large de Willow's Point. Comme vous devez vous en douter, il est à peu près aussi facile de trouver un corps dans le lac Merri qu'une vierge dans un bordel. »

Beecher étouffa un petit rire.

« Willow's Point est à l'écart de toutes les routes de la région, donc c'est pas l'endroit idéal pour se débarrasser d'un cadavre, sauf si vous voulez le trimballer sur votre épaule pendant une dizaine de kilomètres.

— Ou si vous avez un bateau, intervint Beecher.

— Bref, le lac est beaucoup plus étroit à cet endroit et il y a tout un tas de rochers où des trucs peuvent rester coincés. À supposer que cette petite fille soit tombée à l'eau et que les poissons ne l'aient pas réduite en charpie, je m'étais dit que cela valait la peine d'aller jeter un coup d'œil de ce côté.

— Vous avez découvert quelque chose ? demanda Ellis.

— Pas dans le lac. Mais sur le rivage, peut-être. À cette période il y a beaucoup de vase, la visibilité n'est pas très bonne, je devais souvent remonter à la surface pour nettoyer mon masque. Et pendant que je remontais, j'ai vu un type qui m'observait de la berge. » Tout en parlant, elle tendait une bâche sur son matériel ; elle contourna le pick-up pour la fixer de l'autre côté. « Il avait pas l'air d'un chasseur ou d'un randonneur, et il avait rien pour la pêche. Le seul canot à l'horizon c'était le mien, et comme je vous l'ai dit, cet endroit est à des kilomètres des routes. Du coup j'étais un peu… sur mes gardes. Puis le type m'a fait signe, comme s'il voulait me dire quelque chose.

— Vous lui avez parlé ? »

Terry ferma l'arrière de son pick-up et acquiesça.

« Je me suis rapprochée à la nage, mais en restant à une dizaine de mètres du rivage. Je préférais ne pas trop m'avancer. Normalement j'ai un équipier de plongée, Dave, mais sa femme est sur le point d'accoucher pour la troisième fois et il ne peut plus faire un pas dehors. Je me suis donc tenue à distance, par simple mesure de précaution. Ce type venu de nulle part me foutait un peu la trouille. Quand j'ai été assez près, il m'a demandé si je participais aux recherches pour retrouver la petite fille. Je lui ai répondu que oui. Il m'a demandé si nous avions déjà une piste. »

Ellis attendit la suite.

« C'est tout ?

— Vous vous souvenez de Virginia Schorbus ? demanda Terry.

— Le nom me dit quelque chose.

— Virginia Schorbus a disparu à Redwater en… merde, ça doit remonter à 1981 ou 82. Ça avait fait beaucoup de bruit à l'époque. Un copain à moi participait à l'enquête. Il m'a raconté qu'un des volontaires venu les aider n'arrêtait pas de leur poser des questions. Il apportait même à manger aux parents de la victime. Personne n'avait fait attention à lui sur le moment. Mais quelques mois plus tard, on a retrouvé le cadavre de Virginia dans son jardin.

— Mais quelle horreur ! s'exclama Beecher. Mais pourquoi il a fait ça ?

— Peut-être que ça lui donnait un sentiment de puissance, répondit Terry. En tout cas, ça m'est revenu à l'esprit quand cet homme s'est mis à me poser des questions. Je lui ai donc demandé de loin comment il s'appelait. Alors il a tourné les talons et s'est enfoncé dans les bois. Comme si je lui avais fait peur, brusquement.

— Ça remonte à quand ? demanda Ellis.

— Il y a une vingtaine de minutes, une demi-heure maximum. Je suis revenue ici tout de suite.

— Vous avez vu son visage ?

— J'ai pas mes lunettes quand je plonge, répondit-elle. Mais il avait des cheveux foncés, trente-cinq ans, peut-être quarante. Difficile d'être plus précise.

— Vous pourriez le décrire pour qu'on établisse un portrait-robot ?

— Je peux toujours essayer, dit-elle.

— Montrez-nous où vous l'avez vu sur la carte. »

Beecher déplia un plan de Manson sur le capot du pick-up. Ellis et lui le maintinrent chacun d'un côté pour qu'il ne soit pas emporté par le vent, tandis que Terry traçait une petite croix rouge à l'endroit en question.

« Qu'est-ce que t'en dis, Beech ? reprit Ellis. Tu te sens d'attaque pour une petite balade ? »

Avant que le policier n'ait eu le temps de répondre, un coup de sifflet retentit au milieu des bois. Une nuée d'oiseaux émergea des arbres et prit son envol. Le coup de sifflet dura cinq ou six secondes et fut suivi d'une série d'appels plus brefs.

« Qu'est-ce que c'est que ce bazar ? » demanda Beecher.

Le regard d'Ellis se porta vers le bois.

« Quelqu'un a trouvé quelque chose », dit-il.

Ellis, Beecher, Louis et une poignée de volontaires se hâtèrent de rejoindre la forêt et s'engagèrent dans le sous-bois où régnait une odeur de terre mouillée, de végétation pourrie, de cendres et de braises inondées par la pluie. Toutes les trente ou quarante secondes, le sifflet retentissait à nouveau, ce qui permettait à Ellis et ses hommes de s'orienter.

À quelques centaines de mètres du lac, ils aperçurent Henry Barr. Adepte de la Lumière Intérieure, Barr travaillait dans une entreprise de dépannage de Manson. D'après ce qu'Ellis avait entendu dire, c'était aussi un romancier en herbe. Ses cheveux étaient noués en une queue-de-cheval qui lui arrivait au milieu du dos. Lorsqu'il vit les policiers, il laissa retomber le sifflet qu'il portait autour du cou. À force d'avoir soufflé si fort, son visage était tout rouge.

« Par ici », lança-t-il.

Il avait planté un petit drapeau jaune dans le sol à l'endroit de sa découverte, mais Ellis ne voyait toujours pas de quoi il s'agissait.

« C'est là, dans ce buisson », précisa Henry.

Tout en s'approchant, Ellis demanda à Louis de tenir les autres à distance. Beecher et lui s'avancèrent avec précaution. L'herbe était trempée autour du petit drapeau, et couverte d'empreintes de bottes.

« Je crains qu'il s'agisse des miennes, Shérif », s'excusa Henry.

Ellis s'agenouilla près du drapeau et examina le sol. Au pied d'un rince-bouteille gisait un singe en peluche imbibé d'eau et maculé de boue.

« Vous pensez que c'est à elle, Shérif ? interrogea Henry.

— Nous demanderons à sa famille », répondit-il.

Mais au fond de lui, il savait déjà que c'était le singe de Sammy. Ça ne pouvait être que son singe. Sammy avait été à cet endroit. Ici. *Ici même*.

Ellis se releva avec un grognement et regarda autour de lui. Ils étaient au centre d'un bosquet de sapins de Virginie qui cachaient le soleil par endroits. Jamais une fillette de deux ans n'aurait pu venir seule jusqu'ici. Quelqu'un l'a emmenée ici. Et elle a perdu son singe en route, pensa-t-il.

On ne pouvait emmener une petite fille dans un endroit pareil que pour une seule raison : l'assassiner. Il en était convaincu, et probablement Beecher et même Henry pensaient-ils la même chose. Mais ils avaient tous les trois assez de sang-froid pour ne pas formuler leur pensée à voix haute. Celui qui avait entraîné Sammy ici cherchait avant tout un endroit isolé, se dit Ellis. Alors il eut une intuition.

Les contours hérissés du moulin se dressaient devant eux. L'endroit était sinistre avec ses murs effondrés, ses graffitis, ses éclats de verre brisé.

Ils arrivaient du sud. Une vingtaine de mètres avant le moulin se trouvait un petit bâtiment gris, aux fenêtres barricadées par des planches. Des lettres vissées avaient indiqué au-dessus de l'entrée : ACCUEIL DES VISITEURS. Toutes s'étaient détachées en laissant une trace, sauf le A et le V. Ellis remarqua que le verrou de la porte d'entrée avait été fracturé à l'aide d'un objet contondant, une grosse pierre ou un levier : le bois autour avait été forcé, et ne présentait plus que des éclats brisés.

« Des gamins, peut-être…, hasarda Beecher.

— Peut-être », répondit Ellis.

Il poussa doucement la porte qui s'ouvrit en grinçant. La lumière tombait par les interstices des planches et dessinait des traînées jaunes sur le sol nu. Le mobilier avait été emporté, on apercevait encore sur le plancher les contours pâles de leur emplacement.

« Qu'est-ce que c'est que ça ? » lança Beecher en découvrant un petit monticule de poussière et d'éclats de verre empilé avec soin derrière la porte, comme si quelqu'un l'avait balayé et remisé là. « Généralement, les gamins ne font pas le ménage. »

Ellis sortit sa torche. Quelques objets étaient entreposés en face : un gros sac de sport vert bouteille, un sac de couchage déroulé, un coussin gonflable, une lampe à gaz et un broc en plastique à moitié rempli d'eau.

« On dirait que quelqu'un a dormi ici.

— Vous pensez que c'est le type que la plongeuse a vu, patron ?

— Difficile à dire. »

Il dirigea le faisceau de sa torche sur le sac de sport et une terrible pensée lui traversa soudain l'esprit. *Le corps d'un petit enfant tiendrait très bien là-dedans.*

Après avoir calé la torche sous son bras, il ouvrit lentement la fermeture Éclair du sac en priant pour ne pas voir apparaître le visage sans vie et le regard figé d'une fillette de deux ans. Mais heureusement, le sac ne contenait pas d'enfant. Il découvrit une couverture en laine, des allumettes, une dizaine de boîtes de thon et un sachet en papier rempli de comic books : *X-Men*, *Batman*, *Wonder Woman*.

« Vous voulez que je lance un appel radio ? demanda Beecher. Pour signaler que nous avons peut-être découvert la planque du coupable ?

— Non, dit Ellis. Nous allons tout laisser en place. Il est possible que le propriétaire vienne chercher ses affaires. Appelle plutôt Herm et Louis, et dis-leur que je leur demande de venir surveiller les lieux. »

Tandis que Beecher s'exécutait, Ellis alla voir du

côté du moulin. Il poussa la porte d'entrée et se tint un moment silencieux sur le seuil. Des formes se découpaient au milieu d'un fouillis de vieilles poulies et de sangles poussiéreuses. La structure effondrée de l'étage pendait à moitié dans le vide.

Le ciment sous ses pieds était mouillé par endroits, jonché de bouteilles brisées, de préservatifs usagés et de magazines porno gorgés d'eau. Une odeur d'urine imprégnait l'atmosphère.

Il monta prudemment à l'étage. L'escalier craquait et vacillait sous son poids. Il se vit tomber au milieu des débris ; heureusement il atteignit l'étage sans incident.

Les fenêtres étaient obstruées par la végétation. Le peu de lumière qui passait au travers dessinait sur le sol une vraie jungle d'ombres. Il n'y avait rien à l'étage, hormis d'autres débris.

En descendant, il remarqua que l'un des murs était couvert d'inscriptions. Il braqua sa torche sur une litanie de noms griffonnés à la main : *Stephen Rumbold*, *Catherine Dixon*, *Margie Foss*, *Ellia Fleming*, *Patricia Carrasco*, *Jerry Baker*, *Robert Ammerman*, *Trinity Hinkle*, *Karen Garland*...

Beecher apparut alors sur le seuil.

« Ils sont en route, patron. Vous avez trouvé autre chose ? »

Ellis désigna le mur du faisceau de sa torche.

« Qu'est-ce que tu penses de ça, Beech ? »

Beecher entra dans le moulin et rejoignit Ellis avant de regarder le mur.

« Ah, ça, ça fait partie des traditions locales, Shérif, dit-il face au mur.

— Comment ça ?

— On écrit ici le nom de son ennemi, et vingt-quatre heures plus tard, il est mort !

— Comment le sais-tu ?

— C'est mon petit frère qui me l'a raconté. Il vient ici avec ses copains des fois.

— Et ces traditions-là, ton frère les respecte aussi ? » dit Ellis en braquant sa torche sur un magazine porno.

Beecher eut un petit rire.

Ellis s'approcha du mur. Ses articulations le faisaient souffrir et son ouïe commençait à baisser, mais son regard était toujours aussi vif.

« Regarde un peu ça, Beech…

— Quoi, patron ? »

Sans un mot, parmi ces centaines de noms, Ellis immobilisa le faisceau de sa torche sur celui de *Sammy Went*.

MARTHA, VIRGINIE-OCCIDENTALE

Maintenant

Nous étions tous dans le salon du mobile home d'Emma, assis autour d'un faux feu de cheminée alimenté au gaz. Les murs étaient couverts de photos, mais je n'en aperçus pas une seule de Sammy Went.

Les enfants d'Emma – Charlie, douze ans, Harry, quinze ans et Jack, dix-huit ans – me dévisageaient comme s'il s'agissait d'un entretien d'embauche. Ils étaient beaux, tous les trois. Emma autorisait les deux plus grands à boire de la bière ; ils se partageaient une canette de Pabst, alors que Charlie s'en tenait encore au lait chocolaté.

« J'ai fait analyser nos ADN, expliquait Stuart assis dans un fauteuil près de la fenêtre, et ils correspondent. Le calendrier coïncide, sur ses photos d'enfance Kim ressemble trait pour trait à Sammy et son beau-père a confirmé les faits, pour l'essentiel.

— Comment ça, *pour l'essentiel* ? » demanda Emma. Elle était assise à côté de moi, me tenait par le bras et fumait cigarette sur cigarette.

« Il n'a pas nié, dis-je. Dean, mon beau-père, a rencontré ma mère quand j'avais deux ans. Mais j'imagine qu'elle a dû lui révéler ensuite que… enfin… lui dire que je n'étais pas… sa fille biologique.

— Est-ce que c'est elle qui a… enfin… tu vois… qui t'a enlevée ?

— On n'en sait rien, répondis-je.

— Qu'est-ce qu'elle a dit quand tu lui as demandé ?

— Je ne lui ai pas demandé. Je veux dire, je n'ai pas pu. Elle est morte il y a quatre ans. »

Emma fronça les sourcils.

« Ça, c'est vraiment dégueulasse », lâcha-t-elle.

À vrai dire, je n'étais pas sûre que je lui aurais posé la question si elle avait été de ce monde. La duplicité de Dean dans cette affaire m'avait brisé le cœur, mais lui au moins avait une bonne raison de mentir : il protégeait le souvenir de sa femme et respectait la parole donnée. Alors que Carol Leamy m'avait enlevée, elle m'avait délibérément arrachée à ma famille. Il aurait fallu que je rassemble tout mon courage pour lui demander les raisons de ce geste – et plus encore pour encaisser sa réponse. Si elle avait été vivante quand Stuart était venu me voir, j'aurais probablement renoncé à le rappeler.

« Vous avez parlé aux flics ? demanda Emma. Le FBI a un dossier sur Sammy, si je me souviens bien. Si toute cette histoire est vraie, ils voudront sûrement être informés.

— On n'a contacté personne pour l'instant, répondit Stuart.

— Pourquoi ? »

Il me regarda.

« Parce qu'on avance au rythme de Kim, dans cette affaire. D'ailleurs, les garçons, je vous demande d'être muets comme des tombes. Entendu ? »

Jack, Harry et Charlie se tournèrent d'un seul mouvement vers Stuart avec la même expression ébahie, comme s'ils avaient répété la scène.

« Ce que je veux dire, c'est qu'il ne faut pas que vous en parliez à vos amis, dans votre école, ni sur Facebook ou Tweeter, évidemment. »

Emma se tourna vers moi.

« Et pourquoi pas une conférence de presse ? me demanda-t-elle.

— Une conférence de presse… non, je ne préfère pas.

— Ma chérie, reprit-elle, je ne peux pas imaginer ce que tu traverses, ni quels dégâts cette histoire de merde a déjà provoqués, mais il faut que tu comprennes que tu ne vas pas être la seule à te poser des questions. Et je ne parle pas que des flics. C'est exactement le genre d'histoire que les gens adorent : tout le monde va en vouloir un petit morceau, garde ça à l'esprit. Ça va t'échapper, et vite, si tu ne contrôles rien. »

Le contrôle est une illusion, songeai-je.

Emma me lâcha, me regarda dans les yeux, me serra à nouveau le bras.

« On n'est pas obligés de s'en occuper tout de suite, reprit-elle, mais ce serait une erreur de ne pas s'en occuper du tout. Tu comprends ?

— Oui, oui, dis-je.

— Qu'est-ce qui s'est passé, à ton avis ? »

Stuart répondit à ma place.

« La femme qui l'a enlevée était de passage dans la région, peut-être qu'elle allait voir quelqu'un. Elle a dû apercevoir Sammy à Manson avec papa ou maman. Au terrain de jeux de Wilton Street, par exemple, ou dans un magasin. Elle venait peut-être de perdre un enfant, ou elle avait des antécédents psychiatriques et…

— Je posais la question à Kim. »

Ils se tournèrent tous les deux vers moi. Ma bouche était devenue sèche et la bière n'arrangeait rien.

« Je ne sais pas, dis-je. Vous allez me trouver naïve mais la mère que j'ai connue n'était vraiment pas du genre à faire une chose pareille.

— Mais elle était du genre à te mentir toute ta vie, rétorqua Emma. Ce que je veux dire, c'est qu'en réalité, tu ne sais pas qui était ta mère. » Elle se tourna vers son frère. « Rafraîchis-moi la mémoire : il y a des témoignages qui parlent d'une femme tournant autour de la maison au moment de l'enlèvement ? »

Stuart secoua la tête.

« Aucune femme n'a jamais été soupçonnée, dit-il. En dehors de maman, comme tu sais.

— Tu retournes à Manson, parfois ? demandai-je à Emma.

— Oh, je me suis échappée quand j'avais dix-neuf ans et je n'y suis retournée que cinq ou six fois depuis. C'est comme ça que les gens disent là-bas : on ne *quitte* pas la ville, on lui *échappe*. C'était… » Elle s'interrompit et compta sur ses doigts, sans lâcher sa cigarette. « … six ans après les événements. Je suis allée à Cincinnati avec Karl Asbrock, il venait de Manson lui aussi. C'est le père de Jack. »

La machine à laver était dans la pièce voisine. À chaque cycle, les murs se mettaient à trembler.

« Les choses n'ont pas marché entre Karl et moi. Après notre divorce j'ai gambergé un moment. Je me suis inscrite à la fac, puis j'ai laissé tomber et j'ai rencontré Ron – avec qui je suis mariée *pour l'instant*.

Et puis j'ai mis au monde deux autres petits diables, ajouta-t-elle en montrant les garçons sur le canapé. Le reste appartient à l'histoire, comme on dit. »

Le soleil de l'après-midi passait à travers la fenêtre, éclairant des milliers de grains de poussière en suspens dans l'atmosphère.

« Ron n'est pas très souvent ici, reprit-elle en allumant une nouvelle cigarette. Il est chauffeur routier, un métier que j'ai fini par avoir en horreur. Mais c'est probablement grâce à ça que notre relation dure depuis si longtemps. L'absence entretient l'affection, pas vrai ?

— Et tu travailles chez Burger King maintenant ? » demanda Stuart.

Je n'avais pas décelé le moindre soupçon de condescendance ou de mépris dans sa voix, mais Emma se vexa.

« Tout le monde ne peut pas être *comptable* », lança-t-elle en insistant sur le mot comme s'il avait été savant atomiste, chirurgien du cerveau ou roi d'Angleterre.

Stuart leva les mains en l'air, sur la défensive.

« Je n'ai rien dit de mal... »

Emma se tourna vers moi et reprit :

« Je ne travaille que le matin, à l'heure du petit déjeuner. Ron gagne bien sa vie, mais si je ne travaillais pas de mon côté je deviendrais folle, tu peux comprendre ça ? »

Je terminai ma bière. Emma se leva aussitôt et alla m'en chercher une autre sans me demander mon avis. Son geste me plut beaucoup.

Elle se rassit à côté de moi, décapsula sa propre canette et me demanda en souriant :

« Et toi ? Qu'est-ce qui t'est arrivé ? Tu as été élevée

où ? Tu as fait quoi ? Tu es mariée, tu as des enfants ? T'as pas vécu enfermée dans un donjon, toutes ces années !

— Ah, ça non !

— Eh bien, raconte-moi un peu tout ça, ma chérie. »

Boostée par mes deux canettes de Pabst, je lui exposai dans les grandes lignes ce qu'avait été ma vie jusqu'à ce que Stuart fasse son apparition. C'était rapide. Je lui parlai de mon enfance, puis de ma jeunesse en Australie, de ma mère, de Dean, d'Amy.

Lorsque j'en arrivai à la mort de ma mère, elle poussa un profond soupir. Mais quand je lui appris que je n'étais pas mariée et que je n'avais pas d'enfant, elle se contenta de hausser les épaules.

« Tout ça, c'est très surestimé, de toute façon, dit-elle.

— Merci maman ! » s'exclama Jack, son fils aîné, avec un sourire crispé.

La sonnerie retentit soudain à l'entrée.

« Ça doit être le livreur de pizzas, dit Emma. Dis donc, Sammy – pardon, *Kim*… ça t'embêterait de régler ? J'ai pas eu le temps d'aller retirer de l'argent aujourd'hui. »

Stuart lança un regard désapprobateur à sa sœur.

« Pas de problème, répondis-je. Je m'en occupe. »

Nous parlâmes pendant des heures. Nous étions passés à la cuisine pour manger les pizzas et boire d'autres bières. L'obscurité s'étendait dehors et les lumières s'allumèrent les unes après les autres dans les mobile homes du Parc Ailleurs. Les garçons s'étaient retirés pour retrouver leurs écrans et Stuart était allé s'étendre dans la chambre de Jack, épuisé sans doute par les émotions.

Nous étions donc toutes les deux à la table de la cuisine. Les cartons de pizzas étaient vides, nous avions déjà bu cinq bières chacune. On entendait du heavy metal, d'un mobile home voisin. Des chiens aboyaient, des criquets stridulaient et une légère brise agitait la moustiquaire de la double porte.

Il s'avérait que nous avions beaucoup de choses en commun, Emma et moi. Nous détestions les gens qui faisaient craquer leurs jointures, par exemple, et nous adorions les romans de Gillian Flynn. Nous nous étions toutes les deux fait tatouer, plus jeunes, et maintenant nous le regrettions. J'avais une chouette aux yeux rouges sur le bras droit, et Emma le prénom de son premier mari au milieu d'un cœur rouge sur le sein droit.

Plusieurs fois dans la soirée, je regrettai l'absence d'Amy. Je n'arrêtais pas de recevoir des appels d'elle et de Dean, et il devenait de plus en plus difficile de les ignorer.

Quelques minutes avant minuit, Emma déclara soudain :

« Ouais, je suis assez saoule pour ça, c'est certain…

— Assez saoule pour quoi ? » rétorquai-je.

Elle se leva en titubant et faillit basculer en avant mais retrouva son équilibre au dernier moment.

« Assez saoule pour te montrer quelque chose que je garderais pour moi, sinon. À ce stade de nos *relations*, en tout cas. »

Elle alla chercher deux lampes torches sous l'évier,

m'en tendit une et me précéda en silence jusqu'à l'extrémité du cul-de-sac.

« Où allons-nous ? » lui demandai-je en allumant ma torche et en remontant la fermeture Éclair de ma parka.

Le fond de l'air était frais et un léger brouillard commençait à s'étendre sur le parc.

« Si je te le disais tu ne me croirais pas », répondit Emma en enjambant une barrière rouillée, avant de s'engager sur une pente qui descendait de l'autre côté.

Je la suivis à la lueur de ma torche ; les herbes nous arrivaient aux genoux. Nous atteignîmes bientôt la berge d'un petit cours d'eau.

« Nous pouvons traverser là », dit-elle en désignant une sorte de gué formé de grosses pierres plates disposées à un mètre d'intervalle en travers du cours d'eau. « Mais fais attention à la troisième pierre, elle est un peu branlante. Attends que j'aie traversé, je te montrerai le chemin avec ma torche. »

En riant, saoule et un peu déphasée, je braquai ma torche en direction du gué. J'avais peur qu'après toutes ces bières Emma ne tombe à l'eau, mais l'alcool avait sur elle l'effet inverse : elle lui donnait assez d'assurance pour sauter d'une pierre à l'autre avec autant de précision que d'agilité.

Parvenue saine et sauve sur l'autre rive elle se retourna, claqua les talons et écarta les bras en s'inclinant pour saluer. Je l'applaudis avec un enthousiasme qui n'était pas feint.

« Merci, merci ! lança-t-elle en s'inclinant à nouveau. À ton tour à présent. »

Elle dirigea le rayon de sa lampe vers le gué et je

me retrouvai quelques instants plus tard au milieu du cours d'eau, en proie à une délicieuse frayeur.

« J'espère que ça vaut le coup, au moins ! »

Comme Emma ne répondait pas, j'éclairai son visage avec ma torche et vis qu'elle fronçait les sourcils. Elle leva la main pour se protéger les yeux.

« Fais gaffe avec cette lampe ! s'exclama-t-elle.

— Désolée !

— Par ici, reprit-elle. Attention, la pente est un peu raide. »

Nous escaladâmes la berge et longeâmes le talus. D'un côté s'étendaient le Parc Ailleurs et ses centaines de rectangles noirs, certains éclairés, d'autres non. De l'autre se dressait un vaste complexe industriel, un ensemble d'usines dont les grandes cheminées lâchaient des flots de fumée blanche. Une odeur de gaz imprégnait l'atmosphère.

« C'est encore loin ? » lançai-je.

Le froid m'avait envahie et je commençais à me demander si cette escapade était une bonne idée.

« Non, nous sommes presque arrivées. C'est juste là, tu vois ? »

Nous nous arrêtâmes devant un cerisier dont le vent agitait les branches. Une chaise était dépliée à côté, entourée de canettes de bière vides et de mégots de cigarettes.

« On est où, ici ? demandai-je.

— Ici, ma sœur si longtemps perdue, on est sur ta tombe. »

Je braquai ma torche sur son visage pour m'assurer qu'elle ne plaisantait pas mais le ton de sa voix aurait suffi à me convaincre du contraire. Reportant la lampe sur le cerisier, je remarquai à ses pieds un gros cube de verre, contenant une sorte de jouet – un singe en peluche imbibé d'eau de pluie.

« J'avais lu un jour sur Internet un truc sur le travail du deuil, reprit Emma. Je passais mon temps à chercher des trucs là-dessus, pour essayer de comprendre, pour pouvoir passer à autre chose. » Elle leva les yeux vers les lumières clignotantes de l'usine. « Ce truc que j'avais lu, ça expliquait comment faire son deuil quand il n'y a pas de corps. On faisait une sorte de simulacre d'enterrement, on mettait dans une boîte ou un carton des choses ayant appartenu au mort, et puis on l'enterrait. Et c'est ce que j'ai fait. C'était un peu idiot, d'une certaine façon... je ne sais pas. Mais d'un autre côté, ça m'a fait du bien. »

Je m'agenouillai devant ma propre tombe et éclairai le singe en peluche : il était en charpie, gorgé d'eau. L'un de ses yeux manquait. J'aurais aimé le photographier. En tendant la main pour toucher le cube en verre je sentis une vague de tristesse monter au fond de moi. Si j'avais été seule, j'aurais fondu en larmes.

« Ce singe était à elle, non ? Enfin, je veux dire : *à moi*. À Sammy. »

Emma acquiesça et alluma une cigarette.

« J'avais économisé pendant des mois pour te l'offrir. C'était pour ton premier anniversaire. Tu le trimballais sans arrêt avec toi jusqu'au jour où... Il a passé un an dans un placard chez les flics, comme pièce à conviction. Putain, excuse-moi... Ça me reprend... »

Elle s'était mise à pleurer. Elle finit sa bière, écrasa sa canette dans sa main et la balança avec les autres. Puis elle s'assit sur l'herbe à côté de moi.

« Tu ne te souviens vraiment de *rien* ? me demanda-t-elle.

— Je ne crois pas. »

Ma réponse ne lui fit visiblement pas plaisir.

« J'aimerais pouvoir te dire que si, Emma. J'aimerais me souvenir de toi. Et de Stuart.

— Ce n'est pas quelque chose que tu peux décider.

— Je sais. Mais je me sens coupable d'avoir mené une vie tellement insouciante, alors que vous me cherchiez, Stuart et toi.

— Je ne t'ai pas cherchée, dit-elle. Au tout début, oui – mais après, j'ai fait mon deuil, je t'ai enterrée. J'ai passé la plus grande partie de ces vingt ans à essayer d'oublier que tu avais existé. »

Elle envoya valser le mégot de sa cigarette en l'air. Il atterrit dans le cours d'eau et grésilla un instant avant de s'éteindre.

« C'est moi qui devrais m'excuser, reprit-elle. Je t'ai abandonnée, Sammy. *Kim*. Peu importe. Pas Stuart. Nous nous sommes souvent disputés à ce sujet, je lui disais qu'il refusait de voir la vérité en face, il me répondait que j'étais une mauvaise sœur. Il avait sûrement raison sur ce point. »

Elle fouilla dans sa poche et en sortit son trousseau de clefs, avec un minicouteau suisse. Elle déplia la lame et ouvrit le couvercle du cube en verre, d'où elle sortit le singe en peluche.

« Tiens, me dit-elle, il vaut mieux que tu le reprennes. D'ailleurs, légalement, il t'appartient. »

Elle se leva et reprit la direction du cours d'eau sans ajouter un mot.

Les trois garçons s'étaient regroupés dans la chambre d'Harry, je m'installai donc dans celle de Charlie. J'étais trop fatiguée, je me fichais que mes pieds dépassent du lit. La lampe fixée au montant projetait une nuée de planètes et d'étoiles qui tournaient lentement au plafond.

J'entendis vaguement Emma qui parlait au téléphone d'un air excité, le bruit de la canette de Pabst qu'elle décapsulait et du briquet avec lequel elle allumait sa cigarette. Puis je m'endormis en serrant le singe en peluche contre moi.

Cette nuit-là, l'homme d'ombre apparut une fois encore dans mes rêves.

Je m'éveillai en sursaut, éblouie par le soleil qui tombait à travers la fenêtre. J'avais oublié d'éteindre la lampe de chevet de Charlie mais les planètes et les étoiles se distinguaient à peine sur le plafond violemment éclairé.

Je sortis du lit, m'habillai et découvris Stuart qui m'attendait d'un air nerveux dans la cuisine. Il était encore tôt mais le Parc Ailleurs semblait animé d'une étrange agitation.

« Bonjour, lui lançai-je. Que se passe-t-il ? »

Je compris aussitôt que quelque chose allait de travers. Stuart faisait les cent pas devant la fenêtre, s'arrêtant de temps à autre pour soulever le rideau et jeter un coup d'œil à l'extérieur.

« Je suis désolé, Kim…

— De quoi ? Qu'est-ce qu'il y a ? »

Il souleva à nouveau le rideau, eut un mouvement de recul et le laissa retomber.

« Elle les a appelés. Emma les a appelés. Et merde !

— Elle a appelé qui ? » dis-je en me dirigeant vers l'autre fenêtre.

Je soulevai le rideau jaune et la première chose que je distinguai fut la silhouette massive d'un homme d'une quarantaine d'années vêtu d'une parka bleu clair. Il portait à l'épaule une grosse caméra.

Je tendis le cou et aperçus une femme très bien habillée au fond de l'allée. Elle grelottait de froid dans le petit matin glacial et essayait désespérément de protéger ses cheveux du vent.

Il y avait d'autres journalistes. Les camionnettes des chaînes de télé étaient garées le long du trottoir. Les techniciens s'affairaient déjà, préparant la sono, installant des trépieds pour les caméras.

Je pensais d'abord qu'un drame avait eu lieu dans la nuit – un meurtre, peut-être. Un quart de seconde plus tard, lorsque ma raison reprit le dessus, je songeai à Amy et Dean, à Lisa et Wayne, en me disant qu'on ne contrôle jamais rien.

Les choses n'allaient plus se dérouler à mon rythme, désormais. La situation venait de m'échapper. J'avais l'impression d'être un vieux pull-over dont un inconnu avait tiré un fil qui se défaisait tandis qu'il prenait la fuite.

Pas un inconnu, me dis-je. *Emma*.

Je l'aperçus au même instant dans la rue, vêtue d'un joli chemisier rose et d'un jean noir moulant. Elle était interviewée par un journaliste d'une cinquantaine d'années, avec une mèche bizarre de cheveux blancs.

« Tout le monde. Elle a appelé tout le monde », murmura Stuart devant l'autre fenêtre.

MANSON, KENTUCKY

Autrefois

Sur le trajet de retour de la conférence de presse, personne ne desserra les dents. L'atmosphère était tendue dans la voiture de sa mère. De la banquette arrière Emma observait les mains de son père crispées sur le volant. Il avait enlevé le pansement de sa main droite. Il s'était blessé, on le voyait, et elle pouvait assez bien s'imaginer comment.

Jack conduisait lentement. Il n'avait jamais été un fou du volant – surtout avec ses enfants – mais aujourd'hui, il roulait encore moins vite que d'habitude. Il n'était pas pressé de rentrer, se disait Emma. Et elle non plus. Deux sœurs de sa mère avaient débarqué chez eux la veille et la troisième était attendue aujourd'hui même avec Todd, le cousin d'Emma. Anne, Pauline et Tillie : son père les avait surnommées les Fiancées de Dracula. C'était bien trouvé, pensait Emma, à un détail près : les vampires ne peuvent pénétrer dans les maisons sans y avoir été invités.

Manson défilait derrière la vitre : ses maisons, ses magasins, ses jardins, ses plans d'eau, ses champs, ses caniveaux, ses égouts…

Sammy peut être n'importe où, songeait Emma.

La conférence de presse ne lui avait pas laissé beaucoup d'espoir. Les flics n'avaient aucune piste. Emma n'avait aucune piste non plus – en dehors de la main blessée de son père.

« Dis papa, tu pourrais t'arrêter ? dit-elle en se penchant vers lui.

— Tu ne te sens pas bien, ma chérie ? demanda Molly.

— Non, ça va, j'aimerais juste marcher un peu. Si c'est possible. »

Jack jeta un coup d'œil à Molly, puis regarda sa fille dans le rétroviseur.

« Ça ne va pas, Emma ?

— Pas trop.

— Bien sûr. C'était une question idiote. »

Il mit son clignotant et alla se ranger le long de la route.

Molly se retourna vers sa fille.

« Ne traîne pas trop, lui lança-t-elle.

— Je ne traîne jamais.

— Je parle sérieusement, Emma. Promets-moi que tu seras à la maison avant la tombée de la nuit.

— Je te le promets. »

Stu saisit le bras de sa sœur et demanda :

« Je peux venir avec toi ?

— Pas cette fois », rétorqua Emma.

Elle sortit de la voiture et se sentit aussitôt plus légère. Puis elle ferma la portière et regarda sa famille s'éloigner.

Le ciel était clair et bleu en cette fin de matinée et les semelles de ses vieilles Chuck Taylor claquaient sur le bitume. Elle rejoignit le canal en ciment et le longea sur quelques centaines de mètres. De temps à autre, elle levait les yeux sur les jardins à l'abandon de Grattan Street, mais hors de ces instants, son regard restait fixé sur le sol devant elle.

Elle n'avait pas vraiment envie de fumer la cigarette au fond de sa poche. Elle avait commencé à fumer pour teinter sa vie d'une petite touche de noirceur, mais sa vie était désormais envahie par les ténèbres.

Arrivée au niveau de Lytton Street elle escalada la berge et se dirigea vers l'endroit où habitait Shelley. *Ma deuxième maison*, comme elle aimait à le dire. Elle avait l'impression de ne pas y avoir mis les pieds depuis une éternité. En réalité, elle y était allée deux semaines auparavant – mais c'était avant cette époque de ténèbres.

Shelley habitait un deux-pièces sur Elgin Avenue, juste en face de la station-service Canning Gas & Go. Elle avait l'habitude de dire qu'on caserait facilement quatre appartements comme le sien dans la maison d'Emma – et même six, en comptant le jardin.

Elle tambourina à la porte. Mrs Falkner – *combien de fois faudra-t-il te dire de m'appeler Nicky?* – vint ouvrir et dévisagea Emma pendant quelques instants, comme frappée de stupeur.

« Emma ! »

Elle saisit la jeune fille par les épaules avant de la serrer contre elle, en une étreinte maternelle. Mrs Falkner était aussi grande et corpulente que sa fille.

« Je vais appeler Shelley », dit-elle avant de se retourner et de lancer vers les profondeurs de l'appartement : « Shelley ! SHELLEY ! »

Shelley apparut dans l'entrée et s'immobilisa en apercevant Emma sur le seuil, avant de s'avancer à pas lents jusqu'à elle.

« Em. Oh là là. Ça va ? »

Emma voulut dire à Shelley que tout allait bien, mais elle fondit en larmes. C'était la première fois qu'elle pleurait vraiment depuis la disparition de Sammy, et maintenant que les vannes étaient ouvertes elle n'arrivait plus à les refermer.

« Je suis désolée, murmura-t-elle. Je ne... je ne suis pas venue pour me mettre à chialer.

— Tais-toi », dit Shelley en l'enlaçant.

« Nous avons prié pour toi et pour ta famille, dit Mrs Falkner. S'il y a quoi que ce soit que nous puissions faire... Tes parents ont sûrement besoin d'aide ? Et toi ? Je ne sais pas dans quel monde nous vivons, vraiment... »

« Je m'en occupe, maman », intervint Shelley.

La chambre de Shelley était aussi désordonnée que celle de n'importe quelle jeune fille de treize ans, mais il y avait dans ce désordre une chaleur, une idée de nid douillet. Au mur étaient accrochés quelques tableaux *hideux* – il était difficile de les qualifier autrement : de grandes peintures à l'huile représentant des yeux, des crânes, un immense cheval regardant une planète tandis qu'une larme coulait le long de son museau blanc.

On aurait pu croire que ces toiles étaient l'œuvre de Shelley – il y avait en elles une forme de mélancolie ténébreuse, propre à l'adolescence. La vérité était plus triste : c'était son père qui les avait peintes, un artiste raté qui menait une vie tranquillement désespérée en Californie, employé dans une agence de voyages.

Shelley savait que ces tableaux étaient mauvais, mais ce n'était pas pour s'en moquer qu'elle les avait accrochés : à ses yeux la famille restait la famille, pour le meilleur et pour le pire.

« Je suis carrément célèbre à l'école maintenant, dit-elle en remontant les genoux sous son menton. C'est par association, évidemment, mais tu me connais : je ne vais pas cracher dessus. »

Elles étaient toutes les deux assises par terre. Emma jeta un coup d'œil autour d'elle et songea aux nuits où elle était restée dormir ici, aux longs après-midi passés à discuter, à étudier, à échanger des confidences… *Mon enfance est morte à présent*, songea-t-elle brusquement.

« Ils veulent des ragots, c'est tout, reprit Shelley avec un soupçon de raideur dans la voix. Et tout reprendra son cours quand on aura retrouvé Sammy : ils continueront à me bousculer dans les couloirs et à se foutre de ma gueule. »

Emma esquissa un sourire pour aider son amie à se détendre.

« Et tu leur as balancé quels ragots ?

— Je te rappelle que je n'avais aucun ragot à balancer.

— Écoute, je n'ai pas répondu à tes appels, désolée, mais je…

— Arrête. Après tout ce que tu as traversé, ce que tu *traverses* encore… Em, je suis juste…

— Ne pleure pas s'il te plaît, intervint Emma en voyant les yeux de Shelley se remplir de larmes derrière ses lunettes. Sinon ça va me reprendre aussi.

— Je pleure pas, j'ai une petite allergie. Je suis solide comme un roc, tu peux me faire confiance. »

Emma tendit la main et Shelley la saisit.

« Qu'est-ce qu'ils disent d'autre, au collège ? » demanda-t-elle.

Shelley hésita, remonta de l'index ses grosses lunettes sur son nez.

« Tu les connais, Em… Des grandes gueules et des trous du cul.

— Mais qu'est-ce qu'ils disent ? »

Shelley prit une profonde inspiration.

« Que ta mère a sacrifié Sammy au Diable », lâcha-t-elle.

Emma n'était pas étonnée qu'on ait accusé l'église de sa mère. Les adeptes de la Lumière Intérieure étaient déjà assez cinglés, mais la rumeur leur prêtait des pratiques démentes. On pensait qu'ils buvaient du sang, adoraient Satan, sacrifiaient des animaux – et visiblement des enfants – sur l'autel du Malin.

Ce qui n'écarte pas la responsabilité de ta mère, insinua une petite voix narquoise au fond d'elle. *Rappelle-toi comme elle se mettait en colère contre Sammy quand elle se croyait seule avec elle*. Emma voulut mettre un terme à ces pensées mais la voix persistait, sournoise et insistante. *Dès que Sammy est née l'humeur de ta mère s'est assombrie et ta famille a commencé à aller mal. Les choses auraient sans doute été plus faciles si elle n'avait pas été là. Tu crois peut-être que ta mère ne s'en est pas rendu compte ?*

Shelley l'observa un moment.

« Il y a du nouveau ? » finit-elle par demander.

Emma secoua la tête et laissa s'écouler quelques instants avant d'aborder le sujet pour lequel elle était venue.

« Shelley, j'ai un service à te demander.

— Accordé d'avance.

— Il y a des rumeurs au sujet de Travis Eckles. Tu en as entendu parler ?

— Bien sûr. Les gens qui ne soupçonnent pas ta mère soupçonnent Travis Eckles. Pourquoi ? »

Emma haussa les épaules.

« Il a téléphoné à la maison hier soir.

— Travis ?

— C'est moi qui ai décroché. Il ne s'est pas présenté et n'a pas voulu répondre quand je lui ai demandé qui était à l'appareil, mais j'ai reconnu sa voix. Et je suis sûre qu'il pleurait.

— Il pleurait ? Mais qu'est-ce qu'il voulait ?

— Parler à mon père. J'ignore ce qu'il lui a dit, mais mon père est sorti juste après et… Tu ne dois parler de ça à personne. Tu me le promets ? »

Shelley leva l'index et le majeur de la main droite.

« Parole de scout, répondit-elle.

— Papa est rentré tard à la maison et il avait les mains en sang, comme s'il s'était battu.

— Merde. Qu'est-ce qui s'est passé ?

— Je n'en ai aucune idée. Papa n'a rien dit, et je n'ai pas eu le courage de lui poser la question.

— Tu penses que ça a un rapport avec Sammy ?

— Bien sûr. Papa a sûrement découvert quelque chose.

— Dans ce cas les flics devraient déjà être au courant, tu ne crois pas ?

— C'est pour cela que j'ai besoin de ton aide, répondit Emma. Je voudrais me rendre quelque part mais je ne pense pas que ce soit une bonne idée d'y aller seule. Est-ce que tu es d'accord pour m'accompagner ?

— Où tu voudras, quand tu voudras, répondit Shelley. C'est quoi, ton plan ? »

Elles se tenaient devant l'entrée du 9 Cromdale Street et considéraient les gouttières déglinguées, la moustiquaire déchirée de la double porte, la pelouse envahie par les mauvaises herbes, le panneau DÉFENSE D'ENTRER accroché de travers au portail.

Shelley avait mis ses Doc Martens pour pouvoir donner de sérieux coups de pied en cas de nécessité.

« Tu es sûre de vouloir y aller ? » demanda-t-elle à Emma.

Mais celle-ci avait déjà levé la ficelle qui tenait lieu de loquet et le portail des Eckles s'ouvrit en grinçant. Emma le franchit, suivie par son amie. Elles traversèrent la pelouse jusqu'aux marches branlantes du perron, s'avancèrent vers la porte. Sans l'ombre d'une hésitation – il n'était plus question de tergiverser à présent – Emma leva la main mais avant qu'elle n'ait eu le temps de frapper…

« Vous êtes perdues, les filles ? » lança une voix sur leur gauche.

Ava Eckles était assise un peu plus loin, sur un vieux canapé marron. Une cigarette pendait à ses lèvres. On aurait dit une image de la mort avec son teint livide, ses petits yeux cireux, ses bras squelettiques.

Peut-être les tantes d'Emma n'étaient-elles pas les seules vampires de Manson, finalement.

« Oh bonjour, Mrs Eckles… »

Ava examinait Emma.

« Je te connais, dit-elle.

— Oui, j'habite un peu plus loin dans la rue. Je m'appelle Emma Went. Et voici mon amie Shelley. »

« *Emma Went.* » Les mots semblaient lui laisser un

goût amer. « Et qu'est-ce qui t'amène jusqu'ici, *Emma Went* ?

— Je voudrais parler à Travis, répondit Emma. Il est là ? »

Ava esquissa un rictus. Ses dents paraissaient encore plus jaunes, comparées à la pâleur de ses lèvres.

« Peut-être, répondit-elle.

— On peut le voir ?

— Et pourquoi ?

— On voudrait juste lui poser quelques questions.

— Genre : "c'est vous qui avez assassiné ma petite sœur ?" Des questions comme ça ? »

Emma regarda Shelley, qui ne lui avait jamais paru aussi petite. Elle s'était toujours sentie en sécurité auprès de son amie à la carrure massive, mais face à la famille Eckles, les géants eux-mêmes perdaient leur courage.

« Pas du tout, répondit-elle – ce qui était évidemment un mensonge.

— Écoute-moi bien… Personne ne mérite de perdre qui que ce soit, et surtout pas un enfant. Mais maintenant, tout le monde dit que mon fils est responsable de ce qui est arrivé à la petite Samantha, et ça, ça ne va pas non plus.

— *Sammy*, rectifia Emma. Elle s'appelle Sammy.

— Ma petite, j'en ai rien à foutre de son nom. Et si tu crois vraiment que mon garçon a emmené ta sœur dans les bois pour lui ouvrir le ventre, ça te paraît une bonne idée de venir ici ? Ici ! Dans la cage aux lions ! »

Shelley redressa ses lunettes et demanda :

« Vous pensez que c'est ce qui s'est passé, Mrs Eckles ? »

Ava haussa les épaules.

« On s'en tape, de ce que pensent les gens de ce côté de la barrière.

— J'avais cru entendre des voix... »

Un homme assez grand surgit derrière la moustiquaire. Il avait les traits fins, vaguement féminins, et des cheveux très courts, d'un noir de jais. Emma ne le reconnut pas tout de suite.

« Maman, reprit l'homme. Tu terrorises encore les témoins de Jéhovah ?

— Nous ne sommes pas des témoins de Jéhovah ! s'exclama Emma. Je suis...

— La fille de Jack Went, je sais. Excuse-moi, je blaguais. C'était pas drôle, apparemment. Je suis Patrick. »

Il tendit la main et serra celle d'Emma. Sa poignée de main était chaleureuse, il sentait bon ; il portait une chemise boutonnée jusqu'au menton et un jean noir.

« Pourquoi vous n'entrez pas, toutes les deux ? Je viens de faire du café.

— C'est ça, marmonna Ava Eckles, le mégot de sa cigarette fiché au coin des lèvres. Dans la cage aux lions !

— Excusez ma mère, leur dit-il en les faisant entrer. Elle aboie plus qu'elle ne mord, je vous assure. Elle mord quand même, à l'occasion. Mais vous voyez ce que je veux dire. »

Emma et Shelley pénétrèrent sans un mot dans la maison.

Après les avoir précédées dans un couloir étroit et sombre, Patrick les invita à s'asseoir à la table de la cuisine. L'opinion qu'Emma se faisait d'un ancien prisonnier changea radicalement après cette première rencontre avec Patrick Eckles : il s'exprimait correctement, terminait ses phrases, et n'avait pas le moindre tatouage.

Des assiettes propres s'empilaient dans le vaisselier et une odeur de détergent au citron planait dans la pièce. Patrick alla chercher trois tasses dans une armoire et les tendit à Emma.

« Laquelle préférez-vous ? » lui demanda-t-il.

Sur la première tasse figurait l'inscription : *Trophée du meilleur employé* ; sur la deuxième : *Résiliez mon abonnement, votre journal m'ennuie* ; et sur la troisième : *Le café me fait chier*.

Emma se fendit d'un sourire.

« Je vous laisse choisir, dit-elle.

— Je prendrai la dernière », dit Shelley.

Patrick éclata de rire. Il versa le café, y ajouta de la crème et tendit à Emma celle du *meilleur employé*.

« Alors Patrick, quand êtes-vous… »

Emma s'interrompit, hésitant entre *rentré à la maison* et *sorti de prison*.

« Mercredi, répondit Patrick en venant à son secours. Deux ans avant l'échéance officielle, merci beaucoup ! Vous voyez, les filles, quand vous dites s'il vous plaît et merci au gardien et que vous évitez de planter un cran d'arrêt dans le ventre de votre codétenu, la prison, c'est pas si terrible. »

Emma et Shelley échangèrent un regard nerveux.

« Encore une blague ratée, reprit-il. En fait, je serais incapable de distinguer un cran d'arrêt d'un couteau à fromage.

— Nous vous croyons sur parole, dit Shelley.

— J'ai vraiment été bouleversé d'apprendre ce qui est arrivé à votre petite sœur, poursuivit-il d'un air grave en se tournant vers Emma. Je sais ce que c'est, quand la famille vous manque : on a toujours l'impression d'avoir oublié quelque chose. La police a des pistes ?

— Quelques-unes », dit Emma avec un haussement d'épaules.

C'était un mensonge. Le shérif Ellis avait été assez clair sur ce point lors de la conférence de presse. Mais Patrick n'avait pas besoin de le savoir. Même s'il l'apprendrait forcément en regardant le journal du soir à la télé.

« Ne le prenez pas mal, les filles, reprit-il, mais qu'est-ce que vous êtes venues faire ici ?

— Nous voulons parler à Travis, dit Shelley. Il est là ? »

L'expression de Patrick se tendit brusquement. Il traversa la pièce et ferma la porte. Après être revenu s'asseoir, il reprit la parole à voix basse.

« Mon petit frère n'a rien à voir dans cette affaire.

— Personne n'a dit le contraire.

— La moitié de la ville dit le contraire, dit Patrick. Dont le shérif. Mais il n'y a pas le début du commencement d'une preuve. Et quand on saura que je suis revenu, un certain nombre de gens diront que je suis coupable aussi. »

Emma but une gorgée de café. Il était très chaud. Et délicieux. Une tasse de café brûlant en plein visage pouvait être une arme efficace, songea-t-elle.

« Qu'est-ce qui vous fait dire ça ? demanda-t-elle.

— Je suis un Eckles, dit Patrick. Et pire encore, un ancien taulard. »

Shelley se leva et ajouta du sucre dans son café.

« Où est votre frère ? s'enquit-elle.

— Là-haut.

— On peut lui parler ?
— Il se repose. Il se remet de ses blessures.
— Quelles blessures ? » demanda Emma.
Patrick planta ses coudes sur la table, se pencha en avant et la regarda droit dans les yeux.
« Un œil au beurre noir, les deux lèvres fendues, la mâchoire fracturée, deux dents cassées…
— C'est mon père qui lui a fait ça ? »
Patrick se rejeta en arrière dans sa chaise et but une gorgée de café.
« Pourquoi votre père aurait-il fait une chose pareille ? demanda-t-il.
— Parce qu'il a découvert que Travis est impliqué dans la disparition de Sammy.
— C'est lui qui vous a dit ça ?
— Il n'avait pas besoin de me le dire, répondit Emma. Pourquoi se seraient-ils battus, sinon ?
— Par amour, répondit Patrick. Comme souvent dans ce genre d'histoire, c'est par amour qu'ils se sont battus. »

MANSON, KENTUCKY

Maintenant

Soudain, tandis que nous franchissions la crête d'une colline, Manson apparut : un paysage de maisons et de petits bâtiments s'étageant en désordre sous le ciel plombé. Au centre se dressait un château d'eau blanc sur lequel tranchait en grandes lettres rouges une inscription que je ne parvenais pas à déchiffrer mais que Stuart connaissait par cœur : *Bienvenue à Manson, un avant-goût du paradis*.

La ville était délimitée sur deux côtés par des forêts derrière lesquelles se profilaient des vallées et des collines verdoyantes. *Jésus est notre Roi*, affirmait un panneau à l'entrée de l'agglomération.

Notre escale en Virginie-Occidentale nous avait servi de sas de décompression avant d'aborder le Kentucky, cette terre d'étendues sauvages, étrange et un peu envoûtante, avec ses portions de nourriture énormes, sa musique country, sa propagande chrétienne sur les stations de radio. Une tension un peu électrique planait dans l'atmosphère et on aurait dit qu'elle s'intensifiait à mesure que nous nous rapprochions de Manson. Je n'arrivais pas à chasser l'image qui me trottait dans la tête : celle d'un crabe qu'on plongeait brutalement dans une casserole d'eau bouillante.

« Eh bien, lança Stuart. Nous y voilà, finalement.

— Ça a l'air de t'étonner.

— Après ce qui s'est passé chez Emma, je me demandais si tu n'allais pas tout annuler.

— J'y ai pensé. Surtout à cause des conséquences que ça risque d'avoir pour ma sœur. Je parle d'Amy, bien sûr. »

Stuart eut une curieuse expression, comme s'il se demandait pour la première fois quels effets cette affaire pouvait avoir sur *ma famille*. Mais qu'éprouvait-il au juste ? De la culpabilité ? Des regrets ? Une vague curiosité ? Peut-être rien de tout ça, si je m'en tenais à ce qu'il m'avait dit d'*Enoch Arden*.

« Tu as très bien géré la situation, reprit-il. Tous ces journalistes ! Ça n'a pas dû être facile.

— Non, dis-je. Mais c'était un peu comme si j'étais tombée d'un bateau de croisière juste entre deux îles : c'était pas le moment de réfléchir et d'hésiter en faisant du surplace, si tu vois ce que je veux dire. »

Il acquiesça.

« Il faut nager vers quelque chose, dit-il.

— C'est exactement ça : il faut nager vers quelque chose. »

Un peu après 14 heures, nous louâmes deux chambres dans un hôtel, à deux ou trois kilomètres du centre-ville. Contre toute attente, le Manson Comfort Inn était étonnamment cher, mais l'hôtel offrait une vue spectaculaire sur le paysage.

Tandis que nous rejoignions nos chambres situées

aux deux extrémités opposées du bâtiment, Stuart me demanda si cela m'ennuyait qu'il passe l'après-midi seul de son côté.

« Bien sûr que non, lui dis-je. Qu'est-ce que tu vas faire ?

— Passer chez ma mère, répondit-il en se frappant bizarrement l'oreille. J'ai pensé qu'il valait mieux que j'y aille d'abord sans toi. Désolé si ça te paraît bizarre, mais avec ce que cette affaire va provoquer dans les médias, et ce qui va remonter ici, je pense que... Je crois qu'il vaut mieux la préparer un peu. »

En fait, j'étais soulagée que Stuart ait décidé de partir en éclaireur pour tâter le terrain, en quelque sorte. Débarquer chez Emma à l'improviste avait été une erreur. De surcroît, je n'étais pas fâchée de me retrouver seule un moment.

Je m'assis sur le lit et sortis mon téléphone pour interroger mon répondeur. Il y avait seize messages. Un producteur de télé à la voix traînante, avec un terrible accent du Sud. Il se présentait – Phil Wride, du journal télévisé *Action News* sur KLTV – et me demandait de le rappeler afin de discuter d'éventuelles « compensations financières en cas d'exclusivité ».

Des compensations financières ? songeai-je en me rappelant que j'avais payé les pizzas chez Emma. *C'est pour ça qu'elle avait contacté la presse ?*

Le message suivant venait de la police. « Bonjour, miss Leamy. Ici l'inspecteur Mark Burkhart, police de Manson. Je me demandais si vous auriez le temps de passer nous voir afin que nous ayons une petite conversation. De WKYP à CNN, il semble que tout le monde vous connaisse, il serait peut-être temps que je vous rencontre à mon tour. »

Il me laissait un numéro où je pouvais le rappeler, mais il n'y avait pas d'urgence.

Le troisième message venait d'Amy : « Kim, où es-tu donc ? Il faut absolument que nous… »

J'éloignai le téléphone de mon oreille. En Australie, les médias avaient déjà dû la contacter, ainsi que Dean, afin de recueillir leurs déclarations. Peut-être même la police s'était-elle manifestée. Je savais qu'elle mourait d'envie de m'entendre lui dire que tout allait bien, que quoi qu'il arrive nous resterions les deux sœurs que nous avions toujours été, elle et moi. En refusant de prendre ses appels, j'alimentais son angoisse. Je l'entendais encore me dire dans son jardin, il y a un million d'années : *Mais Kim, ça foutrait tout en l'air ! Tu ne serais même plus ma sœur !*

Mais j'étais incapable de lui parler. En tout cas pour l'instant. J'éteignis donc mon téléphone sans même écouter les messages suivants, et le glissai dans le tiroir de la table de nuit, à côté de la Bible des Gédéons.

Je pris une bière dans le minibar et allumai la télé – ce qui n'était sans doute pas une très bonne idée.

Je zappais d'une chaîne à l'autre, en espérant tomber sur une émission reposante genre sitcom, avant de m'arrêter sur un vieil épisode d'*Antiques Roadshow**. La bière m'abrutissait un peu mais un flash publicitaire interrompit bientôt la série et les mots *WKYP News – Flash infos* défilèrent de gauche à droite sur l'écran avant de céder la place à un journaliste en costume cravate. « Vous êtes bien sur WKYP News,

* Série de la BBC, où des spécialistes parcourent le Royaume-Uni pour examiner et évaluer les objets anciens détenus par des particuliers (*N.d.T.*).

je suis Richard Looker et voici votre Flash infos», lança-t-il d'un air concentré en remettant en ordre une pile de feuilles devant lui. «Au sommaire de notre édition de 19 heures ce soir : une agression à l'arme blanche a fait un mort et un blessé léger à Lexington; la police n'a pas encore arrêté l'auteur de l'incendie qui a ravagé une usine à Clark County; enfin, plus près de chez nous, le mystère autour d'un drame qui a frappé une famille de Manson voici une trentaine d'années est peut-être sur le point d'être élucidé. Beth Turner est sur place.»

Une femme aux longs cheveux apparut à l'écran. Je l'avais aperçue un peu plus tôt le matin même, devant le mobile home d'Emma.

«Merci Richard, enchaîna-t-elle. Comme certains téléspectateurs s'en souviennent sans doute, la petite Sammy Went, alors âgée de deux ans, avait disparu de son domicile en 1990. L'énigme de cette disparition n'avait jusqu'alors jamais été éclaircie mais ce sera peut-être le cas aujourd'hui. De nombreux éléments tendent en effet à prouver que Kimberley Leamy, une habitante de Melbourne en Australie, et Sammy Went, sont une seule et même personne. Miss Leamy a refusé pour l'instant de faire le moindre commentaire à ce sujet.»

Je m'étais retrouvée à plusieurs reprises dans des situations surréalistes ces dernières semaines, mais cette fois le record était battu : après avoir entendu mon nom, je vis ma silhouette apparaître à l'écran, surgissant du mobile home d'Emma pour me précipiter au milieu d'une horde de journalistes vers la voiture de Stuart, qui m'attendait un peu plus loin.

«Êtes-vous Sammy Went? lançait une voix derrière les caméras.

— Non… Pas de commentaire», avais-je répondu.

Beth Turner resurgit devant la caméra et déclara :

«La police locale n'a pas encore rendu son verdict mais la sœur de Sammy, Emma Went-Finkel, pense qu'elle a enfin retrouvé sa petite sœur, disparue depuis près de trente ans.»

Emma apparut soudain à l'écran, au beau milieu du Parc Ailleurs, vêtue de son joli chemisier rose et de son pantalon noir moulant, sans l'ombre apparente d'une gueule de bois.

«Je mentirais si je vous disais que cela n'a pas été un choc. Je me sens à la fois soulagée, épuisée, déroutée…» Son regard planait au-dessus d'une forêt de micros. «Comme si je sortais des montagnes russes… Mais je suis heureuse que ma petite sœur…»

J'éteignis la télé et regardai mon reflet sur l'écran noir. Mon visage avait changé. La différence était infime et j'étais probablement la seule à la remarquer mais elle n'en était pas moins réelle. Mes yeux étaient plus enfoncés, mes traits plus tirés que d'habitude. C'était probablement le résultat du stress, de la nourriture des autoroutes et du manque de sommeil : mais ça ne tenait pas qu'à ça. J'étais *en train de changer* – je devenais Sammy Went, de l'extérieur comme de l'intérieur.

Vais-je devenir quelqu'un de complètement différent? Ni Kim Leamy, ni Sammy Went – mais quelqu'un entre les deux, comme le portrait-robot de Stuart?

Stuart ne fut pas très bavard pendant le dîner. Il regardait les lumières de Manson à travers les baies vitrées.

« Comment ta mère a réagi ? lui demandai-je.
— Elle était déjà au courant. Un journaliste l'a appelée ce matin. Et je pense qu'Emma lui a téléphoné de son côté. Je lui ai demandé ce qu'elle ressentait, je m'attendais à ce qu'elle exige que je l'emmène aussitôt à l'hôtel pour te rencontrer, qu'elle crie…
— Mais ça ne s'est pas passé comme ça.
— Non. Maman peut se montrer très distante, parfois. Elle intériorise tout.
— Et les chats ne font pas des chiens…, dis-je avec un sourire en coin.
— Tu dis ça pour moi – ou pour toi ?
— Touché ! reconnus-je.
— C'est héréditaire, dit-il. Emma est l'exception qui confirme la règle. Elle monterait sur les toits avec un haut-parleur pour mieux se faire entendre. Les réseaux sociaux ont été inventés pour des gens comme elle. »

Je réussis à capter l'attention du serveur et commandai une nouvelle tournée. Stuart haussa les sourcils. Il ne fit aucun commentaire, mais de toute évidence il estimait que je buvais trop – et il n'avait pas tort, selon les critères américains.

« J'ai appelé Claire, reprit-il.
— Comment elle va ?
— Elle est inquiète. Il y a eu une émission spéciale sur CNN, et elle est reprise en ligne. Elle m'a demandé comment tu prends les choses.
— Et qu'est-ce que tu as répondu ?
— Que je ne t'avais pas posé la question. Ça ne lui a pas plu. »

J'éclatai de rire.

« Mon père a appelé, poursuivit-il.

— Vraiment ? Il a dit quoi ? Tu crois qu'il viendra à Manson ?

— J'ai dit qu'il avait appelé, pas que j'avais répondu. » Stuart poussa un soupir, visiblement mal à l'aise. « Il m'a laissé un message, je le rappellerai après le repas. J'aurai besoin d'une autre dose de remontant », ajouta-t-il en désignant son whisky-soda.

Peut-être n'était-ce pas ma propre consommation d'alcool qui l'inquiétait, finalement.

« Votre famille est un peu… éclatée, non ? »

Je me sentais assez sûre de moi pour formuler ouvertement ma pensée.

Il acquiesça.

« Vous auriez été plus unis si cette histoire n'était pas arrivée ?

— Non, répondit-il. Avant ta disparition, la famille était déjà au bord de l'explosion. »

Le restaurant était étrangement silencieux. Les serveurs avaient quitté la salle et, en dehors de nous, il n'y avait que de rares clients.

« Avant, je croyais que si je te retrouvais, ça ressouderait notre famille. Je croyais qu'il y avait une faille, et qu'elle serait comblée quand la pièce manquante réapparaîtrait. Tout redeviendrait normal alors. Mais c'est pas comme ça que ça marche, la vie. Emma se précipite pour alerter les médias et ma mère… Ma mère est fidèle à elle-même.

— La pièce manquante, c'est moi, dis-je en tournant cette pensée dans ma tête. Curieusement, j'ai souvent eu cette impression. Comme si j'avais cherché autour de moi le reste du puzzle dont je faisais partie et qui allait donner un sens à ma vie. Au fond, nous nous ressemblons par bien des côtés.

— Je l'avais remarqué, dit Stuart. Alors, Kim ?
— Oui ?
— Comment tu vas ? »
J'esquissai un sourire.
« Tu peux dire à Claire que je vais bien. »

Je me réveillai à 4 heures du matin dans ma chambre d'hôtel, en nage. Les draps étaient trempés et un instant, je me demandai s'il n'y avait pas une fuite d'eau dans la pièce. Ou alors, j'avais mis le chauffage trop fort et transpiré sous mes couvertures. Mais il faisait plutôt frais, le thermostat affichait un modeste 69° Fahrenheit – ce qui, au terme d'un calcul mental qui me parut interminable, correspondait à 20° Celsius.

Ce fut l'odeur âcre et prenante de l'urine qui me frappa soudain, avec une évidence confondante. Pour la première fois depuis ma tendre enfance, j'avais pissé au lit.

MANSON, KENTUCKY

Autrefois

Travis fut réveillé par des voix dans la maison. Des voix de femmes, d'après ce qu'il distinguait, mais c'était sans grande importance : c'était sans doute la télévision. Il n'en décida pas moins de se lever. Après être sorti du lit il enfila ses sous-vêtements de la veille et s'avança en traînant des pieds jusqu'au miroir derrière la porte de sa chambre.

Le visage qu'il aperçut dans la glace était salement amoché. Son œil droit avait triplé de volume et ne s'ouvrait plus. Du sang avait séché sur le pansement qui couvrait son nez et des points de suture maintenaient tant bien que mal sa lèvre fendue. Jack ne l'avait pas raté, c'était le moins qu'on puisse dire. Le pire, c'était bien sûr ces deux dents cassées. Le Dr Redmond n'avait rien pu faire : *Il faudra voir un dentiste pour ça, Travis. Je ne sais pas ce qu'il pensera quand vous lui direz que vous êtes tombé dans l'escalier, mais pour ma part je n'en crois pas un mot.*

Depuis la visite du médecin, il avait décidé de modifier cette version des faits. La chute dans l'escalier, c'était l'excuse des femmes battues face aux flics.

C'est ça que je suis devenu? se demanda-t-il en ôtant

une plume d'oreiller qui s'était collée à ses points de suture. *Une femme battue ?*

Non, il valait mieux qu'il prétende avoir été victime d'une agression. Lorsque le shérif Ellis viendrait le voir, Travis lui dirait que trois individus cagoulés lui étaient tombés dessus alors qu'il sortait du Cubby's Bar. Ça risquait de se retourner contre lui, évidemment, si l'un des fêtards de l'autocar crachait le morceau. Et d'ailleurs, il n'aurait pas été surpris que l'un d'eux l'ait déjà fait.

Si tu crois que cette histoire ne va pas éclater au grand jour, tu es le dernier des imbéciles, songea-t-il en s'adressant à son reflet. *Tout le monde est certainement déjà au courant d'ailleurs : après avoir découvert que Travis a enlevé sa fille, Jack Went s'est fait justice, pensent les gens.*

« Si seulement ils savaient », dit-il à voix haute.

Il entendit soudain le bruit familier du portail qui grinçait et s'approcha de la fenêtre.

Un frisson d'angoisse le parcourut lorsqu'il reconnut les visiteuses qui venaient de partir : Emma Went et son armoire à glace de copine, Shelley Quelque-chose.

Il se précipita dans l'entrée et faillit percuter son frère qui s'engageait dans l'escalier.

« Je venais justement te voir, dit Patrick.

— Qu'est-ce qu'Emma Went fichait à la maison ? »

Patrick fronça les sourcils.

« Tes points de suture se détachent, dit-il. Tu les as tripotés ?

— Que voulait-elle, Pat ?

— Il faut aussi que tu changes de vêtements. Suis-moi. »

Patrick le précéda à la salle de bains. Travis s'assit sur le rebord de la baignoire tandis que son frère défaisait le pansement rouge et gluant qui protégeait son nez avant de le jeter à la poubelle. Puis il imbiba d'alcool un morceau de coton et le tamponna sur le visage de son frère.

« Ça fait mal ? lui demanda-t-il.

— Un mal de chien, répondit Travis.

— Tu t'es occupé de l'ordonnance de Redmond ?

— Pas encore. »

Patrick plaça délicatement un nouveau pansement sur le nez de son frère.

« Je dois dire que ça me fend le cœur de te voir dans cet état. Il n'y a pas si longtemps, je serais allé trouver ce vieux connard et je lui aurais flanqué une sacrée dérouillée.

— Il n'est pas si vieux que ça, rétorqua Travis. Et la dernière fois que tu t'es battu ça ne t'a pas tellement réussi. »

Son grand frère resta un moment silencieux. C'était étrange de le voir de retour à la maison. Travis adorait Patrick et Ava était un peu moins désagréable quand il était dans les parages. Mais depuis son retour il était différent. La prison l'avait changé, et pas dans le sens que Travis avait imaginé. Il aurait compris que Patrick sorte en partie brisé, qu'il soit la proie d'horribles cauchemars ou que la liberté recouvrée le plonge dans une sorte d'angoisse. Au lieu de ça, Patrick affichait un calme étonnant – et même une sorte de fierté. Il avait cessé de fumer et ne buvait pratiquement plus. S'était-il vraiment *amendé* en prison ?

« Ce n'était pas seulement la faute de Jack, tu sais, reprit-il.

— Ne me dis pas que c'est toi qui lui as demandé de te démolir… » Patrick s'était assis à côté de son frère, sur le bord de la baignoire. « Emma voulait savoir ce qui s'était passé, poursuivit-il. Comme tout le monde, elle pense que cette bagarre est liée à la disparition de Sammy. »

On ne pouvait pas vraiment qualifier ce qui s'était passé devant le Cubby's Bar de *bagarre*. Jack avait tabassé Travis et Travis l'avait laissé faire. Quant à savoir pourquoi il ne lui en voulait pas, c'était une autre affaire.

« Et tu lui as dit quoi ? demanda-t-il à Patrick.

— La vérité. »

Le mot explosa dans la pièce comme une grenade.

« C'est pas possible, dit Travis, incrédule. Qu'est-ce qui te donne le droit de… Dis-moi que ce n'est pas vrai, Pat.

— Tu es soupçonné dans une affaire de kidnapping et Jack Went est ton seul alibi. Il est temps que tu arrêtes de le protéger, lui, et que tu te protèges, toi.

— C'est ce que je fais, dit Travis. Mais si on dévoile la vérité, ce n'est pas seulement la vie de Jack qui va changer. La mienne aussi. La tienne aussi. Et merde, tu as pensé à ce que dirait maman si elle découvre ce que je suis ?

— Pas *ce que* tu es, Travis. *Qui* tu es. Et fais-moi confiance, maman voit plus de choses qu'elle ne le dit.

— Tu n'avais pas le droit de…

— Je ne t'ai jamais raconté ce qui s'était passé dans ce bar, la nuit où j'ai massacré Roger Alborn à coups de queue de billard ? »

Travis ne répondit pas et secoua la tête. Il avait essayé plusieurs fois d'interroger son frère à ce sujet mais Patrick s'était toujours montré évasif : une bagarre d'ivrognes ordinaire, affirmait-il.

« Je jouais au billard avec des copains, poursuivit Patrick. Roger Alborn et deux filles attendaient leur tour. À la fin de la partie, je lui ai tendu ma queue de billard. Il a refusé de la prendre. Il a dit : “Non merci. Y a des gènes de pédé qui circulent dans la famille.”

— Qu'est-ce que tu veux dire ? C'est ma faute si tu es allé à Greenwood ?

— Bien sûr que non. C'était mon choix de faire ce que j'ai fait. Et pour tout te dire, c'était pas vraiment cette remarque de Roger. C'était plutôt le fait qu'il symbolisait toute la merde qu'on doit se prendre dans la gueule juste parce qu'on est qui on est. » Il se leva et posa la main sur l'épaule de Travis. « Je dois sortir, mon pote. À tout à l'heure.

— À tout à l'heure », répondit Travis.

Une fois Patrick parti, et après avoir entendu le portail de l'entrée grincer, puis claquer, Travis erra un moment dans la maison, abattu. Sa mère gisait inconsciente au salon, la main gauche crispée sur une canette de bière et la droite sur la télécommande.

C'est elle qui a raison, songea Travis. *Mieux vaut passer la journée à dormir*… Alors qu'il s'apprêtait à regagner son lit il passa devant la chambre de Patrick. La porte était entrebâillée ; un objet arrêta son regard. Il s'arrêta, ouvrit grand la porte et entra, convaincu qu'il s'était trompé.

La chambre de son frère était restée dans le même état que le jour où les flics étaient venus l'embarquer. Une immense affiche des Sex Pistols dont un coin était déchiré était punaisée au-dessus du lit à une place. Autour de l'affiche des photos découpées dans des magazines, les Ramones, les Dead Kennedys, les Circle Jerks, Blackflag… Derrière la porte, une vieille plaque rouillée, probablement volée sur un chantier, proclamait PASSAGE INTERDIT.

La seule chose qui tranchait sur ce décor – et qui avait attiré l'attention de Travis –, c'était une bible.

Avant d'aller en prison, Patrick était athée et ne s'en cachait pas. D'après ce que savait Travis, c'était toujours le cas. Et pourtant, il y avait cette bible sur la table de nuit.

Il s'en empara. Le volume était écorné ; il avait été lu. À l'intérieur, sur la page de garde, quelqu'un avait écrit : *Patrick, vous avez entre les mains le Don fondateur que rien ne peut épuiser. Affectueusement, B.*

« Qui est B. ? » se demanda-t-il à voix haute.

Le volume s'ouvrit alors de lui-même : une épaisse enveloppe était glissée entre deux pages. Un passage était souligné. Actes 3:19 : *Faites donc pénitence et convertissez-vous, afin que vos péchés soient effacés.* L'enveloppe contenait des lettres, écrites de la même main.

Becky Creech?

Il avait vu Becky la veille, avec son frère Dale, au cours des recherches pour retrouver Sammy Went. Et elle l'avait appelé par son prénom.

Il s'assit sur le lit de son frère et déplia la première lettre. Elle était datée du 7 octobre 1987.

> *Cher Patrick,*
>
> *J'espère que cela ne vous dérange pas que je vous écrive en prison. Vous ne me connaissez pas mais si mes calculs sont exacts nous avons à peu près le même âge et nous nous serions sûrement*

retrouvés côte à côte au collège de Manson si je n'avais pas été élevée à la maison.

Je vous écris à propos de l'Église de la Lumière Intérieure. Vue de l'extérieur, notre congrégation peut paraître composée d'extrémistes – et, avouons-le, d'illuminés. Mais à la vérité tous ses membres sont des êtres généreux, honnêtes, qui craignent Dieu et veulent prendre part à quelque chose qui les dépasse. Si jamais vous avez éprouvé vous aussi un tel désir, ou si vous avez simplement envie de parler, écrivez-moi.

Affectueusement, Becky Creech.

P.-S. Je vous joins une photo.

Travis regarda dans l'enveloppe mais la photo n'y était pas.

Becky Creech avait-elle essayé de convertir Patrick ? Pire encore : y était-elle parvenue ?

Il passa à la lettre suivante, datée du 3 novembre 1987.

Cher Patrick,

J'étais ravie que vous me répondiez et vous remercie du compliment – heureuse que la photo vous ait plu. Peut-être pourriez-vous m'en envoyer une de votre côté ?

Je vais essayer de répondre à vos questions.

Oui, il est exact que nous manipulons des serpents venimeux. Mais nous ne mangeons pas leurs cœurs et ne buvons pas leur sang. Non, nous n'adorons pas le Diable (cette idée m'a toujours fait rire). Oui, il arrive que les serpents nous mordent.

Quand on les manipule sous l'injonction divine,

deux raisons peuvent les amener à le faire : la première, que Dieu puisse ensuite nous épargner de souffrir ; la seconde, qu'Il nous rappelle auprès de Lui dans les cieux. On peut mourir à la suite d'une morsure de serpent, d'un cancer, d'un accident de voiture ou d'avion – ou tout simplement de vieillesse. Quelle qu'en soit la cause, nous croyons que nous avons tous rendez-vous avec la mort et que celle-ci nous ramène à Dieu.

« La mort nous ramène à Dieu » : j'ai toujours aimé la manière dont cette phrase résonne.

À mon tour maintenant de vous poser quelques questions. Êtes-vous né à Manson ? Qu'avez-vous fait après le lycée ? (Ne soyez pas avare de détails !) À quoi ressemble la vie en prison ?

Cette dernière question est sans doute un peu vaste, vous pouvez y répondre en deux temps : en me décrivant d'abord votre cellule, les autres détenus, la nourriture, comment vous occupez votre temps (est-il vrai que les prisonniers fabriquent des plaques minéralogiques, ou s'agit-il d'une légende ?).

Dans un second temps vous pourriez me dire ce que vous ressentez. Je sais fort bien moi-même ce que cela signifie d'être enfermée. Les murailles qui m'entourent ne sont pas en béton et je ne dors pas dans une cellule avec des barreaux, évidemment. C'est le sentiment de culpabilité qui m'emprisonne. Oui, ça sonne un peu théâtral, c'est vrai.

Je tiens à ce que vous sachiez, Patrick, que je ne vous juge pas et ne vous jugerai jamais. Vous êtes en prison parce que vous avez péché : mais il est humain de pécher. Quand on a été élevé dans un milieu évangéliste, on s'entend régulièrement dire qu'on n'est pas digne de l'amour de Dieu : mais ce n'est que tout récemment que j'ai commencé à comprendre ce que cela signifiait. Vous voyez, si le péché n'était pas en nous, quel sens tout cela aurait-il? Adorer Dieu serait trop facile, vous ne croyez pas?

Un jeune pasteur d'allure assez désinvolte (Dave Flenderson, pour ne pas le nommer) m'a dit un jour que chaque comportement moral implique un sacrifice. Tout se ramène à ça. Il est compréhensible que j'aie eu envie d'injurier Erin Taylor la semaine dernière quand elle m'a traitée de « salope d'intégriste » sur le parking du supermarché – ou que vous ayez eu envie de défoncer le crâne de ce type avec une queue de billard. Il est tout simplement normal d'éprouver ce genre de pulsion – mais c'est en refusant d'y céder que nous méritons l'amour de Dieu.

Affectueusement, Becky.

Travis feuilleta le reste de la liasse et tomba sur une lettre datée du 3 mars 1988.

Cher Patrick,

J'ai envie de vous parler de Clémentine – un serpent à sonnette femelle de deux ans. Dans la nature, et avec un peu de chance, ces serpents peuvent vivre une vingtaine d'années : mais atteindre l'âge de deux ans au sein de notre communauté est une sorte d'exploit. La plupart ne dépassent pas les dix mois. Le stress lié à la claustration les emporte même parfois plus tôt.

Clémentine était donc particulièrement robuste et il lui était arrivé de mordre de temps à autre quelques adeptes de la Lumière Intérieure. Mais jamais *elle n'avait mordu la main qui la nourrissait – jusqu'au jour où cela s'est produit.*

Mais revenons au début de l'histoire.

Notre église est construite au milieu d'un grand terrain qui appartient à notre famille, à la sortie de la ville. Ce terrain est entièrement boisé, en dehors de la clairière où se dresse l'église et du chemin non goudronné qui y mène. Et quand je dis qu'il est boisé, *je n'exagère pas : la forêt est dense, profonde et sombre. Si l'on regardait la propriété du haut du ciel on apercevrait quarante hectares de feuillage – et pas grand-chose d'autre.*

Les offices de la Lumière Intérieure ont lieu trois fois par semaine : le mardi soir, le vendredi soir et le dimanche après-midi. Le premier dimanche de chaque mois, je dois rester à l'écart et nourrir les serpents qui vivent dans une cabane, à la lisière de la forêt. Cela fait partie des devoirs qu'on m'a donnés.

Oui, j'ai vingt-six ans et on me donne encore des devoirs.

La cabane des serpents est une sorte de remise en ciment. Il n'y a pas de fenêtre, le plafond est extrêmement bas (je me cogne la tête chaque fois que j'y entre !). Il y règne une chaleur étouffante car le chauffage reste allumé en permanence.

Nous gardons les souris près des cages en verre des serpents, dans de petits bacs en plastique aux couvercles percés de trous. J'oubliais de vous préciser que ces souris sont vivantes. Du temps où mon père était en charge des affaires nous les achetions congelées, ce qui rendait la chose un peu moins éprouvante. Mais quand mon frère Dale a pris la relève (j'ai encore de la peine à l'appeler le révérend Creech) il a décidé d'en élever lui-même pour faire des économies.

Nourrir les serpents n'a rien de bien sorcier. Il suffit d'ouvrir le couvercle de la cage en verre, de lâcher une souris à l'intérieur et de refermer le couvercle, puis de répéter l'opération. Le jour où j'ai été mordue je pensais à autre chose, je me parlais à moi-même ou je fredonnais un air quelconque – bref, j'étais distraite. J'ai ouvert la cage de Clémentine, elle s'est jetée sur moi en un éclair et clap! *elle m'a mordu la main. Violemment, profondément. Comme si elle avait guetté mon arrivée.*

Ma main saignait beaucoup mais nous avons un kit de premier secours à l'église, et quelques ampoules de sérum antivenimeux (il vaut mieux que vous gardiez cette information pour vous : ceux qui manipulent les serpents ne tiennent pas à ce qu'on sache qu'ils ont ce genre de remède sous la main alors qu'ils sont censés s'en remettre à la volonté de Dieu…). Je n'ai eu besoin ni de l'un ni de l'autre. J'ignore jusqu'où s'étend votre connaissance des serpents mais ils ont deux manières de mordre, selon qu'ils lâchent ou non leur venin. Clémentine ne m'avait pas inoculé son venin. Une telle morsure est douloureuse, je vous prie de le croire, mais elle n'est pas mortelle.

À partir d'ici les choses vont un peu divaguer, aussi accrochez-vous bien. Le mouvement de révolte de Clémentine dans sa cage m'a fait penser à vous. Comme une sorte de métaphore (pardon pour ce terme intello). Sa morsure était l'équivalent de votre réaction au Cubby's Bar, sa cage en verre l'équivalent de votre cellule de prison et la vie qu'elle menait l'équivalent de votre condamnation. Vous allez rire mais sa tête elle-même me rappelait votre visage (ne le prenez pas mal : je trouve Clémentine très jolie !).

Brusquement, je ne supportais plus l'idée de la savoir enfermée. Je l'ai mise dans un sac en toile de jute et je l'ai emmenée dans les bois. Je ne voulais pas la relâcher trop près de l'église, sachant que Dale partirait à sa recherche dès qu'il aurait constaté sa disparition.

Je me suis donc enfoncée dans les profondeurs de la forêt, jusqu'à un endroit retiré où le soleil filtrait à travers les arbres. J'ai posé le sac sur le sol, je l'ai ouvert, je me suis reculée. Bien sûr, j'aurais pu la retirer moi-même mais je voulais que la décision vienne d'elle.

Apparemment, elle n'avait pas trop envie de se risquer à l'extérieur. Elle a pointé à plusieurs reprises la tête hors du sac avant de se replier (imaginez l'effet que devait lui faire cette immense forêt américaine, elle qui avait passé ses deux premières années dans une cage en verre...).

J'ai attendu.

Au bout d'une petite heure, alors que le soleil déclinait et qu'il commençait à faire froid – ma mère devait regarder par la fenêtre et se demander ce que je fabriquais – Clémentine s'est enfin décidée. Elle a sorti la moitié de son corps hors du sac et a attendu un moment, éclairée par le soleil couchant. J'aurais juré qu'elle souriait.

Puis elle est sortie complètement et s'est faufilée en sinuant dans les buissons, sans se retourner une seule fois. Je l'ai regardée s'éloigner avant de regagner l'église. C'est seulement une fois là-bas que je me suis aperçue que je pleurais. Comme je pleure à présent en vous racontant cette histoire.

Clémentine n'est pas née dans la nature mais je suis sûre qu'elle se débrouille très bien toute seule et je dois vous avouer, Patrick, que cela m'a fait un bien fou de rendre sa liberté à un être vivant. Clémentine s'est rebellée contre le monde qui la retenait prisonnière. Elle a choisi de vivre à présent au grand air mais je prie pour qu'elle poursuive son chemin guidée par le sentiment du pardon. Et je prie qu'il en aille de même pour vous, Patrick.

Affectueusement, B.

Travis se mit à parcourir nerveusement les autres lettres. Son frère avait-il été converti au fondamentalisme ? Allait-il se mettre à manipuler des serpents, à boire du poison et à pratiquer les rites obscurs de cette secte ?

Il sortit une autre lettre, vers la fin du paquet. Elle était datée du 1er février 1989.

Très cher Patrick,

Un mot en hâte pour te dire combien je suis à la fois excitée, nerveuse, joyeuse et inquiète à l'idée de cette visite spéciale. Après tous les obstacles que nous avons dû surmonter pour obtenir ces quarante minutes de rencontre en tête à tête, j'avais fini par me dire que cela n'arriverait jamais.

Je ne peux pas te jurer que les premiers instants entre les draps seront d'une sensualité explosive mais je puis t'assurer que je suis prête, mon chéri. Et que mon amour pour toi est sincère, profond, total, sans détour. Je suis prête à me donner tout entière à toi.

Dans cet amour, et avec impatience, B.

La dernière lettre était datée du 10 décembre 1989.

Tu disais que les choses allaient s'arranger, Patrick, mais c'est chaque jour plus difficile. Je prie parfois pour que la lumière monte en moi et je me souviens alors que ma lumière, c'est toi. Tu es la lumière qui brille dans mon cœur et au bout du tunnel. Mais je ne sais pas combien de temps je pourrai encore vivre de la sorte. Reviens, Patrick, reviens et emmène-moi loin d'ici. Reviens et sauve-moi de tous ces gens.

Avec tout mon amour, B.

Travis parcourut à nouveau l'ensemble des lettres sans y trouver les réponses aux questions qui se bousculaient à présent dans sa tête. Que s'était-il exactement passé entre les deux dernières lettres ? De qui au juste Becky Creech avait-elle besoin d'être sauvée ? Quelle était la nature de cette relation ?

Un Eckles et une Creech ? C'était presque risible.

Le seul autre indice – si on peut le qualifier ainsi – était la référence d'un verset biblique hâtivement inscrit au stylo à la fin de la dernière lettre : Matthieu, 24:29-34.

Travis reporta son attention sur la Bible de Patrick, qu'il feuilleta jusqu'au verset en question. Là encore, le passage avait été souligné. Il le relut à trois reprises, à la fois troublé et inquiet : *le soleil s'obscurcira, et la lune ne donnera plus sa lumière, les étoiles tomberont du ciel et les puissances des cieux seront ébranlées.*

MANSON, KENTUCKY

Maintenant

Je me réveillai avant l'aube, émergeant d'un rêve où un arbre fruitier projetait une ombre immense sur une pelouse fraîchement tondue. C'était le jardin de la maison de Sammy Went, je le savais même si rien ne l'indiquait. Des oiseaux chantaient au loin et un instant, j'éprouvai un sentiment de sécurité.

Comme j'avais également très peu dormi la nuit précédente, j'étais un peu vaseuse. Après avoir lavé mes draps dans la baignoire à 3 heures du matin, j'avais accroché le panneau *Ne pas déranger* à la poignée de la porte : jamais cette injonction ne m'avait paru à ce point adaptée à la situation. Je m'étais recouchée tant bien que mal en chien de fusil sur l'étroit canapé, mortifiée. Mon sommeil était sans cesse interrompu : je m'éveillais, je tâtais le canapé, je constatais avec soulagement qu'il était sec.

J'avais vraiment pissé au lit. Avais-je trop bu au cours du dîner, ou était-ce lié à quelque chose de plus profond ?

À treize ans, quand j'avais eu mes premières règles, je l'avais caché à ma mère. Pas parce que j'étais gênée ou honteuse – encore que je l'étais sans doute un peu –, mais pour ne pas lui faire de peine. Je ne voulais pas qu'elle pense que je devenais une femme parce que moi, j'étais effrayée à l'idée de devenir une femme. Et maintenant, j'étais effrayée à l'idée de redevenir une enfant.

Je m'habillai et me préparai une tasse de café que j'allais boire sur le balcon de ma chambre, en regardant la forêt vaste et profonde qui s'étendait devant moi.

Alors que les étendues d'eau m'apaisent, les bois provoquent l'effet opposé. Ils baignent dans l'obscurité et sont remplis de monstres, de créatures sauvages prêtes à surgir n'importe où. L'urgence, pour échapper à ce sentiment d'oppression, c'est de photographier ce que j'ai sous les yeux.

J'avais emporté mon Canon DSLR par simple réflexe, sans imaginer que j'allais m'en servir. Je le sortis de mon sac à dos, l'enclenchai et cadrai un pan du paysage devant moi. L'étendue montagneuse était moins inquiétante à travers le viseur de l'appareil.

Quand Sammy avait disparu, Molly Went avait-elle passé des jours, des mois, des années à scruter la forêt que j'étais en train de photographier, en se demandant si sa petite fille gisait quelque part dans ces bois ? Pourtant, le corps ensanglanté de Sammy n'avait pas été abandonné là, à moitié enfoui dans l'humus, le cou encore marqué par les bleus qu'un *affreux bonhomme* lui aurait infligés. Au contraire, elle s'était miraculeusement retrouvée à l'autre bout du monde, en Australie, où elle avait été adoptée, aimée, nourrie, vêtue, éduquée, dorlotée et tout ce qu'on voudra…

C'était bon de prendre à nouveau des photos. Le Canon me permettait en quelque sorte de filtrer la réalité et jusqu'à un certain point, de la contrôler. Je me demandai si c'était cela qui m'avait attirée dès le départ. Mon appareil en bandoulière, je me sentais prête à affronter Manson.

Je me dirigeai vers le centre de la ville en me repérant au château d'eau, m'arrêtant de temps à autre pour prendre des photos. Un long canal en ciment passait sous l'autoroute, charriant un torrent d'eau boueuse. *Clic*. Le cadavre d'un corbeau gisait au bord de la route. *Clic*. Une moto équipée d'une batterie de klaxons passait à toute allure, conduite par une énorme femme d'une soixantaine d'années. *Clic*.

Peut-être naïvement, j'avais imaginé qu'en arrivant à Manson, des souvenirs seraient revenus : tel arbre, telle courbe du fleuve, telle colline auraient éveillé des images enfouies, et brusquement j'aurais été ramenée à l'âge de deux ans. Mais ce qui m'attendait à Manson n'était pas si simple. Nulle nostalgie ne me submergeait, nulle certitude que oui, j'étais bien là où je devais être.

Peut-être ces souvenirs – à peine formés dans l'esprit d'une toute petite fille – étaient-ils trop profondément enfouis; le fil brisé dont Stuart m'avait parlé ne serait peut-être jamais renoué. Sammy était à Manson, une corde rouge autour de la taille, et elle tirait, elle tirait dans la pénombre. En vain.

Mais peut-être était-ce la ville elle-même. De toute évidence, Manson avait beaucoup changé en vingt-huit ans. Ce constat avait quelque chose d'attristant. Le temps passait, je pouvais suivre son rythme ou me laisser distancer, mais jamais je ne pourrais revenir en arrière. La vie que j'aurais pu mener en tant que Sammy Went si j'avais grandi à Manson n'existait tout simplement pas.

Qu'espérais-tu trouver ici ? me demandai-je.

Je passai l'heure suivante à errer sans but dans les rues et à prendre des photos, partant du centre-ville animé et m'en éloignant peu à peu, jusqu'à ce que les maisons soient de plus en plus isolées et leurs pelouses plus vastes.

J'arrivai par hasard dans Cromdale Street. J'aurais bien aimé me dire que l'intervention divine y était pour quelque chose et qu'une main invisible avait guidé mes pas dans la bonne direction. Mais c'était plus vraisemblablement une pure coïncidence. C'est grâce aux articles que j'avais lus que j'identifiai la rue. Sammy Went avait été enlevée dans l'une de ces maisons, mais j'ignorais laquelle. Je parcourus la rue dans les deux sens dans l'espoir qu'un souvenir – ou à défaut, une vague impression – se dessine en moi. Je me serais même contentée d'un infime *soupçon*. Mais rien ne se produisit.

Le n° 9 retint mon attention et à mon troisième passage je m'arrêtai devant le vieux grillage qui l'isolait de la rue. C'était le seul endroit qui donnait l'impression de ne pas avoir changé depuis trente ans. La maison délabrée disparaissait derrière la végétation exubérante du jardin. Les demeures situées de part et d'autre étaient bien entretenues et relativement modernes, mais au n° 9 le temps semblait s'être arrêté, figeant les lieux dans un passé presque irréel.

Je raclai la poussière et la boue qui couvraient la boîte aux lettres, révélant le nom de la famille *Eckles*. Je m'apprêtais à la photographier lorsque j'aperçus la vieille femme. Elle était assise sur le porche de la maison, immobile au point de se fondre dans le décor. Sa peau était cireuse et semblait avoir durci, comme un mannequin qu'on aurait laissé trop longtemps au soleil. Elle me dévisageait. Un frisson me parcourut l'échine. Je lâchai mon appareil et décampai.

Une fois dans le centre-ville, je m'arrêtai pour prendre un autre café et regarder les photos que j'avais prises. Le café venait d'ouvrir, et j'attendis que la patronne ait allumé toutes les lumières avant de venir me servir au comptoir. Elle s'immobilisa en m'apercevant, cligna des yeux derrière ses énormes lunettes, avant de me faire un grand sourire.

« Excusez-moi, dit-elle. Qu'est-ce que je peux vous servir ? »

La carte affichée au-dessus de moi offrait un choix impressionnant.

« Je peux avoir simplement un café noir ?

— Bien sûr. »

Elle me dévisagea encore quelques instants avant d'aller faire mon café. Elle avait une quarantaine d'années et la carrure d'une armoire à glace. Elle se tenait légèrement penchée, comme les gens qui ont toujours lutté contre leur taille. Sans être aussi grande, j'étais moi-même au-dessus de la moyenne et j'imaginais assez bien ce qu'elle avait dû éprouver.

Elle redressa ses lunettes d'un geste de l'index et, revenant avec mon café, me déclara :

« Je sais qui vous êtes.

— Ah ?

— Je vous ai vue aux infos, dit-elle. Mais surtout, je me souviens de vous, avant. J'étais une amie d'Emma. Comment va-t-elle ?

— Je ne sais pas », répondis-je en toute sincérité, en me dépêchant de couvrir ma tasse d'un couvercle en plastique pour partir le plus vite possible. « Je vous dois combien ?

— C'est pour la maison, me dit-elle. Bienvenue chez vous, Sammy. »

Étais-je bien chez moi ? Étais-je bien Sammy ?

Mon café à la main, je remontai la courbe de l'autoroute vers l'hôtel. Il était encore tôt et il n'y avait pas beaucoup de circulation. Le Canon pendu à mon cou oscillait de droite à gauche et me paraissait curieusement plus lourd à présent.

J'aperçus soudain une vieille pancarte en bois poussiéreuse qui annonçait *Le Moulin – Accueil des visiteurs 400 mètres*. J'avais pris le même chemin à l'aller mais je ne l'avais pas remarquée. Sous la pancarte, une flèche désignait un sentier qui s'enfonçait dans les bois. Des arbres en obstruaient l'entrée et le dissimulaient presque entièrement. Il semblait étroit, envahi d'herbes hautes ; je ne pourrai jamais dire pourquoi je m'y engageai. Peut-être une main invisible me guidait-elle, après tout.

Le sentier s'élargissait un peu à mesure que je marchais, mais les arbres formaient comme un mur étouffant le bruit de l'autoroute, et m'isolant complètement du monde. Une odeur de terre mouillée mêlée d'aiguilles de pin flottait, la brise légère qui agitait les branches me mettait mal à l'aise.

Je me vois comme une fille proche de la nature. Je ne suis pas une aventurière, mais j'ai fait pas mal de randonnée, des excursions, je nage bien, etc. Mais l'Australie paraissait tout à coup très lointaine. Là-bas, il y avait le bush, une végétation qui oscillait entre le vert et le jaune. Il y avait sans doute aussi d'innombrables créatures dangereuses, mais le paysage était familier. Mais ici, ce n'était pas *le bush* : c'était *la forêt*. Les forêts sont menaçantes, comme nous l'enseignent les contes de fées : les enfants abandonnés par leurs parents y sont la proie des sorcières.

Dean avait tort de dire que le passé est semblable à un océan, songeai-je. *Il ressemble plutôt à une sombre forêt peuplée de monstres.*

Alors que je marchais parmi les arbres, il me semblait être peu à peu avalée par la forêt ; et pourtant, je continuais.

J'arrivai devant un vieux pont suspendu. Il avait dû être construit pour supporter le poids de voitures, mais à en juger par les graffitis et les dégâts causés par les intempéries, ça devait remonter à un sacré bout de temps. Les planches fléchissaient en grinçant tandis que je le franchissais.

De l'autre côté du pont, au bout d'une vingtaine de mètres j'arrivai à…

Rien.

S'il y avait eu un moulin ici, il avait disparu depuis longtemps. À la place s'étendait un grand rectangle de terre en jachère. Les bruits de la forêt s'estompèrent à mesure que j'approchais du centre. Sous mes pieds, le sol était noir. Rien n'avait poussé à cet endroit depuis des années. J'avais l'impression d'être épiée par des fantômes.

Cet endroit est maudit, pensai-je en saisissant mon appareil et en prenant quelques photos. La terre noire. *Clic*. Les arbres morts. *Clic*. Une lumière troublante tombant à travers les branches au-dessus de ma tête. *Clic*.

Quelque chose avait changé. Le sentiment de maîtrise éprouvé un peu plus tôt en photographiant les montagnes avait disparu. Le filtre n'opérait plus. Le paysage qui m'entourait à présent était aussi inquiétant à travers le viseur de mon Canon que dans la réalité.

Je lâchai mon appareil et me hâtai de regagner le pont suspendu.

Je suis venue pour affronter Manson, songeai-je. *Et c'est Manson qui a gagné.*

MANSON, KENTUCKY

Autrefois

Emma garda la tête sous l'eau dans la baignoire aussi longtemps qu'elle le put, tentant de se couper des bruits du dehors. La fenêtre de la salle de bains était couverte d'une couche de givre qui blanchissait à mesure que le soleil déclinait. Une nouvelle journée s'achevait.

Lorsque le soleil brillait il n'était pas trop difficile de s'imaginer Sammy en train de jouer quelque part – du côté des balançoires d'Atlas Park, par exemple, ou sur les berges sableuses du lac. Mais à la tombée de la nuit, son absence devenait vraiment réelle. Le soir, les enfants de deux ans ne sont pas censés être dehors. Ils sont censés prendre leur bain et regarder des dessins animés avant d'aller se coucher.

Emma sortit de la baignoire, se sécha et enfila l'un des immenses peignoirs de bain de sa mère en serrant soigneusement sa ceinture (elle avait surpris son cousin Todd en train de fixer ses seins une bonne dizaine de fois depuis son arrivée).

Les Fiancées de Dracula feuilletaient de vieux albums de photos au salon.

« Viens avec nous, Emma ! lui lança Tillie, la plus jeune de ses tantes. On se raconte nos souvenirs.

— Tout à l'heure, peut-être, répondit Emma. Où sont les autres ?

— Ton frère est au sous-sol, lui dit Pauline, l'aînée des tantes. Il joue aux jeux vidéo avec Todd. Ta mère se repose et ton père a disparu de la circulation.

— Il n'a pas disparu. Il cherche Sammy. »

Les tantes se regardèrent d'un air entendu. Nul doute qu'elles pensaient savoir pourquoi Jack était rentré la veille les mains en sang. Et pourtant, elles tomberaient des nues si elles apprenaient que Jack et Travis Eckles étaient…

Étaient quoi ? se demanda Emma. *Amoureux ?*

Tandis qu'elle quittait la pièce, Pauline lui lança : « Ne fais pas trop de bruit dans l'escalier, laisse ta mère se reposer. »

La chambre des parents était vide mais celle de Sammy était fermée : un rai de lumière filtrait sous la porte. Emma frappa doucement.

« Quoi, lança sa mère de l'autre côté.

— C'est moi, maman. Je peux entrer ?

— Oh, bien sûr. »

La chambre de Sammy avait été laissée dans l'état où elle était quand la fillette avait disparu, mais elle était plus propre. Le grand coffre à jouets débordait d'animaux en peluche, qui formaient un splendide camaïeu mauve et rose. Les photos de famille semblaient avoir pris une autre importance. Molly avait décroché l'un des cadres du mur et le tournait sans arrêt entre ses mains.

« Excuse-moi, dit-elle à sa fille, je croyais que c'était l'une de mes sœurs.

— Tu t'étais endormie ?
— Je m'étais plutôt cachée.
— Je peux me cacher avec toi un moment ? »

Molly eut un sourire triste. Sa peau était sèche et marbrée. Elle se recula dans le lit pour faire place à Emma.

« Ça sent le détergent, ici.
— J'ai nettoyé les tapis, dit Molly. Je veux que tout soit impeccable lorsqu'elle reviendra. J'avais fait la même chose quand je t'attendais, tu sais : j'avais nettoyé la maison de fond en comble. »

Emma regarda la photo encadrée que tenait sa mère. C'était son père qui l'avait prise. Molly et les enfants faisaient griller de la guimauve autour de la cheminée d'une maison de location, à Cumberland Falls. Sammy était dans les bras de sa mère et suçait son pouce d'un air concentré, sans regarder l'objectif.

« Tu te souviens de ces vacances ? demanda Molly. C'était seulement l'année dernière, mais on dirait que c'était il y a un million d'années. Nous étions tellement heureux ce jour-là. »

Emma se souvenait parfaitement de ces vacances, mais nullement qu'ils aient été « tellement heureux ». Sammy faisait ses dents et pleurait sans arrêt, ce qui irritait terriblement sa mère. Quelques instants avant que Jack ne l'appelle pour prendre la photo, Molly faisait les cent pas en berçant Sammy dans ses bras et lui avait lancé quelque chose comme : « Qu'est-ce que tu me veux, encore ? », avant d'ajouter : « Prends-la un moment, Jack, elle me rend folle. » La photo avait capturé cet instant mais ne racontait pas l'histoire qui allait avec.

Sa mère se souvenait-elle de ces tensions, se demanda Emma, ou les avait-elle occultées ?

Molly souligna du doigt le visage de Sammy et esquissa un sourire. Ses lèvres étaient livides.

« Tu te rappelles ce qui est dit dans l'Évangile de Matthieu, 19 : 14 ?

— Rafraîchis-moi la mémoire, dit Emma.

— *Jésus dit : Laissez venir à moi les petits enfants, car le royaume des cieux leur appartient.* »

En prononçant ces mots elle serra la photo contre sa poitrine.

« C'est là-bas qu'elle est, tu crois ? demanda Emma. Au royaume des cieux ? »

Sa mère la fixa un long moment mais ne répondit pas. Elle posa la tête sur les genoux d'Emma, ferma les yeux, et réagit à peine lorsque sa fille se mit à lui caresser les cheveux. Emma voulait dire à sa mère ce qu'elle avait découvert concernant Travis, mais elle avait besoin de temps pour trouver les mots justes.

Elles restèrent immobiles et silencieuses sur le lit pendant l'heure qui suivit. Jamais elles n'avaient passé autant de temps ensemble depuis la naissance de Sammy. Et elles seraient sans doute restées plus longtemps ainsi si Tillie n'avait pas surgi tout à coup dans la pièce.

« Molly, on te demande au téléphone ! lança-t-elle d'une voix essoufflée après avoir grimpé l'escalier quatre à quatre. C'est le shérif, on dirait qu'il y a du nouveau. »

Le shérif Ellis les attendait dans l'entrée humide et sombre du commissariat. Il avait de grandes taches de sueur sous les bras et des cernes noirs sous les yeux. Ces derniers jours, tout le monde avait l'air épuisé à Manson.

« Bonjour Molly, Emma… Merci d'être venues. Où est Jack ?

— Je n'ai pas réussi à le joindre, répondit Molly. De quoi s'agit-il, Shérif ?

— Suivez-moi. »

Il les conduisit à la salle de réunion. C'était une grande pièce avec une machine à café qui gargouillait dans un coin, un tube de néon qui chuintait au plafond, et une longue table où trônait une boîte en carton portant l'inscription PIÈCES À CONVICTION.

« Prenez un siège » leur dit Ellis qui resta debout tandis qu'Emma et sa mère s'asseyaient sur les chaises en plastique. « Comme vous le savez, nous encadrons les volontaires qui poursuivent les recherches dans les bois. L'un d'eux a trouvé quelque chose. Nous voudrions que vous nous disiez si c'était à Sammy. »

Il ouvrit le carton et en sortit un sac en plastique transparent hermétiquement clos. S'y trouvait le singe en peluche de Sammy, taché, couvert de boue. Il fallut quelques instants à Emma pour accepter la réalité de ce qu'elle avait sous les yeux. Elle avait offert ce singe à sa sœur pour son premier anniversaire, et Sammy le traînait partout avec elle. C'était absurde que ce singe soit là sans Sammy.

Une pensée terrible, terriblement enfantine, lui traversa l'esprit : *Maintenant, Sammy est vraiment toute seule*.

Emma s'attendait à ce que sa mère fonde en larmes ou, pire encore, qu'elle tombe à genoux et se mette à prier, mais ce ne fut pas le cas. Elle s'empara du sac en plastique et considéra le singe en peluche avec un regard dénué d'expression.

« Il est sale, dit-elle. Il faut que je le lave. Il doit être plein de microbes, ce n'est pas sain pour une enfant.

— Maman…

— Appartient-il à votre fille ? insista Ellis.

— Oui, dit Emma. C'est le sien. »

Le shérif tendit la main pour le récupérer. Les doigts de Molly restèrent un instant crispés sur le sac, mais elle finit par le relâcher. Elle suivit le singe des yeux jusqu'à ce qu'il ait réintégré le carton.

« Je veillerai à ce que vous le récupériez le plus vite possible, Molly. Je vous en donne ma parole.

— Qu'est-ce que ça veut dire ? demanda Molly. Elle est là-bas, dans les bois ? Sammy est dans les bois ?

— Il y a autre chose, répliqua Ellis. Cette peluche a été retrouvée près du vieux moulin. Et là-bas, il y a des traces, quelqu'un a vécu là-bas récemment.

— Comment ça ? »

Une image brumeuse s'insinua lentement dans l'esprit d'Emma, telle une odeur nauséabonde. Elle n'était pas encore très claire, mais se rattachait au moulin. Emma se rappelait y être allée le jour où Sammy avait disparu, mais entre le choc de cette nouvelle et les effets de la psilocybine, ses souvenirs étaient plutôt confus.

« Nous pensons que la personne qui a enlevé Sammy a passé une nuit là-bas avec elle. Peut-être plus.

— Pourquoi ?

— On ne peut pas le dire. C'est un endroit isolé, c'est loin de tout. Ils ont pu l'emmener pour la tenir à l'écart le temps de préparer une demande de rançon.

— C'est pas la peine de nous raconter des histoires, Shérif, l'interrompit Molly. Une demande de rançon, on l'aurait déjà reçue. Si on l'a emmenée dans un endroit isolé, c'est pour une raison tout à fait différente. »

Un frisson parcourut Emma. Jusqu'ici elle était arrivée à s'interdire d'imaginer certains scénarios. C'était peut-être du déni, c'était peut-être un espoir aveugle, mais elle en était certaine : Sammy était avec quelqu'un – *car elle était bien avec quelqu'un, elle n'avait pas erré seule dans les bois, perdue* –, qui prenait soin d'elle. Mais c'était puéril et idiot, et qu'est-ce qui s'était passé au juste, le jour où elle était allée au moulin avec Shelley ?

Les champignons hallucinogènes… Une colonne de fourmis…

« Quoi qu'il en soit, reprit Ellis en se raclant la gorge, un peu embarrassé, nous n'avons pas communiqué cette information à la presse. Nous espérons que celui ou ceux qui ont squatté les lieux reviendront récupérer leurs affaires pour que nous puissions les interroger.

— Celui ou ceux qui ont enlevé Sammy sont maintenant à l'autre bout du pays, rétorqua Molly. Et soit Sammy est avec eux, soit elle est…

— Maman, arrête !

— Mais vous n'avez *rien* ? reprit Molly. Pas la moindre piste ? Pas l'ombre d'un suspect ? Rien du tout ?

— Nous avons peut-être un suspect, répondit Ellis. L'un des plongeurs a remarqué un individu au comportement étrange du côté de Willow Point.

— Quel individu ? » demanda Molly.

Ellis se dirigea vers une table dans un coin, où s'empilaient des dossiers, des rapports, des photos, des blocs-notes, des post-it. Il prit un portrait-robot établi par la police et le montra aux deux femmes. Le visage correspondait à une centaine d'hommes de la ville. Il n'était ni fin ni rond, ne portait aucune cicatrice, aucun tatouage ; il avait une barbe de plusieurs jours et des yeux sombres, profondément enfoncés.

Ces yeux sont-ils la dernière chose que ma sœur a vue ? se demanda Emma.

« Qui est-ce ? demanda Molly.

— Nous l'ignorons pour l'instant, mais nous le saurons. Nous avons transmis ce portrait-robot à l'ensemble des postes de police, d'ici à Redwater. Il y a encore de l'espoir, Molly. Mais il y a autre chose. »

Molly se passa la main dans les cheveux et émit un son à mi-chemin entre le soupir et le gémissement.

« Quoi ? dit-elle.

— Ça va vous paraître un peu bizarre, poursuivit Ellis. Mais il y a une légende autour de ce moulin, je ne sais pas si vous en avez entendu parler. On dit que si on écrit le nom de quelqu'un sur un des murs, on provoque la mort de la personne en question dans les vingt-quatre heures. »

L'image s'était cristallisée à présent. Emma savait précisément ce qu'Ellis allait dire. *Un feutre noir courant sur le mur. Qui écrit un nom. Qui écrit* ce *nom. Les yeux dilatés et l'effroi de Shelley. La silhouette derrière la fenêtre en ruine.*

« Quelqu'un a écrit le nom de Sammy sur ce mur, reprit Ellis.

— Pardon ? Le nom de *Sammy* ? s'exclama Molly. C'est ridicule ! »

Le shérif plongea à nouveau la main dans le carton et en sortit un Polaroid, qu'il posa sur la table pour qu'Emma et sa mère le voient. On y distinguait parfaitement le nom de Sammy, tel qu'Emma l'avait écrit sur ce mur crasseux. Elle se sentit brusquement très mal. Pourquoi avait-elle fait une chose pareille ?

« Ce n'est qu'une légende, dit Emma. Ce n'est pas sérieux. Ceux qui viennent écrire ces noms ne souhaitent pas *réellement* la mort des gens. Ce sont des histoires de gosses.

— Il s'agit probablement d'une mauvaise plaisanterie, enchaîna Molly. Quelqu'un, un adolescent sans doute, est venu écrire ça après la disparition de Sammy.

— J'ai pensé la même chose. Mais il y a les traces d'une présence dans le moulin, et on a trouvé le singe de Sammy à côté. Nous ne pouvons pas négliger cette piste. Avez-vous la moindre idée de la personne qui pourrait avoir écrit ça ?

— Sammy a deux ans, dit Molly. Elle n'a pas encore beaucoup d'ennemis.

— Cette écriture vous dit quelque chose ? »

Molly saisit le Polaroid et l'examina un moment.

« Non », dit-elle finalement en secouant la tête.

Tandis qu'elles regagnaient leur voiture Emma remarqua que sa mère se rongeait les ongles, ce qu'elle ne l'avait jamais vue faire. Elles prirent place dans la Taurus, mais Molly ne mit pas le moteur en marche.

« Dis-moi pourquoi tu as fait ça, Emma.

— De quoi tu parles ?

— Dis-le-moi, et nous n'en reparlerons plus jamais.

— Maman, je ne…

— Tu crois peut-être que je suis incapable de reconnaître l'écriture de ma fille ? »

Emma sentit un froid glacial s'insinuer en elle.

« C'était censé être une plaisanterie…

— S'il te plaît, Emma, ne me mens pas. Pas là-dessus. Mens tant que tu veux, mais pas là-dessus.

— J'étais stone, dit-elle. Le jour où Sammy a disparu on avait séché, Shelley et moi. On a mangé des champignons hallucinogènes dans les bois.

— Mon Dieu ! »

Cela faisait des années qu'Emma n'avait pas entendu sa mère prononcer le nom de Dieu hors de la prière.

« J'étais stone, répéta-t-elle. C'était débile. C'est pour ça que je l'ai écrit. Je suis désolée. »

Mais ce n'était pas tout à fait la vérité, n'est-ce pas ? Quand les gens sont stones ils mangent trop, ils regardent des films imbéciles et ils disent des trucs absurdes. Ils ne regrettent pas que leurs sœurs existent, et très certainement, ils ne souhaitent pas leur mort.

« Tu vas le dire à la police ?

— Non.

— Tu vas le dire à papa ?

— J'ai une raison de ne pas lui dire ? »

Emma se mit à pleurer.

« Parce que ça lui brisera le cœur.

— Je ne comprends pas pourquoi tu es comme ça, Emma. C'est quoi, ton problème ?

— Et toi, maman ? Ton problème à toi, c'est quoi ?

— Il ne s'agit pas de moi.

— Mais si, rétorqua Emma. Et ça dure depuis longtemps. Je ne sais pas si c'est une dépression ou si c'est la crise de la quarantaine, et je ne sais pas pourquoi on fait tous comme si de rien n'était, mais tu as complètement changé.

— Tu n'as jamais respecté ma foi.

— Ça n'a rien à voir avec la Lumière Intérieure, maman. Je te parle de Sammy. Tu as complètement changé après sa naissance. Quand tu as accouché, tu étais une certaine personne, et quand tu es revenue de la maternité, tu étais une autre personne. »

Emma s'attendait à ce que sa mère entre dans une colère folle et lui cite les Saintes Écritures. Elle s'attendait à une vraie bataille. Mais il n'y eut pas de bataille. Molly mit le moteur en route, alluma la radio, et elles rentrèrent à la maison sans qu'un mot de plus soit prononcé.

MANSON, KENTUCKY

Maintenant

Stuart était devant son petit déjeuner dans la salle à manger de l'hôtel lorsque je revins de mon périple, passablement abattue. Ses yeux s'écarquillèrent quand il me vit – ayant à peine dormi la nuit précédente, j'avais certainement l'air épuisée – mais il s'abstint de tout commentaire, ce dont je lui fus reconnaissante. Il appela la serveuse et demanda du café.

« Ma grand-mère m'a appelé hier soir, dit-il en m'épargnant une question stupide du genre *Tu as bien dormi ?*. Elle voudrait te rencontrer.

— D'accord, répondis-je.

— Ma mère m'a appelé aussi, tard dans la soirée. Tu serais d'accord pour la voir seule aujourd'hui ?

— Tu ne veux pas venir avec moi ?

— Elle a demandé à te voir en tête à tête.

— Pourquoi ? »

Stuart haussa les épaules.

« Elle a sans doute parlé à Emma. C'était un peu tendu entre nous. Elle a commencé par me dire que je voulais tout contrôler, et moi, j'ai fini par lui dire d'aller se faire foutre. » Il se frotta les yeux encore ensommeillés. « Bienvenue dans la famille. »

La serveuse arriva avec mon café ; j'évitai de croiser son regard. Il me semblait que tout l'hôtel savait que mes draps séchaient dans la salle de bains.

« Tu veux manger quelque chose ? reprit Stuart.

— Je n'ai pas faim. Je ne suis pas très en forme. »

En fait, je me sentais carrément malade. Je m'apprêtais *à rencontrer ma mère*. J'avais deux scénarios en tête. Soit Molly me prenait dans ses bras en pleurant et en murmurant : « Ma petite fille, tu es enfin revenue. » Soit elle me dévisageait de la tête aux pieds, décidait qu'elle pouvait parfaitement se passer de moi et me claquait la porte au nez.

« Il y avait un arbre fruitier dans votre jardin ? demandai-je à Stuart. Au fond à droite, contre la clôture ? Un citronnier, peut-être ? »

Il réfléchit un instant.

« Oui, dit-il enfin. Il y avait un citronnier. Ça fait des années que je n'ai pas pensé à cet arbre ! s'exclama-t-il en souriant. Nous avions l'habitude de pisser dessus, papa et moi : il disait que c'était bon pour les citrons. Tu t'en souviens ?

— C'est juste un drôle de rêve que j'ai fait cette nuit. Tu te souviens de ce que tu m'as dit à propos de la théorie de la décomposition en Australie ? »

Il acquiesça.

« Tu crois qu'il y a un moyen de connecter tous ces souvenirs entre eux ? Même si le fil est cassé ?

— Je n'en sais rien, Kim. »

L'image de Sammy Went me revint, seule au milieu de nulle part dans les profondeurs de mon esprit. Elle était assise, jambes pliées, le menton sur les genoux, dans un cimetière de souvenirs morts – des choses qui avaient sans doute été importantes pour moi, mais que j'avais oubliées depuis longtemps. Elle tirait sur le fil rouge autour de sa taille, sachant déjà qu'elle ne ramènerait rien à l'autre extrémité.

Stuart s'essuya la bouche avec sa serviette alors qu'il n'avait quasiment rien mangé.

« Il faut quand même que je te prévienne, Kim. Maman peut être assez… excessive. Avant, elle l'était moins, mais avec les années, elle… Elle est autoritaire, et… »

Plus il parlait, plus il s'empêtrait dans ses phrases. Je tendis le bras en travers de la table et saisis sa main – un geste exceptionnel, de ma part.

« Qu'est-ce que tu essaies de dire, Stuart ? »

Il eut un soupir de soulagement ou de résignation, je n'aurais su le dire. Puis il se raidit et croisa les mains sur la table, retrouvant l'attitude froide et mesurée qu'il avait en Australie.

« C'est juste que je ne voudrais pas qu'elle t'effraie », dit-il.

Il avait peur de me perdre une nouvelle fois. Il lui avait fallu tout ce temps pour me retrouver et il n'avait aucune envie de recommencer.

Une étrange impression de *déjà-vu* m'envahit soudain. J'avais eu cette conversation, ou une semblable. Mais pas avec Stuart. Avec Amy, quand nous avions fumé un joint dans son jardin.

Vous n'allez pas me perdre, avais-je envie de lui dire. Mais il me parut tout à coup encore plus important de le dire à Amy. Je me levai tellement vite que ma tête se mit à tourner, mais mes nerfs résistèrent.

« Excuse-moi, lançai-je, il faut que je passe un coup de fil. »

Arrivée devant les ascenseurs, je me retournai.

Stuart était toujours assis devant la table et regardait son assiette. On aurait dit qu'il venait d'apercevoir un fantôme, et j'eus une fois de plus le sentiment qu'il me cachait quelque chose.

« Kim ?

— Salut, Amy. »

J'étais assise sur le bord du lit dans ma chambre, le téléphone plaqué contre l'oreille.

« On a essayé de te joindre. Les journalistes n'arrêtent pas d'appeler. Pas seulement d'Australie, d'Amérique, aussi. Et la police fédérale nous a contactés, ils ont des tonnes de questions à nous…

— Je vous ai laissé tomber, l'interrompis-je. Je vous ai laissé tomber tous les deux alors que j'aurais dû m'appuyer sur vous.

— Je suis heureuse de te l'entendre dire, bordel ! »

Elle se mit à pleurer, je me mis à pleurer. Je n'avais jamais autant pleuré depuis la mort de ma mère.

« Pardonne-moi, redevenons amies s'il te plaît, lui demandai-je.

— Bien sûr » dit-elle.

Les larmes coulaient le long de mes joues et je luttais pour qu'on ne les entende pas.

« J'ai un service à te demander, repris-je.

— Oui ?

— Ce n'est pas rien, Amy… Je voudrais que tu viennes ici. Aux États-Unis. Je sais que c'est compliqué, avec Wayne et Lisa, mais je… je ne crois pas que j'arriverais à m'en sortir sans toi. »

Elle renifla, en essayant probablement de cacher ses larmes elle aussi.

« Nous sommes en route pour l'aéroport, Kim.
— Quoi ?
— Je suis en voiture avec papa. Nous allions venir, avec ou sans ton accord.
— Je t'aime, Amy. Et Dean aussi.
— Nous aussi, nous t'aimons. »

Une frayeur m'envahit soudain – le sentiment abstrait, sans fondement réel, que je risquais de ne jamais revoir ma famille.

J'avais lu un article sur les prémonitions, un jour. On disait que les tragédies renvoient parfois des ondes d'énergie à travers l'espace-temps, comme lorsqu'on lance un galet dans un lac tranquille. Et certaines personnes percevaient ces ondes bien avant que l'événement n'ait eu lieu. Si j'avais cru à ce genre de choses, j'aurais été plus inquiète. Mais je n'y croyais pas : je repoussai mon angoisse, dis au revoir à Amy et allai rejoindre Stuart sur le parking.

Molly Went habitait un appartement dans un quartier de la ville appelé Old Point. Pendant le trajet, Stuart m'expliqua qu'elle n'avait pas voulu quitter leur ancienne maison – celle où il avait grandi et où Sammy avait disparu –, mais que son père avait insisté.

« C'était sa façon de tourner la page, j'imagine. Et intellectuellement, je le comprends. Morte ou pas, tu resterais attachée à cette maison comme un fantôme. Mais d'un certain côté, je n'ai jamais réussi à leur pardonner d'avoir vendu.

— Tu y retournes, parfois ? lui demandai-je en pensant à ma petite échappée dans Cromdale Street.

— Parfois. L'allée a été refaite, la maison agrandie,

on a planté de nouveaux arbres et abattu les anciens. D'une certaine façon, la maison n'existe plus. »

Peut-être que d'une certaine façon, moi non plus, à ses yeux, je n'existais plus. Sur le plan biologique, j'étais sa sœur, mais moi aussi j'avais changé. J'avais été refaite, et peut-être avais-je été complètement métamorphosée.

« Après la vente, j'ai longtemps eu ce rêve : Sammy revenait à la maison, mais il n'y avait personne pour l'accueillir. La maison était vide, sombre. On avait tout pris, et nous étions partis. »

Nous roulâmes un moment en silence.

Old Point était une longue route jonchée de nids-de-poule entre deux rangées de lampadaires. La route étant presque déserte, toutes ces lumières paraissaient un peu absurdes ; nous longions de vieilles maisons entre lesquelles surgissaient çà et là une minuscule boutique ou un terrain vague protégé par des barbelés.

Stuart s'arrêta devant un petit immeuble charmant, entouré d'un caviste d'un côté, et d'une église méthodiste de l'autre. Il me désigna un balcon au premier étage.

« C'est là qu'elle habite. Derrière cette jungle luxuriante. »

Le balcon disparaissait en effet sous une forêt de plantes, dominée par une grande statue du Christ. C'était le balcon de quelqu'un qui avait quitté un grand appartement pour un plus petit, sans se séparer d'aucun de ses biens. Un peu plus loin un ballon rouge coincé dans les fils électriques oscillait doucement sous la brise, comme un bateau à quai balancé par un léger courant.

« Elle est au 2A, précisa Stuart. Il y a son nom sur l'interphone : M. Hiller.

— *Hiller* ?

— C'est son nom de jeune fille.

— Ah. D'accord. »

J'ignorais à peu près tout de cette femme qui m'avait mise au monde, élevée et probablement aimée pendant les deux premières années de ma vie.

« Tu veux que je t'attende ici ? me demanda Stuart. Je laisse tourner le moteur. Au cas où. »

Il l'avait dit sur le ton de la plaisanterie, mais ça ne me fit pas rire du tout.

« Je te retrouve à l'hôtel, dis-je.

— D'accord. Bonne chance. »

De manière tout à fait inattendue, il se pencha et me prit dans ses bras. Il était raide et maladroit, mais il avait fait le geste.

J'attendis devant l'immeuble que sa voiture ait disparu derrière le virage. Puis je montai les marches du perron pour faire la connaissance de ma mère.

MANSON, KENTUCKY

Autrefois

Il était un peu plus de midi lorsque le 4×4 du shérif s'engagea à toute allure sur la voie express, la sirène hurlante. Ellis était au volant et Beecher assis à ses côtés, les yeux fixés sur la route. Neuf minutes plus tôt Louis les avait appelés par radio pour les avertir que l'individu dont ils avaient établi le portrait-robot était revenu au moulin.

« Comment tu te sens, Beech ? demanda le shérif.

— Très bien. Juste un peu nerveux.

— Tu te rappelles comment on se sert de ce truc ? ajouta-t-il en désignant l'arme que Beecher portait à la ceinture.

— Ça fait un moment que je l'ai pas sorti de son étui, répondit Beecher, mais j'ai pas oublié dans quel sens on doit le tenir. »

Mon Dieu, songea Ellis, *faites que ce soit la fin de cette affaire*. Mais s'il n'était pas exaucé, il était heureux de quitter le bureau et de faire quelque chose de concret.

Il coupa la sirène et ralentit l'allure avant d'apercevoir la vieille pancarte qui indiquait *Le Moulin – Accueil des visiteurs 400 mètres*. Des arbres s'étaient abattus en travers du chemin boueux, bloquant le passage. Ils allaient devoir terminer à pied.

Ellis et Beecher sortirent sans bruit du 4×4, saisirent leurs gilets pare-balles sur le siège arrière et les enfilèrent. Celui de Beecher était trop grand pour lui ; avec ses bras maigrelets et ce gilet, il avait l'air encore plus jeune.

Ils remontèrent le chemin en silence mais s'enfoncèrent dans les taillis dès que le moulin fut en vue.

Herm et Louis, les deux policiers de faction, étaient cachés derrière un talus, à une centaine de mètres de là. On pensait que le type ne reviendrait pas dans les parages, surtout après la diffusion de son portrait. Mais Ellis avait raisonné différemment : si c'était moi, s'était-il dit, si j'avais laissé quelque part tellement d'indices compromettants et que mon portrait était diffusé partout, j'aurais tellement peur que je serais justement revenu sur les lieux du crime.

Il semble que j'aie eu raison, songea-t-il.

« Vous ressemblez vraiment à des flics, leur lança Herm lorsque Ellis et Beecher les eurent rejoints.

— Où en sommes-nous au juste, les gars ? s'enquit Ellis.

— L'individu n'a pas bougé, Shérif, répondit Louis en baissant ses jumelles.

— Et il correspond au portrait ?

— Blanc, cheveux bruns, courts, la quarantaine. Il porte un jean et une veste militaire. Nous n'avons pas vraiment pu distinguer son visage. Il est toujours à l'intérieur du moulin.

— Il est dans le moulin ? Pas dans le bureau d'accueil ?

— Non. S'il est venu récupérer ses affaires, on peut dire qu'il prend son temps.

— Il a pu vous voir ? demanda Beecher.

— C'est peu probable. Nous sommes assez loin du moulin et parfaitement camouflés. Le vent souffle du bon côté, il y a peu de chance pour qu'on ait été trahis par les pets de Louis.

— J'y suis pour rien, rétorqua Louis. Diane est dans sa phase épicée. C'est censé faciliter la digestion.

— En tout cas, l'odeur est infecte…

— Chut… », leur intima Ellis en s'emparant des jumelles d'Herm, qu'il braqua vers les fourrés.

Le moulin apparut à travers les lentilles, comme un temple en ruine au milieu des arbres et des buissons. Tout était d'une immobilité et d'un calme mortels.

« Vous avez vu la fillette ?

— Non, répondit Herm. On aurait réagi. Comment allons-nous procéder, Shérif ?

— Beech, Herm, vous allez venir avec moi. Nous avancerons sans faire de bruit. Louis, tu resteras en arrière.

— Oh non ! Pas à cause des pets, quand même ?

— Non, au cas où il nous filerait entre les doigts », dit Ellis en lui tendant les jumelles.

Il sortit son .45 de son étui et Beecher fit de même. Herm avait un fusil de chasse. Il inséra une cartouche dans la chambre.

« Prêt à l'assaut », lança-t-il avec un sourire.

Ellis haussa un sourcil, visiblement surpris.

« Désolé, Shérif. Je rêve depuis toujours de prononcer cette phrase. »

Une tension palpable planait dans l'atmosphère. Ses hommes étaient excités – et qui aurait pu le leur reprocher ? Ils s'apprêtaient à se lancer dans l'une de ces actions dont on rêve quand on s'engage dans la police : s'avancer en rampant vers un bâtiment insalubre et balayé par les vents afin de mettre la main sur un dangereux suspect. C'était une vraie chasse à l'homme.

Dans un autre contexte, Ellis aussi aurait peut-être été excité, ou nerveux, ou inquiet. Mais ce n'était pas le cas. Il était fatigué. C'est tout. Il voulait désormais boucler l'affaire, revenir à la paperasse habituelle, aux amendes pour excès de vitesse, à une modeste saisie de drogue de temps à autre.

« Nous allons entrer là-dedans lentement, dit-il à ses hommes, et en faisant très attention. Si Sammy est entre les mains de ce type, il faut qu'il nous conduise jusqu'à elle. »

Louis cracha sur le côté.

« Si ce type nous conduit quelque part, lança-t-il, ce sera jusqu'au cadavre de cette petite.

— On n'en sait rien, dit Ellis. Vous ne devez faire usage de vos armes qu'en tout dernier recours, c'est bien compris ?

— Oui patron, répondit Beecher.

— Cela dit, les gars, ne prenez pas le moindre risque… »

Ellis se dirigea vers le moulin, mais Beecher le rappela.

« Un instant, Shérif. Ça va peut-être vous paraître idiot, mais ça ne vous ennuie pas qu'on dise d'abord une petite prière ? »

Ellis ne put s'empêcher de sourire.

« Ça ne peut sûrement pas nous faire de mal », rétorqua-t-il.

Les quatre hommes baissèrent la tête tandis que Beecher se mettait à prier :

« Seigneur, nous remettons notre sort entre Tes mains avant de nous lancer dans la mission qui nous incombe. Reste à nos côtés quand nous traverserons les eaux, pour qu'elles ne nous submergent pas. Et quand nous traverserons les flammes, pour qu'elles ne nous brûlent pas… »

De son côté, Ellis adressait une prière muette non pas à Dieu, mais à Sammy Went – où qu'elle se trouve en cet instant. *S'il te plaît, que cet endroit ne soit pas la dernière demeure de l'un d'entre nous, même si elle a peut-être été la tienne…*

Comme on pouvait le prévoir, Sammy ne lui répondit pas.

« Amen », murmurèrent les quatre hommes.

Un peu avant 13 heures, le shérif Ellis et les agents de police Beecher et Herm s'avancèrent vers le moulin. La porte d'entrée pendait sur ses gonds. Herm, le plus costaud des trois, la souleva et la repoussa vers l'intérieur avant de s'écarter pour laisser passer Ellis et Beecher. Au début le shérif n'aperçut que des ombres, mais très vite, les lignes brisées des poutres en bois et des armatures d'acier se précisèrent devant lui.

Les trois hommes avançaient prudemment, évitant bouteilles brisées et canettes vides. Il n'y avait aucune trace du suspect, mais il n'avait pas pu ne pas les entendre. *Il s'enfuira aussitôt*, avait imaginé Ellis, *et on pourra le poursuivre*. Mais apparemment, il préférait rester caché. Ce qui révélait un sang-froid de mauvais augure.

Tout en avançant, Ellis se tourna un instant pour regarder le mur des noms. Il y en avait des centaines, visibles malgré la pénombre. Mais son regard n'en voyait qu'un : *Sammy Went*.

Au pied de l'escalier, Ellis fit signe à ses hommes de poursuivre leur inspection au rez-de-chaussée tandis qu'il monterait à l'étage. Beecher lui lança un regard inquiet avant de reprendre son exploration.

Ellis escalada les marches. La lumière était plus faible, en haut.

Il vérifia qu'il n'y avait rien derrière la vieille cuve en acier, et ne découvrit que des crottes de rats. Puis il prit une étroite passerelle, qui devait servir à verser le grain dans les machines, jadis. Elle menaçait à présent de s'effondrer d'un instant à l'autre, comme les marches de l'escalier qu'il venait de monter.

La passerelle n'était qu'à un mètre du sol, mais elle lui offrait un bon point d'observation : il ne voyait personne, mais les zones d'ombre et les coins où se cacher ne manquaient pas.

Il poursuivit son chemin, longeant des fenêtres jaunies, couvertes de poussière. En bas, derrière l'écran de la végétation, Louis tenait son revolver à deux mains, les yeux rivés sur le moulin.

Il avait fait le tour de l'étage et il en était certain : le type n'était pas là. Avait-il réussi à s'enfuir ? Était-il caché en bas ?

Soudain, il eut l'intuition qu'il fallait qu'il rejoigne Beecher pour le protéger. Il était au milieu de l'escalier lorsqu'il remarqua des traces de bottes imprimées dans la poussière du sol. Il n'était pourtant pas passé par là, il en était presque certain. Il détacha sa torche pour les examiner.

Ces empreintes sont fraîches, se dit-il. *Elles ne*…

Il entendit tout à coup des pas derrière lui. Il se

retourna juste à temps pour voir un homme qui se jetait sur lui. Son visage était noyé dans l'ombre. Ellis eut à peine le temps de crier avant que le type ne le pousse violemment : « Arrêtez ! »

Il bascula en arrière, s'écrasant lourdement sur le sol. Il gisait au milieu d'une flaque de quelque chose. Il serra les doigts autour de son arme, crut-il un instant. Mais ce n'était pas son .45 qu'il tenait. Il avait dû le rengainer avant de saisir sa torche.

Voilà une erreur qui risque de te coûter cher, songea-t-il. L'homme était déjà sur lui, les mains autour de sa gorge. Le shérif braqua la torche sur le visage de son adversaire, qui la fit valser au loin. Elle roula au sol, balayant la poussière de ses rais lumineux.

« Foutez-nous la paix ! grommela l'homme en resserrant son étreinte. Vous ne pouvez pas nous foutre la paix ? »

Ellis tenta de le repousser mais il était trop lent, trop faible, trop fatigué. Il allait mourir ici, au milieu d'une mare d'urine, son .45 coincé dans ce putain d'étui.

Tandis qu'il sombrait peu à peu dans l'inconscience – *ou bien était-ce déjà la mort ?* – l'homme se pencha sur lui et pendant une fraction de seconde son regard fut éclairé par la faible lumière qui tombait des fenêtres. Il n'y avait pas de cruauté dans ces yeux. Il n'y avait pas de folie. Il y avait quelque chose qu'Ellis reconnut aussitôt : de la peur.

Puis il ne distingua plus grand-chose. Ses yeux partirent en arrière, les bruits autour de lui s'estompèrent. Il ne percevait plus que ses propres halètements. Les grognements de son adversaire. Puis il y eut des pas dans l'escalier. Et trois coups.

Des coups de feu!

L'étreinte de l'homme se relâcha soudain et Ellis parvint enfin à respirer. Le corps au-dessus de lui se détendit et bascula sur le côté. Ellis se redressa lentement sur ses coudes et regarda autour de lui en clignant des yeux. Beecher se dressait au sommet de l'escalier, son arme à la main.

« Ça va, patron ? » lança-t-il d'une voix tremblante.

Ellis l'entendit à peine, ses oreilles bourdonnaient. Il voulait lui répondre mais les mots restaient coincés dans sa gorge. Il tenta de se relever mais ses jambes ne lui obéissaient plus.

Beecher s'avança vers lui, glissa un bras sous celui d'Ellis et l'aida à se redresser.

« Vous êtes blessé ?

— Je ne sais pas, répondit le Shérif. Je ne crois pas. »

Beecher alla récupérer la torche sous la passerelle et la braqua sur le visage de l'homme.

MANSON, KENTUCKY

Maintenant

J'étais face à l'interphone. Jamais je n'avais été aussi tendue à l'idée d'appuyer sur un bouton. Après m'être demandé une fraction de seconde – mais tout à fait sérieusement – s'il ne valait pas mieux faire demi-tour, je rassemblai tout mon courage et sonnai chez Molly.

J'entendis un grésillement dans l'interphone puis une voix légère, presque enjouée, déjouant là encore toutes mes prévisions, lança un énergique « Montez donc ! ».

Il y eut un déclic et la porte de l'immeuble s'ouvrit.

Je traversai un étroit vestibule, m'engageai dans un escalier mal éclairé et atteignis le palier du premier étage sans quitter mes pieds des yeux, comme pour m'encourager à avancer.

Tandis que je m'approchais de l'appartement, la porte s'ouvrit sur un homme imposant. Il approchait les soixante-dix ans, mais paraissait encore capable d'arracher un arbre du sol. Un grand sourire éclaira son visage lorsqu'il m'aperçut.

« Molly m'avait dit que vous viendriez, dit-il en refermant la porte derrière lui. Je suis Dale Creech. »

Je saisis la main qu'il me tendait.

« Enchantée, dis-je. Je suis Kim.

— J'adore votre accent ! Alors, qu'est-ce que vous pensez de tout ça ? Je ne peux même pas imaginer ce que ça doit vous faire de revenir ici après toutes ces années !

— Oui, c'est pire que les montagnes russes ! »

Il jeta un coup d'œil derrière lui. Son sourire s'effaça et une expression soucieuse envahit ses traits.

« Nous venons à peine de faire connaissance, dit-il, mais je peux vous donner un conseil ?

— Je vous écoute.

— C'est rude pour Molly, cette histoire. Elle fait face, mais des fois… Enfin, tout ce que je vous demande c'est de lui laisser du temps. Soyez patiente. »

C'était la deuxième personne à me mettre en garde contre Molly ce jour-là. Ce qui ne m'aidait pas vraiment à me détendre.

« Eh bien, reprit-il, heureux de vous avoir rencontrée ! »

Nous échangeâmes une nouvelle poignée de main. Il m'adressa un dernier sourire et se dirigea vers l'escalier. J'attendis qu'il ait quitté l'immeuble pour frapper à la porte de Molly.

Une femme au visage doux et triste vint m'ouvrir. Ses cheveux gris étaient attachés, soulignant des rides profondes.

Molly devait avoir une soixantaine d'années – je fis le calcul rapidement –, mais elle avait l'air beaucoup plus âgée. Elle était presque obèse. Je ne m'y attendais pas. Certes, les photos d'elle que j'avais vues avaient presque trente ans, mais elle était plutôt mince alors, peut-être un peu ronde sur certaines, mais loin d'être grosse. La femme qui venait d'ouvrir la porte était carrément énorme. Sans ce visage-là – et en particulier ses yeux, que je reconnaissais d'après les photos – j'aurais pu croire m'être trompée d'appartement.

« Bonjour, Kim, me dit-elle d'une voix aussi légère que dans l'interphone. Je suis Molly. Très heureuse de vous rencontrer. »

Elle saisit ma main et la serra fermement. Je ne m'attendais pas à ce qu'elle se jette dans mes bras en pleurant comme Emma, mais cette femme n'avait-elle pas passé les vingt-huit dernières années à me chercher ? À me pleurer ? Cette poignée de main était étrangement formelle.

« Entrez », me dit-elle.

Son appartement était plus petit que le mien en Australie ; il y avait beaucoup trop de meubles : trois canapés, deux fauteuils, une immense table, des armoires et des bibliothèques. Le sol était couvert de tapis qui se chevauchaient, chacun avec un motif différent, ce qui donnait l'impression de marcher sur un kaléidoscope. L'endroit me rappelait l'appartement de Georgia Evvie, ma voisine à Melbourne. Et à bien y réfléchir, Molly elle-même n'était pas sans me rappeler Georgia.

Contrastant avec le reste, les murs étaient blancs et dénués de toute décoration, à l'exception d'un petit crucifix en bois.

« Vous avez un joli jardin », dis-je.

De l'intérieur, son balcon ressemblait encore plus à une jungle.

« C'est ma fierté et mon réconfort, me dit-elle. Vous avez la main verte, vous aussi ?

— Non. »

Me rappelant les couleurs du jardin de mon enfance – les verts, les rouges, les roses, et surtout les sauges pourpres sous la fenêtre de ma chambre – je faillis ajouter : *Mais ma mère avait la main verte pour deux*. Fort heureusement, je retins ma langue au dernier moment.

« Et comment trouvez-vous notre petite ville ? demanda Molly, toujours sur le ton de la plus banale conversation.

— Agréable, dis-je. Et très américaine, si ça veut dire quelque chose.

Le ton convenu de Molly m'irritait prodigieusement, mais je devais être vigilante. Nous restâmes toutes les deux un moment silencieuses.

Comme on ne m'avait pas invitée à m'asseoir je me balançais d'un pied sur l'autre. Une bouilloire siffla dans la cuisine et Molly alla s'en occuper. J'en profitai pour m'asseoir sur l'un des trois gigantesques canapés.

Molly revint avec une théière de thé à la menthe très parfumé, et servit deux tasses.

« J'ai appris que vous aviez rencontré ma fille, reprit-elle.

— Emma, oui… Elle est tout à fait charmante.

— Stu m'a dit qu'elle ne s'était pas très bien comportée. Il a dit qu'elle avait alerté la presse dès qu'elle avait pu.

— Ce n'est pas grave. Je veux dire que toute cette histoire est tellement… Chacun réagit à sa manière. Moi, je n'ai pas voulu y croire d'abord. Et puis j'ai voulu garder le secret. Emma a eu la réaction inverse. J'ai une petite sœur moi aussi, en Australie. Si jamais on me l'arrachait… *Mon Dieu*… J'ignore comment je réagirais.

— *Les mots témoignent de notre dévotion à Dieu et de notre nature profonde*.

— Je vous demande pardon?

— Prononcer Son nom à mauvais escient équivaut à Le déshonorer.

— Oh, dis-je, excusez-moi. C'est un vieux réflexe.»

Elle haussa les épaules et but une gorgée de thé.

«Vous avez parlé à mon ex-mari?

— Stuart l'a contacté, je crois.»

Molly me regarda avec un sourire en coin.

«Jack est pédé, vous le savez?»

Mon corps se raidit, comme chaque fois qu'une personne d'un certain âge énonce devant moi une remarque raciste ou homophobe.

«À vrai dire, non. Je l'ignorais.

— Encore une chose que Stu s'est bien gardé de vous révéler.»

Le fait que Jack Went soit gay était une découverte. Mais ce qui me surprenait le plus, c'était le mépris de Molly. Je me demandais si c'était dû à sa colère de femme humiliée, ou si elle se sentait blessée dans sa foi.

Comme si elle avait lu dans mes pensées, elle reprit : «*Si quelqu'un abuse d'un homme comme si c'était une femme, qu'ils soient tous deux punis de mort, comme ayant commis un acte exécrable : leur sang retombera sur eux* (Lévitique, 20:13). Je sais que ce n'est pas *politiquement correct* mais je préfère m'en tenir à la parole de Dieu.»

Je ne m'étais certes pas représenté Molly comme la mère de famille de *La Petite Maison dans la prairie*, mais pas non plus comme celle de *Carrie*. La triste vérité m'apparaissait peu à peu : cette femme ne me plaisait pas beaucoup.

Elle plongea les yeux dans sa tasse comme si elle pouvait lire l'avenir ou le passé dans les feuilles de thé. Ce qu'elle y voyait ne semblait pas beaucoup lui plaire.

« Écoutez-moi bien, jeune fille. Je ne sais pas comment vous allez prendre ça, j'ignore ce que vous êtes venue chercher ici et ce que vous avez laissé derrière vous. Mais Sammy a été enterrée il y a bien longtemps et vous feriez mieux, comme nous tous, de la laisser en paix là où elle est.

— Je ne comprends pas, dis-je.

— Vous n'êtes pas ma fille. »

Je ne répondis pas.

« Je dois vous avouer à ma grande honte que Jack n'est pas le seul à avoir péché dans notre famille, poursuivit-elle. J'ai essayé de guider mes enfants vers la lumière mais Jack les a tirés du côté des ténèbres. La mort de Sammy a obligé chacun à faire un choix : accepté d'être porté par la lumière de Dieu, ou sombrer dans le désespoir. Jack a choisi la perversion. Vous avez dû remarquer qu'Emma a un problème avec l'alcool. Quant à Stu, il boit raisonnablement et il n'est pas pédé, à ma connaissance, pourtant le Démon est aussi en lui. »

Elle se rejeta en arrière et posa sa tasse sur son ventre énorme. La lumière de cette fin de matinée dessinait des ombres sur son visage. Elle me gratifia d'un sourire et un instant, je pensai à la sorcière de *Hansel et Gretel*. Je voyais très bien Molly Went, née

Hiller, touiller son chaudron avant d'y ajouter un œil de crapaud.

« Stu est un menteur, reprit-elle. Tel est son péché. Il se ment à lui-même autant qu'il ment aux autres. C'est un être passionné : charmant quand il veut bien l'être, et très persuasif lorsqu'il a une idée en tête. C'est pour cela que je lui ai demandé de nous laisser seules aujourd'hui toutes les deux. Il vous a embobinée avec son tissu de CONNERIES et j'en suis désolée pour vous.

— Écoutez, je sais que c'est difficile, lui dis-je. Au début j'ai eu la même réaction que vous, mais… Vous voyez je… » Les mots restaient bloqués, formes étrangères dans ma bouche, se détachant sans aucun sens ou presque. « Le fait est…

— Mieux vaut garder le silence et prendre le risque de *passer* pour une idiote, jeune fille, que de lever le doute en parlant. »

Elle me gratifia à nouveau de son sourire de sorcière.

Je n'aimais décidément pas beaucoup cette femme. Kidnappeuse d'enfant ou pas, le cœur de Carol Leamy débordait d'amour et de lumière. Celui de Molly semblait noyé dans les ténèbres. Mais ces ténèbres ne l'avaient-ils pas envahie suite à ma disparition ? N'avais-je pas laissé une blessure qui s'était infectée, et était devenue… ceci ?

« Votre fils a fait analyser mon ADN.

— Mon fils avait tellement besoin de croire que sa sœur était encore en vie qu'il a forgé cette histoire de toutes pièces.

— J'ai vu ce test. Les probabilités étaient de 98,4 %. Vous êtes dans le déni, je comprends, mais…

— Oh, le déni, ce n'est qu'un mot pour briller dans les salons. Je savais que vous n'étiez pas ma fille avant même que vous ayez franchi cette porte. Et savez-vous pourquoi ? »

Parce que Sammy Went a été enterrée il y a bien longtemps, songeai-je, mais je gardai ça pour moi. La colère m'avait envahie. Je tremblais presque. Si j'avais prononcé un mot de plus j'aurais probablement fondu en larmes et une femme comme Molly aurait pris ça pour un signe de faiblesse. Je ne voulais pas lui faire ce cadeau. Ni quelque cadeau que ce soit.

« Que savez-vous des serpents, ma chère ?

— Pas grand-chose.

— Vous n'ignorez tout de même pas qu'ils défèquent ? »

Mes lèvres se crispèrent et je ne répondis pas.

« Ils défèquent même abondamment, reprit-elle. Ma foi m'a mise au contact des reptiles et de leurs petites crottes. Le révérend de notre église nous demande de les recueillir dans des sachets en plastique. Savez-vous pourquoi ?

— Absolument pas.

— Les gens qui ont des problèmes avec les rongeurs viennent le trouver après avoir tout essayé : les souricières, les chats, la mort-aux-rats… Il leur donne un petit sachet de ces crottes en leur recommandant d'en mettre là où ils ont vu une souris, un mulot ou une musaraigne. Et comme par enchantement, les rongeurs disparaissent. Vous comprenez, ils perçoivent l'odeur de ces crottes de serpents, reconnaissables entre toutes : ils en déduisent qu'il y a un prédateur dans les parages et ils déguerpissent. Le plus drôle, c'est que la plupart des souris n'ont jamais vu un serpent de leur vie, mais une voix au fond d'elles les avertit que le danger est là. »

Je commençais à me dire que cette femme était folle.

« Et savez-vous comment elles le savent ? reprit-elle.

— L'instinct », répondis-je.

Molly acquiesça.

« Oui, l'instinct. Le Seigneur l'a donné à Adam et il s'est transmis jusqu'à nous. L'instinct est une infime part de Dieu que chacun porte en soi. Je sais que vous n'êtes pas ma fille pour la même raison que les rats savent qu'ils doivent éviter les endroits d'où émanent les odeurs des crottes de serpents. Vous me suivez ?

— Je vous suis. »

Molly grimaça un sourire.

« Eh bien, jeune fille, vous n'êtes pas si idiote que ça, finalement. »

MANSON, KENTUCKY

Autrefois

En rentrant chez lui après être passé à l'épicerie, avoir tourné à gauche dans Barkley puis à droite dans Cromdale, Jack se retrouva devant la maison des Eckles.

Il regarda un long moment la fenêtre du premier étage, espérant entrevoir Travis, mais personne ne se montra. Il s'imagina garant sa voiture, traversant la pelouse et allant frapper à la porte : Travis viendrait l'accueillir sur le seuil, accepterait ses excuses – *tu dois absolument les lui présenter, Jack* – et les choses reprendraient leur cours normal. Enfin, le cours qui était le leur jusque-là.

Mais la réalité était tout autre. La vérité, c'est que le jeune homme ne lui pardonnerait jamais son geste, que Molly ne l'aimait plus, que Buddy Burns était vieux et que Sammy avait disparu.

Disparu. Le mot s'était gravé en lui et ne le quittait plus. *Enlevée, emmenée, kidnappée* laissaient au moins planer un infime espoir. Mais *disparu* avait quelque chose d'affreux, de définitif, qui signifiait que Sammy ne reviendrait jamais.

Les Fiancées de Dracula étaient en plein conciliabule

lorsque Jack entra dans la cuisine avec ses paquets. Elles se turent aussitôt, prouvant ainsi à Jack qu'elles étaient bien en train de parler de lui.

Allez-y, lâchez-vous, songea-t-il. *Gavez-vous de tous ces ragots jusqu'à vous en rendre malades.*

On ne pouvait pas dire que les sœurs de Molly aimaient les ragots : elles les adoraient. Elles les dévoraient comme si leur vie en dépendait. À Arlington déjà, en Virginie, la moindre histoire d'un voisin marié ou la dépendance d'un ami à un médicament opiacé les occupait pendant des journées entières. La conversion de leur sœur à une congrégation fondamentaliste de manipulateurs de serpents les avait certainement monopolisées plusieurs mois. Mais là, elles avaient décroché le gros lot.

Il les haïssait. C'était facile. Sa femme était fragile. Des années durant, elles l'avaient dévalorisée, des années durant elles l'avaient minée, créant peu à peu les conditions de cette conversion. Il ne pouvait pas tout leur reprocher, mais ce jour-là, il assumait sa rancœur. Pauline rompit le silence.

« Tu as mieux à faire que de passer à l'épicerie, dit-elle. Il suffit que tu nous laisses la liste et Todd s'en occupera. »

Jack aimait faire les courses. C'était une tâche dont il se chargeait très bien.

« Vous avez vu Molly ? lança-t-il.

— Elle est dans le jardin, avec Stu », répondit Tillie.

Cette femme était odieuse mais des trois Fiancées de Dracula, c'était encore la plus supportable.

« Tu veux du café ? ajouta-t-elle. Tu as l'air d'en avoir besoin. »

Jack refusa d'un signe de tête.

« Un pain de viande pour le dîner, ça te dirait ? » demanda Anne.

Elle s'exprimait avec moins de dureté que ses sœurs, mais elle avait en elle la colère d'un enfant auquel personne ne prête attention.

« Je n'ai pas faim, dit-il. Mais merci quand même.

— Je vais te préparer une assiette », poursuivit Anne en échangeant un regard entendu avec ses sœurs.

Todd, le fils de Pauline, était assis au salon et regardait un vieux feuilleton. Sa mère l'avait traîné ici parce qu'elle avait peur de prendre l'avion et ne voulait pas rouler seule en voiture depuis la Virginie. Jack plaignait sincèrement ce gosse. Il avait à peine prononcé trois mots depuis son arrivée. Dans la chambre d'amis, ses affaires étaient toujours dans son sac, prêtes à repartir. Qui le lui reprocherait ? Il était dans un endroit sinistre, et l'avenir s'annonçait tout aussi sinistre.

Disparu, songea Jack avec tristesse.

Il trouva Molly assise sur le petit banc du jardin. Elle surveillait Stu, qui jouait dans le vieux bac à sable où il n'était pas retourné depuis l'âge de quatre ou cinq ans. On aurait dit qu'il régressait. Jack craignait qu'il ne se remette à parler comme un bébé ou qu'il fasse pipi au lit. Ce n'était pas normal. Mais rien n'était normal.

Lorsque Sammy serait de retour – *si jamais* cela arrivait – il y aurait des plaies à panser… Pour l'instant la famille Went tentait de garder la tête hors de l'eau.

Il rejoignit Molly sur le banc.

« Tu as des nouvelles ?

— Non, dit-elle. Et toi ?

— Rien du tout. »

Stu creusait le sable lentement, aussi méthodiquement que s'il était en train de déterrer un squelette de dinosaure. Tout en l'observant, Jack songeait au singe retrouvé dans les bois, à l'inconnu aperçu dans les parages, au nom de Sammy sur le mur du moulin. Ces questions sans réponse lui donnaient envie de taper du poing, de frapper quelque chose ou quelqu'un.

« Ta mère a appelé, reprit Molly. Elle a rouvert la pharmacie. Elle pense que tu devrais virer ton employée.

— Debbie ? dit Jack avec une ombre de sourire. Si elle doit travailler trop longtemps avec ma mère, c'est elle qui donnera sa démission.

— Elle a dit aussi que Travis Eckles était venu avec une ordonnance. Et qu'il était dans un sale état : un œil poché, la lèvre fendue… C'est toi qui lui as fait ça, Jack ? ajouta-t-elle en prenant doucement sa main dans la sienne. J'ai entendu des rumeurs à son sujet, moi aussi, mais c'est en résistant à la tentation du péché que nous méritons l'amour de Dieu. »

Jack ne répondit pas. Ils étaient assis à quelques centimètres l'un de l'autre mais l'abîme qui les séparait était infranchissable.

Sa femme méritait de savoir la vérité, bien sûr, et depuis longtemps déjà. Mais pas maintenant. Et du reste, par où commencer ?

« Tu te souviens de cette veillée de Noël ? reprit Molly. Oh, ça doit remonter à 1975 ou 1976 – avant la naissance d'Emma. Nous passions la nuit chez mes parents sur ce canapé-lit avec cette barre métallique en plein milieu. Tu te rappelles ?

— Mon dos s'en rappelle très bien.

— Mes sœurs me rendaient dingue, comme d'habitude. J'étais tellement énervée que je n'arrivais pas à dormir. Je devais gigoter dans tous les sens, vers 2 ou 3 heures du matin tu t'es réveillé et tu m'as demandé ce qui se passait. Je t'ai répondu que j'en avais marre de Tillie, de Pauline, d'Anne ou d'elles trois, et que je n'avais qu'une envie, me lever et m'en aller. Qu'on passe Noël juste tous les deux. Tu te souviens de ce que tu m'as répondu ?

— Oui, dit Jack avec un sourire. Je t'ai dit : *eh bien, faisons-le.* »

Molly lui serra la main.

« Et on l'a fait. On a rassemblé nos affaires sans faire de bruit et on est partis sans même laisser un mot. On a roulé jusqu'au matin, et on s'est retrouvé dans ce motel crasseux.

— Le *Blue Dolphin Inn*.

— Tu te souviens de son nom ?

— Je me souviens de tout ce qui a eu lieu à cette époque. Du temps où nous étions *seuls contre tous*. »

Molly lui lança un regard triste qui lui rappela l'expression de Travis vendredi dernier, quelques secondes avant qu'il ne lui balance son poing dans la figure. Le monde entier semblait savoir quelque chose que Jack ignorait.

« Nous nous sommes perdus depuis, n'est-ce pas ? » lui dit-elle. Elle posa sa main sur l'épaule de Jack et ferma les yeux. Ce geste le dérouta et s'il s'était laissé aller il aurait fondu en larmes. « Que nous est-il arrivé ? »

Tu as rencontré l'Église et j'ai rencontré Travis, songea-t-il. *Et ces deux découvertes nous ont ouvert d'autres voies.*

« Molly, commença-t-il, il faut que je te dise quelque chose…

— Où est Stu ? s'exclama-t-elle en redressant la tête et en se levant du banc. Stu a disparu ! Stu ! Stu ! »

Il n'y avait dans le bac à sable qu'un petit monticule et une pelle en plastique.

« J'ai fermé les yeux trente secondes et… Stu ! STU !!

— Molly, du calme. Il doit être… »

Mais elle se précipitait déjà vers le bac à sable, ses pieds nus claquant sur l'allée en ciment.

« STU !! »

Leur fils émergea quelques instants plus tard derrière le grand citronnier au fond du jardin. Il remontait sa braguette.

« Je suis là, maman. »

Elle tomba à genoux devant lui et le saisit par les épaules.

« Tu étais où ? Pourquoi tu te cachais ? Ne fais plus jamais ça, Stu ! Ne te cache plus jamais ! Tu m'entends ?

— Je suis juste allé faire pipi derrière le citronnier, dit Stu. Ça aide les citrons à pousser ! C'est vrai, papa ? »

Il pouffa et pendant une fraction de seconde Jack crut que sa mère allait le gifler. Au lieu de ça, elle l'attira contre elle et le serra dans ses bras.

« Ne fais plus ça, Stu. Tu m'as fait une de ces peurs…

— Je suis désolé », dit l'enfant. Il pleurait aussi maintenant.

« Allons, allons, dit-elle. C'est fini. »

Jack regarda sa femme bercer leur fils au pied du citronnier pendant un bon moment, jusqu'à ce que retentisse la sonnette de la porte d'entrée. Il regagna la maison et jeta un coup d'œil dans le vestibule. La silhouette imposante du shérif Ellis se découpait dans l'encadrement de la porte. Les Fiancées de Dracula le dévoraient des yeux.

Jack fit asseoir Ellis dans le fauteuil près de la fenêtre et alla fermer les portes du salon. Molly et Emma étaient assises en face du shérif sur le canapé. Avant qu'ils ne commencent, Tillie trouva tout de même le moyen d'entrer avec un plateau chargé de quatre verres de thé glacé. Puis elle ressortit en fermant la porte à contrecœur.

« Que se passe-t-il, Shérif ? demanda Molly. Vous avez des nouvelles ? »

Ellis se racla la gorge et jeta un coup d'œil à Emma, qui était livide.

« Ce que j'ai à vous dire risque d'être un peu éprouvant pour de jeunes oreilles…

— Emma peut rester, déclara Jack. Si elle veut. »

Celle-ci acquiesça et son père s'assit à côté d'elle avec un geste tendre.

« Il s'est passé quelque chose aujourd'hui, reprit Ellis après avoir bu une gorgée de thé. Je tenais à ce que vous soyez les premiers informés. L'individu dont nous avions établi le portrait-robot est revenu au moulin. Mes hommes y planquaient.

— Sammy était avec lui ? demanda Molly en se penchant nerveusement vers le shérif.

— Je crains que non, répondit Ellis en hochant la tête. Nous l'avons approché et il y a eu une… altercation.

— Une altercation ?

— Il m'a attaqué, précisa le shérif. Vous avez peut-être remarqué que je boitais en arrivant : il m'a bien amoché avant que nous… nous le maîtrisions.

— Qu'est-ce qu'il dit ? C'est lui ? Il a enlevé Sammy ?

— Il n'a pas été possible de l'interroger », dit Ellis. Il regarda tour à tour Emma, Molly et Jack, avant de baisser les yeux sur ses chaussures. « Il a été abattu au cours de l'altercation. »

Molly poussa un petit cri.

« Vous savez qui c'est ? » demanda Jack qui s'était levé et arpentait nerveusement la pièce. « Peut-être qu'il a confié Sammy à un ami ou à parent. »

La colère bouillait à nouveau en lui. Si ce mystérieux inconnu était bien le ravisseur de leur fille, les chances de la retrouver étaient désormais nulles. Il avait envie de retourner sa rage contre Ellis, de l'accuser d'avoir salopé son enquête, mais ç'aurait été injuste : le vieux shérif dans son uniforme un peu élimé avait fait de son mieux. À Manson, personne n'était prêt à affronter une telle situation.

« À l'heure où nous parlons, reprit Ellis, nous essayons d'établir son identité. Suite à la diffusion du portrait-robot, nous avons reçu de nombreux appels. Dont un d'une infirmière qui travaille dans une clinique psychiatrique de Redwater. Elle pense qu'il pourrait s'agir de l'un de ses patients. Un ancien vétéran du nom de John Regler.

— *Elle pense* ! s'exclama Jack. C'est lui, ou ce n'est pas lui ?

— Nous avons contacté l'administration militaire. Nous attendons un fax dans la matinée, avec le dossier et la photographie de Regler. Mon instinct me dit que c'est lui. Regler a manqué son dernier rendez-vous. L'infirmière était inquiète. Apparemment, il est très instable.

— Instable ?

— Il serait victime de *syndrome de stress post-traumatique*. Et il est schizophrène.

— C'est pas vrai… », s'exclama Jack.

Emma fondit en larmes. Jack et Molly l'enlacèrent.

« C'est à cause du nom ? demanda-t-elle entre deux sanglots. Il a lu le nom de Sammy sur le mur du moulin ? C'est pour ça qu'il a fait ça ? S'il était cinglé, peut-être qu'il l'a vu et que…

— Bien sûr que non, l'interrompit Molly en lançant à sa fille un regard dur, indéchiffrable.

— Non, confirma Ellis. En fait, si cet individu est bien John Regler, nous avons toutes les raisons de penser qu'il n'a rien à voir avec la disparition de Sammy.

— Quoi ? s'exclama Jack avec une expression ahurie.

— Nous sommes en train de vérifier auprès de la clinique, mais selon toute vraisemblance, John Regler a assisté à une thérapie de groupe le 3 avril. »

Emma poussa un soupir de soulagement et s'effondra dans les bras de son père qui la serra contre lui.

« Je suis désolé de ne pas avoir de meilleures nouvelles à vous annoncer », dit Ellis en posant son verre de thé glacé sur la table basse, avant de se lever pour prendre congé.

C'est alors que Jack remarqua que le shérif boitait. Ellis se tourna vers lui.

« Jack, vous voulez bien me suivre un instant dehors ? »

« Il faut que nous parlions de Travis Eckles », lui dit Ellis lorsqu'ils eurent rejoint son 4×4, hors de portée des Fiancées de Dracula.

Un frisson où se mêlaient la colère, la honte et la peur parcourut l'échine de Jack. Travis avait-il parlé au shérif, finalement ? Et que lui avait-il dit au juste ?

« Il a été tabassé vendredi soir sur le parking du Cubby's Bar par trois individus masqués. »

Jack ne réagit pas.

« Une agression de ce genre à Manson, reprit le shérif, c'est inimaginable.

— La ville est en train de changer, répondit Jack.

— Mais il y a autre chose. Un certain Joe Holt s'est présenté au commissariat de Coleman et a déclaré avoir été témoin d'une bagarre le même soir au même endroit. Il a certifié, je le cite textuellement, que “le type dont la gamine a disparu avait sérieusement défoncé le ravisseur”.

— Je ne sais pas de quoi il parle, Shérif.

— Écoutez, Jack. Je croirai volontiers tout ce que vous me direz pour justifier vos blessures. Travis n'a pas déposé plainte et Joe Holt était imbibé de bourbon ce soir-là. Tout ce que je vous demande, c'est de collaborer avec moi.

— C'est-à-dire ?

— Dites-moi ce que vous savez. Vous êtes un type intelligent. Sûrement même l'un des plus intelligents que je connaisse. J'ai du mal à croire que vous ayez tabassé un gamin à cause de simples rumeurs. Puisqu'il n'y a rien d'autre que des rumeurs contre

Travis. Alors je vous le demande : qu'est-ce que vous savez, que je ne sais pas ?

— Je viens de vous le dire, Shérif. J'ignore de quoi parle ce type. »

Ellis eut l'air peiné et un bref instant, Jack éprouva envers lui un vague sentiment de compassion.

« Très bien, Jack. Comme vous voudrez. »

Bouleversé, Jack gagna sa chambre et ferma la porte derrière lui. Le sac à main de Molly traînait sur la table de nuit. Il le prit et le vida sur le lit. Un porte-monnaie, quelques pièces, une serviette hygiénique, une bible de poche et…

Bingo ! se dit-il en apercevant le carnet d'adresses de sa femme. Il l'ouvrit à la lettre B et tomba aussitôt sur le numéro de Buddy Burns. Il souleva le combiné du téléphone posé près du lit et composa le numéro.

On décrocha à la seconde sonnerie et une voix de jeune fille lança :

« Famille Burns, j'écoute.

— Bonjour. Ton père est à la maison ?

— Oui, monsieur. Puis-je savoir qui le demande ? » s'enquit-elle avec une suavité calculée.

Jack se la représentait très bien : un pur cliché fondamentaliste. Une adolescente plutôt mignonne vêtue d'un pull à manches longues et d'une jupe couvrant jusqu'aux chevilles, les tresses sagement nouées et les ongles nets.

« Je m'appelle Jack Went. »

Il l'entendit pousser un petit cri.

« Vous êtes le mari de Molly ?

— C'est exact, dit-il. Tu la connais ?

— Oui, monsieur, je la vois à l'église. Sammy est-elle revenue ? »

La question le blessa.

« Non, dit-il. Pas encore.

— Nous avons tous prié pour elle. Nous avons prié pour qu'elle retrouve son foyer. Nous avons prié pour que ce ne soit pas une punition infligée par le Seigneur, loué soit Son nom.

— Une punition ? Pour quelle raison ?

— Parce que Molly partage son lit avec un mécréant. »

Cette pauvre fille n'a aucune chance de s'en sortir, songea tristement Jack. Il lui aurait bien expliqué deux ou trois choses – en fait, il l'aurait volontiers giflée si elle s'était trouvée devant lui – mais il se contenta de lui lancer :

« Et si tu allais plutôt chercher ton père, que je puisse lui parler ? »

Elle s'exécuta. Il n'y eut pas plus de trente secondes d'attente, mais pendant ce bref intervalle Jack fut envahi par de sombres pensées. Et si cette gamine avait raison ? Si Dieu – ce Dieu auquel il avait cru si intensément dans son enfance et qu'il avait rejeté à l'adolescence – était vraiment en train de le punir ? Pas seulement parce qu'il avait perdu la foi, mais à cause de ce qu'il avait fait avec Travis Eckles, et avec Buddy Burns, et avec cinq ou six inconnus, de Coleman à Harlan County.

Dieu n'avait-il pas massacré les premiers-nés de toutes les familles d'Égypte parce que leur roi lui résistait ? N'avait-il pas tué l'enfant de David pour le punir d'avoir pris Bethsabée, la femme d'un autre ?

N'avait-il pas envoyé des ours déchiqueter les enfants qui se moquaient du prophète Élisée ?

Nahum, 1 : 3, songea Jack. *Le Seigneur est grand en puissance, il diffère à punir ; mais il punit à la fin. Le Seigneur marche parmi les tourbillons et les tempêtes et il s'élève sous ses pieds des nuages de poussière*.

Buddy avait pris le combiné.

« Jack ?

— Salut, Buddy. Désolé de t'appeler à l'improviste.

— Non, pas de problème. Je suis content de t'entendre. Tu as des nouvelles pour Sammy ?

— Non, toujours rien. Écoute, Buddy… L'autre jour, quand tu es passé chez moi, tu voulais me dire quelque chose. Tu t'en souviens ? »

Buddy resta silencieux. Jack l'imagina alors assis à la place de sa fille, malaxant son chapeau peut-être, ou pris par ce tic qu'il avait juste avant qu'ils s'embrassent, clignant des yeux nerveusement – mais il voyait le Buddy d'*alors*, et pas celui d'*aujourd'hui*. Il était mince à cette époque, avec des pommettes saillantes et des épaules larges. Il n'était pas beau, mais il avait du charme, il émanait de lui un curieux mélange de douceur et de virilité.

« Oui, Jack, je m'en souviens.

— Qu'est-ce que c'était ? J'ai eu l'impression que c'était important. Et j'ai aussi eu l'impression que tu ne voulais rien dire devant ma mère. »

Buddy prit une profonde inspiration et s'adressa à sa fille, qui n'avait pas dû s'éloigner :

« Ma chérie, monte dans ta chambre une minute, d'accord ? Ne me regarde pas comme ça… Allez, vas-y… Tu es toujours là, Jack ?

— Oui.

— Je préfère ne pas parler de ça au téléphone.
— On peut se voir ?
— Je ne sais pas, Jack.
— Je t'en prie.
— Où ça ?
— À notre endroit d'avant ? »

Buddy marqua une pause, peut-être submergé par un flot de souvenirs. Jack se demanda si ces souvenirs le dégoûtaient ou s'ils l'excitaient, au contraire.

« Je serai là-bas dans une heure », dit-il finalement.

L'obscurité tombait lorsque Buddy gara sa Ford Bronco sur le parking du lac. Il n'y avait que la voiture de Jack, mais Buddy choisit une place de l'autre côté, une dizaine de mètres plus loin. Jack le regarda ouvrir sa portière, sortir de la voiture et s'avancer vers lui en s'enfonçant ce putain de feutre sur le crâne. Il avait sorti un paquet de cigarettes de sa poche et en alluma une.

« Pourtant, lui lança-t-il, ça fait bien dix ans que j'ai arrêté de fumer. Mais sur le chemin, je me suis retrouvé en train d'acheter un paquet à la station-service.

— Merci d'être venu, Buddy. »

Buddy aspira une longue bouffée en regardant le lac.

Ils se dirigèrent vers un muret en pierre et s'assirent l'un à côté de l'autre, dos au lac. Une brise froide venait de l'eau, charriant des effluves de détritus et de poisson. C'était le parking où Jack retrouvait Travis pour faire l'amour. Et c'était le parking où il avait demandé à Buddy de partir avec lui, à une autre époque.

« La dernière fois qu'on s'est vus ici, tu m'as obligé à choisir, dit Buddy. Sa voix était grave et mélancolique, comme s'ils se disaient adieu sur un quai de gare. Tu m'as obligé à choisir entre l'Église et… entre l'Église et toi.

— Je ne dirais pas ça comme ça, Buddy.

— C'est pourtant bien ce qui s'est passé. »

Sa voix se brisa et le Buddy Burns d'avant, l'homme que Jack avait aimé, apparut.

On peut se tirer tous les deux, avait dit Jack. *On ira dans le Sud, on recommencera à zéro, on fera ce qu'on veut.*

Avant de rentrer à pied dans la nuit – il était à dix kilomètres de la ville –, Jack avait longuement regardé le lac : il aurait pu nager jusqu'au centre et se laisser couler.

« Je ne voulais pas te lancer un ultimatum, dit-il.

— Mais c'est ce que tu as fait. Tu le sais. Nous le savions tous les deux. Ce que nous faisions… ce que nous avons fait…

— … et alors ?

— … allait à l'encontre de Sa volonté. »

Le Seigneur diffère à punir, songea Jack, *mais il punit à la fin*.

« Je ne veux pas m'engueuler avec toi, Buddy. Je ne suis plus en colère.

— Ce que je veux dire, c'est que ce jour-là, pour le meilleur ou pour le pire, j'ai choisi la Lumière Intérieure. C'était définitif. Mais en venant ici te dire ce que je vais te dire… Peut-être que je vais tout détruire. Peut-être que ma vie entière va s'effondrer.

— De quoi tu parles, Buddy ?

— Aujourd'hui, c'est *toi* que je choisis. Il tira une longue bouffée de sa cigarette, l'écrasa contre le muret et glissa le mégot dans la poche de sa chemise. De sombres jours nous attendent, souviens-toi de ce que je te dis.

— C'est à propos de Sammy, n'est-ce pas ? »

Jack brûlait d'impatience. Plus Buddy parlait, plus il était anxieux. Son ventre gargouillait nerveusement.

« C'est arrivé après la dernière séance de guérison, commença Buddy. Je sais que ça fait une paie que tu as quitté l'Église mais tu dois te souvenir de ces séances, non ?

— Comme si c'était hier », répondit Jack.

La Lumière Intérieure organisait ces soi-disant séances de guérison quatre fois par an. Les adeptes se rassemblaient nombreux et priaient pour que tel ou tel de leurs membres guérisse d'un cancer, d'un emphysème, d'une sclérose en plaques, d'une dépression, de démence précoce (la liste n'était pas exhaustive). Le révérend – c'était encore Roy Creech à l'époque de Jack – arpentait l'église de long en large en demandant à Dieu de lui désigner celui ou celle qu'il devait guérir. Il lui arrivait de brandir des serpents, de parler dans une langue inconnue ou de poser la main sur le front d'un fidèle en ordonnant au Diable de quitter son corps.

De temps à autre, l'effet placebo était assez puissant pour qu'un adepte atteint de la maladie de Parkinson se lève de son fauteuil ou que des gens à moitié aveuglés par la cataracte déclarent avoir recouvré la vue. Mais le placebo n'avait pas le moindre effet sur le cancer. Ni sur les maladies du sang ou les malformations génétiques. Dans ces cas-là, on déclarait que telle était la volonté de Dieu.

« La file des malades allait jusqu'au parking, ce jour-là. Et parmi eux, il y avait ta Molly.

— Molly ? Mais quand ?

— Il y a quelques mois à peine. Fin mars, je crois.

— Je ne comprends pas… Elle était malade ? »

Il aurait pu comprendre que pour un problème de santé, Molly s'adresse à Dieu plutôt qu'à son mari – excellent pharmacien –, mais à part un rhume de temps à autre, il ne l'avait jamais vue malade.

« Creech a d'abord appelé d'autres fidèles, reprit Buddy. Sherman Harcourt et son diabète, Helen Mitchell et son fils toxicomane à San Francisco… Et puis il a fait venir Molly.

— Elle s'est plainte de quoi ? demanda Jack. Je sais qu'elle a eu la migraine, une ou deux fois, à Noël, mais…

— Il ne s'agissait pas de migraine. »

Un étrange sentiment envahit Jack à cet instant précis. Il voulait que Buddy lui révèle enfin la vérité, mais il voulait aussi qu'il se taise. Une intuition pénétrante lui répétait qu'il valait peut-être mieux ne rien savoir.

Le soleil avait disparu à l'horizon ; l'ombre s'étendait sur Buddy.

« Le révérend Creech a demandé à ta femme pour quelle raison elle avait besoin de l'aide du Seigneur. Elle lui a répondu que le Diable était en elle.

— Qu'est-ce qui lui faisait croire ça ?

— Elle percevait sa présence, Jack. Elle le sentait s'approcher d'elle, lui chuchoter des paroles à l'oreille. Elle disait que le Diable l'avait possédée : sinon, comment expliquer ce qu'elle ressentait à l'égard de sa petite fille ?

— Sammy ? Elle parlait de Sammy ? »

Buddy acquiesça.

« Molly n'éprouvait aucun sentiment pour elle, Jack. Je suis désolé de devoir te le dire, mais c'est ce qu'elle a déclaré devant Creech, devant l'assemblée des fidèles et devant Dieu lui-même. »

Maintenant que Buddy l'avait dit, Jack s'avoua qu'il avait bien remarqué un changement chez Molly à la naissance de Sammy. Mais la situation n'avait-elle pas commencé à se dégrader avant ?

« Elle avait honte, reprit Buddy. Elle s'est mise à genoux et a imploré Creech de l'aider en procédant sur-le-champ à un exorcisme. Elle voulait désespérément aimer cette petite. Que les choses soient bien claires, Jack : elle n'en était peut-être pas capable mais elle le désirait ardemment...

— Nom de Dieu ! s'exclama Jack, ce qui fit reculer Buddy. Le Diable n'a rien à voir là-dedans ! Pourquoi n'est-elle pas allée voir un médecin ? Pourquoi ne m'en a-t-elle pas parlé ? »

Il se revit alors au chevet de Molly à l'hôpital, tenant dans les bras Sammy qui venait de naître. Molly lui avait alors dit... *quoi* ? Qu'elle ne se sentait pas très bien, que cette fois, ce n'était pas comme avec Emma et Stu... *Elle te l'a dit*, songea-t-il. *En tout cas, elle a essayé. Et toi, tu l'as fait taire, tu lui as dit que c'était sans doute l'effet de cette putain de péthidine.*

« Creech, qu'est-ce qu'il a dit ? » demanda-t-il en essayant de chasser l'image de ce type posant une bible sur la tête de sa femme et exhortant le Christ afin qu'il l'aide à chasser le Diable de son corps.

« Rien, sur le moment, répondit Buddy. Il l'a laissée là pour s'occuper de Dolly Base et de son arthrite. Mais une fois la séance terminée, alors que je rangeais avec d'autres, je les ai entendus discuter. »

Il se tut, ôta son chapeau et le tourna entre ses mains. Jack avait envie de le lui arracher et de le balancer dans le lac.

« Ils disaient quoi ?

— Si jamais quelqu'un savait que je te raconte tout ça…

— Bon sang, Buddy…

— Ils se retourneraient tous contre moi, je te prie de le croire.

— Mais Creech, il disait quoi ? »

Jack sentait la colère le gagner, comme le soir où il avait implosé devant le Cubby's Bar.

« Il disait à Molly que le Diable n'était pas en elle, dit Buddy.

— Mais ça, c'est plutôt bien, non ?

— Tu ne m'as pas laissé finir… Creech lui a dit que lorsqu'elle croyait entendre le Diable lui parler à l'oreille, en fait, c'était sa conscience à elle qui s'exprimait.

— Sa conscience à elle ? Je ne comprends pas.

— Il lui disait que le Diable n'était pas *en elle*, mais qu'il avait peut-être bien possédé *sa fille*. »

MANSON, KENTUCKY

Maintenant

Je quittai l'appartement de Molly et marchai vers l'hôtel, la tête baissée. J'étais comme un verre rempli à ras bord. Depuis que Stuart était venu me parler en Australie, depuis que j'avais demandé des explications à Dean, depuis Emma, depuis Manson, on remplissait ce verre peu à peu, et jamais je n'avais une seule occasion de le vider. Maintenant, après cette rencontre avec Molly, le verre était sur le point d'exploser.

J'avais à peine fait quelques pas qu'une voiture klaxonna, arrivant lentement à ma hauteur. Le conducteur baissa la vitre : un visage souriant, cinquante ans peut-être, avec une barbe rousse et une chemise bariolée. Il s'arrêta.

« Bonjour, madame.

— Bonjour.

— Vous êtes bien Kimberley Leamy ?

— Kim, répondis-je avec circonspection.

— Je suis l'inspecteur Mark Burkhart, dit-il en me tendant sa carte. Je peux vous offrir un café, Kim ?

— Comment saviez-vous que j'étais ici ?

— Madame, disons que je suis dans la police. Et Manson n'est pas New York. »

Je n'avais guère le choix et montai donc à bord de sa voiture. Tandis que nous traversions la ville, il me demanda :

« Vous avez eu le temps de reprendre un peu votre souffle ?

— Plus ou moins », répondis-je. *Mais on m'a chaque fois remis la tête sous l'eau*, ajoutai-je intérieurement.

« Nous grimpions souvent là-haut quand j'étais gosse, reprit-il en me montrant le château d'eau. C'était interdit. Le jeu, c'était d'attendre que le soleil se couche, et d'éviter les flics. À l'époque bien sûr, il n'y avait pas ces trucs affreux, précisa-t-il en désignant les barbelés qui encerclaient chaque pied de la tour. En 1986, après la chute de Daryl Wiwey, ils ont mis des gardes. Il est tombé de l'échelle et il s'est cassé le dos. Il aurait pu se tuer. Mais il est tombé du bon côté, parce qu'il était imbibé de vodka. »

Burkhart s'engagea dans Main Street et alla se garer un peu plus loin sur le parking du commissariat.

« L'accident de Daryl est sans doute l'événement le plus grave qui soit arrivé à Manson dans mon enfance. Avant la disparition de Sammy Went, évidemment. »

À ma grande surprise, le café du commissariat de police de Manson était excellent. Je m'attendais à un truc noir, fade et tiède, mais Burkhart avait rapporté d'une étincelante machine deux cappuccinos couverts de crème fouettée.

Nous nous assîmes dans la salle de repos. Je m'adossai à un distributeur automatique, et Burkhart à un tableau d'affichage couvert non pas de portraits de criminels, mais de publicités pour des restaurants, d'un calendrier de *Game of Thrones* et d'une affiche rouge et bleu qui conseillait : Ne laissez pas une minute de colère vous envoyer en prison pour votre vie entière.

Burkhart sortit un petit magnétophone de sa poche intérieure et le posa entre nous sur la table.

« Ça vous dérange ? s'enquit-il.

— Pas du tout. »

Il appuya sur un bouton rouge et l'appareil se mit en marche.

« Je vous écoute », me dit-il.

Je lui racontai tout, depuis le début. Je lui parlai de Carol Leamy, de Dean, de ma sœur, de mon enfance. Il n'y avait pas la moindre piste là-dedans, aucune révélation susceptible de lui venir en aide, mais cela ne semblait pas le décourager. Il m'écoutait patiemment, en silence, ne prenant la parole que pour m'encourager à poursuivre ou renvoyer un policier venu se servir aux distributeurs.

Ma mère me manquait terriblement à mesure que je décrivais ma famille australienne. Bien sûr, j'avais hâte de revoir Amy et Dean, mais ce que je voulais vraiment, c'était passer cinq minutes encore avec Carol Leamy. Mes souvenirs se teintaient de doutes. Quand elle m'emmenait acheter les cadeaux de Noël, vérifiait-elle que personne ne nous suivait ? Quand nous allions à la plage l'été, repérait-elle la police ? Quand elle se teignait en blonde, était-ce par coquetterie ou pour se dissimuler ?

À la fin de mon histoire, je demandai à Burkhart :

« Et maintenant ?

— Je vais recueillir les témoignages de Jack Went, de Stuart, d'Emma, de Molly – de tout le monde. Ainsi que ceux de votre sœur et de votre beau-père. Nous travaillerons en étroite collaboration avec la police australienne.

— Vous pourrez vous éviter ça. Ils arrivent.

— C'est encore mieux. Nous cherchons à reconstituer la chronologie des événements la plus précise depuis votre disparition. Nous allons devoir vous demander de vous soumettre de nouveau à un test ADN. J'espère que vous n'y verrez pas d'inconvénient.

— Bien sûr que non.

— Nous allons diffuser des photos de Carol Leamy sur les chaînes régionales, au cas où quelqu'un la reconnaîtrait. » Il se gratta la barbe. « C'était quel genre de femme ?

— Ce n'était pas le genre de femme à enlever un enfant, si c'est ce que vous voulez savoir.

— Vous pensez qu'elle a eu des complices ? »

Je ne répondis pas.

Le moteur des distributeurs se mit à vrombir dans le silence, me rappelant le réfrigérateur de mon appartement, en Australie, et le bruit de mon portable en train de se recharger dans un coin de la pièce. Ma maison paraissait tout à coup très lointaine, dans l'espace et le temps. Je me demandais si je la reverrais un jour. C'était un sentiment étrange, comme quand j'avais parlé pour la dernière fois avec Amy. C'était plus qu'une mauvaise impression : une prémonition.

« Allons, reprit Burkhart. Vous avez bien une idée sur la question.

— Vous avez entendu parler des bébés du Dr Hicks ? » lui demandai-je.

L'inspecteur secoua la tête.

« Le Dr Hicks exerçait dans les années 1960, dans l'Ohio je crois. À leur naissance, il prenait les enfants des familles trop pauvres, et il les revendait à des couples qui ne pouvaient pas en avoir. Il délivrait même de faux certificats de naissance.

— Un marché noir de nourrissons, commenta Burkhart incrédule. Donc, vous pensez que vous avez été vendue à Carol Leamy, qui vous aurait emmenée en Australie ? »

Je haussai les épaules.

« Cette hypothèse en vaut une autre », ajouta-t-il.

C'était aussi la seule qui épargnait l'image que j'avais de Carol. Acheter un enfant dont personne ne voulait, c'était quand même plus excusable qu'en voler un adoré par sa famille.

« Et vous ? demandai-je à Burkhart. Vous avez dit que tout le monde ici avait sa petite théorie. Alors, quelle est la vôtre ? »

Il fronça les sourcils et pianota sur la table.

« Elle est en cours d'élaboration, me dit-il.

— Vous avez beaucoup de souvenirs de l'époque ?

— Oh oui, répondit-il. Aujourd'hui je vis à Coleman, mais j'ai passé toute mon enfance à Manson. J'avais dix-sept ans quand Sammy a disparu. J'habitais encore chez mes parents. Tout le monde *avait* son suspect. Et tout le monde *était* suspect.

— Qui, par exemple ?

— Molly, pour commencer. Et Jack. On soupçonne toujours les parents dans ces histoires. Et puis Travis Eckles, qui venait d'une famille difficile et habitait juste à côté. Et puis Dale Creech, le révérend de la Lumière Intérieure.

— Dale Creech ? Je viens de le rencontrer. Il m'a paru… gentil. »

Burkhart eut un petit rire.

« Gentiment fêlé, oui… Comme tous les fondamentalistes, je veux dire. Il faut quand même être un peu bizarre pour jouer avec des serpents venimeux en espérant que Dieu vous protège, non ? »

Je songeai à Molly.

« Mais ce n'était qu'une rumeur. Une parmi d'autres, poursuivit l'inspecteur. Les gens imaginent tout de suite que les prêtres s'intéressent toujours d'un peu trop près aux jeunes enfants. » Il finit son café, se leva et alla glisser quelques pièces dans l'un des distributeurs.

« Vous voulez quelque chose ?

— Non merci, répondis-je. La police a interrogé Creech, à l'époque ?

— La police a interrogé toute la ville ou presque. J'ai regardé les rapports. L'alibi de Creech a été confirmé par une dizaine de membres de sa congrégation. Ça ne veut rien dire, d'ailleurs. La communauté de la Lumière Intérieure est aussi impénétrable qu'une vierge fondamentaliste, si je puis dire. »

Il composa un code sur le clavier de la machine et prit sa barre de chocolat, regagna la table et ouvrit l'emballage avec une lenteur et une méticulosité fascinantes, comme s'il avait pratiqué une autopsie.

« Bon, reprit-il. Où en étions-nous ? »

« Dale Creech ? » lança Stuart.

Nous étions à une trentaine de kilomètres de Manson et venions de nous engager sur une étroite route de forêt pour aller chez sa grand-mère. Comme il me l'avait expliqué, Sandy Went vivait dans un trou à rats, au fin fond de nulle part.

« Tu l'as connu ? » repris-je.

Je devais hausser la voix pour couvrir les bruits des cahots.

« Maman le connaît bien, moi pas vraiment, répondit Stuart. J'ai enquêté un moment à son sujet. C'est un type inquiétant, mais il avait un alibi en béton. Et pas de mobile.

— Tu crois qu'un des fidèles nous parlerait de lui ?

— Ça m'étonnerait. La communauté de la Lumière Intérieure…

— … est aussi impénétrable qu'une vierge fondamentaliste ? »

Il éclata de rire.

« J'allais dire que c'était une communauté très soudée, mais ta version marche aussi. En tout cas, si quelqu'un savait quelque chose, il le garderait sûrement pour lui. Personne ne va prendre le risque de se faire excommunier.

— Et ta grand-mère ? »

Stuart haussa les épaules.

« Elle est comment ? insistai-je.

— Pas comme ma mère en tout cas. Si c'est ça qui t'inquiète.

— Molly n'est pas *si terrible*, mentis-je.

— Oh, si… C'est une femme brisée. Elle aurait dû foutre le camp d'ici, comme nous tous. Elle a choisi de rester, au contraire, et elle a mariné toute sa vie dans cette atmosphère sinistre. La culpabilité. La tristesse. Les accusations. Mais elle va y arriver. Il faut juste lui laisser le temps. »

C'était facile à dire. J'avais perdu ma mère, et puis on m'avait dit que j'en avais une autre. Inconsciemment, j'avais sans doute espéré que Molly comblerait le vide que Carol avait laissé dans ma vie – que j'allais trouver une *seconde maman*. Toute cette histoire était terriblement injuste.

Sandy Went vivait dans une vieille ferme, au fond d'une allée. Stuart fit demi-tour avant de se garer (technique habituelle, apparemment) et nous marchâmes jusqu'au perron. Sa grand-mère voyait mal et il fallait que je parle vraiment fort si je voulais qu'elle m'entende, m'avait-il dit. Mais elle avait toujours l'esprit vif malgré ses quatre-vingt-onze ans.

Une femme fragile vint nous ouvrir la porte. Elle m'examina de la tête aux pieds d'un air soupçonneux avant de lancer :

« Eh bien, vous avez une tête de Went, on ne peut pas dire le contraire ! »

Stuart éclata de rire.

« Je vous présente Kali, qui s'occupe de ma grand-mère et passe le reste de son temps à nous casser les pieds. »

Ils s'étreignirent chaleureusement et elle l'embrassa sur les deux joues avant de se tourner vers moi.

« Qu'est-ce que je vous sers ? Thé, café, bourbon ?

— Rien du tout, merci. »

Kali nous introduisit dans la maison, nous conduisant à travers une entrée sombre et propre.

« Sandy vous attend sur le porche du jardin. »

De l'autre côté, une terrasse surplombait un jardin luxuriant. Une femme âgée et menue était assise en silence dans un vieux fauteuil à bascule. Ses pupilles étaient recouvertes de la fine pellicule grise que donne la cataracte. Elle nous entendit sans doute approcher car elle tourna brusquement la tête, d'une étrange façon.

« Stu ?

— Bonjour, mamy », lança-t-il.

Elle tendit le bras, trouva sa main et l'étreignit.

« Ça fait trop longtemps, mon garçon. Elle est là ?

— Mamy, je te présente Kim », dit-il en me faisant signe d'approcher.

Sandy tendit le bras vers moi, saisit ma main et la serra fortement avant de m'attirer auprès d'elle.

« C'est un très grand plaisir, Kim, me dit-elle. Dites-moi : comment trouvez-vous mon jardin ? Mes yeux me servent autant que des mamelles à un taureau.

— Oh, c'est très beau, dis-je. Vraiment très beau.

— Sans vouloir vous offenser, ma chère, je vais vous demander d'être un peu plus précise. »

Je parcourus le jardin, cherchant à le photographier des yeux.

« Eh bien, les sauges pourpres sont un peu couchées, mais ça va, elles sont couvertes de gouttelettes de rosée, elles ont l'air contentes. »

Sandy Went sourit et leva la tête. Ses cheveux étaient ramenés en arrière en une vague queue-de-cheval. Son visage était sillonné de rides. Elle huma l'air autour d'elle.

« Et les saxifrages ?

— Qu'est-ce que c'est ?

— Maintenant elles devraient avoir des fleurs roses. Le long du talus, au fond. »

Elle désignait exactement la jardinière en bois où avaient été plantées d'éblouissantes fleurs roses.

« Ah oui ! dis-je. Elles sont en pleine floraison. Un

petit oiseau noir et brun fouille dans la terre là-bas, il cherche des vers, sûrement. »

Avec un grand sourire, Sandy agrippa à nouveau ma main et la serra fortement, sans la relâcher cette fois-ci. Nous étions assises en silence, les mains serrées. Nous écoutions la brise légère froisser doucement les fleurs. L'oiseau noir et brun s'envola.

Stuart s'appuya à la balustrade. Il nous regardait, heureux.

« Stu m'a dit que vous étiez allée voir Molly ? reprit-elle.

— Oui, répondis-je.

— J'imagine qu'elle ne vous a pas reçue à bras ouverts ?

— Non, pas exactement. Elle ne croit pas que je sois… Elle pense que sa fille est morte depuis longtemps.

— Ma foi, à sa décharge, c'est ce que nous pensions tous. C'était plus facile de croire que la flamme de Sammy s'était éteinte. Vous allez me prendre pour un monstre, mais c'est la vérité : je priais pour qu'elle soit morte. Je l'avoue. Parce que ainsi, elle ne souffrait plus. Elle était auprès de Dieu, et c'était mieux que d'être enfermée dans une cave, torturée, ou obligée de subir des choses innommables. »

Stuart eut un mouvement de recul.

« Je ne voyais pas ce qui avait pu lui arriver d'autre, poursuivit-elle sans cesser de me serrer la main. La torture ou la mort. Et des deux, la mort semblait préférable. Je n'ai jamais pensé que quelqu'un pouvait s'occuper d'elle, qu'elle vivait une enfance heureuse quelque part. Vous avez eu une enfance heureuse, Kim ?

— Oui, Sandy, répondis-je. J'ai eu une enfance merveilleuse. »

Elle se tourna vers moi mais ne devait distinguer qu'une vague silhouette grise.

« Molly comprendra peut-être, dit-elle. Ou pas. Elle est peut-être allée trop loin.

— Elle est venue te voir quand pour la dernière fois, mamy ? » demanda Stuart.

Elle lâcha ma main.

« Il y a bien… oh, près de quatre ans que je n'ai pas revu ta mère. »

Sandy lâcha ma main pour attraper un mouchoir et s'essuyer les yeux.

« Vous ne vous voyez pas à l'église ? » demandai-je.

Elle secoua la tête.

« Le fait est que je ne vois plus vraiment *personne* désormais, mais j'ai quitté l'Église il y a longtemps. En 1994. La Lumière Intérieure reste chère à mon cœur, mais avec les années, il y a de moins en moins de fidèles. Avant, on ne pouvait pas faire un pas sans croiser un fondamentaliste. Mais maintenant, je crois qu'ils ne sont plus qu'une dizaine.

— Mais pourquoi ? »

Sandy se raidit brusquement.

« Moi, j'avais de nombreuses raisons de partir, dit-elle. J'ai donné à cette église le meilleur et le pire. Il valait mieux en rester là. »

Stuart nous dévisageait l'une et l'autre d'un air intrigué. Chaque Went avait son secret, apparemment.

« Mais la Lumière Intérieure existe encore ? insistai-je.

— Pour l'instant, répondit Sandy. À mon avis, tant

que le révérend Creech est vivant, l'Église gardera quelques fidèles.

— Je l'ai rencontré hier, dis-je. Il a été très gentil, mais il m'a paru un peu…

— Exalté ?

— C'est le mot, approuvai-je. Il doit être un très bon prédicateur.

— Amen », dit Sandy. Dale s'adresse à une foule entière, et pourtant chacun pense qu'il ne parle qu'à lui. Même quand il était enfant, il avait ce côté passionné.

« Il y a des gens qui pensent qu'il est lié à l'enlèvement.

— Quelles gens ?

— Eh bien, dis-je, des gens… »

Sandy fronça les sourcils.

« Vous avez peut-être remarqué que je ne suis plus une gamine, Kim. J'arrive à la fin du voyage. Alors quand les gens tournent autour du pot au lieu de me dire franchement ce qu'ils ont en tête, ça a tendance à me porter sur les nerfs. Stuart peut en témoigner. »

Stuart poussa un soupir et lui posa la question que j'avais évité de formuler :

« Mamy, crois-tu que cet homme ait pu jouer un rôle dans la disparition de Sammy ? »

Elle fit un geste de la main, comme si elle chassait un moustique.

« Dale est un honnête homme qui craint sincèrement Dieu, dit-elle. Il est un peu perturbé, peut-être. Un peu seul. Mais il serait incapable de faire du mal à un enfant. Ce n'est pas un catholique.

— Perturbé, comment ça ? demandai-je.

— Personne n'est parfait, Kim. Mais le but, c'est

de faire pencher la balance du côté du bien, plutôt que du côté du mal.

— Donc, il y avait bien un côté du mal chez le révérend Creech ? »

Sandy eut un mouvement d'agacement.

« Elle ne lâche jamais, celle-là ! On dirait ton père », dit-elle à son petit-fils.

Stuart fronça les sourcils.

« Son côté du mal, c'était qu'il prenait les choses trop à cœur. Il avait une sœur, Becky. Elle doit avoir six ou sept ans de moins que lui. Enfants, ils étaient inséparables. Vous savez, on dit que certains jumeaux sont unis par un lien paranormal : quand on en pince un c'est l'autre qui ressent la douleur, ce genre de choses… Eh bien, ces deux-là, ils étaient comme ça. »

Elle se tapota les yeux avec son mouchoir. J'avais cru qu'elle était émue, mais je compris que c'était la cataracte qui la faisait pleurer.

« Mais en grandissant, Dale et Becky sont devenus extrêmement différents. Dale était charismatique et passionné. J'imagine que Becky aussi, mais on aurait toujours dit qu'elle n'était pas vraiment là. Il était très dur avec elle. Il était injuste. Mais c'était parce qu'il prenait les choses trop à cœur.

— Qu'est-ce que vous voulez dire ?

— Becky avait un côté rebelle. Elle n'en faisait qu'à sa tête. Pour Dale, ça voulait dire qu'elle était *perturbée*. Et elle a fini par *devenir* vraiment perturbée. Elle jouait très bien le rôle que son frère lui avait assigné, c'est vrai, mais sa jupe était un peu trop courte, son chemisier un peu trop serré. Dale était jeune, il essayait simplement d'être fidèle à sa foi. Mais quand on exige trop des gens, ils finissent par se détourner de vous.

— C'est ce qui s'est passé ? Dale a trop exigé d'elle ?

— Écoutez, j'ai encore de bonnes relations avec Dieu, très bonnes même, mais le problème des fondamentalistes, c'est que soit vous êtes avec eux, soit vous êtes une âme perdue. Et à une époque, c'est comme ça que Dale voyait sa sœur : comme une âme perdue.

— Elle avait quitté l'Église ?

— Pas officiellement, mais on ne l'a plus vue pendant un certain temps. Il y avait des rumeurs. Maintenant, si vous voulez vraiment savoir, la rumeur, plus on parle, plus elle *grossit*. Certains fidèles disaient qu'elle avait été engrossée.

— Par qui ? »

Sandy haussa les épaules.

« Allez savoir... »

L'oiseau noir et brun réapparut, émit un petit cri et se mit à gratter le sol près de nous. Des nuages dérivaient dans le ciel. Un chien aboyait au loin. Quelque part dans la maison, un percolateur crachotait du café.

« Qu'est-ce qui lui est arrivé ? demandai-je.

— Dale l'a ramenée dans la voie de la Lumière, répondit Sandy en souriant. Peut-être que le type qui lui avait fait cet enfant n'avait pas trop envie de rester dans les parages, peut-être que la grossesse n'est pas allée jusqu'à son terme. En tout cas, elle s'est retrouvée coincée. Et son frère était là, pour lui montrer le chemin hors des ténèbres. Il lui a rappelé ce qu'était la volonté divine, ses jupes se sont allongées, et elle a endossé le rôle que son frère lui avait réservé : celui d'une fidèle servante de Dieu. Elle priait, manipulait les serpents et affichait sa morsure comme un signe de distinction.

— Elle avait été mordue ?

— Oh bien sûr, comme presque tous les fidèles. Les gens se trompent, ils croient que c'est truqué, qu'on drogue les serpents ! Mais ils mordent, et quand ils mordent, c'est sérieux !

— Stuart m'en a un peu parlé.

— Oui, dit-elle en souriant, il a dû vous raconter l'histoire de son oncle Clyde qui avait été mordu le même jour par plusieurs serpents à sonnette et qui est mort le sourire aux lèvres. Se faire mordre, c'est être touché par Dieu – et survivre à ses morsures, c'est être sauvé. Cela dit, en soixante-trois ans de pratique je n'ai pas été mordue une seule fois. Mais le serpent qui s'était attaqué à Becky ne l'avait pas ratée… »

Elle désignait sur sa main gauche la jonction du pouce et de l'index et je sentis brusquement mon sang se figer.

« La cicatrice était sur sa main gauche ? m'exclamai-je. Vous en êtes sûre ?

— À peu près sûre, répondit-elle. Mais que se passe-t-il ? Je vous sens tendue tout à coup. »

Je me revoyais l'après-midi où j'avais fouillé ces vieux cartons, dans le garage d'Amy, et où j'avais retrouvé la série de photos faite en fac : *Cicatrices corporelles et intérieures*. Je revoyais l'entaille sur mon orteil, la cicatrice sur la cuisse d'Amy, et la marque d'une ancienne brûlure que ma mère avait à la main.

La marque que ma mère avait à la main.

C'était une cicatrice située à la base de son pouce, sur sa main gauche. Elle la caressait souvent lorsqu'elle était plongée dans ses pensées. Elle s'était blessée très jeune, en essayant de réparer le ventilateur de sa chambre prétendait-elle. Une ligne irrégulière, un peu enflée à chaque extrémité, dont la forme évoquait vaguement un H. Ou une morsure de serpent.

« Becky Creech vit toujours à Manson ? demandai-je.

— Non, répondit Sandy. Elle est partie il y a longtemps.

— Quand, exactement ? Et où ?

— Je ne m'en souviens pas précisément. Dans le Mississippi, peut-être. Mais je ne suis pas sûre. Il faudrait poser la question à son frère. Pourquoi ? »

Stuart s'avança d'un pas.

« Kim, que se passe-t-il ? »

Je ne répondis pas. J'étais déjà debout, je courais vers la voiture.

MANSON, KENTUCKY

Autrefois

Emma dîna en compagnie de son frère, de ses tantes et de son cousin un peu après 19 heures. Elle essayait de ne penser ni à Travis, ni à son père, ni aux colères parfois excessives de sa mère contre Sammy, ni à l'homme abattu près du vieux moulin, ni à sa petite sœur qui errait *quelque part dehors*, terrifiée ou déjà morte.

Morte. Jamais ce mot ne lui avait paru aussi plein et définitif.

Elle pensait au nom de Sammy tracé sur le mur du moulin. Même si le shérif avait dit que ce cinglé n'avait rien à voir avec la disparition de sa sœur, elle ne pouvait s'empêcher de l'imaginer lisant son nom à voix haute. Il avait les traits du portrait-robot, les yeux un peu plus cernés – plus monstrueux en quelque sorte. Son visage était dénué d'expression, de sorte qu'Emma pouvait y projeter ses angoisses les plus profondes : un assassin d'enfant dément, un dangereux psychopathe, un détraqué sexuel – ou un mélange des trois.

« Emma… Tu as entendu ce que je viens de te dire ? »

Elle releva les yeux. Ses trois tantes la dévisageaient.

Son cousin Todd, assis à côté de Stuart, regardait son assiette en silence.

« Quoi ?

— Je te parlais du collège, lui dit tante Tillie en buvant une gorgée de cidre sans alcool. Il ne faut pas te laisser distancer. Tu as parlé avec tes professeurs ? Peut-être qu'ils pourraient te donner des devoirs supplémentaires.

— Mes notes, tante Tillie, c'est vraiment le cadet de mes soucis en ce moment.

— Ne monte pas sur tes grands chevaux ! intervint Pauline. Ta tante essaie simplement de t'aider.

— Nous essayons toutes de t'aider, dit Anne, la dernière entité de cette hydre à trois têtes. Alors surveille un peu ton langage. Tu vis peut-être un enfer, ce n'est pas une raison pour te conduire comme le Diable. Le conseil pourrait d'ailleurs s'appliquer à ton père… »

Emma fut tentée de balancer son assiette sur le mur – ou mieux encore, au visage de l'une de ses tantes. Si elle quittait la table ? Si elle allait se servir un whisky ? Elle savait où son père planquait la bouteille : tout au fond de l'armoire, derrière la huche à pain.

Tandis que les Fiancées de Dracula reprenaient leur conversation, ses yeux se posèrent sur son frère, de l'autre côté de la table.

Stu leva la tête.

« Dis donc, Em ?

— Oui, Petite Merde ?

— Elle est où la chaise de Sammy ? »

Emma regarda autour de la table. Stu avait raison, la chaise haute de Sammy avait disparu.

« C'est vrai, ça, dit-elle. Où est-elle passée ?

— Je l'ai rangée dans l'entrée, dit Anne. J'ai dégagé

de la place pour que nous puissions tous tenir autour de cette table.

— Mais elle va s'asseoir où ? demanda son frère.

— Qu'est-ce que tu veux dire, Stewey ? »

Il avait horreur qu'on l'appelle ainsi.

« Elle va s'asseoir où quand elle reviendra à la maison ?

— Nous résoudrons ce problème le moment venu, d'accord ? » répondit Tillie d'une voix condescendante.

Stu regarda Emma. Elle aurait voulu lui jurer que Sammy allait revenir. Mais elle ne pouvait pas. Il n'y avait qu'une chose à faire.

« Il a raison, dit-elle en se levant.

— Où vas-tu ? demanda Anne.

— Chercher cette putain de chaise haute.

— Que je remettrai aussitôt dans l'entrée, intervint Tillie. Il faut que tu te ressaisisses, Emma. Cesse de te comporter comme une enfant. Concentre-toi sur ce que tu as sous les yeux, et pas sur… la personne qui n'est pas là.

— Merde ! s'exclama Emma. T'es carrément ridicule ! »

Elle traversa la pièce, trouva la chaise haute rouge et bleu et la traîna derrière elle pour la rapporter à la cuisine. Les pieds de la chaise raclaient le plancher.

« Viens t'asseoir et finis ton repas, Emma ! Ne m'oblige pas à raconter à ta mère comment tu te comportes, elle est déjà assez… »

Au même instant la porte d'entrée s'ouvrit violemment. Une grande silhouette apparut sur le seuil et pendant une fraction de seconde Emma crut qu'il s'agissait de l'individu dont la police avait dessiné le portrait-robot, ressuscité d'entre les morts et venu massacrer le reste de la famille. Mais lorsque la silhouette s'avança dans la lumière de l'entrée elle constata que c'était son père.

« Où est ta mère ? » lança-t-il d'un ton glacial.

Il titubait, le visage congestionné et le regard furieux. Il s'engouffra dans la maison comme un ouragan.

« Où est-elle ? Molly ? MOLLY ?

— Papa, qu'est-ce qu'il y a ? Ça a un rapport avec Sammy ? »

Ignorant sa fille, le père d'Emma s'engagea dans l'escalier.

« Molly, tu es là ? »

Comme dans une mauvaise série, Anne, Pauline et Tillie pointèrent toutes trois la tête dans l'encadrement de la porte de la cuisine.

« MOLLY !! »

Emma suivit son père à l'étage.

« Elle n'est pas à la maison, papa. »

Jack s'immobilisa, les poings serrés.

« Où est-elle ?

— Mais qu'est-ce qui se passe ?

— Bon Dieu, Em ! Tu vas me dire où est ta putain de mère ?! »

Elle l'avait rarement vu dans une telle colère – et jamais contre elle. Ça arrivait parfois sur la route, lorsqu'une voiture lui faisait une queue de poisson, et cette explosion s'éteignait aussi vite qu'elle s'était déclenchée. Mais là, il s'agissait d'autre chose. Il n'avait pas les idées bien claires, sinon il saurait où était sa femme ce jour-là, à cette heure-ci.

« Elle est à l'église. »

Jack écarta sa fille et descendit l'escalier quatre à quatre. Emma le regarda s'en aller, gagnée par une sourde angoisse.

Arrivé devant la porte d'entrée il s'immobilisa, prit une profonde inspiration et fit volte-face.

« Excuse-moi, Em… Je ne voulais pas m'emporter contre toi. Je n'ai rien à te reprocher. Cela… cela n'a rien à voir avec toi. »

Emma descendit à son tour l'escalier et posa la main sur le poignet de son père.

« Que s'est-il passé ?

— Il faut juste que je parle à ta mère.

— Alors emmène-moi, dit-elle. Tu m'expliqueras en cours de route.

— Emma…

— Emmène-moi.

— Ton frère…

— Les tantes s'occuperont de lui. Tu n'es pas dans ton état normal, papa. Je ne veux pas que tu fasses quelque chose que tu regretterais.

— Non.

— Je suis au courant, pour Travis. »

Jack se figea. Un instant, Emma crut qu'il allait s'effondrer en pleurant.

« Que se passe-t-il, Jack ? lança Tillie d'une voix stridente depuis la cuisine.

— Pour l'amour de Dieu, Tillie, occupe-toi de ton cul ! » Jack se tourna vers sa fille. « Va chercher ton manteau, Emma. »

Ils restèrent un moment sans rien dire. Le silence entre eux était si dense que lorsqu'ils s'arrêtèrent au feu rouge, au croisement d'Otter Street et d'Herbert Avenue, Emma entendit grincer les dents de son père. Finalement, sans quitter des yeux la voie express qui s'étendait devant eux, il lui demanda avec un soupçon de tristesse :

« Comment tu l'as su ?

— Son frère me l'a dit, répondit Emma.

— Patrick ? Pourquoi ?

— Tu es amoureux de Travis, papa ?

— … quand j'avais douze ans, commença-t-il lentement, d'une voix un peu tremblante, on m'a…

— Ne change pas de sujet, l'interrompit sa fille. Je t'ai posé une question précise.

— Et j'essaie d'y répondre du mieux possible, Em. Quand j'avais douze ans, on m'a tiré de mon lit au milieu de la nuit. Quatre hommes étaient entrés dans la maison, ils avaient monté l'escalier et ils étaient entrés dans ma chambre. Ils portaient des cagoules de ski noires. L'un m'a plaqué sa main sur la bouche, l'autre m'a traîné dehors, jusqu'à une camionnette blanche sans plaque d'immatriculation.

— Putain, je… Pourquoi tu ne nous l'as jamais raconté ?

— Je pensais à mes parents. Le désastre que ce serait pour eux, si je disparaissais. À un moment, un des types a desserré son étreinte. Peut-être qu'il voulait fermer la porte, ou qu'il a juste relâché son attention. Tout ce dont je me souviens, c'est que j'ai saisi cette chance et que je suis parti en courant. Je hurlai de toutes mes forces. J'étais entre la camionnette et la maison quand j'ai vu ma mère. Ta grand-mère. Elle était là en pyjama, devant la porte. Mon père était derrière elle. J'ai pensé : ça y est, je suis sauvé ! Mais ils étaient… ils restaient là, immobiles. »

La voix de Jack se chargea soudain d'une sourde colère.

« J'ai hurlé : *Papa, maman, aidez-moi, les méchants veulent m'enlever !* Mais ils ne bougeaient pas. Ils regardaient, immobiles. Je ne… je ne comprenais pas. C'était impossible. Et alors que j'allais enfin atteindre la maison, ils ont fermé la porte. Ils l'ont refermée devant moi. J'ai entendu la clef tourner dans la serrure. Ils m'ont enfermé dehors.

— Je ne comprends pas, dit Emma qui retenait ses larmes. Pourquoi ils ne t'ont pas aidé ?

— C'était leur scénario à eux, Em. C'étaient eux qui avaient imaginé tout ça. Les quatre hommes étaient des fidèles de la Lumière Intérieure. Je n'ai jamais su qui c'était, ça faisait partie du truc. C'est pour ça qu'ils étaient masqués.

— Qu'est-ce que tu veux dire, "c'étaient eux qui avaient imaginé tout ça" ? s'exclama Emma. Tu dois te tromper, papa.

— Ils avaient décidé de me reprogrammer, Em. C'était le terme qu'ils employaient. Ma mère s'était aperçue que j'étais… *différent*, que je n'étais pas attiré par les filles mais par… les garçons. Elle l'avait découvert, et elle en avait conclu que le Diable était en moi.

— Merde alors.

— Les quatre hommes m'ont traîné dans la camionnette. Ils m'ont emmené dans une vieille ferme du côté de Coleman pour me *reprogrammer*.

— Qu'est-ce que ça veut dire ?

— Ils ont procédé à un exorcisme. »

Le corps d'Emma se raidit.

« Qu'est-ce qu'ils t'ont fait ?
— Ça n'a pas d'importance.
— Qu'est-ce qu'ils t'ont fait ?
— Il vaut mieux que tu ne le saches pas, Em.
— Papa, s'il te plaît… Je suis assez grande pour le savoir. »

Les mains de Jack se crispèrent sur le volant.

« À la ferme, d'autres hommes m'attendaient. Ils m'ont emmené dans une pièce. Ils m'ont allongé de force sur un vieux sommier rouillé. Ils m'ont plaqué une bible sur le front, et ils ont défilé les uns après les autres, pendant des heures, pour me hurler des versets dans les oreilles. Après, ils m'ont plongé dans une baignoire remplie à ras bord d'eau bénite. Ils me maintenaient la tête sous l'eau pendant dix secondes, trente secondes, une minute. Je ne sais pas combien de temps ça a duré.

— Mais non…, murmura Emma qui luttait de toutes ses forces pour ne pas fondre en larmes.

— Et puis ils m'ont descendu à la cave. Ils ont pris mes vêtements, mes chaussures, et ils ont lâché un serpent à sonnette dans la pièce. J'ai passé la nuit là. Le deuxième jour, ils ont recommencé. Le troisième jour aussi.

— C'est tellement horrible, papa…

— Pour quelqu'un comme moi, grandir dans une ville comme Manson, sous les yeux de *leur* Dieu… Je n'avais pas l'ombre d'une chance, Em. Et pour répondre à ta question : oui, j'aime Travis. Je l'aime, mais je hais la part de moi qui l'aime. »

Ils atteignirent l'embranchement d'une route de terre. Une pancarte annonçait : *Vous êtes sur le chemin de la Lumière*. L'Église de la Lumière Intérieure se dressait là-bas. C'était un bâtiment en ciment, très simple, avec un toit en tôle ondulée. Il n'y avait ni clocher, ni vitraux. Seul le crucifix peint à la main au-dessus de la porte indiquait qu'il s'agissait d'une église.

Ils se garèrent sur le parking, où stationnaient déjà de nombreuses voitures, des motos, des pick-up. On entendait de la musique.

« Attends-moi ici, dit Jack.

— Non, papa.

— Il y aura des serpents. Des serpents, et peut-être des scorpions. Et pire encore, une foule de gens possédés par l'Esprit-Saint. Je n'en ai pas pour longtemps. Je vais juste chercher ta mère pour la ramener à la maison.

— Qu'est-ce que tu viens d'apprendre sur elle ? » demanda Emma.

Son père ne répondit pas. Il sortit de la voiture et se dirigea vers l'église. Emma n'attendit même pas une minute pour le suivre.

Une centaine de fidèles étaient rassemblés à l'intérieur de l'église. Une grande animation y régnait, manifestation de l'Esprit-Saint (aurait dit sa mère) ou de l'hystérie collective (aurait dit son père). Sur une table à l'entrée, une caisse en bois exigeait : *Donnez-vous à Dieu sans compter, donnez ce que vous pouvez à la Lumière Intérieure*. Des billets débordaient de la fente.

Au fond, un orchestre jouait du bluegrass. Les six musiciens étaient habillés en blanc et ne portaient pas de chaussures. Une bannière annonçait *Les Prophètes aux pieds nus*.

On avait déplacé les bancs pour dégager une piste de danse devant l'orchestre. Billy Wayne – qu'Emma voyait tous les matins promener son caniche – dansait pieds nus autour d'une vipère cuivrée. Il avait retroussé son pantalon blanc jusqu'aux genoux et riait comme un dément. De temps à autre le serpent se dressait paresseusement vers lui, provoquant de nouveaux éclats de rire. L'homme tournait follement sur lui-même, les mains plaquées sur les cuisses.

Stupéfaite, Emma recula d'un pas. Elle avait toujours eu horreur des serpents. Plus jeune, à dix ou onze ans, elle avait voulu en savoir un peu plus sur l'Église, et elle avait demandé à sa mère ce qu'on ressentait quand on tenait un serpent dans les mains.

« Leur peau est froide et sèche comme le cuir, lui avait dit Molly. Au début on est un peu nerveux, comme la première fois qu'on va sur les montagnes russes. Mais après, on est envahi par une chaleur merveilleuse ; on a l'impression de baigner dans le souffle divin. On se sent vivant. On se sent si proche de Dieu, on pourrait le toucher en tendant la main. Voilà, moi, c'est ça que je ressens. »

Jetée dans le monde de sa mère, tentant de se frayer un chemin au milieu de la foule à la recherche de son père, Emma se sentait gagnée par une épouvante croissante.

Elle reconnaissait certains visages – elle les avait vus à la pharmacie quand elle tenait la caisse l'été, lors des veillées de Noël chez sa grand-mère, ou dans les rues de Manson. Mais il y avait beaucoup d'inconnus.

On aurait dit un de ces cauchemars où tout paraît à la fois familier et étrange.

Patsy Halcomb, fidèle cliente de la pharmacie Went, brandissait au-dessus de sa tête un crotale diamantin en l'agitant frénétiquement entre les rangées de bancs. Là-bas, tel un barman, un énorme individu à la barbiche rousse disposait une série de verres remplis d'un liquide blanchâtre. Il en ingurgita un lui-même, en faisant la grimace. Un couple lui succéda, vidant les verres de poison cul sec comme des marins. Un autre type but le sien avec un cri strident. Un autre tomba à genoux en poussant des gémissements.

Il y avait trop de monde, trop de bruit.

Un grand costaud – elle crut reconnaître Hershel – débitait à toute allure un charabia incompréhensible : « *Doutchie no no hibalmo chou choumana*… Son nom – son nom est Jésus ! »

Suzie Litterback, qui travaillait à l'épicerie en face de la pharmacie, passa près d'Emma en tournoyant, un serpent à sonnette dans les mains.

Emma avançait. Elle aperçut fugitivement le visage de son père et hâta le pas, mais au même instant une main la retint, empoignant son bras. C'était un gros homme vêtu d'une chemise en lin et coiffé d'un chapeau blanc. Il était venu chez eux quelques jours auparavant, et elle avait pensé que c'était un ami de son père. Elle n'en était plus aussi sûre à présent.

« Emma ? lança l'homme. Ta mère sait que tu es ici ? »

Elle se dégagea sans un mot et se fraya un chemin au milieu des gens attroupés devant la piste de danse.

Quelqu'un lâcha un crotale à moins d'un mètre d'elle et elle dut faire un terrible effort pour ne pas se mettre à hurler. Personne ne l'aurait entendue du reste : l'orchestre jouait beaucoup trop fort, sans une seconde de répit.

Elle scrutait chaque visite à la recherche de son père, ou, à défaut de sa mère. C'est alors qu'elle entendit Jack.

« Creech ! »

Il y eut comme un écho.

Le révérend Dale Creech se tenait à côté d'un long vivarium de verre, vide pour l'instant. Il portait une veste de cuir et semblait surpris. Emma vit son père surgir sur sa gauche, rejoindre Creech et lui balancer son poing serré en travers de la mâchoire.

Le prédicateur vacilla un instant sous le choc et tomba à genoux. Il porta la main à sa joue, les yeux écarquillés.

Jack se dressait au-dessus de lui. Ses veines saillaient sur son front.

« Qu'est-ce que vous avez fait, espèce de malade mental ? »

Un frémissement parcourut l'assemblée. Les Prophètes aux pieds nus cessèrent brusquement de jouer et un silence glacial envahit la salle.

« Jack ? lança Creech en palpant sa mâchoire endolorie. Vous êtes dans une église. Je vois votre colère, allons donc en parler dehors.

— Il y a eu un petit problème dans sa reprogrammation, c'est ça ?

— Je ne vois pas du tout de quoi vous parlez.

— Vous lui avez défoncé le crâne à coups de bible ? »

La foule était traversée par des vagues de protestations. Le rapport de force était complètement disproportionné. Emma aurait dû interrompre son père, lui prendre le bras et l'emmener loin d'ici, mais ses jambes refusaient de lui obéir. Ce n'était pas la peur, mais la colère qui la paralysait.

Si ce que disait son père était vrai… Si ce type et son église avaient quelque chose à voir avec la disparition de Sammy…

Alors maman aussi, songea-t-elle brusquement.

Creech se releva et retrouva son équilibre.

« Jack, je vous en prie, c'est complètement absurde.

— Vous lui avez plongé la tête dans l'eau bénite trois secondes de trop ? Et quand vous l'avez enfermée pieds nus dans une cave pleine serpents, est-ce qu'elle a…

— Ne le jugez pas ! lança Creech aux fidèles menaçants qui les entouraient. Cet homme traverse une terrible épreuve. Et même si ses accusations sont infondées, nous devons nous mettre à sa place et mesurer la douleur qui… »

Jack le frappa à nouveau. Son poing heurta violemment le visage de Creech qui encaissa le coup et leva la main pour calmer la foule, tout en crachant du sang. Emma crut même distinguer le bruit d'une dent cassée qui glissait sur le plancher.

« Ne le jugez pas ! répéta Creech, le menton ensanglanté. Car il ne sait pas… »

Son père s'apprêtait à frapper une troisième fois mais l'homme au chapeau blanc jaillit derrière lui et le poussa en avant. Jack bascula et se retrouva à plat ventre, le visage plaqué au sol. Il se débattait et tentait de se retourner, mais le genou du gros type sur son dos le clouait au sol.

« Lâche-moi, Buddy ! s'exclama Jack.

— Tu ne peux pas faire ça, Jack.

— Il l'a tuée, Buddy ! Tu ne comprends pas ? Il a tué ma petite fille ! Lâche-moi ! Laisse-moi me…

— Dégage ! Laisse mon père tranquille ! » s'écria Emma.

Ses jambes lui obéissaient maintenant, et rapidement : elle sortit de la foule en hurlant et se jeta sur l'homme au chapeau blanc, ceinturant son cou de ses bras minces. Buddy se redressa, puis bascula sur un genou.

Jack s'était relevé.

« Emma, attends ! lança-t-il. Arrête ! »

Mais Emma ne s'arrêtait pas. Elle étranglait Buddy, les jambes autour de son énorme ventre. Les fidèles se jetèrent sur elle, l'empoignèrent et la séparèrent de son adversaire tandis qu'elle se débattait en vociférant.

Elle hurlait, envahie par la rage. Elle se battait contre les fidèles, elle donnait des coups d'épaule, elle frappait, elle leur échappait. Puis elle trébucha. Elle tomba sur le dos, tourna la tête. Un crotale rampait à moins d'un mètre. Il s'enroula sur lui-même, l'air affolé, faisant vibrer sa sonnette.

« Mon Dieu, putain de merde ! s'exclama-t-elle.

— Ça suffit ! »

Sa mère venait de surgir au milieu de la foule, dardant des regards furieux vers Jack et Emma.

« Qu'est-ce qui se passe ? Qu'est-ce que vous faites ici ? Comment osez-vous venir dans *mon* église et…

— Mais merde, maman, c'est pas une église ! » s'écria Emma. Mais ce n'était pas elle qui parlait. Pas vraiment. C'était sa colère. *Le Diable*. « C'est une secte, maman ! T'es dans une secte ! Regarde ! T'es dans une secte ! C'est une secte ! VOUS ÊTES TOUS DANS UNE SECTE ! »

Molly se tourna vers Jack.

« Fais-la sortir, Jack. Fais-la… »

Elle s'interrompit. Jack pleurait.

Emma s'interrompit elle aussi. La colère l'abandonna d'un coup. Son père paraissait brusquement si petit, et si doux.

« Qu'est-ce que tu fais là, Jack ? demanda Molly, les joues rouges de honte.

— Dis-moi la vérité, répondit-il. S'il te plaît. Dis-moi juste ce qu'il s'est passé.

— Comment ça ?

— Dis-moi si elle est morte. Dis-moi si Sammy est morte. »

Il n'y avait pas cette tension dehors. Creech attendait avec deux types à l'entrée de l'église et surveillait la scène. Emma était assise avec son père à l'une des tables de pique-nique. Jack était maussade et silencieux. Molly se tenait devant eux, les mains sur les hanches.

Pendant un bon moment personne n'ouvrit la bouche. Une brise semblable à un chuchotement agitait les branches des pins de Virginie, soulevant cette vague odeur de pourriture qu'Emma avait toujours associée à la mort. Molly la remarqua elle aussi : elle se retourna, humant l'atmosphère comme un animal aux aguets.

Jack massait sa main droite, qui n'était pas restée passive ces derniers jours. Il s'humecta les lèvres et rompit enfin le silence, d'une voix douce :

« Tu ne peux pas croire sérieusement que notre petite fille soit possédée par le Diable.

— Ça n'a rien à voir avec l'Église», dit Molly en se passant la main dans les cheveux. À la lueur du clair de lune elle paraissait à la fois plus jeune et très âgée. «Tu t'es écarté de la Lumière depuis trop longtemps», ajouta-t-elle.

— Qu'est-ce que ça veut dire?

— Ça veut dire que je voulais seulement l'aider. Pour la guérir. Mais quelqu'un l'a prise avant. Tu aurais bien vu... Je l'aurais réparée, et nous aurions tous été heureux comme avant. Tu aurais bien vu.

— C'est ma faute, dit-il. J'ai été trop longtemps en colère contre toi, Molly. Parce que tu avais changé. Parce que tu venais ici. Mais c'est ma faute. Tu n'aurais jamais entendu parler de l'Église si tu ne m'avais pas rencontré. Et même si ç'avait été le cas, tu ne t'y serais pas jetée comme ça tout entière.»

Ils ne hurlaient pas. Ça ne ressemblait pas à une dispute. Ils parlaient d'une voix calme et posée.

C'est la fin, songea Emma. *Ils n'ont même plus la force de se battre. C'est la fin de cette famille*.

«Tu m'as fait découvrir la Lumière, Jack, dit Molly d'une voix à peine plus forte que la brise. Ici je suis chez moi, tout le monde me soutient. Je te le dois. Ces gens sont ma famille.

— Ta famille, ça devrait être nous, maman, intervint Emma.

— Je suis désolée, Emma. Tu n'aurais jamais dû assister à cette scène.

— Pourquoi es-tu allée voir Creech? demanda Jack. Pourquoi tu ne m'as pas parlé?

— Parce que tu ne voulais pas l'entendre.

— Creech est un...

— Dale a toujours été là. Y compris aux heures les plus sombres.

— Il t'a manipulée.

— Je t'en prie, dit-elle, ne me donne pas de leçon. Nous avons tous notre fardeau à porter. »

Emma voulut intervenir à nouveau mais sa bouche était complètement sèche. Des larmes coulaient en silence sur son visage. Elle leva les yeux vers le ciel. L'univers lui paraissait tout à coup minuscule.

« C'est la fin de notre histoire, dit Jack. Je pourrais te tuer, Molly. J'aurais pu te tuer si nous avions été seuls maintenant. C'est pas pour eux, dit-il en désignant Creech et ses deux hommes à l'entrée. Mais notre fille nous regarde.

— Rentre chez toi, Jack », lança une voix de l'église.

Une petite femme venait d'apparaître sur le porche et marchait vers eux. C'était Sandy, la grand-mère d'Emma. L'adolescente aurait voulu se ruer sur elle et la frapper. Et elle l'aurait peut-être fait, si une immense fatigue ne l'avait brusquement envahie.

Son père se leva.

« J'aurais dû me battre davantage pour te garder, Molly. Mais tu leur appartiens désormais. Tu es beaucoup trop loin.

— Adieu, Jack, lui dit-elle.

— Adieu, Molly. » Il se tourna vers sa fille. « Viens, Emma. Il est temps de rentrer. »

MANSON, KENTUCKY

Maintenant

Je faisais les cent pas dans la chambre d'hôtel de Stuart quand je me surpris à me ronger les ongles – ce que je ne faisais pas avant de venir à Manson.

« Becky Creech et Carol Leamy sont une seule et même personne, dis-je. Ça me paraît évident. Tout concorde.

— Nous irons voir Dale Creech demain. On lui montrera une photo de Carol, dit Stuart. Mais ne tire pas de conclusions trop hâtives, Kim. »

Il était assis en tailleur sur le lit comme un sage en méditation. Son visage était livide dans le halo de l'ordinateur portable.

« Mais c'est forcément d'elle, dis-je sans cesser de marcher. Il n'y a aucune photo de Becky Creech sur Internet. C'est bizarre, non ?

— Pas forcément. Peut-être qu'elle s'est mariée et qu'elle a changé de nom avant Internet.

— Et la cicatrice ?

— Des tas de gens ont des cicatrices, Kim.

— Au même endroit ? Ce serait vraiment une sacrée coïncidence.

— C'est vrai. Mais vas-y doucement, c'est tout.

Moi, j'ai dû apprendre à ne pas m'enthousiasmer trop vite. Tu sais combien de fois j'ai cru avoir retrouvé Sammy ? »

Je me surpris une fois encore à me ronger les ongles et me forçai à m'arrêter. J'allai chercher une bière dans le minibar de Stuart et m'avançai vers baie vitrée. À ma grande surprise, la nuit était tombée sur Manson. Dix minutes plus tôt, je voyais encore le paysage sauvage de montagnes. À présent je n'apercevais plus que mon propre reflet.

« Par ailleurs reprit Stuart, pourquoi Becky Creech aurait enlevé Sammy ? Creuse un peu cette question. Pourquoi Becky Creech aurait kidnappé Sammy, déménagé en Autralie, changé d'identité, en te faisant passer pour sa fille ? »

Il avait raison. Maman était une personne sensée, pragmatique. Elle n'était absolument pas folle, à ma connaissance. Mais jusqu'où allait ma connaissance ? Il fallait quand même être un peu bizarre pour garder toute sa vie un secret pareil, et l'emporter dans la tombe.

« Peut-être qu'elle avait une bonne raison, rétorquai-je.

— Du genre ?

— Je ne sais pas.

— Du genre : te sauver de notre mère ?

— Je n'ai pas dit ça.

— Tu imagines des scénarios qui pourraient justifier ses actes, dit-il. OK, je comprends. Mais c'est pas parce que tu veux faire de ta mère une héroïne que tu dois faire de la nôtre un monstre. »

Il referma son ordinateur d'un coup sec. J'allai m'asseoir sur le bord du lit et bus une gorgée de bière.

« Je suis désolée. Je ne l'ai rencontrée qu'une fois. Enfin, je ne me souviens que d'une fois. Et je l'ai trouvée…

— Folle à lier ?

— *Extrêmement triste*. »

Stuart regarda ma bouteille de bière.

« Tu peux m'en passer une ? »

Je m'exécutai. Il but une longue gorgée, déplia ses jambes.

« Essaie de comprendre, Kim. Maman n'a pas toujours été comme ça. Elle était pleine de vie autrefois. Drôle, patiente, gentille, généreuse… Il y a même eu une époque où la Lumière Intérieure a enrichi sa vie – avant de commencer à la diminuer.

— Mais tout ça a changé après ma disparition ?

— En fait, ça a changé après ta naissance. Je n'en suis pas complètement sûr, mais je crois qu'elle a eu une dépression post-partum. Je ne savais pas ce que c'était à l'époque, j'étais un enfant, et il n'y a jamais eu de diagnostic bien sûr, mais ça n'allait pas du tout, c'était évident, même pour un garçon de neuf ans. »

Stuart s'interrompit et but une gorgée de bière.

« Papa s'en était forcément aperçu lui aussi, dit-il comme se parlant à lui-même. Et je suis sûr qu'il a fait comme si de rien n'était – ou pire, qu'il lui en a voulu. S'il avait essayé de lui parler, de l'aider, les choses auraient pu tourner autrement. Et j'aurais pu grandir avec ma petite sœur.

— Stuart, c'est terrible, une dépression post-partum, mais ce n'est qu'un trouble psychique. Une bonne thérapie, des antidépresseurs, un mari aimant, tout ça l'aurait probablement aidée. Mais ça n'aurait pas empêché quelqu'un d'entrer dans la maison et de m'enlever. »

Je me tournai vers lui et m'aperçus qu'il pleurait.

« Stuart… Qu'est-ce qu'il y a ? »

Il s'essuya les yeux du revers de la main avant de se lever du lit et de vider en deux gorgées la fin de sa bouteille.

« Personne n'est entré dans la maison », dit-il d'une voix calme.

— Pardon ? »

Il prit une profonde inspiration et cligna des yeux pour refouler ses larmes.

« Je n'ai jamais raconté ceci à personne, Kim. Pas même à Claire.

— Stuart, de quoi tu parles ? Comment ça, personne n'est entré dans la maison ?

— Le mardi 3 avril 1990, le jour de ta disparition, j'étais à la maison. Je me remettais d'un rhume. En fait, j'aurais très bien pu retourner à l'école ce jour-là mais j'adorais rester à la maison quand Emma était au collège et papa au travail : maman était plus disponible, je n'avais pas à la partager avec les autres. »

J'avais grandi avec une sœur : je comprenais parfaitement ce qu'il voulait dire.

« Bien sûr, je devais quand même la partager avec toi, mais ce n'était pas un problème. Je t'aimais profondément. C'est vrai. Et tu ne t'en souviens pas, mais toi, tu étais en adoration devant moi. Tu me suivais sans arrêt d'une pièce à l'autre, et la plupart du temps j'arrivais à t'empêcher de… »

Il s'interrompit.

« M'empêcher de quoi ?

« D'être dans les jupes de maman. C'était pas facile.

Tu n'avais que deux ans, mais déjà un sacré caractère. Il fallait te surveiller. Et comme tous les petits, tu avais tes bons et tes mauvais jours.

— Et là, c'était un mauvais jour ? »

Il détourna les yeux et arracha l'étiquette de sa bouteille de bière.

« Tu étais absolument infernale. Tu étais sans doute fatiguée, ou de mauvaise humeur, et moi j'essayais de faire diversion, comme d'habitude. Mais maman n'en pouvait plus. Elle se mettait tellement en colère contre toi parfois ! Et dans ces cas-là, elle m'en voulait à moi aussi. Elle t'a montée dans ta chambre, et elle t'a enfermée. Tu détestais ça. Elle est allée se coucher elle aussi, mais tu n'arrêtais pas de pleurer. Et je ne voulais pas que tu la réveilles. »

Il posa la bouteille.

« Maman m'avait dit de te laisser pleurer, que tu finirais par te lasser, mais tu hurlais à t'en percer les tympans. Donc je suis venu dans ta chambre. Pour essayer de te calmer. C'était le printemps, des oiseaux venaient de naître. Il y avait un nid dans le grand arbre juste devant ta fenêtre. C'étaient des passereaux : des cardinaux rouges – tes oiseaux préférés. »

L'image d'un petit oiseau rouge me traversa l'esprit. Est-ce que c'était une simple association d'esprit, ou un souvenir de ce jour-là ?

« J'avais ouvert la fenêtre pour qu'on les entende chanter, mais tu as voulu t'approcher. Alors, j'ai… » Il s'interrompit. Sa lèvre tremblait. « Je t'ai emmenée dehors, dans le jardin, jusqu'à l'arbre. Tu voulais voir le nid avec les jumelles de papa. "Ses grosses lunettes", comme tu disais. Mais elles étaient à l'intérieur, dans la maison. »

Il ne pouvait pas me regarder ; mais s'il l'avait fait, je ne pense pas qu'il m'aurait vue à travers ses larmes.

« Je suis parti cinq minutes, Kim. Je le jure devant Dieu. Cinq minutes, putain. Et quand je suis revenu…

— … je n'étais plus là. » Je marquai une pause. « Pourquoi tu n'as rien dit à personne ?

— Parce que j'avais neuf ans, que j'étais terrorisé, que je ne voulais pas avoir d'ennuis et… parce qu'une partie de moi était en fait *soulagée*. »

Il craqua en prononçant ce dernier mot. Il laissa tomber sa tête entre ses genoux et sanglota violemment, abandonné à sa détresse. Comme un enfant. Il avait vécu vingt-huit ans avec cette honte cachée. Je ne pouvais qu'imaginer cette plaie suppurant, toujours plus douloureuse.

« Je suis tellement désolé, Sammy », dit-il en essayant de reprendre son souffle. La morve lui coulait du nez. Il se laissa glisser par terre et cacha sa tête dans ses mains. Il avait l'air d'avoir neuf ans.

« Ça va », essayai-je de dire, mais les mots ne sortaient pas. Je m'assis à côté de lui et posai la main sur son épaule. Il sursauta, puis se mit à trembler. Je passai le bras autour lui et le serrai contre moi.

« Ça va, Stu. C'est fini. Tu étais petit, tu étais…

— Non, dit-il en se dégageant, avant de se relever. Non, ça ne va pas, Kim. Ça ne va carrément pas du tout.

— C'était il y a longtemps, Stuart.

— Arrête !

— Tu avais neuf ans.

— Arrête.

— Stuart…

— Je t'interdis de faire ça, Kim. Je t'interdis de me pardonner.

— Écoute…

— Ce n'est pas ça que je veux. Je ne veux pas de ton pardon. Et je ne l'accepterai pas. »

Il alla à la salle de bains et claqua la porte derrière lui. Je songeai à ceux que mon absence avait blessés, ceux dont les vies avaient été brisées, je songeai à toutes ces larmes versées – à cause d'une seule personne. Carol Leamy. *Becky Creech.*

Les clefs de la voiture de Stuart traînaient dans une coupe d'argent sur la commode de l'entrée. En sortant, je les saisis au passage.

L'Église de la Lumière Intérieure était hors de la ville. Elle était déjà difficile à localiser sur une carte, alors de nuit et en réalité… Le GPS de mon smartphone affichait un point bleu au milieu d'une zone noire. Je n'avais pas croisé le moindre véhicule depuis un quart d'heure.

Enfin, j'aperçus un chemin de terre qui partait de la route principale. Une pancarte au croisement indiquait : *Vous êtes sur le chemin de la Lumière*. Je m'y engageai et roulai six ou sept cents mètres sous une voûte d'arbres masquant le ciel. Même en plein jour, le chemin devait être plongé dans l'obscurité.

J'arrivai dans une vaste clairière lorsque le clair de lune éclaira brusquement le décor. Je fus envahie par un sentiment d'étrange familiarité. L'église se dressait au milieu de la clairière, long bâtiment d'un seul tenant dont le porche était surmonté d'un grand crucifix rouge. À une cinquantaine de mètres se trouvait un édifice plus modeste, sans fenêtre. La lumière était allumée à l'intérieur.

Après avoir fait demi-tour, je me garai sur un parking boueux. Il n'y avait là qu'une moto d'un noir étincelant, une Yamaha, dont le moteur était encore chaud.

« Bonsoir, étranger. »

Dale Creech avait dû m'entendre arriver. Il sortait du second bâtiment et venait à ma rencontre, un serpent dans la main gauche.

Je reculai instinctivement et faillis renverser sa moto, qui vacilla un instant avant de retrouver son équilibre.

Creech se mit à rire.

« N'ayez pas peur d'Annie, me dit-il. Elle a l'apparence d'un serpent, mais l'âme d'un chaton. Vous voulez la prendre un instant ? »

Il me tendit le serpent avec le geste d'un adolescent fourrant une araignée sous le nez de sa petite sœur. Le reptile était paresseusement enroulé autour de sa main : il était épais et court, avec des écailles grises dans le clair de lune. Je ne distinguais pas sa tête, quelque part derrière le pouce de Creech, mais j'apercevais la sonnette au bout de sa queue, fort heureusement inerte.

« Non », répondis-je.

Tout en caressant le crotale de sa main libre il reprit :

« Ça me fait plaisir de vous revoir, Kim. Ou vous préférez Sammy maintenant ?

— J'en reste à Kim », répondis-je.

Il s'avança d'un pas et je reculai d'autant, fixant toujours le serpent lové autour de sa main.

« Je vais coucher Annie, et puis je vous offrirai une tasse de café. Entrez donc, ajouta-t-il en me montrant l'église, je vous rejoins dans un instant. »

Il fit demi-tour et s'enfonça dans l'obscurité pour rejoindre le petit bâtiment où il devait garder les serpents. Il laissait de larges empreintes en marchant dans l'herbe mouillée. Ses pieds étaient nus.

L'intérieur de l'église baignait dans la violente lumière jaune des néons. Je m'étais attendue à un endroit plongé dans la pénombre, éclairé par des cierges, mais on avait plutôt l'impression d'être dans une salle de réunion : austère, moderne, fonctionnelle. Au fond, une centaine de chaises en plastique étaient empilées le long du mur. Elles avaient dû être utiles, mais si Sandy Went disait vrai, il n'y avait plus qu'une dizaine de fidèles désormais.

Un long vivarium de verre était installé à l'entrée, à la place de la chaire. Le fond était tapissé de sable rouge, mais heureusement, il était vide. J'essayai un instant d'imaginer ce qu'on pouvait éprouver en dansant avec des serpents venimeux au nom de Dieu.

La porte de l'église s'ouvrit derrière moi. Je me retournai, m'attendant à voir le révérend. Alors, au lieu de Creech, je vis surgir l'homme d'ombre qui avait hanté mes rêves, et dont les longs bras minces pendaient le long du corps.

Je me raidis, le souffle coupé.

Mais lorsque l'homme de l'ombre entra dans la zone éclairée, il redevint Dale Creech, pieds nus avec un jean crasseux, une cafetière fumante à la main.

Je songeai soudain que personne ne savait où j'étais – pas même Stuart.

« J'espère que le décaféiné vous convient ? » me dit Creech avec un sourire.

Nous nous assîmes à une table dans un coin. Creech nous servit deux tasses de café. L'église était devenue étrangement silencieuse, comme s'il avait ordonné au vent de cesser de souffler et aux grillons de se taire.

« Eh bien, reprit-il, que me vaut le plaisir de votre visite ?

— J'espérais que vous pourriez m'aider à identifier quelqu'un. »

Je sortis de mon portefeuille une petite photo de Carol Leamy. Elle avait été prise dans un paysage enneigé autour de 2007, avant que le cancer ne se déclare. Carol était souriante, coiffée d'un bonnet de laine rouge. Une chaude parka verte l'engloutissait. Elle avait l'air heureuse. Et en vie. C'était *Maman*.

En tendant cette photo à Creech, il me semblait qu'une des dernières pièces du puzzle allait trouver sa place. Dans un instant il allait reconnaître sa sœur Becky et, d'un coup, tout s'alignerait, comme au Rubik's Cube. Je me demandais si Stuart avait ressenti le même sentiment lorsqu'il m'avait montré la photo de Sammy Went la première fois en Australie.

« Reconnaissez-vous cette femme ? » demandai-je.

Creech regarda la photo sans marquer aucune réaction.

« Non, dit-il. Je ne la connais pas. Désolé.

— Vous êtes sûr ? »

Il regarda de nouveau la photo.

« Absolument sûr. Mais je vois que ce n'est pas la réponse que vous attendiez.

— Excusez-moi, mais vous pouvez regarder à nouveau cette photo ?

— Je l'ai déjà regardée deux fois.

— Encore une fois, s'il vous plaît. »

Il considéra de nouveau la photo et secoua la tête.

« Je n'ai jamais vu cette femme. »

Il n'y avait pas l'ombre d'un doute dans sa voix. Il me rendit la photo et soutint mon regard sans ciller. S'il mentait, il jouait sacrément bien la comédie.

« Je suis navré de ne pas pouvoir vous aider, reprit-il. C'est à propos de l'enlèvement ?

— Vous voyez encore votre sœur, révérend ? »

Cette fois-ci, il eut un mouvement de recul. Imperceptible, certes, mais sa réaction ne m'avait pas échappé.

« Ma sœur ?

— Becky, précisai-je.

— Comment la connaissez-vous ?

— Vous la voyez souvent ?

— … non.

— Quand lui avez-vous parlé pour la dernière fois ?

— Pourquoi me parlez-vous de ma sœur ?

— Elle vit toujours à Manson ? J'ai entendu dire qu'elle avait déménagé.

— Qui vous a dit ça ?

— C'est vrai ? » insistai-je.

Il but une gorgée de café, fit craquer ses jointures et se ressaisit. Lorsqu'il reprit la parole, c'était sur le ton léger qu'il avait adopté lors de notre première rencontre, devant l'appartement de Molly.

« Becky est bien loin d'ici désormais.

— C'est-à-dire ?

— Vous ne vous souvenez vraiment de rien ? me demanda-t-il. Vous n'avez aucun souvenir d'avant ?

— Rien de précis en tout cas.

— Vous vous souvenez que vous êtes venue ici ?

— Je…

— Vous vous souvenez de ce jour ? »

Creech se leva soudain. Même pieds nus il était grand, avec des épaules larges, des bras puissants.

« Avez-vous des convictions religieuses, Sammy ? »

La peur s'insinua en moi, je sentis la chair de poule courir dans mon dos.

« Non, dis-je. Et je m'appelle Kim.

— Croyez-vous au Diable ?

— Non.

— Ceux qui traversent la vie sans rendre de comptes à une instance supérieure errent à la dérive dans un océan peuplé de monstres. »

Je croyais entendre la voix de Dean : *plus on s'avance, plus l'eau devient sombre…*

« Dieu est mon gouvernail, Sammy, poursuivit Creech. Et que vous croyiez ou non en Lui ne change rien. Dieu existe, tout comme le Diable. Et je ressens fortement leur présence, à l'un comme à l'autre, dans cette pièce. J'ai vu le Diable prendre bien des formes, et vous aussi vous l'avez vu ! »

Il fit le tour de la table, sa tasse de café brûlante à la main.

« As-tu déjà vu le Diable, Sammy ?

— Je m'appelle Kim.

— As-tu déjà *ressenti sa présence* ?

— Non.

— Oh, je doute que ce soit vrai. Si tu as connu des

gens qui étaient un peu trop portés sur la bouteille, tu as forcément vu le Diable. »

Mes lèvres étaient devenues sèches.

« Si tu as connu des gens qui consultaient leur horoscope, qui lisaient *Harry Potter*, qui allaient voir des voyantes… Des femmes qui se faisaient avorter, qui avaient des relations sexuelles avant le mariage, des passionnés de jeux vidéo et de films sataniques, des hommes qui couchaient avec d'autres hommes, comme ton père… Alors forcément, Sammy, tu as ressenti la présence du Diable. »

Les yeux de Creech se dilatèrent et je vis l'effroi les envahir – un effroi qui s'accompagnait d'une rage folle.

« Je sais pourquoi tu es ici, Sammy.

— Attendez ! »

Mais c'était trop tard. D'un geste rapide, Creech avait saisi la cafetière et me l'avait lancée à la tête.

REDWATER, KENTUCKY

Autrefois

Ellis arriva à Redwater aux alentours de 19 h 30. Il avait une demi-heure d'avance. Il gara son véhicule – sa voiture personnelle, une Datsun jaune poussiéreuse – le long du trottoir, en face du *Barracuda, cuisine italienne*, et attendit.

Il aurait eu toutes les raisons du monde d'annuler son rendez-vous avec Sue Beady, la femme aux cheveux blonds qui avait répondu à sa petite annonce. Ses hommes avaient probablement espéré qu'il n'irait pas : une montagne de travail l'attendait à Manson. Mais il s'y mettrait dès le lendemain. Ce soir, il avait rendez-vous avec Sue Beady : il mangerait une excellente pizza, il la raccompagnerait chez elle, peut-être l'embrasserait-il en lui disant au revoir, et puis il rentrerait à la maison.

Et même si ça ne se passait pas comme il l'espérait, il s'échappait quelques heures de Manson. Redwater était la septième ville la plus importante du Kentucky, à quarante-cinq kilomètres à l'est de Manson. Ellis connaissait bien. Sa tante Ida avait habité là jadis. Elle passait sa vie sur son porche, assise dans son rocking-chair, à regarder les jours succéder aux jours. Elle était enterrée au cimetière de Redwater à présent.

Mais la ville n'était plus celle dont il avait gardé le souvenir lorsqu'il venait, enfant, voir sa tante chaque mois.

Elle était prospère à l'époque. Mais en 1966, la fermeture d'une scierie avait provoqué une crise économique sérieuse. En 1972, deux grands quartiers avaient été restructurés, et la plupart des habitants évacués. Tante Ida avait pu garder sa maison, mais ses amis n'avaient pas eu cette chance.

On avait rasé les demeures rachetées par les autorités fédérales pour agrandir le parc national. Ellis avait d'abord pensé que c'était une bonne idée, mais le projet s'était enlisé dans les limbes bureaucratiques. En 1986, le gouvernement avait restitué le terrain à la municipalité sans explications convaincantes. Depuis, ce quartier était à l'abandon ; quelques clochards, quelques toxicomanes y traînaient encore.

Le progrès, songea Ellis en regardant sa montre. Il s'était écoulé huit minutes à peine.

Il tourna le rétroviseur pour examiner son reflet. Le spectacle n'avait rien de bien exaltant, comme d'habitude, mais il avait fait de son mieux. Au moins, il sentait bon : il s'était aspergé avant de partir d'une certaine *Brume aquatique* oubliée dans le placard des objets trouvés au commissariat.

Il regarda à nouveau sa montre. Une autre minute. Il allait se dégourdir un peu les jambes : ses genoux étaient douloureux, il était épuisé. Et pourtant, il sentait son esprit alerte, singulièrement tendu.

C'est grâce à Sue Beady? se demanda-t-il. *Ou à John Regler?* Les autorités militaires avaient confirmé son identité, l'hôpital avait confirmé son alibi, et Ellis ne voyait aucune raison de garder plus longtemps le corps de cet homme dans la chambre froide du commissariat de Manson.

« Foutez-nous la paix ! » s'était-il écrié avant d'être abattu. Sur le moment, Ellis avait associé cette phrase à l'enlèvement. Mais probablement ce type parlait-il à des voix intérieures.

Pour tuer le temps, et sans doute aussi pour échapper aux ombres de Manson, Ellis entra dans une petite épicerie. Le magasin s'appelait *Le Local de Gerry* dans son enfance, mais les propriétaires s'étaient succédé, on disait maintenant *Le Local*.

L'employé à la caisse regardait un petit poste de télévision noir et blanc posé à côté du comptoir. On diffusait un reportage sur Sammy Went. Les médias ignoraient encore tout de John Regler et des circonstances de sa mort : encore une conférence de presse, pensa Ellis avec dégoût.

Il déambulait dans le magasin ; des bouquets colorés avaient attiré son attention. Il se demanda s'il aurait l'air d'un type excessivement ordinaire en arrivant avec des fleurs à son rendez-vous, ou juste d'un type normalement ordinaire. Derrière les fleurs – *50 % sur les roses du jour !* – se trouvait un homme assez grand, les cheveux courts, élégant malgré son costume bon marché. Un panier à la main, il examinait les bonbons, hésitant visiblement, puis il finit par prendre plusieurs paquets différents.

Pourquoi Ellis observait-il cet homme ? Il ne l'avait pas compris d'abord. Ce type avait quelque chose, mais quoi ? Ellis était parfois traversé par ces intuitions : il saisissait quelque chose physiquement, avant de le saisir intellectuellement. Et soudain la lumière se fit.

Cet homme était Patrick Eckles.

La dernière fois qu'il l'avait vu, c'était au tribunal, le jour où le jugement avait été rendu. Il hésita un instant à aller le saluer, mais Patrick se dirigeait vers le rayon des jouets. Un grand bac de doudous était glissé sous le rayon des poupées et des figurines.

Des bonbons et un doudou, songea Ellis. *Pas exactement le genre de trucs qu'on imagine dans le panier d'un ancien détenu. Mais bon, c'est son droit. Peut-être qu'il est devenu accro aux bonbons à Greenwood, et peut-être qu'il voulait un doudou pour lui rappeler des temps meilleurs.*

Mais il y avait autre chose, Ellis le savait. Ou plus exactement il le *sentait.*

Patrick sortit du bac une tortue d'un vert éclatant, esquissa un sourire et se dirigea vers la caisse. Ellis se replia dans l'allée des surgelés pour éviter d'être vu. Il regarda sa montre : il était 19 h 45. Il avait un quart d'heure pour suivre Patrick.

Celui-ci se mit au volant d'un break AMC Eagle de 1985. Ellis se glissa dans sa Datsun et le suivit à une certaine distance. Patrick prit la direction de l'ouest et non pas de Manson, comme Ellis s'y attendait. Il rejoignit le quartier abandonné de la ville, ses magasins fermés, ses maisons délabrées, ses bâtiments saccagés. La carcasse d'une voiture incendiée gisait sur un trottoir. Des poubelles avaient été renversées. La route était pleine de nids-de-poule.

Patrick va sûrement chercher de la drogue, pensa Ellis. Il n'allait pas l'arrêter pour ça, d'abord parce qu'il ne voulait pas rater son rendez-vous avec Sue

Beady, mais aussi parce que ça n'en valait pas le coup. Écrouer un ancien détenu pour détention de substances illicites, ça aurait représenté quelque chose avant la disparition de Sammy. Mais aujourd'hui, ça n'avait plus guère de sens pour Ellis.

Mais il saurait où les toxicos s'approvisionnaient, et pourrait transmettre l'information à la police de Redwater. Après, ce serait leur problème.

Patrick bifurqua dans une rue sombre et s'arrêta devant un vieil immeuble sans fenêtres. Ellis ralentit et s'enfonça dans son siège ; Patrick prenait ses sacs dans le coffre et entrait dans l'immeuble.

C'était complètement désert. Il n'y avait pas d'électricité dans la rue, et sans doute pas d'habitants, et pourtant, Patrick se conduisait comme un type qui rentre chez lui après sa journée de travail.

Ellis regarda sa montre : il était exactement 20 heures. Il pouvait encore être au restaurant à 20 h 10. Il nota l'adresse de l'immeuble dans son calepin.

Voilà, songea-t-il, *tu as ce que tu voulais. Tu sais bien qu'on ne fait pas attendre une dame.*

Et il se retrouva à éteindre le moteur, à sortir de la voiture, et à se diriger à son tour vers l'entrée de l'immeuble.

Du verre brisé craquait sous ses pieds. Les deux portes d'entrée avaient été brisées. Il dut lever celle de gauche et la tirer vers lui pour se faufiler à l'intérieur.

L'entrée était plongée dans l'obscurité, jonchée d'éclats de verre. Une dizaine de seringues usagées traînaient par terre. Au fond du couloir, de la lumière clignotait dans l'interstice d'une porte. La lueur était trop vive pour venir d'une bougie. Peut-être que quelqu'un a fait du feu, pensa Ellis, imaginant comme dans les films une bande de gentils clochards autour d'un vieux bidon d'essence.

Très bien, se dit-il. *Tu sais où on deale, tu as l'adresse, tu as le numéro exact de l'appartement. Si tu pars maintenant, tu peux encore être au restaurant avec un retard tolérable.*

Il poussa un soupir et s'engagea dans le couloir.

En s'approchant de la porte il perçut les crépitements du feu et les murmures d'une conversation. Il distingua également une voix de femme. Peut-être Patrick était-il avec une pute. Plus il y pensait et plus l'hypothèse devenait crédible. Il venait de passer trois ans en taule et c'était un homme après tout. Redwater était une grande ville, et il était probable que des réseaux de prostitution y existent, même si Ellis n'en avait jamais entendu parler : là où il y a de la drogue et de la misère, il y a de la prostitution.

C'est alors qu'il entendit une troisième voix. La voix d'un enfant. Oui, sans l'ombre d'un doute : la voix ensommeillée d'un enfant.

Avant même de réfléchir, Ellis ouvrit grand la porte et fit irruption dans la pièce. À la lueur vacillante des flammes il n'eut d'abord qu'une vision morcelée des lieux : un canapé élimé, un lit de camp de l'armée, le feu bidon dans un vieux tonneau d'essence – tel qu'il l'avait imaginé.

Puis il aperçut Patrick, agenouillé au sol, qui le dévisageait d'un air ébahi. Il tenait un enfant dans ses bras, une petite fille de deux ans au visage joufflu et aux épais cheveux noirs, dont les yeux brillaient à la lueur des flammes.

« Non ! dit Patrick.

— Sammy ! »

Ellis chercha de la main son .45. Mais il l'avait laissé chez lui : arriver à un premier rendez-vous avec une arme, c'était le meilleur moyen de n'en avoir jamais un deuxième.

« Sammy Went ! » répéta-t-il.

Patrick se leva brusquement en serrant Sammy contre sa poitrine. La fillette se mit à pleurer.

« Attends, s'il te plaît… »

Mais Ellis n'avait pas l'intention d'attendre.

« C'est fini, Patrick.

— Non, attends, ne… »

C'est alors qu'Ellis comprit que Patrick ne s'adressait pas à lui. Derrière, sur sa gauche, une femme aux cheveux foncés pointait sur lui un fusil de chasse.

« Non, Becky ! Attends… »

Patrick s'avança vers elle, serrant Sammy contre lui en tendant l'autre bras pour s'emparer du fusil.

Ellis n'entendit pas la détonation. Il ne ressentit pas la moindre douleur. Il était de ce monde, et puis il ne l'était plus.

Sue Beady avait un bon pressentiment. Elle n'avait parlé à Chester qu'au téléphone, une seule fois, et pas longtemps, mais il lui avait semblé gentil, fiable, sincère. Peut-être même que c'était quelqu'un avec qui on pouvait passer une vie, bien qu'évidemment, elle se garderait d'aborder le sujet dès leur première rencontre. Elle savait d'expérience qu'il valait mieux ne pas brusquer les choses.

Elle s'assit près de la fenêtre du restaurant et regarda les voitures passer dans la rue. Le serveur se présenta et elle commanda un verre de vin blanc. Le verre arriva, elle le but et finit par en commander un autre.

Elle attendit longtemps. Au-delà du raisonnable. L'heure du dîner était passée, les clients étaient partis les uns après les autres, les employés avaient rangé la salle, comme tous les soirs, et la patronne avait retourné du côté FERMÉ la pancarte de l'entrée.

Enfin Sue se leva, prit son sac, et tristement, elle régla l'addition. Quelle honte. Vraiment, quelle honte. Elle avait eu un si bon pressentiment au sujet de ce Chester.

MANSON, KENTUCKY

Maintenant

Les lumières clignotaient au-dessus de moi, me ramenant peu à peu dans un état de semi-conscience. Je n'aurais pas su dire combien de temps s'était écoulé. Une violente douleur me vrillait le crâne. Mon visage était brûlant, je n'entendais plus rien du côté droit et ma vue était brouillée, comme lorsqu'on regarde à travers une vitre ruisselante de pluie.

On m'avait pris mon téléphone et enlevé mes chaussures.

J'essayai de bouger la tête mais n'y parvins pas. Je réussis à me redresser un instant sur les coudes mais m'effondrai aussitôt. Je me concentrai sur ma respiration, en essayant de comprendre où j'étais. C'était une pièce sans fenêtre, basse, très chauffée.

Des souvenirs confus me revinrent à l'esprit. La cafetière. L'homme d'ombre qui se penchait sur moi.

Le révérend Creech apparut et disparut aussitôt, à l'autre bout de la pièce.

Peu à peu, ma vision s'accomoda. Des dizaines de petits vivariums s'étalaient le long des murs. *Les serpents*, me dis-je.

Quelque chose bourdonnait à ma droite. Sans doute une lampe chauffante.

Creech revint et se plaça juste au-dessus de moi, bloquant ma tête entre ses pieds sales. Il tenait un seau en plastique avec une étiquette. Je déchiffrai péniblement le mot : dîner.

Mes yeux passèrent du seau au bas du jean crasseux de Creech. J'essayais de prononcer les mots « je vous en prie » mais n'émis qu'un borborygme incompréhensible.

Sans un mot, Creech leva le couvercle et renversa le seau. Une dizaine de formes s'en échappèrent, glissant sur ma poitrine et mon visage. Des souris. L'une d'elles poussa un cri aigu et me mordit le front, juste au-dessus de l'œil gauche : je sentis des gouttes de sang perler sur ma peau.

Je fis un geste pour l'écraser, mais je n'étais pas assez rapide. J'avais à peine la force de soulever mon bras.

Certaines souris se dispersèrent, d'autres restèrent immobiles ; l'une d'elles se faufila sous mon tee-shirt et je sentis ses petites pattes griffues s'agiter sur mon ventre.

« Non… », réussis-je à dire.

Creech m'ignorait. Il se dirigea vers l'un des vivariums, souleva le couvercle et en sortit un serpent à sonnette d'un mètre, qu'il lança par-dessus son épaule avec une assurance étonnante. Le crotale atterrit près de mon pied. Je l'entendais ramper sur le sol.

Une odeur aussi douce qu'infecte planait dans la salle surchauffée.

Il passa au vivarium suivant, souleva le couvercle, prit un autre serpent, sans sonnette, mais effrayant, avec des rayures bleues tout le long du corps. Le serpent se balançait de droite à gauche dans sa main avec une vivacité agressive. Creech le lâcha sur ma jambe où le reptile s'immobilisa, laissant peser sur moi son horrible masse.

Je reprenais lentement mes esprits ; mais avec la raison me revenait aussi la peur. Une peur viscérale, violente, primitive, telle que je n'en avais jamais éprouvé jusqu'alors. Creech allait et venait dans la petite pièce, sortant les serpents de leurs cages de verre et les lâchant sur le sol. C'étaient des crotales pour la plupart, mais d'autres m'étaient inconnus. L'un avait le corps entièrement noir, avec des yeux jaunes globuleux. Dès qu'il toucha le sol il fila rapidement vers moi, glissa sous mon bras droit, où il resta tapi.

Tout à coup, on entendit les sonnettes. Excités par la présence des souris, par ma peur, par la folie de Creech – ou les trois à la fois – les crotales agitaient leurs sonnettes comme ils le font toujours avant d'attaquer. Leur chœur strident emplissait la pièce. Je gardais les bras étendus, les mains le long du corps. J'aurais sans doute pu bouger maintenant, mais j'étais terrorisée. De longues formes sombres glissaient tout autour de moi.

Après avoir vidé tous les vivariums, Creech revint vers moi. Il posa son pied nu crasseux sur ma poitrine et appuya de tout son poids, m'empêchant de respirer. Puis il ramassa le serpent noir qui s'était niché contre ma jambe et le brandit au-dessus de ma tête. Le reptile se retourna d'abord contre lui, mais il le saisit à la base du cou entre le pouce et l'index, le tranquillisant complètement.

Creech me regarda droit dans les yeux et déclara :

« Comme le dit saint Pierre dans les Saintes Écritures : *Notre ennemi le Diable cherche sans répit ceux qu'il peut dévorer*. »

Il ne s'adressait même plus à moi, ses mots *me traversaient* ; ses yeux étaient ceux d'un dément.

« Le Diable a possédé le corps de cette fille, que les serpents le chassent à présent ! »

Il lâcha le serpent noir entre mes cuisses. Le reptile se noua autour de ma taille et explora un instant mon ventre avant de s'immobiliser et de se lover sur lui-même.

« *Et nous parlerons des langues inconnues*, poursuivit Creech d'une voix d'outre-tombe. *Nous manipulerons des serpents, nous boirons des liquides mortels, et nous ne serons pas blessés.* Amen. *Et nous imposerons nos mains sur les malades et nous les guérirons*. Amen. »

Il repoussa un gros serpent blanchâtre et s'agenouilla près de moi.

« Sens-tu Sa présence dans cette pièce, Sammy ? Dieu nous a rejoints. Perçois-tu Sa lumière ? »

Il regarda les néons fixés au plafond, dont la lueur vacilla un instant.

« Tu vois, Il est ici. Sens-tu Sa présence, Sammy ? »

Un vieux serpent épais rampait paresseusement vers son genou. Creech le rejeta d'un geste de la main. Les sonnettes des crotales retentissaient de plus en plus fort dans la pièce.

J'avais les lèvres complètement sèches mais je réussis à murmurer :

« Non... *S'il vous plaît...*

— Un petit effort, Sammy, rétorqua Creech. Je voudrais t'entendre dire Amen.

— S'il vous plaît... Je ne dirai rien à personne... »

Il saisit mon menton et le pinça très fort.

« Seul Dieu peut décider si tu sortiras d'ici. Je ne suis qu'un instrument entre Ses mains. Maintenant, je veux t'entendre dire Amen.

— Je ne... »

Il me frappa le front, ce qui raviva la douleur qui m'élançait le crâne.

« Je ne partirai pas sans avoir entendu cet Amen. Et toi non plus.

— A... Amen.

— Plus fort.

— Amen. »

Creech se fendit d'un sourire. Il se releva et se dirigea vers la porte de la cabane en évitant les serpents, comme un promeneur évite les flaques lors d'une balade en forêt le dimanche.

Il ouvrit grand la porte, la franchit et s'immobilisa sur le seuil. Une brise fraîche s'engouffra dans la pièce, dissipant un bref instant l'humidité artificielle et oppressante. J'apercevais la nuit derrière lui et j'aurais donné n'importe quoi pour être dehors moi aussi.

« Puisse la Lumière te trouver où que tu sois, dit Creech. Et puisses-tu toujours la connaître. »

Il tendit la main, éteignit les lumières et referma la porte derrière lui. *Je vais mourir dans cette pièce*, eus-je le temps de me dire avant que l'obscurité ne retombe.

MANSON, KENTUCKY

Autrefois

Travis se trouvait dans les bureaux de Miller & Associates et contemplait Manson. Les rues étaient désertes. Un lampadaire clignotait dans Womack Street. Un panneau d'affichage à l'angle de Spring et de Collins annonçait l'ouverture d'un nouveau fast-food : deux immenses lèvres de femme se refermaient avec délectation autour d'un gigantesque burger. Il suffisait d'attendre un peu avant que quelqu'un dessine un pénis par-dessus.

Il faut que je me tire d'ici, songea-t-il.

Miller & Associates occupait le dernier niveau du Business Park de Manson, un immeuble de trois étages. D'autres entreprises, plus modestes, louaient les autres bureaux : le cabinet d'avocats Brown & Still, une société de construction de piscines et de spas, une autre de climatisation, une autre de portes blindées.

Il aimait se retrouver seul ici une fois la nuit tombée. C'était drôle d'imaginer les gens travailler dans un endroit pareil durant le jour. L'espace était dégagé, de longs bureaux blancs se succédaient en enfilade à la place des cabines cloisonnées habituelles. Les murs étaient d'un bleu clair étrangement apaisant.

Bien sûr, ce soir-là, l'effet de ce bleu n'était pas très spectaculaire. L'effet des médicaments prescrits par le Dr Redmond commençait à s'estomper et la douleur lui vrillait à nouveau le crâne.

Il trouva le flacon d'antalgiques dans la poche de sa salopette, glissa deux cachets dans sa bouche et les avala en se massant les tempes.

Il y avait au fond de l'étage une grande pièce, séparée de la salle par une vitre. Travis pensait que c'était le bureau du patron. Il devait se tenir là les mains sur les hanches, surveillant des sous-fifres plongés dans leur comptabilité. Il entra dans la pièce pour y passer l'aspirateur, malgré l'élancement que provoquait le sifflement de l'appareil dans son crâne. Son arrêt de travail était terminé et ces poubelles en plastique n'allaient pas se vider toutes seules.

Quand la douleur devint trop violente, il éteignit l'aspirateur et alla s'asseoir dans l'immense fauteuil en cuir du patron. Ces endroits-là – les bureaux, les écoles, la patinoire de son cousin à Arlington –, à ces heures où tout le monde était rentré chez soi, le plongeaient dans une mélancolie très particulière. C'étaient des lieux conçus pour accueillir beaucoup de gens, et quand ces gens étaient partis, un vide étrange y régnait.

Une voiture klaxonna soudain à l'extérieur, provoquant un nouveau déchirement. Il avala deux autres cachets, se leva et décida de se remettre au travail. Plus vite il en aurait fini avec les tapis et plus vite il pourrait s'occuper de la cuisine, des toilettes, de la poussière… Il poussa un soupir et s'effondra à nouveau dans le fauteuil patronal.

Le klaxon retentit une fois encore. Ça venait du

parking. Travis alla jeter un coup d'œil par la fenêtre. Sous la grande pancarte blanche annonçant *Business Park de Manson* il aperçut Jack Went qui levait la tête, debout à côté de sa voiture. En le voyant à la fenêtre, Jack klaxonna à nouveau.

« Qu'est-ce que tu fiches ici, Jack ? » demanda Travis à la vitre qui lui renvoyait le reflet de son propre visage couvert de bandages et de plaies.

Le klaxon retentit à nouveau et Jack lui fit signe de descendre. Non sans réticence, Travis abandonna son matériel et descendit.

Travis traversa le hall ; Jack était adossé à la camionnette de Clinical Cleaning. Il marcha jusqu'à la porte vitrée, mais ne l'ouvrit pas. Jack le rejoignit de l'autre côté et eut un mouvement de recul devant le visage de son amant couvert de pansements ensanglantés.

« Ça te fait mal ? lui demanda-t-il.

— Seulement quand je suis éveillé, répondit Travis. La journée a été longue, Jack. Qu'est-ce que tu veux ?

— Parler. M'excuser. Te supplier de me pardonner, en fait. »

Travis palpa l'arête de son nez brisé. C'était douloureux, mais il ne pouvait pas s'empêcher de répéter ce geste d'une façon un peu morbide, comme lorsqu'on gratte une croûte ou qu'on irrite un aphte avec la langue.

« Ce que je t'ai fait est inexcusable, reprit Jack. Je me suis beaucoup trompé, Travis. Beaucoup. Tout ce que je peux te dire, c'est que je suis désolé. Profondément désolé.

— Ça ne suffit pas, Jack.

— Mais c'est peut-être un début ? »

Travis considéra Jack un long moment. Il paraissait tout à coup plus âgé.

« Tu veux monter ? lui demanda-t-il enfin.

— Pas ce soir, répondit Jack. À quelle heure tu prends ta pause demain ? Ça te dirait d'aller manger un burger ou autre chose quelque part ? Juste pour parler.

— Tu n'as pas peur que les gens nous voient ?

— Plus maintenant, Travis. »

Il était plus de 23 heures lorsqu'il rentra chez lui ce soir-là et il fut surpris de constater que sa mère était encore éveillée. Elle trônait sur le vieux canapé du porche au milieu d'une montagne de mégots de cigarettes et de canettes de bière vides. Ava s'était installée dans l'ombre, afin de pouvoir observer Cromdale Street sans être vue. Mais à côté d'elle, un piège à moustiques grésillait avec une petite lumière à chaque nouvel insecte aspiré, éclairant son visage ridé par intermittence.

« Bonsoir m'man, lança Travis.

— Quoi de neuf, mon chou ?

— Qu'est-ce que tu fais là dehors ?

— Je m'occupe de mes affaires, Travis. » Elle rota avant d'ajouter. « Et j'attends la pluie. »

Travis s'assit sur les marches du porche et regarda le ciel. Des nuages orageux se rassemblaient au loin.

Il trouva deux autres cachets dans sa poche, et un billet d'un dollar. Il le donna à sa mère, qui lui tendit une canette. Il but la bière pour faire passer les cachets.

« Patrick est rentré ? demanda-t-il.

— Pas encore.
— Il a appelé ?
— Non. »

Travis avait beaucoup pensé à son frère ces derniers temps. Il avait pensé à Jack, à Sammy, mais surtout à Patrick. Il commençait à comprendre ses relations avec Becky Creech. Et peut-être qu'il finirait par comprendre aussi ses relations avec l'Église de la Lumière Intérieure. Chacun son chemin, et s'il y avait sur celui de Patrick des serpents et une fondamentaliste aux oreilles parfaites, de quel droit Travis jugerait-il ? Il était bien placé pour savoir qu'on pouvait tomber amoureux de la mauvaise personne.

Ava décapsula une bière. Le piège antimoustique grésilla, révélant à Travis un visage inquiet. Puis le porche retomba dans les ténèbres, et elle rota à nouveau.

Il était assis avec sa mère, tranquille, il regardait Cromdale Street, il pensait toujours à Patrick, à Jack, à Sammy. Il attendait la pluie.

MANSON, KENTUCKY

Maintenant

Une obscurité totale. Pas même un trait pâle sous la porte. Une obscurité absolue. Et dans cette obscurité, des serpents. Je les entendais glisser sur le sol de ciment, autour de mes pieds. Je sentais le poids du serpent noir. Il avait quitté mon ventre pour venir se nicher entre mes seins.

Je gisais immobile sur le dos, trop effrayée pour bouger, tout en sachant que je risquais d'être mordue si je restais ainsi.

J'entendis la sonnette, et puis le couinement aigu d'une souris dont l'existence venait de prendre fin. Il régnait une chaleur épouvantable dans la pièce. La sueur ruisselait sur mon front, sous mes aisselles, dans le creux de mes reins.

Une créature escalada ma main. Instinctivement, je la chassais d'un geste, soulagée de sentir le contact de la fourrure plutôt que celui des écailles.

Le serpent installé sur ma poitrine se remit en mouvement et se dirigea cette fois vers mon cou. Je sentis sa langue frétiller sous mon menton. C'était le moment ou jamais d'agir.

Les mains plaquées au sol, je pris une profonde

inspiration, comptai jusqu'à trois et me tournai brusquement sur le côté. Une intense douleur m'élança le crâne.

Le serpent glissa, retombant quelque part dans l'obscurité avec un sifflement furieux. Je me levai à la hâte en luttant contre la panique qui commençait à m'envahir et reculai à l'aveugle au milieu des ténèbres. Soudain, mon pied se posa sur une forme ronde et molle qui s'écarta avec un drôle de bruit, comme une saucisse qu'on aurait frottée sur le ciment.

Où est cette putain de porte? me demandai-je. En me retournant, j'avais perdu le peu de repère que j'avais ! Je me maudissais.

« Au secours ! »

Mon cri me revint en écho, et la douleur irradia à nouveau mon crâne, juste derrière les yeux.

« Stuart ! À l'aide ! Au secours ! »

Mais personne ne venait m'aider.

Une souris courait le long de ma jambe. Je la frappai, l'envoyant valser. Une longue forme étroite sinuait au sol entre mes pieds. D'un coup, je la projetai loin de moi.

Tout autour de moi, les serpents sifflaient.

Je titubais, à tâtons dans l'obscurité, lorsque mon pied gauche trébucha sur un nœud d'anneaux serré. La sonnette vibra si fort que les ondes retentirent jusque dans mes orteils. Terrorisée à l'idée qu'il attaque si je le frappais ou tentais le moindre mouvement de fuite, je me figeai dans une immobilité absolue. D'ailleurs, dans quelle direction fuir ? Et même si j'échappais à ce serpent-là, comment échapper aux autres ? Le sol était miné d'explosifs sifflants.

Des formes sinueuses, chuintantes, cauchemardesques rampaient autour de moi dans les ténèbres.

Avance, me dis-je intérieurement. *Il faut nager vers quelque chose.*

Soudain, une force se plaqua violemment contre ma jambe gauche et s'y enroula. Je hurlai. L'écho me renvoya mon cri plus intense.

La chose gigotait follement autour de ma jambe. Je tendis la main et mes doigts se refermèrent sur l'animal palpitant. J'essayai de le détacher mais il était comme collé à moi. Il m'avait mordue, je le compris brusquement, mais il s'était pris les crochets dans l'épaisseur de mon jean.

Le serpent s'agitait frénétiquement, gagné par la panique. Je tirai sur lui plus fort cette fois, et le sentis s'amollir. Allongeant ma main le plus loin possible de moi, je le lâchai. Mais je n'étais pas assez rapide. Il revint et enfonça ses crochets dans mes doigts.

Il m'a mordue, eus-je le temps de me dire avant qu'une violente douleur ne m'élance, comme si un piège à loup s'était refermé sur moi.

Le serpent retomba lourdement et, heureusement, s'éloigna au loin.

Ramenant instinctivement ma main blessée contre moi, j'explosai dans un cri de terreur mortelle. La douleur empirait de seconde en seconde, et remontait déjà le long de mon bras.

Je me souvenais de la sentence de Stuart à propos de son oncle Clyde. *Ses dernières heures ont dû être atroces : le venin détruit l'ensemble du système nerveux avant de s'attaquer à la chair, puis aux os.*

J'avançai prudemment, toujours à l'aveugle, et frôlai un autre serpent. Il planta ses crochets dans mon pied nu. Une autre morsure. La douleur foudroyante, encore.

Je tombai à genoux et me mis à vomir. L'odeur de mes propres déjections se répandit, provoquant de nouveaux vomissements.

Ma main commençait à gonfler. Je respirais avec difficulté et une douleur atroce irradiait tout mon corps. Mon esprit devenait brumeux et mes pensées lointaines, morcelées, fragmentées.

J'essayai de me relever, retombai, agrippai le bord d'un vivarium pour me rattraper et l'entraînai dans ma chute. Les parois se brisèrent en mille morceaux sur le sol. Des éclats de verre craquaient à présent sous mes pieds, entaillant ma chair, mais je les sentais à peine. Je ne sentais d'ailleurs quasiment plus rien. L'humidité, l'odeur des souris et de mon propre vomi, le chuintement des serpents qui rampaient à mes pieds – tout cela s'estompait peu à peu. Ma peur même se dissipait.

Je tâtonnai dans les ténèbres dans l'espoir de trouver la poignée de la porte, m'attendant à ne rien trouver du tout. Alors mes doigts rencontrèrent… *un fil.*

Il m'était évidemment impossible de le voir, mais j'avais la certitude que ce fil était rouge, comme celui noué autour de la taille de Sammy dans l'espace indiscernable de mon rêve. Ce fil était doux, soyeux. Tandis que mes doigts se refermaient sur lui une voix murmurait au fond de moi : *Ce n'est pas la réalité, tu es dans un état second, la douleur te fait délirer*.

Ignorant cette voix, je suivis le fil dans les ténèbres, au milieu du verre brisé et des serpents qui s'agitaient.

Il menait à la porte. Elle était fermée, mais céda après deux ou trois coups.

J'émergeai en titubant dans la nuit froide et m'effondrai aussitôt dans l'herbe mouillée.

Au-dessus de moi, le vaste ciel étoilé. Un instant, je me revis aux côtés de ma mère – *qui n'était pas ma mère* – peu avant sa mort : elle était assise sur le petit balcon de sa chambre d'hôpital et regardait les étoiles. Dans les brumes de la morphine, elle me disait que le ciel était un grand drap noir où étaient plantées des centaines, des milliers, des millions d'épingles laissant passer la lumière de l'Au-delà. Sur le moment j'avais à peine prêté attention à ses paroles. Je me fichais des étoiles : ma mère était en train de mourir…

Mais maintenant, le ciel ressemblait en effet à un drap noir laissant passer la lumière de l'Au-delà.

Des lueurs rouges et bleues apparurent. Leur halo dansait à travers les arbres et éclairait la façade de l'église. Puis j'entendis des pas résonner derrière moi.

« Elle est là ! » lança une voix.

Un individu s'approcha.

« Mon Dieu, elle a été mordue ! »

Des bras puissants me soulevèrent, une main caressa mes cheveux, quelqu'un me répéta que tout allait bien se passer. Les secours étaient en route. Il fallait juste tenir bon. Tenir bon jusqu'à ce qu'ils arrivent.

« Stuart…, murmurai-je. Vous m'avez retrouvée…

— C'est sûr, dit la voix, je vous ai retrouvée. Mais c'est pas Stuart.

— Qui est-ce ? »

J'entrouvris mes yeux injectés de sang et me tournai pour apercevoir le visage qui me parlait. C'était Jack Went.

MANSON, KENTUCKY

Autrefois

Patrick était au volant, et Becky Creech était assise à côté de lui. L'Eagle quitta la voie express et s'engagea dans le long chemin de terre qui menait à l'église.

« C'est une mauvaise idée, dit Patrick. À l'heure qu'il est, nous devrions déjà avoir quitté l'État.

— Nous n'irons pas loin sans argent, mon chéri, lui répondit Becky. » Elle posa la main sur le genou de Patrick. Il sembla se calmer. « Tu vas voir un terrain vague sur ta gauche. C'était un coupe-feu. Maintenant, les plantes et les arbres ont repoussé, mais vous pourrez rester là le temps que je revienne.

— Laisse-moi y aller à ta place.

— Tu ne sais pas où mon frère range l'urne des dons. C'est plus facile comme ça. »

Elle s'étira et les vertèbres de son cou craquèrent. Ils avaient passé la nuit dans la voiture, et maintenant ses muscles le payaient. Elle se retourna, luttant contre son torticolis, et regarda Sammy qui dormait sur la banquette arrière. La lumière du matin filtrait à travers les arbres qui bordaient le sentier et tombait sur le visage de la fillette. Ses yeux fermés remuaient sous ses paupières. Elle devait être en train de rêver.

Son pouce était résolument serré entre ses lèvres et elle avait remonté sur le bas de son visage la couverture en laine qui l'enveloppait. Son nouveau doudou, une tortue, était assis à côté d'elle.

Elle avait hurlé quand Patrick lui avait pris son singe, mais ils avaient eu raison de suivre leur plan et de l'enterrer dans les bois. Des plans, ils en avaient élaboré beaucoup, mais ça n'avait plus d'importance maintenant. Tandis que l'aube se levait devant eux, Becky revoyait défiler les événements de la nuit passée. Ses doigts qui appuyaient sur la détente. Le bruit de la détonation. Le shérif qui s'effondrait sur le carrelage défoncé de l'appartement où ils avaient trouvé refuge quelques jours.

N'y pense plus, se dit-elle. *Tu auras tout le temps de te repentir quand ce sera fini. Peut-être que Dieu ne me pardonnera jamais, mais ce que je fais maintenant, je le fais pour cette petite fille.*

Patrick quitta le chemin de terre et engagea l'Eagle dans l'ancien coupe-feu. La clairière n'avait pas été déboisée depuis des années, mais elle était bien cachée. Patrick et Sammy seraient en sécurité ici.

« Je ferai le reste du chemin à pied, dit-elle. Ce ne sera pas long.

— Et si ton frère te voit ?

— Il ne me verra pas. Il n'est même pas 6 heures. Il a célébré l'office hier, il ne se lèvera pas avant midi. Tu peux me faire confiance. »

Patrick prit sa main et embrassa Becky.

« Je t'aime », lui dit-il.

Mais ses yeux disaient autre chose. Ses yeux disaient : *Ciao, Becky*. Elle lui avait déjà vu ce regard, le jour où il était revenu de prison.

Ciao, Becky.

Ils avaient d'abord prévu de quitter Manson après la libération de Patrick. Becky avait un peu d'argent de côté et lui retrouverait rapidement du travail, s'il n'était pas trop regardant. Dès qu'ils auraient rassemblé la somme nécessaire, ils partiraient s'installer loin d'ici, loin de Manson, loin de l'Église, quelque part où ils pourraient enfin rattraper le temps perdu et tout simplement *être.* C'était un beau rêve, simple et sans prétention, auquel elle s'était raccrochée durant ses longues nuits solitaires, quand Patrick était à Greenwood.

Mais à sa sortie de prison, il avait débarqué dans une ville en plein chaos. Une petite fille avait été kidnappée, son frère était le suspect numéro un. Puis il était arrivé dans le petit appartement que Becky louait à Old Commons, et il avait découvert la fillette disparue endormie dans la chambre d'ami.

Il aurait pu la quitter, à ce moment-là.

« Accorde-moi cinq minutes », lui avait-elle dit. Elle était bouleversée, confuse, agitée. « Cinq minutes, le temps que je t'explique cette histoire, et puis tu pourras appeler les flics, ou mon frère, ou qui tu voudras. »

Il était d'abord entré dans une colère folle, une colère de macho, que Becky pouvait difficilement lui reprocher. Mais lorsqu'il l'avait vue rendormir doucement l'enfant qui s'était réveillée, il avait lâché : « Cinq minutes. Et je m'en vais. »

Becky avait plaidé son cas du mieux possible pendant ces cinq minutes. Elle avait appris que Sammy Went allait être *reprogrammée*, ce qui dans le vocabulaire des fondamentalistes signifiait qu'on allait *l'exorciser*. Dale, le frère de Becky, et Molly, la mère de l'enfant, étaient d'accord. Becky ignorait où et quand cette *reprogrammation* devait avoir lieu, mais elle savait qu'il s'agissait d'une cérémonie barbare, traumatisante et qui pouvait s'avérer mortelle.

Patrick l'écoutait avec attention.

Elle lui parla d'un accident, à Floyd, en Virginie, en novembre 1973 : une fillette de quatre ans, Jocelyn Rice, avait été étouffée dans l'église de sa mère lors d'un exorcisme qui avait dégénéré.

En mars 1978, le prédicateur évangéliste Neel Haleck avait déclaré que Satan avait possédé les deux enfants d'un membre de sa congrégation, âgés de un et trois ans. Un exorcisme avait été pratiqué afin de chasser le Diable de leurs corps. Lorsque l'aîné avait voulu lui résister, Haleck avait prétendu que c'était Satan qui se manifestait, et lui avait planté un poignard dans le cœur.

En juillet 1980, en Louisiane, une mère avait arraché la langue et les viscères de son fils de deux ans lors d'un exorcisme, dans sa propre maison.

En janvier 1984…

« Arrête », lui avait lancé Patrick.

Elle l'avait convaincu.

« Tout ce que je voulais, avait poursuivi Becky, c'était parler à Molly. Lui dire ce que je viens de te dire, que j'avais subi un exorcisme de ce genre moi aussi, et quelles terribles conséquences cela avait eu sur moi – et sur *nous*. Mais en arrivant devant chez eux j'ai aperçu cette adorable petite fille qui jouait toute seule dans le jardin. Pour eux, c'était une chose à jeter, abandonnée comme les poubelles avant le ramassage des ordures. Mais pour moi, pour nous, cette enfant pouvait être un don de Dieu.

— Becky…

— Je ne pouvais pas la laisser, Patrick. Je n'ai même pas réfléchi, je l'avais déjà mise dans la voiture et amenée ici. »

C'est ainsi que leur plan, simple au départ, se trouva considérablement compliqué. Ils décidèrent d'aller se cacher à Redwater, dans un endroit que Patrick connaissait, et d'y rester le temps que les choses se tassent. Ils gardaient Sammy à tour de rôle, prenant garde d'être régulièrement vus en ville : Becky participait aux recherches pour retrouver la fillette, et Patrick cherchait du travail à Coleman. Le moment venu, ils quitteraient définitivement Manson en s'arrangeant pour que personne ne les cherche.

Tout avait changé la nuit précédente, après le coup de fusil.

Becky fit le tour de l'Eagle et ouvrit le coffre. Elle souleva la couverture qui recouvrait la roue de secours et saisit le fusil de chasse de son père.

Au cas où.

Elle referma doucement le coffre pour ne pas réveiller Sammy. Puis elle alla embrasser une dernière fois Patrick, toujours au volant, à travers la vitre baissée de la portière.

« S'il arrivait quoi que ce soit…, commença-t-elle.

— Arrête.

— S'il arrivait quoi que ce soit, tu prendras soin de Sammy, n'est-ce pas ?

— Becky…

— Promets-le-moi, Patrick. J'ai perdu la lumière il y a longtemps, mais je l'ai retrouvée grâce à toi. Et grâce à cette petite fille. S'il m'arrivait quoi que ce soit, ne change rien. Avance, roule droit devant, et protège ces deux petites flammes que vous êtes. Ne regarde pas derrière toi. »

Patrick jeta un coup d'œil sur la banquette arrière, puis regarda à nouveau Becky.

« Je te le promets, dit-il.

— Je serai bientôt de retour », lui lança-t-elle.

Tandis qu'elle remontait le sentier qui menait à l'église une brise froide souffla à travers les arbres et fouetta ses jambes nues. Elle baissa les yeux et se souvint qu'elle portait un short en jean. Il y avait longtemps qu'elle n'était pas sortie de chez elle sans une jupe aux chevilles, et jamais elle n'avait mis les pieds à l'église dans une tenue pareille.

Après tout ce qui s'était passé, elle ne pourrait plus revenir à Manson. Elle aurait des regrets, bien sûr, mais elle n'aurait pas la nostalgie de l'Église. Plus maintenant. Lorsqu'elle pensait à la Lumière Intérieure maintenant, elle se souvenait de ce qui s'était passé dans cette ferme abandonnée de Coleman.

Dans la clairière elle s'immobilisa un instant, en proie à un étrange malaise. Le parking était vide, et rien n'indiquait une quelconque présence. Elle était venue ici des milliers de fois mais aujourd'hui, il y avait quelque chose de différent.

Le soleil s'était levé derrière les Appalaches. À contre-jour, les montagnes se dressaient comme d'immenses vagues figées. La forêt, barrière naturelle entre le domaine de l'église et le monde extérieur, semblait plus dense aujourd'hui, infranchissable, comme les barbelés qui entouraient sur deux kilomètres le pénitencier de Greenwood. Le potager et l'ancien poulailler de la communauté – que personne n'entretenait plus – se profilaient à la lisière des arbres. La baraque des serpents semblait pleine de fantômes, et l'église elle-même paraissait sinistre.

Elle marcha plus rapidement vers l'église ; à chaque pas, son fusil se balançait à son épaule et frappait sa cuisse. Elle le serra contre elle, soulagée de l'avoir emporté.

Il y avait bien un verrou à la porte, mais il n'avait jamais servi. Elle entra dans le bâtiment ; l'odeur de sciure, de sueur et d'excréments de serpents la saisit aussitôt à la gorge, mais ce n'était pas vraiment désagréable. C'était l'odeur de l'église, l'odeur de son enfance.

Elle n'alluma pas la lumière et traversa la salle les bras tendus devant elle, espérant que son corps ait gardé la mémoire des lieux et lui évite de se cogner ou de renverser le vivarium sur la table.

Au fond, une porte donnait sur un étroit couloir. Il y avait là la petite armoire et le frigo où Dale stockait le sérum antivenin. La porte de l'armoire était verrouillée, mais Becky savait où était la clef. Elle s'agenouilla et chercha à tâtons derrière le meuble avant de trouver l'objet glissé entre la plinthe et le mur.

La porte ouverte, elle se hissa sur la pointe des pieds pour atteindre l'étagère du haut, écarta un seau avec une vieille serpillière et sortit de sa cachette la caisse en bois où les fidèles glissaient leurs dons. On pouvait lire sur le côté : *Donnez-vous à Dieu sans compter, donnez ce que vous pouvez à la Lumière Intérieure.* L'urne était pleine de billets.

Si, un an auparavant, on avait dit à Becky qu'elle se glisserait dans l'église comme une voleuse pour vider l'urne des dons, elle aurait éclaté de rire. Et pourtant, c'était ce qu'elle faisait. Ses relations avec

Dieu s'étaient compliquées ces derniers temps – surtout depuis la nuit précédente : la liste de ses péchés pouvait bien s'allonger un peu plus.

Le couvercle de l'urne était fermé par un petit cadenas argenté. Elle posa la caisse à ses pieds, prit son fusil, l'ajusta. Alors elle entendit le bruit d'un moteur qui se rapprochait. Elle s'immobilisa et tendit l'oreille. Une moto. La moto de Dale. Le son emplissait maintenant la clairière. De toutes ses forces, Becky abattit la crosse du fusil sur l'urne, qui vola en éclats.

Elle posa son arme et s'agenouilla, enfouissant le plus vite possible des poignées de billets dans un gros sac d'aspirateur trouvé dans l'armoire. Quand le sac fut plein, elle bourra les poches de son short des derniers billets.

Dehors, la moto s'était arrêtée.

Avec des gestes bien plus lents qu'elle ne l'aurait voulu, Becky replaça l'urne sur l'étagère du haut, referma la porte de l'armoire et remit la clef à sa place. D'une main elle prit le sac de billets, de l'autre son fusil, avant de se précipiter dans le couloir.

Trop tard. Dale se tenait dans l'encadrement de la porte, sur le seuil de l'église. Il appuya sur l'interrupteur et la lumière se répandit, éclairant son visage tuméfié et ses lèvres ensanglantées.

« Dale, qu'est-ce qui t'est arrivé ?! s'exclama Becky.

— L'office d'hier a été mouvementé, dit-il en palpant son œil droit, qui avait triplé de volume. Je n'ai pas vu ta voiture. Tu es venue comment ?

— En stop. Et j'ai terminé à pied.

— Et, plus sérieusement, qu'est-ce que tu fais avec le fusil de papa ? »

Le regard de Dale allait du fusil au sac de billets

que Becky tenait serré contre elle. Aucun mensonge ne pouvait la sortir de cette situation.

« Tu peux m'expliquer ce qu'il se passe exactement, Becky ?

— Laisse-moi passer, Dale », dit-elle en avançant d'un pas.

Dale fit un pas en avant lui aussi, la tête sur le côté, avec un étrange sourire. Il avait perdu une dent. Dans la lumière des néons, elle distinguait le sol taché de sang, exactement à l'endroit où se tenait son frère. L'office avait dû être mouvementé, en effet.

« C'est vrai, ce qu'on dit à propos des églises ? demanda-t-elle. Si je te demandais l'asile, tu serais obligé devant Dieu de m'accorder ta protection ?

— Mais pourquoi tu me demanderais l'asile ?

— Essaie de deviner, Dale.

— Qu'est-ce que tu as fait Becky ? Ça a un lien avec Sammy Went ? »

Elle leva le fusil et le pointa vers lui. Le sourire de Dale s'effaça. Il se raidit, leva les mains en l'air.

« Ne commets pas l'irréparable, dit Dale.

— On est bien au-delà de ça, maintenant. Je l'ai prise, Dale. J'ai pris Sammy Went.

— Pourquoi ?

— Pour la sauver. De toi, dit-elle en calant le sac de billets sous son bras, le doigt sur la détente. De sa mère. Et de cette putain d'église.

— Becky…

— Je sais quel sort tu comptais lui faire subir, *révérend*. Et quel genre d'exorcisme tu pratiques. Tu allais infliger à cette enfant le traitement auquel j'ai eu droit.

— Où est-elle ? demanda Dale d'une voix étrangement calme.

— Elle en serait morte, Dale. Tu ne pouvais vraiment pas t'en rendre compte, fanatisé comme tu es ? Tu aurais tué cette enfant comme tu as tué le mien.

— Je ne suis pour rien dans ce qui t'est arrivé.

— Et tu pensais qu'il arriverait quoi à mon enfant quand tu m'as hurlé au visage tes versets sacrés, quand tu m'as maintenu la tête sous l'eau, quand tu m'as enfermée dans cette cave avec…

— Nous tentions de te sauver.

— Me sauver de quoi, pauvre connard ?

— Des griffes du Diable. »

Becky cala la crosse de son fusil contre son épaule et pointa son arme sur la gorge de son frère.

« Dis-moi un truc, Dale : tu crois que ça a marché ? Tu crois que ça méritait qu'un enfant meure ? »

Il s'humecta les lèvres.

« Le bébé aurait survécu si telle avait été la volonté de Dieu. Ce n'est pas moi qui ai repris cet enfant, Becky. C'est le Seigneur. Il l'a retiré de ton ventre parce qu'il était impur. Parce qu'il avait été conçu dans le péché, par un criminel. Pire encore : un incroyant. Tu n'avais qu'une chose à faire : ne pas écarter les jambes ! »

Une salive blanchâtre lui venait aux lèvres.

« Tu peux mettre ça sur le compte de Dieu, rétorqua Becky. Peut-être que tu crois à tes conneries après tout. Mais tu savais parfaitement ce que tu faisais. Tu voulais avant tout éviter un scandale. Protéger ta réputation, la réputation de l'Église et…

— Je voulais te protéger *toi.* »

Le doigt de Becky pesa sur la détente.

« Et alors, tu as obtenu quel résultat ? Il a bien fonctionné, ton exorcisme ? Ou le Diable est toujours en moi ?

— Il n'est pas trop tard, Becky. Tu t'es égarée, voilà tout. Mais tu peux revenir parmi nous. Retrouver la Lumière.

— J'ai tué le shérif, dit-elle.

— Quoi ?

— Il est trop tard pour moi, Dale. Et donc trop tard pour nous aussi. Je n'étais pas venue ici avec l'intention de te tuer, tu n'étais pas censé être là. Et pourtant nous voilà face à face. Peut-être est-ce la volonté de Dieu. »

Dale croisa les doigts, pencha la tête et se mit à chuchoter :

« *Je vous ai donné le pouvoir de marcher au milieu des serpents et des scorpions…*

— Tu pries ?

— *… et surtout le pouvoir de triompher de l'ennemi…*

— Je n'y crois pas… Tu pries vraiment ?

— *… et rien ne saura en aucune façon vous blesser…* »

Elle appuya sur la détente et pendant une fraction de seconde n'entendit plus rien, hormis un sifflement aigu dans ses oreilles.

Elle attendit que son frère s'effondre sur le sol de l'église. Mais Dale baissa les yeux, examina son corps et ne vit rien. Un étroit faisceau de lumière tomba soudain à travers le trou parfaitement circulaire que la balle avait fait dans la paroi. Elle avait raté sa cible.

Il poussa un cri et se jeta sur elle.

Affolée, Becky releva son arme et tenta de tirer de

nouveau, mais elle n'était pas assez rapide. Son frère était déjà sur elle. Il saisit le fusil par le canon encore brûlant et l'écarta avec un cri de douleur avant de frapper sa sœur en plein visage. Elle vacilla et tomba en hurlant. Dale se rua sur elle et la frappa encore.

Et encore. Et encore.

Becky le griffait, lui arrachant la peau. Le sang ruisselait sur son visage mais elle ne ressentait pas la moindre douleur. Elle luttait contre son frère, mais c'était lui que Dieu avait choisi.

Tandis qu'elle basculait lentement dans les ténèbres, elle entendit le moteur de l'Eagle de Patrick qui arrivait sur le parking.

MANSON, KENTUCKY

Maintenant

Une ambulance m'avait emmenée en urgence à l'hôpital de Manson, où les médecins m'injectèrent dix-neuf doses de sérum antivenin. Si j'étais arrivée une heure plus tard, il aurait probablement fallu m'amputer la main. Et si je n'avais pas été soignée je serais morte lentement dans d'horribles souffrances. On s'occupa également des brûlures au deuxième degré que j'avais au visage, là où Creech m'avait frappée avec sa cafetière. Il fallut aussi me recoudre les pieds avec des points de suture, la plante étant profondément entaillée en plusieurs endroits.

On m'avait donné des doses massives d'antalgiques, et je passai les deux journées suivantes dans un état semi-comateux. Je n'en ai pas gardé un souvenir très net. Je me souviens que je salivais beaucoup ; une infirmière m'apprit que c'était normal après une morsure de serpent. Et je me souviens également de la présence de Dean. Amy et lui avaient dû arriver à Manson le lendemain de mon hospitalisation. À plusieurs reprises, émergeant du sommeil, je l'aperçus à mon chevet, passant la main dans mes cheveux ou lisant le journal sur une chaise près de la fenêtre.

Quand je m'éveillai le matin du troisième jour, Dean n'était plus là : je découvris à sa place Stuart et Amy. Stuart quitta sa chaise en voyant que je me réveillais, Amy était déjà assise au pied de mon lit. Les voir ensemble, dans la même pièce, avait quelque chose de surréaliste. Le monde de Kim Leamy et celui de Sammy Went étaient officiellement entrés en collision.

« Tu as très mal ? me demanda Amy.

— Je suis sous morphine, répondis-je, donc je ne sens pas grand-chose.

— Alors je peux te prendre dans mes bras ?

— Si tu me promets d'y aller doucement. »

Elle se laissa tomber sur le lit et me serra contre elle. C'était une étreinte bizarre et gauche, mais peu importait. Jamais je n'avais été aussi heureuse de revoir quelqu'un.

« Tu as fait la connaissance de mon frère ? lui demandai-je.

— Oui, dit Amy, nous nous sommes présentés. »

Stuart rougit. Il s'approcha du lit, saisit ma main libre – celle qui n'était pas enveloppée de pansements – et me fit un grand sourire.

« C'est la première fois que tu m'appelles comme ça, dit-il.

— Comment tu m'as retrouvée ?

— Papa est arrivé juste après ton départ, m'apprit-il. Comme tu n'étais pas à l'hôtel, et que la voiture n'était plus là, j'en ai conclu que tu étais allée à l'église. Tu n'aurais jamais dû y aller toute seule.

— Je sais, dis-je. Je suis désolée.

— Moi aussi. Claire est en route, elle sera bientôt là.

— C'est bien. »

On frappa à la porte. L'inspecteur Burkhart apportait des fleurs, achetées à la boutique de l'hôpital au rez-de-chaussée.

« Je peux vous parler un instant ? me demanda-t-il.

— Nous vous laissons la place, dit Amy en se levant.

— Ne vous éloignez pas trop, tous les deux », leur lançai-je.

Stuart pressa gentiment ma main et quitta la chambre avec Amy. Lorsque nous fûmes seuls, Burkhart posa son bouquet sur la table de nuit, approcha la chaise du lit et s'assit.

« Vous avez très mal ?

— Je suis bourrée de médicaments, répondis-je. Du coup, je plane un peu.

— Vous planez ? » répéta-t-il en souriant et en se grattant la barbe.

Puis son sourire s'effaça.

« Nous n'avons pas encore retrouvé Creech », me dit-il.

Un cri s'étrangla dans ma gorge. Creech s'était certainement enfui dès qu'il avait pu, juste après m'avoir enfermée avec les serpents. Mais alors que ma tête m'affirmait qu'il était à des centaines de kilomètres, mon cœur inquiet me chuchotait qu'il était peut-être tout près.

« Que s'est-il passé au juste, Kim ? reprit Burkhart. Votre frère m'a dit que vous étiez allée voir Creech pour l'interroger au sujet de sa sœur. »

J'acquiesçai, me redressai un peu et m'essuyai les lèvres. Je salivais toujours beaucoup. J'avalai le verre d'eau que me tendait Burkhart avant de poursuivre.

« Je crois que Carol Leamy et Becky Creech ne sont qu'une seule et même personne. Et quand j'ai interrogé Creech au sujet de sa sœur, il a complètement changé. Il y a eu quelque chose dans cette église, quelque chose lié à sa sœur, et j'ai l'impression que j'ai assisté à cette scène, que j'étais là quand ça s'est passé. »

Burkhart eut l'air intrigué, comme s'il digérait l'information. Puis il glissa la main dans sa poche et en sortit une feuille pliée en quatre, qu'il tourna plusieurs fois entre ses mains.

« Nous sommes en train de fouiller le domicile de Creech, dit-il. Mais j'ai déjà quelque chose qui pourrait vous intéresser. »

Il déplia la feuille et me la tendit.

« C'est une photo de Becky Creech, précisa-t-il. Regardez-la et dites-moi s'il s'agit bien de la femme qui vous a élevée. »

Je fondis en larmes en voyant la photo. Ma main m'élança, brusquement douloureuse. J'appuyai sur la pompe à morphine, mais j'avais déjà atteint la dose maximale.

« Sandy s'est trompée, dis-je. La cicatrice n'est même pas sur la même main !

— Pardon ? »

Je repliai la feuille et la tendis à Buckart.

« Ce n'est pas elle. »

Le visiteur suivant était Jack Went. Il était grand, avec de rares cheveux plus blancs que gris. Son sourire était chaleureux et triste.

« Je ne sais pas comment t'appeler, me dit-il. Sammy ? Ou Kim ?

— Il va falloir que je m'habitue aux deux, répondis-je. Mais ça va me prendre un peu de temps.

— Et moi, il va falloir que je m'habitue à *cet accent*… et ça va me prendre un peu de temps… »

Il s'assit à côté de moi sur le bord du lit. Nous étions de toute évidence du même sang. Je reconnaissais mes traits dans les siens. Nous avions les mêmes yeux. Comment Molly avait-elle pu l'ignorer ?

« Je n'aurais jamais dû arrêter de te chercher, dit-il. Je n'aurais jamais dû te laisser disparaître. C'était mon devoir de te protéger. Je suis désolé, Sammy.

— Je n'ai pas à me plaindre, dis-je. J'ai eu une belle vie, jusqu'à maintenant. »

Il laissait couler ses larmes. Un homme apparut dans l'encadrement de la porte. Il était bien habillé, il devait avoir une cinquantaine d'années. Un grand sourire éclairait son visage. Jack lui fit signe d'entrer.

« Sammy, je te présente Travis, mon mari. »

Travis s'approcha lentement du lit.

« C'est vraiment toi, Sammy ? demanda-t-il.

— Oui, dis-je. C'est bien moi. »

Tandis que mon premier père se penchait à mon chevet, le second entra dans la chambre. Dean brandissait un ballon *Remets-toi bien vite*, qui flottait au-dessus de lui comme une bouée. En apercevant Jack et Travis à côté de moi, il s'arrêta net. Il eut d'abord l'air interloqué, puis son visage se détendit. Son regard se posa d'abord sur Jack, puis sur son compagnon.

« Bonjour, Travis », dit-il à celui-ci.

On aurait dit que Travis venait d'apercevoir un spectre.

« Patrick ? » murmura-t-il.

MANSON, KENTUCKY

Autrefois

La scène se présenta à Patrick Eckles par fragments successifs, comme pour éviter qu'une émotion trop intense ne grille d'un seul coup ses circuits. Le fusil de chasse était abandonné sur le sol maculé de sang. À côté traînait un sac d'aspirateur éventré, d'où un flot de billets de banque s'écoulait comme les intestins d'un zombie dans un film d'horreur.

Puis il vit Dale Creech. Il s'attendait à cette rencontre ; il avait entendu la moto du révérend monter la route. Puis il avait entendu le coup de feu, qui résonnait dans les bois, et s'était figuré qu'il trouverait peut-être le corps de Creech en arrivant. En fait, Patrick ne savait pas du tout ce qu'il trouverait derrière la porte de l'église, mais il était loin d'imaginer qu'il verrait Creech ainsi : le visage congestionné et couvert de sang, en larmes, lâchant le cou de Becky pour se jeter sur le fusil.

Patrick ne fit pas un geste. Il ne quittait pas des yeux la femme qu'il aimait et qui ne bougeait pas. Qui ne bougeait *absolument pas*. Étalée sur le sol comme une poupée brisée, le bras gauche tordu selon un angle invraisemblable. Il y avait du sang sur son visage mais aucun souffle, aucun mouvement ne l'animait : il était totalement immobile lui aussi.

Elle est morte, songea-t-il alors que Creech s'emparait du fusil, écrasant presque le pied de sa sœur avant de le pointer vers lui. C'était la première fois que Patrick était mis en joue. Certains auraient été paralysés par la surprise, mais lui le remarqua à peine. *Becky est morte. Tout cela est bien en train de se passer.*

« Non », murmura-t-il enfin.

Creech venait de lui crier quelque chose mais ses mots paraissaient étouffés, lointains. Le monde entier paraissait étouffé, lointain. Il aurait pu rester figé à jamais dans cet état hypnotique s'il n'y avait eu ce cri perçant, suraigu, qui résonnait dans son cerveau comme un sifflement de train.

Becky est morte. Tu es ici. C'est bien en train de se passer. Cet homme pointe un fusil sur toi et il va sûrement appuyer sur la détente.

Le sifflement devint plus aigu et soudain, Patrick comprit qu'il s'agissait des hurlements d'une enfant. Sammy… Elle était derrière lui dans l'encadrement de la porte. Ses sanglots faisaient jaillir la morve de son nez. Le regard de Patrick alla de la fillette au corps de Becky, puis au fusil de Creech. Du même mouvement, Creech regarda tour à tour Patrick, le cadavre de sa sœur et la petite fille à l'entrée.

Alors, Patrick entendit Becky. Elle ne parlait pas avec sa bouche, elle parlait depuis la mémoire de son amant : *S'il arrivait quoi que ce soit, tu prendras soin de Sammy, n'est-ce pas ?*

La fillette pleurait toujours. Elle tendit les bras vers Patrick, ses petites mains écartées dans un geste de détresse.

Promets-le-moi, Patrick… Protège ces deux petites flammes que vous êtes. Ne regarde pas derrière toi.

Il s'avança vers Sammy et la prit dans ses bras. La fillette plongea le visage dans le creux de son épaule, trembla violemment durant quelques instants puis s'apaisa peu à peu.

Patrick regarda Creech.

Celui-ci baissa son fusil et lui désigna la porte.

« Partez », lui lança-t-il.

Ne regarde pas derrière toi, avait dit Becky. Et il ne se retourna pas.

Il roula toute la journée, vérifiant toutes les trente secondes dans le rétroviseur que Sammy était bien sur la banquette arrière, comme si elle avait pu disparaître alors qu'il roulait à près de cent à l'heure sur l'autoroute. Il évitait de poser les yeux sur le siège vide à sa droite pour ne pas être secoué par un nouvel accès de larmes.

Il s'arrêta dans un relais routier une dizaine de kilomètres avant la frontière de l'État. Il avait trouvé une vieille casquette de base-ball sous un des sièges et l'enfonça sur son crâne en baissant la visière. Quelques camions étaient garés sur le parking d'une vaste station-service dont les murs d'un bleu pâle écaillé étaient couverts de graffitis. Au-dessus de la porte d'entrée, un panneau décoloré annonçait *Chez Bob – Essence ! Donuts ! Pop-corn ! Hot dogs !*

Après avoir fait le plein d'essence et acheté toute une provision de sandwiches et de biscuits, son portefeuille se trouva considérablement allégé. Il songea aux billets étalés sur le sol de l'église et faillit pousser un hurlement. Il dénicha une pièce de 25 cents au fond de sa poche et se dirigea vers la cabine téléphonique, au fond de la boutique.

« Oui ? répondit sa mère à la dixième sonnerie.

— C'est moi, maman. Est-ce que Travis est dans les parages ?

— Non.

— Tu sais quand il doit rentrer ?

— Aucune idée, dit-elle. Qu'est-ce qui se passe ?

— Rien. Enfin, si. Je suis dans la merde, maman. »

Un camion passa, laissant derrière lui un nuage de fumée noirâtre.

« Tu es où ? demanda Ava.

— Peu importe, dit-il. J'ai besoin d'aide.

— De combien *d'aide*, exactement ?

— Tu peux me donner combien ?

— *Si tu veux garder tes amis, ne prête jamais, n'emprunte jamais*.

— Maman, s'il te plaît… »

Patrick entendit craquer une allumette à l'autre bout du fil, puis sa mère qui aspirait sa cigarette.

« Dis-moi combien et où il faut virer l'argent », dit-elle.

Des larmes de soulagement perlèrent dans ses yeux. Il regarda du côté du parking et aperçut Sammy sur la banquette arrière de l'Eagle.

« Merci, dit-il.

— Mouais…, rétorqua Ava. Tu veux que je transmette un message à ton frère ?

— Non, répondit Patrick. Mais surveille-le du coin de l'œil pour moi. »

Le lundi 9 avril 1990, six jours après l'enlèvement de Sammy par Becky Creech, Patrick Eckles passait la frontière du Kentucky pour la dernière fois, espérait-il. Il roula jour et nuit avec Sammy, ne s'arrêtant que pour faire le plein d'essence et acheter de quoi manger. Ils dormaient sur la banquette arrière de l'Eagle ou dans ces motels bon marché où on payait en liquide, sans laisser de nom. Dans l'un, il y avait une piscine. Patrick acheta un maillot de bain jaune à Sammy et lui fit traverser le grand bassin sur ses épaules.

Longtemps, l'enfant sembla perdue. Elle passait par des accès de tristesse, et Patrick se demandait ce dont elle pouvait se souvenir, et ce qu'elle avait déjà oublié. Mais à mesure que les kilomètres défilaient, elle commença à accepter ce monde nouveau et s'attacha de plus en plus à Patrick, lui-même de plus en plus attaché à elle. Il percevait la lumière qu'elle portait en elle, comme Becky l'avait avant lui – et rien d'autre ne comptait.

À chaque halte, il achetait le journal. Le corps du shérif avait été retrouvé dans le taudis de Redwater où ils l'avaient laissé. Au début, on chercha un lien avec l'enlèvement de Sammy. Puis on expliqua que le shérif avait été assassiné en allant voir une prostituée – le quartier était connu pour ça. Mais les semaines s'écoulèrent sans qu'aucune preuve ne confirme ces hypothèses et peu à peu, les journaux se désintéressèrent d'une affaire qui n'avait pas été élucidée, jusqu'à l'oublier complètement.

Aucun journaliste n'avait jamais mentionné Becky. Patrick en avait conclu que son frère avait réussi à dissimuler le meurtre ; sans doute avait-il enterré le corps quelque part dans les bois autour de l'église. Il espérait que Creech avait été doux avec elle, qu'il avait récité une prière avant de recouvrir la fosse de terre. Il espérait aussi qu'il ne révélerait jamais qu'il l'avait vu ce jour-là. Ce secret, ils avaient tous les deux intérêt à le garder, mais qui pouvait prévoir les réactions du révérend ?

Huit mois plus tard, Patrick se procura un faux passeport pour Sammy et ils quittèrent le sol américain pour disparaître en Australie. C'est alors qu'il changea lui aussi d'identité. Dean Leamy : ce nouveau nom n'était chargé d'aucun sens particulier pour lui. Il lui était venu par hasard, en une seconde. Mais tout ça n'avait pas d'importance : l'important, c'était qu'il n'y avait plus de Patrick Eckles.

Il trouva du travail à Melbourne et se fit aussi vite qu'il le put à sa nouvelle vie. Il lui fallut longtemps pour perdre son accent et au début, il n'osait pas beaucoup parler. Mais se couler dans la peau de Dean s'avéra plus facile qu'il ne l'avait imaginé : il suffisait de s'adapter, comme on se fait à un bain un peu trop chaud, ou à un jean un peu trop raide.

Il n'avait jamais pensé refaire sa vie, ou même retomber amoureux. Mais comme il l'avait appris à ses dépens à Manson, ses plans pour l'avenir devaient souvent être contrariés. Une certaine Carol s'éprit de lui, et peut-être plus encore de Sammy.

Sammy s'appelait Kim désormais.

Carol pensa d'abord que Sammy était la fille de Dean ; mais même si sa version des faits était assez convaincante, la jeune femme avait relevé un certain nombre d'incohérences dans cette histoire.

Il finit par lui dire la vérité. Et elle finit par

l'accepter. Ils étaient d'accord sur une chose : jamais Kim ne devait apprendre ce qui s'était passé. Pour corroborer ce mensonge et effacer tout souvenir de Sammy Went, Carol se présenta toujours comme sa mère biologique.

Des années passèrent.

Dean et Carol eurent une fille, Amy. Les deux enfants grandirent en croyant être demi-sœurs. Dean et Carol vieillissaient, et leur mensonge initial se perdait peu à peu dans les limbes du passé – ce passé devenu un océan noir, traversé de monstres et de requins.

Carol tomba malade. Elle perdit sa bataille contre le cancer. Puis Stuart Went aborda Kim, devenue adulte, au TAFE de Northampton Community où elle enseignait la photographie trois soirs par semaine.

QUELQUE PART AU-DESSUS DE L'OCÉAN PACIFIQUE

Maintenant

Le 787 filait à 40 000 pieds d'altitude. Nous étions à mi-chemin entre Manson et Melbourne, entre le passé et le présent, entre le monde de Sammy et le mien.

Seules les veilleuses luisaient, et la plupart des passagers dormaient. Je regardais le ciel, un whisky Coca à la main, mais il faisait trop sombre pour voir quoi que ce soit à part mon reflet fantomatique.

Nous avions fait ce voyage, Dean et moi, jadis. À l'époque où il était Patrick Eckles et moi Sammy. Mais il n'était pas près de le refaire, pas avant un long moment en tout cas.

Je ne lui avais pas reparlé depuis le jour où, à l'hôpital, il avait ouvert la porte du monde de Patrick Eckles et m'avait invitée à entrer. Je m'étais murée dans un silence plein de colère et de questions. M'avait-il sauvée, ou m'avait-il enlevée ? Espérait-il que je lui pardonne ou que je le remercie ? Qui était-il : Dean ou Patrick ?

Je n'avais réussi à articuler qu'une phrase : « Je voudrais que maman soit là.

— Oui, avait-il acquiescé. Moi aussi. »

À ce moment, un petit oiseau rouge s'était posé sur le rebord de la fenêtre. Je crois que c'était un cardinal.

Dean fut inculpé pour enlèvement et complicité dans une affaire de meurtre sous le nom de Patrick Eckles. La date du procès n'avait pas encore été fixée mais je savais que je reviendrais à ce moment-là. Est-ce que j'avais vraiment le choix ? Il était de ma famille.

Il allait me falloir du temps pour lui accorder mon pardon – si j'y parvenais jamais – et plus de temps encore pour concilier Sammy Went et Kim Leamy en une seule personne. Mais il faut nager vers quelque chose, non ?

Le dernier soir, à Manson, j'avais reçu deux coups de téléphone. Avec son charmant accent du Sud, l'inspecteur Burkhart m'informait que Dale Creech avait été arrêté dans un relais routier alors qu'il s'apprêtait à franchir la frontière du Kentucky. Il avait avoué le meurtre de sa sœur ; il aurait ensuite enterré le corps dans les bois, près de l'église.

L'homme d'ombre avait finalement disparu.

Le deuxième appel venait de Molly Went. Stuart lui avait donné mon numéro de portable. Elle n'appelait ni pour s'excuser, ni pour me faire une déclaration larmoyante. Elle voulait juste bavarder, de tout et de rien : elle me demanda combien de temps durait mon vol, elle, elle n'aurait jamais pu rester assise aussi longtemps dans un avion, elle me demanda de lui décrire l'Australie, si nos serpents étaient vraiment si dangereux, et si on croisait des kangourous dans la rue. Elle finit par me donner son numéro : si j'avais envie de l'appeler un jour, elle n'y voyait pas d'inconvénient.

« J'y réfléchirai », lui répondis-je. Et j'en avais bien l'intention.

Tandis que le 787 entamait sa descente sur Melbourne je contemplai la ville plate et grise qui s'étendait plus bas, à la fois familière et différente.

Les lieux sont les mêmes, me dis-je. *Mais pas la femme qui revient.*

Amy, Wayne et Lisa m'attendaient à l'aéroport. Ce fut ma nièce qui m'aperçut la première. Elle cria mon prénom et s'élança vers moi en courant. Je la soulevai dans mes bras et l'étreignis de toutes mes forces. Amy arriva à son tour et nous enlaça toutes les deux. Wayne nous observait à une distance respectable et proposa de prendre ma valise, mais lorsque je me détachai enfin d'Amy et de Lisa je l'embrassai tendrement lui aussi.

Il y aurait encore bien des questions, bien des écueils. Mais je ne pensais à rien de tout ça. Je pensais à Sammy Went, l'enfant de nulle part, dans l'angle mort de ma mémoire. Je voyais encore le fil rouge à sa taille, je la voyais encore le tirer à elle sans espoir. Mais cette fois, le fil s'était tendu. Elle se levait et le suivait, lentement. Et peu à peu, elle passait des ténèbres à la lumière.

NOTE DE L'AUTEUR

Écrire est un travail solitaire, et la plupart du temps je ne m'en plains pas. Je travaille à quatre mètres de mon lit et à un mètre de mon chien, ce qui prouve que ces dernières années, certaines des décisions que j'ai prises étaient pertinentes. Mais maintenant que mon livre est terminé, je peux enfin parler aux gens.

Et c'est dans cet état d'esprit que je vous écris ici, pour vous remercier, et engager avec vous la conversation, chers lecteurs. Si vous avez envie de partager vos impressions, ou simplement de dire bonjour, j'en serais très heureux. Vous pouvez me contacter via mon site (christian-white.com) ou sur les réseaux sociaux. Je m'engage à consulter régulièrement mon compte Twitter. Avec un peu de chance, lorsque vous lirez ces lignes, j'aurai plus de six followers.

Pendant que vous êtes là, j'aimerais partager avec vous l'histoire de ce livre, et vous dire comment j'ai été amené à l'écrire. Rien ne vous oblige à poursuivre votre lecture, mais si vous êtes du genre à rester assis au cinéma jusqu'à la fin du générique alors que toutes les lumières ont été rallumées, ou si vous aimez savoir quelle histoire se cache *derrière* l'histoire, restez un peu avec moi. Bon, si vous êtes simplement comme ma femme, qui se sent obligée de lire un livre jusqu'à la dernière ligne, désolé, j'essaierai de ne pas être trop long.

J'ai d'abord et avant tout écrit ce livre pour m'en libérer.

Tous ceux qui ont un jour porté en eux une histoire forte (et je pense qu'il y en un certain nombre parmi vous) savent que c'est comme une sorte de démangeaison qu'on doit gratter, une crampe qu'on doit masser, une croûte qu'on doit arracher. Sur papier, sur écran, sur toile, sur n'importe quoi : on ne peut pas s'y soustraire.

Je ne savais pas vraiment comment écrire un roman quand j'ai commencé. J'avais déjà essayé, et j'avais déjà échoué. Je ne voulais pas échouer à nouveau. J'ai donc pris un guide, comme je le fais souvent dans ces cas-là. J'ai choisi Stephen King. Si vous avez déjà voulu écrire un roman, arrêtez tout et courez acheter, emprunter ou voler *Écriture : mémoires d'un métier*. Entre l'autobiographie et le manuel, ce livre est une vraie feuille de route pour transformer votre idée de départ, cette petite pépite, en un authentique manuscrit. Je peux vous le certifier maintenant : la méthode fonctionne ! Vous en tenez la preuve entre vos mains !

Lorsque l'idée centrale du *Mystère Sammy Went* m'est venue à l'esprit – *qu'est-ce qui se passerait si on découvrait qu'on a été enlevé dans son enfance et que les gens qu'on a toujours considérés comme ses parents sont en fait les ravisseurs ?* –, je savais qu'elle était assez puissante pour qu'en germe tout un roman. Mais j'avais peur que cette idée soit trop classique. On a déjà raconté des millions d'histoires d'enlèvement. Il fallait inventer quelque chose de différent. J'avais besoin d'un élément singulier. J'avais besoin… du Kentucky.

Quand j'étais adolescent j'ai traversé les États-Unis avec mes parents. Nous sommes partis de Wilkes-Barre, en Pennsylvanie (où ma sœur vivait à l'époque), pour descendre en Floride, avant de remonter dans l'autre sens. Nous nous étions arrêtés dans le Kentucky, dont j'ai gardé deux souvenirs très précis : le visage enchanté de mon père lorsqu'un habitant lui a lancé : *Vous n'avez plus qu'à revenir maintenant* ; et Mammoth Cave.

Au cas où vous ne l'auriez pas deviné, Mammoth Cave est un vaste réseau de galeries souterraines. Nous nous sommes arrêtés dans le parc national, et avons fait la visite de la grotte. C'était spectaculaire, grandiose, comme seuls certains paysages sculptés par la nature.

Nous avons marché sous les stalactites en suivant de petites lumières jaunes. Nous avons atteint une grotte immense, et notre guide nous a demandé de ne plus bouger, avant d'éteindre toutes les lumières. Cette obscurité-là ne ressemblait à rien de ce que je connaissais, ni de ce que j'ai connu depuis. Elle était lourde, pleine, absolue. J'avais beau lever la main à dix centimètres de mon visage, je ne voyais strictement rien. Il y avait comme un esprit de ces ténèbres, quelque chose d'archaïque, d'oppressant et de puissant.

Bien après que le garde eut rallumé les lumières, cette obscurité continua de vivre en moi, comme une sorte de traumatisme. En écrivant *Le mystère Sammy Went*, je voulais puiser dans ces sensations. C'est pourquoi l'essentiel de l'histoire se déroule dans le Kentucky. Et lorsque je me représente l'angle mort de la mémoire de Kim Leamy où la petite Sammy Went est condamnée à errer, c'est à cette grotte que je repense, à l'instant où les lumières s'éteignent.

Je n'ai rien à ajouter. Du fond du cœur, je vous remercie d'avoir lu mon livre. Je ne me souviens plus si j'ai trouvé la formule quelque part ou si c'est une idée à moi, mais il y a un pacte entre l'auteur et son lecteur. Un pacte sacré. Le lecteur donne à l'auteur une dizaine d'heures de sa vie ; et en retour, l'auteur lui donne une histoire qui vaut ce temps-là. Parfois, le lecteur perd au change. Mais souvent c'est un marché honnête. J'ai lu des tonnes de livres au fil des années, et j'ai toujours attendu beaucoup des auteurs auxquels je donnais mon temps. Maintenant que je suis de l'autre côté, je veux que vous sachiez que je prends ce truc très au sérieux.

J'espère vraiment que vous avez aimé *Le mystère Sammy Went*. Et si vous avez l'impression d'avoir perdu au change, j'espère que vous me donnerez une seconde chance. Je n'en suis qu'à mes débuts.

REMERCIEMENTS

Si on se fie à ce qu'en dit Stephen King, ça paraît facile, mais écrire un roman est une épreuve qui demande le soutien de nombreuses personnes extraordinaires. D'ailleurs, « soutien » n'est peut-être pas le bon terme. « Amour » serait plus juste. Ou bien « patience ». Alors voici une liste de certaines des personnes extraordinaires qui m'ont aidé à écrire ce livre.

Toute l'équipe d'Affirm Press. Qu'est-ce que je peux dire ? Votre passion est contagieuse et je vous aime tous. Mention spéciale à Martin Hughes et à Ruby Ashby-Orr, qui m'ont appris à être un meilleur écrivain. Et à Keiran Rogers, Grace Breen et Emily Ashenden, qui m'ont appris à avoir l'air d'un écrivain.

Tous mes éditeurs étrangers, pour votre inestimable perspicacité et votre merveilleux soutien. J'espère vous rencontrer un jour dans la vie réelle et vous offrir un verre ! Remerciement spécial à Julia Wisdom, chez Harper Collins, qui a trouvé le titre définitif dans la version originale.

Mes agents chez RGM, Jennifer Naughton et Candice Thom, qui m'ont toujours encouragé.

Le Wheeler Centre et le Victoria Premier's Literary Award, attribué à un manuscrit inédit : sans vous, ce livre serait encore un document Word dans mon ordinateur.

Mes parents, Ivan et Keera White. Vous m'avez appris à trouver et à suivre ma propre voie : Papa, en me tendant la page cinéma du journal lors de nos petits déjeuners clandestins chez McDonald ; Maman, en m'expliquant au cours de nos longues promenades comment on raconte une histoire. Cette synergie a fait de moi un écrivain.

Mes frère et sœurs : Niki (la femme la plus forte que j'aie jamais rencontrée), Peter (qui a compris la vie), Jamie (qui sait aussi bien me tourmenter que me faire rire), ainsi que leurs compagnons et compagnes respectifs.

L'ensemble de la famille DeRoche, avec une mention spéciale à Torre, dont le succès d'écrivain m'a inspiré, et à Chris, qui a le plus beau rire du monde.

Mes amis proches : Jon et Sophie Asquith, dont la créativité ne cesse de m'impressionner ; Chris Dignum, l'homme le plus drôle que je connaisse, qui bluffera tout le monde s'il se bouge un peu les fesses et se décide à écrire quelque chose ; Angie Sperling-Bruch, ma plus vieille amie, qui me doit toujours quatre-vingt-dix dollars ; et Big Daz, évidemment.

Ma chienne Issy, qui ne lira jamais ce livre (parce qu'elle est trop paresseuse) mais qui sera toujours ma fille chérie. Chaque fois que je plonge mes yeux dans les tiens j'entends cette chanson de Cat Stevens, *I Love My Dog*. Nous avions cru t'avoir sauvé la vie, mais en fait, c'est l'inverse qui s'est produit.

Et enfin mon épouse, Summer DeRoche, ma meilleure amie et ma première lectrice. Chacun ici m'a aidé à sa façon à écrire ce livre mais sans toi, il n'existerait pas, Sum. Tu m'as guidé d'étape en étape, jusqu'au manuscrit final. Mais en réalité, c'est ta confiance qui m'a permis d'avancer. Ton humour m'impressionne, ton travail d'artiste m'inspire, la beauté de tes films me rend jaloux. Merci d'être celle que tu es et de m'avoir choisi.

DU MÊME AUTEUR

Aux Éditions Denoël

LE MYSTÈRE SAMMY WENT, 2019, Folio Policier nº 922.

Composition APS-ie
Impression Maury Imprimeur
à Malesherbes, le 3 novembre 2020
Dépôt légal : novembre 2020
Numéro d'imprimeur : 249024

ISBN 978-2-07-291495-9. / Imprimé en France.

371750